語文深淺談

從比喻到燈謎

洪邦棣 著

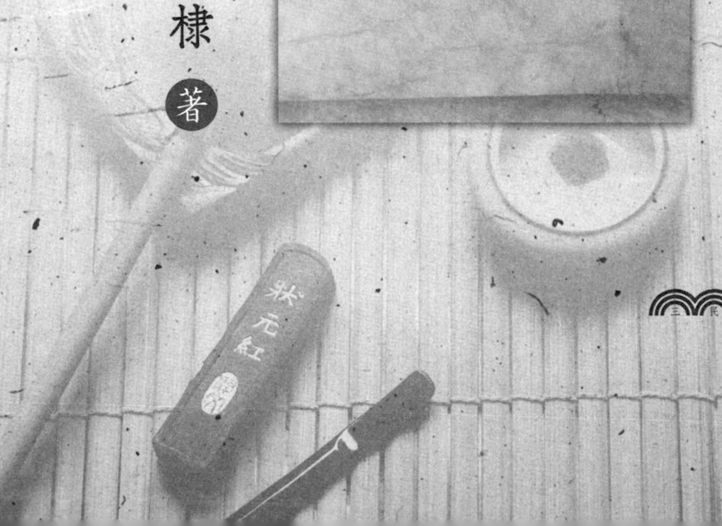

三民書局

國家圖書館出版品預行編目資料

語文深淺談:從比喻到燈謎 / 洪邦棣著.－－初版一刷.
－－臺北市: 三民, 2011
面; 公分.－－(文苑叢書)

ISBN 978-957-14-5407-8 (平裝)

1.漢語 2.語文教學 3.中國文學 4.文集

802.07 99019135

——從比喻到燈謎

著作人	洪邦棣
責任編輯	袁于善
發行人	劉振強
發行所	三民書局股份有限公司 地址 臺北市復興北路386號 電話 (02)25006600 郵撥帳號 0009998-5
門市部	(復北店) 臺北市復興北路386號 (重南店) 臺北市重慶南路一段61號
出版日期	初版一刷 2011年6月
編號	S 821090

行政院新聞局登記證局版臺業字第〇二〇〇號

ISBN 978-957-14-5407-8 (平裝)

http://www.sanmin.com.tw 三民網路書店
※本書如有缺頁、破損或裝訂錯誤，請寄回本公司更換。

序

上來先解題。

書名「語文深淺談」的「談」，可視為一種文章的體式（即文體），或語言運用的體式（即語體）。於前者，本書文章大都屬雜文性質的論述體；於後者，各篇的語言運用介乎科學語體與文藝語體之間。要之，書中所見無非是態度謹嚴而體例不拘的一種談論——簡稱曰「談」，與沈括《夢溪筆談》、朱自清《經典常談》、呂叔湘《語文漫談》，乃至朱光潛《談美》、《談文學》的「談」，殊無二致。而所謂「深淺談」，既指所談內容的「或深或淺」，也指談論方式的「深入淺出」。書中第一輯「出入比喻的祕境」，其「出入」即隱含「深入淺出」之意；第二輯「縱橫語文的天地」的「縱橫」，除了指「縱橫馳騁」外，也有「縱『深』橫『淺』」的特殊含意在。

至於本書各篇所談論的對象：「語文」，則是一般意義的、以實用領域為主的語文，包括語文現象、語文法則、語文應用、語文藝術、語文教學、語文遊戲等；而貫串其間作為思想依據的，主要是語言哲學與語言美學。另外必須強調的，第一輯「出入比喻的祕境」固然也屬語文領域，但所探討的並非僅限於作為修辭格的比喻，而是擴及人類對世界認知的方式以及思考推理、思想傳播的方式等課題；這樣的比喻，是一片充滿奧祕、亟待探索的處女地，故稱之為「祕境」。年輕時深深為此祕境所吸引，出入頻繁，多所發現，樂趣也不少；於今編排時特置之前列，以示尊寵。

就一般著述、寫作的經驗而言，以語文談語文，較諸以語文談人生、談其他文化現象多了一層難處。誠如古人所謂「操斧伐柯（手握斧柄砍取木頭以製作斧柄）」，既能自我取法，卻也常自我設限，行文運思稍一不慎，就陷入以子之矛攻子之盾的窘境。譬如你若主張「文貴簡」，讀者不免就要從你文章中，挑出他認為不簡的來困住你，迫使你否定你自己。本書對語文的深談或淺談，不敢說絕無這方面的「理障」，只能說落筆之初已力求避免。這也就是序言開頭強調的「態度謹嚴」。

筆者求學時期即有志立言，尚未起跑就一副志在千里之姿；彼時心之所向，來自於清朝兩位文人的招喚。一是方苞：「其言未出世，不嘗聞此義；其言已出世，不可無此言，是謂立言。」二是袁枚：「雙眼自將秋水洗，一生不受古人欺。」雖然難逃好高騖遠之譏，卻也並非毫無意義。至少可讓自己積極管制立言的品質，並鞭策自己在立言途上勇猛精進，恆以今日之我挑戰昨日之我。

此書所收，大半草創於四十歲以前，堪稱「少作」；其中偏於文藝語體的篇章，皆署名「亦耕」發表於報章雜誌，更是少作中的少作。當年揚雄「悔其少作」，肇因於思想信仰——主要是文學觀的徹底轉向；我今檢視少作，不知是幸抑或不幸，並無今是而昨非的思想轉變，只有圓熟不圓熟的差異。然而儘管當時學殖不深厚，心思卻敏銳，常能讀書得間，發人之所未發；既然勇於開創，就頗能甘於不因人熱、獨燒冷灶的況味。臨老回顧，「惜」其少作之餘，忍不住就要為年輕的生命而喝采。於今面對昔日之我整理這些少作，就只針對立論之有違學理、論證之不合邏輯處，略作修正，餘則一仍其舊。「少作」中較令今日之我不滿的，端在文辭繁冗，知取而不知捨。這也是一般文人寫作歷程必經的階段：由繁而進於簡。我們用來稱許人的「筆力老到」、「文筆練達」，正是由少到老之與由繁入簡並進的結果，劉大櫆所謂「凡文，筆老則簡，……簡為文章盡境」（《論文偶記》）。以我個人為例，年輕時習用「……之所以……，是因為……」的句式，老來就會驚覺「所以」與「因為」未免疊床架屋，可捨棄其一，以收「意不省而字省」之效；又如「吾愛吾師，吾更愛真理」的西諺，也自然簡化為「吾愛吾師，尤愛真理」，讓複句中代詞主語不重複，更符合中文的語言邏輯。凡此，皆一一反映在成書前的刪修工作中，總期做到文體省淨，不留一個剩語而後已。

林語堂曾勸人「若真沒事可做，才來做文章」。殊不知文人精神的可貴就在沒事找事做，直把小事做成大事方肯休。溯自司馬遷以來，文人普遍存有一種近乎「超越意識」的準宗教情懷，認為立言所立的是精神生命，可藉以超越有限而臻於永恆之域。有人因此推衍出較為世俗化的知見，將立言比作立嗣，文章傳世就如同子嗣之傳遞香火，生命得以不滅（科學的說法應是「基因不滅」）。例如清人嚴首升、黃子雲，一個說：「人之有詩文，猶其有兒女子也。」一個更說：「文字留傳勝子孫。」

眼前這四十幾篇發表於不同時期、不同刊物的文章，今日有幸結集成書，恰如散處各地的同根兄弟，回到香火所在的祖厝，其樂融融地聚居在一起；當初孕育、生養他們的人自是滿懷喜悅，無限欣慰。這不能不感激三民書局劉董事長玉成其事；付梓前，編輯部門認真提供了不少寶貴意見，一併致謝。

二〇一一年四月於素心齋

語文深淺談
——從比喻到燈謎

目次

二、縱橫語文的天地

閱讀・鑑賞・寫作

一 出入比喻的祕境

談比喻的興象功能
——認識「現喻」與「死喻」

比喻是極其古老的一種語言藝術，大概有了語言就有它，這從幼兒牙牙學語便會比喻可以推知。比喻的完整結構包括喻體（能喻）、本體（所喻）、喻詞三個部件，另有「喻解」，一般略而不提。其中喻體是重心所在：第一、喻體一定要出現，少了喻體，就不成比喻；第二、喻體扮演雙重角色，兼具傳達意義和形象的功能——前者可稱為「顯義」，後者不妨借用古典詩歌理論的術語，稱之為「興象」（在閱聽者心中引發意象）。「顯義」是任何語句必有的功能，「興象」則僅見之於形象化語句，比喻句尤其是箇中典型。

在修辭學的領域裡，比喻的興象功能很早就被發現，唐人釋皎然《詩式》就指出：「取象曰比，……比者，全取外象以興之。」有不少文評家對此一功能稱賞備至，如《苕溪漁隱叢話》卷八引《詩眼》：「古人形似之語，如鏡取形，燈取影也。」清人馬榮祖論比喻，也是從「鏡中形影」指出其可觀處及引人入勝處：「沉淵欲動，古鏡乍開；萬象畢出，爭集靈臺（心靈）」。再如脂硯齋評《紅樓夢》第六回活靈活現的妙喻，也忍不住讚嘆：「真是鏡花水月！」三人不約而同用水與鏡的映像作用來描述比喻的興象功能，可謂此心同此理同，應有助於我們對此一功能的具體瞭解。其中最關鍵的一點是：鏡花水月雖屬虛幻，但常逼真得讓人認幻為實，「爭集靈臺」。

任何比喻當初創之時，一定是既顯義又興象。其中顯義可以歷萬古而常新，至於興象則經不起一用再用，用久了就產生疲乏，興不起任何意象，馴致整個比喻喪失比喻效果，與直說並無兩樣，是謂之「死喻」。喻既已死，還企圖讓它以比喻之姿重現文章之中，這就應了陳騤《文則》所批評的：「搜摘古語，撰敘今事，殆如昔人所謂大家婢學夫人，舉止羞澀，終不似真也。」

當「光陰似箭，日月如梭」已不具興象功能，就表示此喻已死，我們如果不能另創新喻，寧可回頭直截了當地說「時間過得真快」，雖平淡卻自然，至少永不讓人生厭。這就好比走路的樣子亙古如斯，舞姿則以求新求變是尚。語言學者趙元任對這種語用現象曾從「意義有無的程度」作出解釋：「一個語言成分的重複度越低，意義的程度就越高；重複度越高，意義的程度就越低。」並舉例說：「文學的用詞方面，比方用所謂太俗套的成語，平常認為是一種毛病，就是因為頻率太高，所以意義太少。」（〈語言成分裡意義有無的程度問題〉）

進一步看，喻體的興象功能不只會因時而遞減，也會因地——讀者與作者處於迥異的地理環境——而起不了作用。以「如雪片般飛來」為例，即便它是新喻，在全年無雪的臺灣，對它的反應就頗為冷感。古今中外的善喻者，都會注意及此而慎選喻體。二千年前，中東那一位「開口說比喻，要把創世的奧祕發明出來」的先知者耶穌，取譬引喻莫非就地取材。在巴勒斯坦，種植葡萄、放牧羊群是重要的經濟活動，於是他「為天國說比喻」中的不少寓言故事，就以葡萄園作背景、以牧羊人或羊作角色；其他諸如稅吏、駱駝、房角石、燈油，莫不皆然。

印度的佛陀「種種因緣，以無量喻，照明佛法，開悟眾生」，這「無量喻」依佛陀自己的分類，共有八種：順喻、逆喻、現喻、非喻、先喻、後喻、先後喻、遍喻（《大般涅槃經》卷二十七〈獅子吼品〉）。八喻並非全在同一層次，可大別為四組：順喻、逆喻與喻體的排列順序有關，現喻、非喻與喻體的來源有關，先喻、後喻、先後喻與喻體在整個比喻中的位置有關，遍喻則指喻體的成套使用。其中最值得注意的是現、非喻這一組，可讓我們藉以說明比喻的興象功能與喻體來源的關係。所謂現喻是指喻體取自現實世界的比喻，非喻則指喻體取自非現實世界。佛陀雖然具有「如來十力」，能超越一切限制，但面對眾生，也只能就眾生的知見廣開譬喻法門。佛陀考慮到「一切眾生著世間樂，聞道德涅槃則不信不樂」，於是「以〔眾生〕眼見事，喻〔其〕所不見〔之正道〕」（《大智度論》卷二十五）。在這種情況之下，佛陀說法所用的現喻，無非以生活為素材，就感官經驗之所及，近取諸身，遠取諸物，不會脫離時代環境和地理環境；比來喻去，都是經驗與智慧的結晶，不止親切而且多所啟示之功。

印度號稱炎方，天氣燠熱，一般人渴望清涼，清涼能帶來身心舒暢，簡直就是一種極樂享受。以此因緣，佛陀說法每拿「清涼」比況解脫、三昧；反之，未得解脫的身心苦況則稱為「熱惱」；

又以「火宅」喻眾苦或塵世，以「火坑」喻六道輪迴中的惡道。印度人多食乳製品，其精華稱作「醍醐」，味最美又可療疾；佛陀因此常以醍醐比喻佛性或智慧或最微妙的教義，至今在中文的世界仍留有「如飲醍醐」、「醍醐灌頂」作成語（然也始終只是成語，其比喻功能微乎其微，因為漢人生活中無醍醐）。雪山（喜馬拉雅山）俯瞰佛陀故里，恆河貫穿印度北境，佛法中講到高大便引喻雪山，講到眾多便取譬恆河沙。此外，盛產於印度的蓮花，「出淤泥而不染」的習性，很自然成了佛法中清淨的象徵；而獅子意指「最勝義」也是就近取譬的結果，有「獅子吼」、「獅子座」、「獅子奮迅」、「佛為人中獅子」諸喻。又如印度多象又尊象，有「象尊國」之稱，佛經中因此常藉象比況佛菩薩、佛法、佛性。例如以「香象渡河」喻大乘菩薩證道湛深，以「盲人摸（說）象」喻眾生不明佛性，以「象牙生華（花）」喻眾生照見佛性，以「象跡（腳印）」喻佛經教義的深廣，……其自成一概念比喻系統的情況，一如獅子喻。

佛法東傳後，由於中土環境和西域大相逕庭，有些現喻頓失依傍，然而既是佛說又不便改喻，便逐漸僵化為死喻了。只有極富革新精神的禪宗，才敢大量製造反映本土文化的現喻。例如有人問楚圓禪師「如何是佛法大意」，禪師答以「洞庭湖裡浪翻天」；又如「一口吸盡西江水」、「曹溪一滴，源遠流長」（曹溪在廣東，當年六祖惠能開創南宗於此）」等提法，都是就近取譬，把恆河水、恆河沙全拋諸腦後了。更生活化的禪喻尚有：以「鐵酸餡（酸餡餅是當時的美食，其地位有如印度醍醐）」喻禪理之有味而難以參透，以「點鐵成金（道教煉丹術）」喻學僧經大師點化而開悟，以「家家門裡透長安」喻省悟之道當下即是，以「萬里崖州」（崖州在海南島南端，素有「天涯海角」之稱）喻距離禪悟之境極其遙遠，以「梅子熟了」喻參禪得道，以「徐六擔板，只見一邊」（徐六，借指一般眾生，猶言「張三」、「李四」；擔板，肩上挑著木板，遮住一方視線）喻一偏之見的執著，皆是當時禪師順手拈來的現喻。如今則已成成語，也大都缺乏興象功能，幾近死喻了。

有的佛喻到了中土而轉入文學領域發展，也多半會入境隨俗，以切合中土風情的現喻出現。例如《舊雜譬喻經．王赦宮中喻》講男女情慾的奇幻故事，經由南朝人吳均《續齊諧記》改造成「去印度化」的〈陽羨書生〉，原印度梵志（佛徒以外的出家人）變成中國書生，道具壺也換成鵝籠。至於佛經以外的印度譬喻更是一輸入就全面中國化，《五卷書》中「永沒納河之鱷」的寓言搖身一變，變成著名的「中山狼」故事，出沒於民間文學以及文人創作的戲曲、小說中——小說以明人馬中錫〈中山狼傳〉最負盛名，除了主題仍是譏刺恩將仇報的惡德以外，角色由印而中的轉換是：印度的鱷魚→中國的狼，印度的出家人→中國的墨者，印度的芒果樹→中國的老杏樹，印度的貛→中國的智者。凡此，就如同原本蓄髭的印度觀世音像，東來後變裝又變性，以迎合中國人對「慈悲」形象化的審美期待。

在古中國，雖不見有人提出現喻的概念，但凡是善喻之人，不論文學家還是哲學家，皆在有意無意間廣用現喻，以強化表達效果。孔子「登堂入室」的比喻，具體反映出當時禮教社會的重視「別」（堂是家中的公領域，室是私領域；入室比登堂關係更進一層）。賈誼《新書》中「天子如堂，群臣如陛，眾庶如地」，其成套喻體「堂、陛、地」之分尊卑，也反映出當時建築與禮制結合的一套「空間倫理」文化。孟子之所以有「挾太山以超北海」的聯想，只因他生活於北抱渤海、東接泰山的鄒魯之地。屈子作賦所取為喻的素材，如蘭、蕙、芷、荷、桂、椒、薜荔、杜衡、江離等無一不是楚地觸目可及的物產。《詩經》三百篇中大量的「比也」、「興也」，無非是就地取材或即景所見的結果。

古人這種現喻習慣，竟也有學者利用為考據的佐證。《中庸》的作者說是子思，自司馬遷、鄭玄、朱熹以來幾成定案；清人葉酉卻根據篇中「載華嶽而不重」斷定非子思所作，理由是：

孔、孟皆山東人，故論事就眼前指點。孔子曰「曾謂泰山不如林放」、曰「泰山其頹」，孟子曰「登泰山而小天下」、「挾泰山以超北海」，就所居之地，指所有之山，人之常情也。漢都長安，華山在焉；《中庸》引山稱「華嶽而不重」，明明是長安之人引長安之山：此偽託子思之明驗也。（〈再與袁隨園書〉）

姑不論葉氏結論是否符合事實，現喻在傳統修辭中的地位，於此可見。（按：「華嶽」本或作「五岳」，非關題旨，此不具論。）

言談或寫作中，最具興象動能的一種現喻是即景取喻。例如李白〈贈汪倫〉：

李白乘舟將欲行，忽聞岸上踏歌聲。
桃花潭水深千尺，不及汪倫送我情。

順手拈來，就眼前景物作比以營造氛圍，最是親切感人。此等現喻即使用在代言體，一樣可親可感。

如劉禹錫〈竹枝詞〉：

山桃紅花滿山頭，蜀江春水拍山流。
花紅易衰似郎意，水流無限似儂愁。

作者藉著即景取喻讓女主人公對景抒情，情景交融成一片。又如近人鄧禹平〈高山青〉寫阿里山風情，直接用當地的山和水來比喻當地的少年和姑娘，也有相同的審美效應。還有同樣傳唱一時的〈綠島小夜曲〉，據說是男政治犯對女政治犯所傾訴的心曲，將身處的海中孤島幻想成月下孤舟，再將姑娘幻想成心海中的孤舟；無論怎麼想，都離不開四周的水：

這綠島像一隻船，在月夜裡搖呀搖；
姑娘喲，妳也在我的心海裡漂呀漂。

袁枚有言：「詩如化工，即景成趣。」又何止詩歌，散文、小說也常見即景成趣的取喻。散文，如曉風〈地毯的那一端〉：

那天我們的船順利地攏了岸。德，我忘了告訴你，我願意留在你的船上，我樂於把舵手的位置留給你。沒有人能給我像你給我的安全感。只是，人海茫茫，哪裡是我們共濟的小舟呢？

小說，如白先勇〈青春〉：

早上醒來的時候，陽光從窗外照在他的身上。一睜開眼睛，他就覺得心裡有一陣罕有的慾望在激盪著，像陽光一般，熱烘烘的往外迸擠。

不從興象，而從表達效果看，現喻也是最能達到「以其所知喻其所不知」的一種設喻。《說苑》記載：

景公病疽（惡瘡），在背，欲見不得，問國子。國子曰：「熱如火，色如日，大如未熟李也。」公問晏子，晏子曰：「色如蒼玉，大如璧。」公曰：「不見君子，不知野人之拙也。」

近人繆鉞曾就修辭觀點評論此一「比喻競賽」，以為「俚言不達，雅言乃達」。我們認為這二組比喻達不達的分際並不在雅、俗，而在現喻與非現喻。齊景公閉處深宮，可能沒見過「未熟李」，但璧玉之類的君子之器卻是貴族的身邊物。

再看另一場比喻競賽，《世說新語．言語篇》的「詠絮才」故事：

謝太傅寒雪日內集，與兒女講論文義。俄而雪驟，公欣然曰：「白雪紛紛何所似？」兄子胡兒曰：「撒鹽空中差可擬。」兄女曰：「未若柳絮因風起。」公大笑樂。

後世不少讀者從美感角度認定鹽喻不如柳絮喻，其實若從現喻觀點，更能看出二者優劣：「柳絮因風起」是生活中常見的景象（極可能謝家當春天時從同一地點外望，正有此景）；而「撒鹽空中」則是虛擬出來的，形象缺乏實感，難以引人聯想。

欣賞是一種再創造，現代人讀現代文，如能從中領略到活靈活現的現喻，往往是莫大的享受，享受那興象萬端、浮想聯翩的審美意趣。今且就聞來閱聽所得，臚舉幾個喻例，以饗讀者：

1. 他不怎麼喜歡身邊這女人。她的手臂，白倒是白的，像擠出來的牙膏。她的整個的人像擠

出來的牙膏，沒有款式。（張愛玲〈封鎖〉）

——用「擠出來的牙膏」形容女人的膚色與外型，所欲傳達的「不具美感的一種美」，對每天使用牙膏的現代人而言，頗能會心。

2. 拔力，像一頭健壯的牡鹿，在草叢林木間奔跑；只見一點褐紅影子飛馳著。（李喬〈巴斯達矮考〉）

——「拔力」是賽夏族青年的名字，「牡鹿」即雄鹿。當時臺灣多鹿，以之比喻早期原住民，能切合整個時空環境，繪影又繪神。

3. 雖然是高山一重重裹繞著的城市，春天，好像空襲的敵機，毫無阻礙地進來了。（錢鍾書〈紀念〉）

——文中「城市」是中國抗日時的重慶，故配合語境，用敵機來襲比喻春天降臨，暗示此時對春天的不歡迎。顯義豐富而興象曲折微妙。

4. 「這本書是你的自傳嗎？」小說作家常常接到這樣的燙手蕃薯。（王鼎鈞〈重看藍與黑〉）

——「燙手蕃薯」是運用仿擬手法，將西諺「燙手洋芋」(hot potato) 本土化。筆者也曾用過這種仿擬式的現喻，那是在一篇文章中為了強調決心的堅定，便仿擬古人「泰山可移，此志不能改」，寫出「玉山可移，此事不能改」的句子。

5. 人生好像坐巴士，死亡不過是從一輛車，轉到另一輛車，如此輪迴轉世。（聖嚴法師語）

——對現代人說法，這種喻就能「以其所知喻其所不知」。（蕭毅虹〈初見巴黎〉）

6. 這話好像通上電流的插頭。

——以電作喻，已漸形成生活語彙，如「放電」、「被電到」、「不來電」；一旦流行過了頭，難免淪為死喻。

7. 他開始談她在國外演奏會的情形，但是美珍沒則聲，士貽有禮的在她停頓的地方打標點。（鄭慶慈〈媽媽我愛你〉）

——「打標點」比喻聽者的反應，喻體尖新，喻意豐富，暗示說者不斷轉換語氣、情緒，聽者也隨之起反應；不過這裡強調「有禮的」，又生出另一層意義來。

8. 每個人都說愛，但有幾個人知道愛？在一個五選一的題目裡，如果你找不出正確的，就試著挑出錯誤的來吧。（佩群〈情之組曲〉）

——這是大一女學生從中學「考試生活」中解放出來，初嘗戀愛滋味的複雜感受；凡是曾經歷過「考試磨難」的臺灣學生，對此無不心有戚戚焉。

有現喻，自然也有反現喻的例子——反現喻的極端即為「死喻」——這些多半是「乞靈古人」的結果，也就難免「便乖本色」（沈德潛語）。當然，此處純係就狹義的「現喻」作嚴格的評賞，實則下列作者仍有其各擅勝場的其他表現。

1. 煙嵐終年籠罩的千障雲山裡，凝視之間，你將渾然不自知，那是董源筆下奇峭的群山，抑

或釋巨然的水墨。（杜萱〈花蓮山水〉）

——這是「景色如畫」的進一步具體化描寫，作法可取。可惜具體化而未能現代化，因為董源、釋巨然的古畫對現代人有疏隔，實不如取喻於張大千、溥儒、歐豪年、何懷碩或馬白水等當代畫家。

2. 一片翠綠，搖在風裡，如同一枝枝鳳凰的彩羽。（張秀亞〈藤椅與鳳尾棕〉）

——鳳凰之為物只存在於虛幻世界中，以之擬喻花木，是佛陀所謂與現喻相對的「非喻」，無法「狀難寫之景如在目前」。作者之有此喻，許是為了使鳳尾棕名副其實。

3. 交纏為一，多如繁星，密如箭簇的花兒，參差錯落於綠叢紫葉之中。（林葉〈意外的喜悅〉）

——「多如繁星」只是成語、熟語；而「密如箭簇」更是成語中的古語，因為作為喻體的「箭簇（箭頭）」早已成古物，今人難以想像箭簇密集的景象。再者，此喻只能用以描述動態，例如「密如箭簇的雨點」，這裡卻描述靜態的花，極其不妥。無論如何，此二喻既只能顯義，不能興象，就不如直接用「密密層層」、「密密叢叢」、「密密麻麻」等無喻的成語，既省字也足義。

4. 在此時此刻，做一具醒世的木鐸。（趙怡〈正義之聲的迴響〉）

——木鐸更是老古董，今人甚至連其形體也無從想像。這種死喻永遠無法起死回生。

5. 翹首銀河如練。（龔書綿〈今夕何夕〉）

——練究係何種織物？現代人習於白話，對此古語古義生疏至極，以之作喻，不「死」也難。

6. 天花板上六支亮晃晃的日光燈管，迸射它們熱情耀眼的白光，為我助陣；一時之間，我竟覺得這考前的挑燈夜戰，實具有相當濃厚的悲壯意味！

（陳幸蕙〈水玉〉）

——上文明言日光燈，則「挑燈夜戰」如係直述，與實情不符；如是比喻，太滯相。當年白居易作〈長恨歌〉，謂唐明皇以天子之尊而「孤燈挑盡未成眠」，後人譏之為「書生之見可笑」。白居易的文病在於想像不能設身處地，此處日光燈與挑燈的矛盾卻是襲用成語所帶來的，作者如能自創現喻，此病當可避免。這也是我們推崇現喻的另一主因。

7. 轉眼之間，雨像投貓拋狗般地落了下來。

（某生習作）

——作者嫌「傾盆大雨」陳腐，故改用 "rain cats and dogs" 這個洋喻。殊不知此喻在英語世界也是成語，到了漢語世界儘管看起來新奇，但因文化隔閡之故，其興象效果反不如中文固有的「傾盆大雨」或「疾雨如注」。

《論語》有言：「能近取譬，可謂仁之方也已。」將「仁」換成「文」，便可作為現喻的運用要領。如要強調「現」，則理想的現喻應具備「三現感」：現實感、現代感，再加上現象感——現象，指呈現意象。這樣的「現象」也只有建築在現實、現代的基礎之上，始能充分對閱聽者發揮興象的效果。

一九七九年五月

後記：

當年文章發表後，有讀者公開質疑佛陀的獅子喻不屬現喻，因為印度不產獅子。詢問周遭親友，也都只知有非洲獅，不知有亞洲獅；只知孟加拉有老虎，不知印度有獅子。實則印度不只佛陀時代獅子多到人所共見共聞，即使今天也仍有三百多頭殘存於西北部吉爾保護區中。中國產虎不產獅，開通西域後始認識獅子。《爾雅・釋獸》「狻猊」注云：「即師子也。出西域。」西域除指中亞外，也包括中東、南亞一帶，正是亞洲獅未瀕臨絕種前的分布地區。

二〇一一年元月二十二日記

從「鳩居鵲巢」談起
——認識「少分喻」

認識「少分喻」之前，不妨先來檢視一個大家耳熟能詳的成語：「鳩居（佔）鵲巢」；從它喻義的演變發展，可以窺見有關少分喻的諸多訊息。

「鳩居鵲巢」典出《詩經・召南》的〈鵲巢〉篇。此詩共三章，採重章疊唱的形式（以章節為單位的排比，《詩經》慣用的手法），內容也就一而再、再而三地重複。我們只須看第一章，即可掌握全篇詩旨：

> 維鵲有巢，維鳩居之。
> 之子于歸，百兩御之。

先作訓詁：維，語氣助詞，無義，作用在增加詩句的音節；兩，「輛」的古字；御，「迓」的通假字。全章試語譯如下：鵲鳥築了巢，鳩鳥便住進去。這女子要出嫁，貴公子依禮派出百輛馬車迎娶她。首二句既是整章的起興，也是對後二句的比喻——取喻什麼？鵲與鳩分明是異類，為何可比夫妻？現代人可能還會「以今律古」地問：是褒義還是貶義？（就有學者從「鵲巢鳩佔」的貶義角度，推翻「〈鵲巢〉，夫人之德也」的舊說，而認定詩意旨在抗議統治者掠奪婦女）

古人對自然界的觀察常不符科學，例如「鳩化為鷹」、「腐草化螢」、「肉腐生蟲」、「玉在山而草木潤」、「杜鵑生子，百鳥飼之」等；《詩經》中，除鳩居鵲巢之外，尚有「螟蛉有子，蜾蠃負之」（負，抱養）。因此我們必須撇開科學意義的生物「現象」，就詩論詩，只探討鳩居鵲巢此一「意象」的比興作用。

詩人從「維鵲有巢，維鳩居之」聯想到「之子于歸，百兩御之」，是一種基於類似的聯想，而且是即興的，並不是深思熟慮的推理所得，其間的聯結不會是契合無間的。後世說詩者不明此理，動輒牽合一大堆似是而非的類比關係，表面上豐富了詩意，實際上他們是在強迫比喻多功能化，連帶也把比喻複雜化了。情況就如同有人搭了一座絲瓜架，他走後，卻凡是叫做瓜的，絲瓜、黃瓜、葫蘆瓜、佛手瓜，乃至地瓜、冬瓜、西瓜、南瓜紛紛攀了上來。

牽強附會之說，起於「以教說詩」、「以史證詩」的漢儒。他們先以「夫人之德」作詩旨，再將鵲巢鳩居的物象鉅細靡遺地往「夫人之德」去攀附。例如鄭玄，就肆意發揮他的聯想力，箋云：

> 鵲之作巢，冬至架之，至春乃成，猶國君積行累功〔始有爵位〕。……鳩因鵲成巢而居有之，猶國君夫人來嫁，居君子之室。

令人驚奇的，不是他把單純的貴族婚嫁詩變成政治詩，而是他竟能在喻體（鳩居鵲巢）與本體（國君之爵、夫人之德）之間，抽絲剝繭般地剝出這許多類似點。詩中的語境何嘗提供那麼多聯想線索？純屬一廂情願的臆解。

漢儒如此，而極富實證精神的清儒竟也跟著身陷其中。例如方玉潤，認為詩人拿鵲鳩比況男女是因為「鵲善營巢」，而讓未來妻子有個舒適安穩的住家正是男人的責任；「鳩則性慈而多子」，古人沒有不盼望新婦帶來子孫滿堂的。陳奐更是想入非非，他根據鄭玄「鵲之作巢，冬至架之，至春乃成」的說法，進一步推衍成：「古人嫁娶在霜降後冰泮前，故詩人以鵲巢設喻。」所幸還有個清醒的姚際恆，能直抵詩心。他在《詩經通論》裡，一方面以「妙語，誤盡後世解詩人」來讚嘆「維鵲有巢，維鳩居之」的比興技法，一方面解釋說：

其言鵲鳩者，以鳥之異類況人之異類也；其言巢與居者，以鳩之居巢況女之居男室也。其義止此。不穿鑿，不刻劃，方可說詩，一切紛紜儘可掃卻矣。

「其義止此」，面對著觸物圓覽的詩人比興，我們的聯想活動是應該知所節制的。饒是弱水三千，但取一瓢飲，不然就進不了興觀群怨的詩歌殿堂。孟子說：「說《詩》者不以文害辭，不以辭害志；以意逆志，是為得之。」比興是一種修辭手段，只能視為通幽的曲徑，不因景美而逗留，才能撫觸到詩人待扣的心扉。

《詩經》比興之多，聯想之活，造成所謂「詩無達詁」。後世說詩者得此一語，恍若身懷免死金牌，在詩的國度裡橫行，作出諸多不負責任、不可理喻的解讀，貽誤後世不淺。「鵲巢鳩居」只是其中一小例而已。與〈鵲巢〉並稱「二南之化」的〈關雎〉，是三百篇之首。「關關雎鳩，在河之洲。窈窕淑女，君子好逑。」（好逑，佳偶）詩人以禽鳥和鳴興起好女配好男之思，極自然也極平常。只因據說雎鳩是一種鷙鳥（猛禽），拿來比興君子淑女未免不倫不類，於是鄭玄便在箋注上把「猛鷙之鳥」化解成「情摯之鳥」，以求得訓詁上的心安；馮元敏且自作多情地把尖喙利爪的雎鳩美化成「狀似鴛鴦」。這全是拘執了比喻。還是姚際恆《詩經通論》所解最為通達無掛礙：「詩意只以雎鳩之和鳴，興比淑女君子之好匹。」一舉掃卻贅不贅的糾葛。戴震《詩經補注》更進一步提出比興說詩的通則：「凡詩辭於物，但取一端，不必泥其類也。」

「但取一端」，這正是詩人聯類引物的旨趣所在；出現在《詩經》中的比興，都可作如是觀。回頭看漢朝，反而是不以說詩為職事的學者能不為比興所困，例如《淮南子・泰族訓》：

〈關雎〉興於鳥，而君子美之，為其雌雄之不乖居（分居）也；〈鹿鳴〉興於獸，而君子大之，取其見食而相呼（彼此招呼）也。

乾淨俐落，能把握比興的要領。解此，才可以說詩；不解此，在詩國裡永遠是孟子所譏的固哉高叟。

討論至此，我們可離開《詩經》直接面對「鳩居鵲巢」這個成語。一般人透過比喻，對它的理解雖也是「但取一端」，卻有了新的指涉，不再與嫁娶有關，而且出現了歧義：一指安享其成，中性義；二指坐享其成，略帶貶義；三指強佔他人居所，純屬貶義。最後一義由於感情色彩整個翻轉，詞面因此被換成「鳩『佔』鵲巢」或「鳩『奪』鵲巢」。

「鳩居鵲巢」從一開始在《詩經》中被誤解、曲解，到後來在《詩經》外迭遭別解、新解，正反映出：「但取一端」的取喻方式，雖屬常態，然而就語意學、思想傳播學的觀點加以檢視，其表意效應、交際作用，卻也難稱精確而順當。站在比喻使用者與接收者的立場，為了與人達到無障礙溝通，不能不對此有所了解。

佛陀可能是第一位有意識探討比喻這方面特性的人，或許是他取譬設喻常遭誤解有以致之。佛陀從喻體與本體之間類似點的多寡，將比喻分為少分喻與多分喻（見《大般涅槃經》卷二十七〈獅子吼品〉），類似點多者為多分喻，少者為少分喻。事實上也難有個分界標準，佛陀卻認為他所說的多半是少分喻，他說：「如無比之物（喻體與本體之間無類似點），不可引喻；有因緣故（有類似點），可得引喻。如經中說：『面貌端正如月盛滿，白象鮮潔猶如雪山。』滿月不得即同於面，雪山不得即是白象。」（同上，卷五〈四相品〉）所謂「滿月不得即同於面，雪山不得即是白象」，《翻譯名義集》解釋說：「雪山比象，安責尾、牙？滿月況面，豈有眉、目？」意思是說以雪山喻白象，只取其「色白」這一點，不可要求雪山須有尾有牙才能作比；同理，以滿月喻人臉，只取其「形圓」這一點，不可還追究月亮有無眼、眉。總之，少分喻不可以多分求，所謂「但取一端」也。

少分喻少到了極點，甚至可以不顧喻體、本體之間感情色彩的不協調。佛陀用喻就不只一次如此，例如《百喻經》中的「地得金錢喻」：

昔有貧人在路而行，道中偶得一囊金錢，心大喜躍，即便數之。數未能周（尚未數畢），金主忽至，盡還奪錢。其人當時悔不疾去，懊惱之情，甚為極苦。遇佛法者亦復如是。雖得值遇三寶福田，不勤方便，修行善業，忽爾命終，墮三惡道。如彼愚人，還為其主奪錢而去。

要正確理解這個少分喻，須先剝去喻體的感情色彩，只留下「把握時機」這一點。否則以壞事喻好事，喻旨難免糾纏不清。除此之外，佛陀以「醍醐殺人」喻佛性不滅，也是著名的以貶（壞事）喻褒（好事）。至於以褒喻貶，則見之於用金剛鑽來比喻「一闡提（斷了成佛善根的人）」。凡此，雖然有點不倫不類，只要閱聽者聯想時對喻體「但取一端」的限制能有充分的認知，這種少分喻依然可以有效發揮思想傳播功能。不然，無端誤解便由此滋生了。

晉世八王之亂時，成都王任命陸機為河北大都督領軍討伐長沙王，勉勵他「若功成事定，當爵為郡公，位以臺司（入朝參政之意）」。陸機回答說：「昔齊桓任夷吾，以建九合之功；燕惠疑樂毅，以失垂成之業。今日之事，在公不在機也。」這個藉古射今的少分喻，事後被居心叵測的政敵化作有偏頗的多分喻，送回給成都王咀嚼，便成了：「陸機自比管仲，擬君闇主（卻把君王您比作昏君）；自古命將遣師，未有臣陵其君而可以濟事者也。」終於伏下陸機來日殺身之禍。

少分喻的使用，在較敏感的傳播道上不可不慎，尤其是但取一端的以人喻人。人給人的印象往往是籠統渾全的，你無法制止人們在一端之外更有其他聯想。《漢書・酷吏傳》介紹嚴延年時用了如下一個少分喻：「延年為人短小精悍，敏捷於事，雖子貢、冉有通藝於政事，不能絕也。」惹來劉知幾一番譏評：「夫以編名『酷吏』、列號『屠伯』，而輒比孔門達者，豈其倫哉？」（《史通・浮詞》）顯然劉氏在「政事敏捷」之一端外又推及德行，才會認為擬之不倫。

身為閱聽者對少分喻濫施推衍，是一種過度的語意反應；然而詩文作者的自比自推，往往是創作才華的極致表現。這種特殊比喻，錢鍾書《談藝錄》稱作「曲喻（conceits）」，絕半是完成在以恢詭譎怪著稱的詩人之手。兩三千年前《詩經》已開其端，如〈小雅．大東〉最後一章：「維南有箕，不可以簸揚；維北有斗，不可以挹酒漿。」星座名叫箕、斗，只是取其形似，詩人卻推想到功用上的「簸揚」、「挹酒漿」。但畢竟是從名稱聯想起，機智的成分多於審美意趣；後世詩人踵事增華，很有更進一步的發揮。如韓愈〈浪仙客喜〉詩：「鬢邊雖有絲，不堪織寒衣。」擬鬢為絲，本止於形色，推而至於織成衣裳，是詩人的奇想。再如李賀〈秦王飲酒〉詩：「敲日玻璃聲。」原是一種扣盤聞鐘、捫燭揣籥的「盲人求日」式推想，在〈日喻〉裡是蘇軾所譏笑的對象，到了詩境卻成了詩人莊嚴的執著、創作天才的表徵。李商隱詩更是藏有不少這一類奇幻意識。〈天涯〉詩：「鶯啼如有淚，為溼最高花。」從鳥啼想出人哭，再從人哭有淚想回鳥啼也應帶溼；〈春光〉詩：「幾時心緒渾無事，得及游絲百尺長。」無形的心「緒」幻化成有形的游「絲」；〈交城舊莊感事〉詩：「新蒲似筆思投日，芳草如茵憶吐時。」從筆之形關連到筆之用，可謂無理而妙。凡此都是少分喻的自比自推。詞作方面，最值得一提的是劉希濟〈生查子〉：「記得綠羅裙，處處憐芳草。」先從綠羅裙的綠想出芳草，再將芳草幻化成心上人來愛憐。義大利美學之父維柯說「每個比喻都是一個小神話」，恰可說明曲喻的奧妙處。

少分喻還出現一種極其微妙的語意現象，就是分明同一個喻體，由於取喻者對類似點各取所需，竟會造成完全相反的喻義。錢鍾書《管錐編》頗注意及此，特地指出其中道理與陷阱：

> 蓋事物一而已，然非止一性一能，遂不限於一功一效。取譬者用心或別，著眼因殊，「指」同

而「旨」則異；故一事物之象可以孑立應多，守常處變。……一物之體，可面面觀，立喻者各取所需，每舉一而不及其餘；讀者倘見喻起意，橫出旁申，蘇軾〈日喻〉所嘲「盲者扣盤得聲，捫燭得形」，無以異爾。

同是石頭，在《周易》便有三種不同的象喻：〈豫卦〉是「堅介中正」，吉象；〈困卦〉是「堅重礙行」，凶象；〈漸卦〉是「堅定安穩」，吉象。今天言談之間說某人像個石頭，可以是褒，也可以是貶：取其耿介，是褒；取其頑固，便又流入貶意了。「雀躍」一詞自《莊子》以來都是形容人如鳥雀般蹦蹦跳跳的喜悅，但《禮記．問喪篇》卻用來比況搥胸頓足的哭喪，也都能傳達所欲傳達的意思。蓮花在佛國是絕對清淨的解脫象徵，在《詩經．鄭風．山有扶蘇》卻成了「狂狡」的比喻；彼此各取一端，前者取「出淤泥而不染」，後者取「處低溼而卑弱」。好比一個冷豔女子，取她的豔，於是而對之傾心；取她的冷，於是而為之卻步。再如毛髮在中土都是比喻「多」：「擢髮難數」、「多如牛毛」；在西域卻成了「極少」的比喻：「爾時永斷一切善根，乃至無有如毛髮許。」（《大般涅槃經》卷三十一〈迦葉品〉）詩文名篇中也不乏這方面的比喻句，例如荀子〈勸學篇〉：

> 西方有木焉，名曰射干，莖長四寸，生於高山之上，而臨百仞之淵；木莖非能長也，所立者然也。

用谷岸上的小木作比，勉人要積學才能眼界開闊。然而且看左思〈詠史〉詩：

> 鬱鬱澗底松，離離山上苗。

以彼徑寸莖，蔭此百尺條。

世胄躡高位，英俊沉下僚。

地勢使之然，由來非一朝。（「以彼徑寸莖」：指上文的山上苗，喻下文的「世胄」。「蔭此百尺條」：指上文的澗底松，喻下文的「英俊」）

則分明對崖岸上的小樹苗嗤之以鼻，意在指斥當代那些依恃門第而居高位的世家子弟。荀、左二者喻體相同，喻旨迥異，並不妨礙彼此各行其是。

也有一物（事）多喻而令人眼花撩亂的。例如以魚和水的關係比喻人類社會，可以是「魚相忘乎江湖，人相忘乎道術」（《莊子・大宗師》）指人能得道而遊，則逍遙自在；也可以是「孤之有孔明，猶魚之有水也」（《三國志・諸葛亮傳》）指君臣相得；又可以是「文君幸見相如，兩下情同魚水」（高濂《玉簪記》）喻夫婦情篤；更可進一步婉指男女床笫之私。其中除《莊子》之喻外，都可用「魚水之歡」來表示；看似關係混亂，實則千百年來一向相安無事。

甚至於同一人同一時以同一物作喻體，而分別作了不同方向的取喻。佛陀入滅前，應天人大眾之請廣譬解脫，就曾用大海和屋宅各自擔任了同喻（正面比喻）和異喻（反面比喻）的雙重任務。對大海，他一忽兒說解脫廣大無邊，一如大海；一忽兒又說解脫是一種「默然」，不像大海「多諸音聲」。於屋宅喻，他既認為解脫不受二十五有所範限，如同「無舍宅（不受房舍拘限）」，又稱解脫是一種無險難的安定，有如屋宅。如果不識透少分喻但取一端的特性，只恐信眾個個都要丈二金剛摸不著頭腦了。

似此正反雙向的取喻，在文學作品中特具張力。呂本中〈采桑子〉詞中的月亮喻，最是令人激賞：

恨君不似江樓月，南北東西。

……

恨君卻似江樓月，暫滿還虧。

利用月亮性相的二個不同特點，轉化成心理上的兩極，寫出思婦愛恨交織的矛盾心境。

綜上所述，但取一端的少分喻容易造成溝通上的障礙，卻能帶來奇妙而引人入勝的審美意趣，因此僅適用於文藝語體，其他諸如科學的、報導的、實用的語體，多所不宜。至於不只取一端的少分喻，就不在此限了。

一九八〇年七月

比喻與對偶的完美結合

——認識「對喻」

黃慶萱教授所著的《修辭學》（三民書局出版），將各種修辭格歸納為兩大類：表意方法的調整與優美形式的設計。前者所修的辭偏重於內容，後者則是屬於形式方面。當然，就如同貓與熊之間有貓熊，詩與散文之間有散文詩，修辭格之中也有跨類的，例如「對喻」即是。對喻，也稱「駢喻」，是一種對偶式比喻，由對偶（屬優美形式的設計）與比喻（屬表意方法的調整）組合而成，具雙重辭格性質。

修辭學史上最早注意到「對喻」並賦予此稱的是宋朝陳騤《文則》：

對喻，先比（指喻體）後證（指本體），上下相符。莊子曰：「魚相忘乎江湖，人相忘乎道術。」荀子曰：「流丸止於甌臾（凹陷處），流言止於智者。」此類是也。

陳騤在這裡只舉兩例，且全出自經典；實則古往今來從書面到口頭，從知識分子到勞動階層，從經史到說部，對喻隨處可見，儼然在華文世界裡遍地開花，美不勝收。這是使用孤立語、象形文，喜愛成雙之美的漢語族群獨具的一門語文藝術，幾乎是印歐語系民族所不曾夢見的。不但討論有其必要，如何保存、發揚也值得吾人關注。

對喻所能提供給我們的審美意趣相當豐富。藉著對偶，呈現了「對稱美」（這是外在美），藉著比喻，產生了「意象美」（這是內在美）；另一方面，對偶追求對等，比喻訴諸類比，無非體現和諧之美。總此數美，使得對喻在所有辭格中魅力獨具，暗應了劉勰《文心雕龍》對「麗辭」的期許：「理圓事密，聯璧其章。」

我們使用對喻的本能，一半來自於漢語、漢字特有的性格傾向，一半得力於「觸物圓覽」的傳統詩心。先民使用對喻的古例，據現存文獻資料所見，數《詩經》最早，如〈豳風・伐柯〉：

伐柯（斧柄）如何？匪（非）斧不克；娶妻如何？匪媒不得。

如〈小雅・無將大車〉：

無將（扶）大車，祇自塵（惹塵埃）兮；無思百憂，祇自疷（生病）兮。

此後，對喻之在經在子在史便層見迭出，俯拾即是了。底下比較膾炙人口的喻例，只是舉隅性的介紹。《書經・說命》：

木從繩則正，后（君王）從諫則聖。

《易經・文言》：

水流溼，火就燥；雲從龍，風從虎。

《老子》二十七章：

善行無轍迹，善言無瑕讁（無過錯可指摘）。

《孟子・告子》：

魚，我所欲也，熊掌，亦我所欲也；二者不可得兼，舍魚而取熊掌者也。生，我所欲也，義，亦我所欲也；二者不可得兼，舍生而取義者也。

《禮記・學記》：

玉不琢不成器，人不學不知道。（按：《三字經》襲用此喻，改「道」為「義」，以求叶韻。）

《戰國策・楚策》：

見兔而顧犬（獵犬），未為晚也；亡羊而補牢（羊圈），未為遲也。

兩漢以後，文人修辭開始有意識地講究排偶，對喻大量被製造出來，影響所及，民間也群起仿效，蔚為風尚。今日所見諸如「女人心，海底針」之類又對仗、又比喻、又押韻的俗諺，都是先民的智慧結晶。

至於發明對喻的，可能就是一般不識字的人民大眾。姑不論三百篇的作者是否來自民間，根據「口頭文學先於記載文學」的原則，我們也有理由相信：在《詩經》結集以前，甚或更早的口耳相傳時代，對喻必已在口頭傳播系統中逐漸流行了。由口頭而書面，對喻分別在文士與黎庶之間大行其道以後，會因彼此交流而泯滅原有的文白界限。例如「射人先射馬，擒賊先擒王」本是杜甫〈前出塞〉的一聯，到了戚繼光《紀效新書》，已認定是古諺了。反之，古書也有不少對喻來自民謠俗諺，如《國語》「獸惡其網，民怨其上」、《列女傳》「〔男人〕力田不如遇豐年，〔婦女〕力桑不如見國卿」都是口語對喻的書面化。因此想把對喻從俗諺系統和經典系統中區分開來，並非易事，得下一番考據工夫。

我們現在想做的較有意義的工作，是從性質上把對喻分類。可分三類：首先，以上一句為喻體，下一句為本體，喻體與本體的位置固定，彼此不可互換，稱作「以實證虛」；其次，喻體與本體可以換位的，稱作「以彼例此」；最後，以實證虛而採取反比作用的，稱作「以反襯正」。底下就一一加以論列：

一、以實證虛

這種對喻是藉著上句的具體事物來論證下句的抽象事理，因此稱作「以實證虛」（即陳騤所謂「先比後證」，見第二段引文）。必須說明的，古代文論家也有人從對偶的分類中拈出所謂「虛實對」，常舉的範例是：「雨中黃葉樹，燈下白頭人。」上句寫景，下句寫情，如此的虛實關係屬意境上的「情景交融」，與吾人著重類比的「以實證虛」不盡相同。

以實證虛是最典型的對喻，推理之中帶有抒情，各家經典、文士作品、民間俗諺，所在多有：

1. 藝（栽培）麻如之何？衡從（縱橫耕治）其畝；取妻如之何？必告父母。（《詩經・齊風・南山》）
2. 雖有嘉肴，弗食，不知其旨也；雖有至道，弗學，不知其善也。（《禮記・學記》）
3. 惜草茅者耗禾穗，惠（寬待）盜賊者傷良民。（《韓非子・難二》）
4. 水至清則無魚，人至察則無徒（同伴）。（東漢東方朔〈答客難〉）

5. 救寒莫如重（多層）裘，止謗莫如自修。（《三國志・王昶傳》）
6. 月色不可掃，客愁不可道。（唐代李白〈擬古詩〉）
7. 醉過才知酒濃，愛過才知情重。（胡適〈夢與詩〉）
8. 惜（疼愛）花連盆，惜囝連孫。（臺灣俗諺）
9. 天上無雲不下雨，地下無媒不成親。（俗諺）
10. 橋，搭築於兩岸之間；友情，聯繫於兩心之間。（按：「橋」下須添個「樑」，字數才對得上。）（張秀亞《北窗下》）

在以實證虛的對喻中，作為喻體的上句往往指涉物理，而作為本體的下句則指涉人倫；藉物理以證成人倫，這是華人社會中與文化同其古老的一種思惟方式。要之，上句如伴娘，只是陪襯；下句如新娘，才是主旨所在。

二、以彼例此

這種對喻的喻體與本體都是具體事物，而且彼此的「概念範疇」屬同一層次；換言之，其地位是相等的、關係是交互的，所以上下兩句可以易位（如果不考慮其他修辭要素，如平仄、押韻以及前後文的配合）而比喻仍然成立，語意也可以維持不變。職是之故，我們取了一個較為平等的稱呼：「以彼例此」。舉例於下：

1. 莫赤匪（非）狐，莫黑匪烏（烏鴉）。 《詩經・邶風・北風》
2. 不曰堅乎？磨而不磷（變薄）；不曰白乎？涅（染黑泥）而不緇（變黑）。 《論語・陽貨》
3. 飢者易為食，渴者易為飲。 《孟子・公孫丑》
4. 鸚鵡能言，不離飛鳥；猩猩能言，不離走獸。 《禮記・曲禮》
5. 胡馬依北風，越鳥巢南枝。 （東漢《古詩十九首》）
6. 美酒飲教微醉後，好花看到半開時。 （邵雍〈安樂窩中吟〉）
7. 善畫者畫意不畫形，善詩者道意不道名（文辭）。 （《詩人玉屑》引蘇軾論詩畫語）
8. 食果子，拜樹頭；食米飯，拜田頭。 （臺灣俗諺）
9. 水漲船高，泥多佛大。 （俗諺）
10. 天若有情天亦老，海如動心海也枯。（按：此蓋仿擬自古人的集句聯「天若有情天亦老，月如無恨月長圓」。） （流行歌詞）

這種對喻，講究的是「物以類聚」的平等精神，所以很容易由對偶擴展成排比，以強化比喻效果，如：「一日之計在於晨，一歲之計在於春，一生之計在於勤。」（邵雍語）又如：「無罪當貴，早寢當富，安步當車，晚食當肉。」（《戰國策》）事物之間的連環類比、交相印證，旨在逼出普遍的自然法則或人生哲理。這就成了具體而微的歸納推理，如《說苑・敬慎篇》所記曾子的連四喻：「官怠於（由於）宦成，病加於少癒，禍生於懈惰，孝衰於妻子」全是為了說明「君子苟能無以利害身，則辱無從生焉」的大道理。再如《荀子．勸學》為了強調「言有招禍，行有招辱」的可怕，連設四喻來印證此一道理：「質的張而弓矢至焉，林木茂而斧斤至焉，樹成蔭而眾鳥息焉，醯酸而蜹聚焉。」（第四喻字數縮減，致排比效果稍弱）凡此，皆可視為對喻在形式上的踵事增華：比喻與排比相結合，是所謂「排喻」；從喻體對本體的作用看，則屬「博喻」。

三、以反襯正

這種對喻是「以實證虛」的變格，差別在於後者屬正面設喻，而「以反襯正」卻是從反面進行類比，上下兩句形成對立的局面，意思相反而相成，屬於《文心雕龍．麗辭篇》所指出的「反對」一類。舉例如下：

1. 白圭之玷（汙點），尚可磨也；斯言之玷，不可為也。（《說苑．談叢》）
2. 衣不如新，人不如故。（東漢竇玄妻〈古豔歌〉）
3. 易求無價寶，難得有情郎。（唐代魚玄機〈贈鄰女〉）
4. 錢財如糞土，仁義值千金。（俗諺，下同）
5. 飯要少吃，事要多知。
6. 水往低處流，人向高處爬。

7. 癢要自己抓，好要別人誇。

「以反襯正」是較為特殊而稀有的對喻，但特具張力，能藉著鮮明的反差帶來強烈的語意效應。對此，日本文學理論家西脇順三郎《詩論》曾就審美觀點點出其中精義：

此種相反事物之間的融合，可稱為「不調和的調和」。這就是藝術的原理，也是美的原理。

西脇氏的見解與劉勰對「反對」特性的探討，不謀而合。《文心雕龍・麗辭篇》：

反對者，理殊趣合者也。……反對所以為優也。

這樣的語意優勢，使得這種對喻常形成極為工整的對聯，如2.、3.例便是，簡直針鋒相對了。

此外我們還有個發現，以反襯正如果打散對仗形式，將無喻詞的隱喻改造為明喻，便形成一種否定性質的比喻，一般稱作「非喻」或「反喻」。例如，「水往低處流，人向高處爬」可以散化成「做人不能像水一樣，只管向下流」或者「人不是水，不能老往低下的地方流」。

可見這種對喻不只特殊、稀有，而且複雜。

結語

香港學者黃維樑認為比喻是「語言藝術中的藝術」，然則對喻稱得上是「漢語語言藝術中藝術的藝術」，是修辭園地中的一株奇葩。可惜新文學運動以來，白話文當道，胡適又高倡「八不主義」，中有「不講對仗」，今人提筆為文已不時與駢語儷句，連帶也就很少使用對喻，縱有，也只是引用前人成句，絕少創作。倒是廣告與宣傳方面的用語，為了符合字句精簡、易記易誦以及強化印象的要求，偶爾還會出現對喻，適時挽救這種特殊辭格免於淪亡。例如：「飛躍的羚羊，奮鬥的紀政」（紀政競選標語）、「辛勤培育，必有盛開的花朵；有恆儲蓄，終有致富的一天」（臺北市市立銀行廣告詞）。

筆者對對喻一向多所懷念，日前在致某報編者的信函中，還曾把「校書如掃落葉，旋掃旋生」的散式古喻，轉成「掃不盡的落葉，校不完的錯字」的白話對喻，聊發思古之幽情云爾。

一九八一年十月

當東坡遇見佛陀
——〈日喻〉探析

《詩人玉屑》卷十七引宋人韓駒《陵陽先生室中語》有謂：「子瞻作詩，長於譬喻。」「長」到什麼程度？正如清人施補華《峴傭說詩》所指出的：「人所不能比喻者，東坡能比喻；人所不能形容者，東坡能形容。比喻之後，再用比喻；形容之後，再加形容。」近人錢鍾書《宋詩選註》也認為蘇詩「在風格上的大特色是比喻的豐富、新鮮和貼切」，並說：「上古理論家早已著重詩歌語言的形象化，很注重比喻；在這一點上，蘇軾充分滿足了他們的要求。」以上是針對蘇詩，曾國藩則注意到蘇文：「東坡之文……善設譬喻；凡難顯之情，他人之所不能達者，坡公輒以譬喻明之。」（《鳴原堂論文》）

幾乎只要是動筆將情理形諸文字，蘇軾無不騁其聯想，極盡比喻之能事。就連談文論詩，也出之以比喻。例如談到文章的審美價值，說「文章如金玉珠貝」；談到詩歌的意境表現，用「新詩如彈丸」來強調圓熟自然的重要。談到文章的基本功用，也是比喻：「言必中當世之過，鑿鑿乎如五穀必可以療飢，斷斷乎如藥石必可以伐病。」談到創作原理更是窮形盡相，設喻以明之：

> 吾文如萬斛泉源，不擇地而出，在平地滔滔汩汩，雖一日千里無難；及其與山石曲折，隨物賦形，而不可知也。所可知者，常行於所當行，常止於不可不止，如是而已矣。

又如：

大略如行雲流水，初無定質，但常行於所當行，常止於不可不止。文理自然，姿態橫生。

（〈答謝民師書〉）

又如：

夫昔之為文者，非能為（很會寫）之為工，乃不能不為（情不能已的自然抒發）之為工也。山川之有雲霧，草木之有華實，充滿勃鬱，而見（表現）於外；夫雖欲無有（不表現），其可得耶？

（〈南行前集敘〉）

再如：

詩從肺腑出，出輒愁肺腑。有如黃河魚，出膏以自煮。

（〈讀孟郊詩〉）

亞里斯多德《修辭學》認為比喻是天才的表徵。這種論斷對別人也許不盡然，對蘇軾則是恰如其分。蘇軾善喻的本事，除是自身洋溢的才華有以致之外，還得力於兩方面的助緣：一是源遠流長的比興傳統，二是佛教文學；前者並不特殊，後者值得一探。

印度人是擅長用喻的民族，從吠陀時代到佛教時代，大大小小的各類型比喻——故事、寓言、童話等長篇比喻以及一句一語、一事一物的零星比喻——在他們的宗教經典、歷史詩篇、文學作品之中俯拾皆是。釋迦牟尼更是視比喻為弘法利生的方便法門，《妙法蓮華經‧方便品》說他「成佛以來，種種因緣，種種譬喻，廣演言教，無數方便，引導眾生，令離諸苦」。印度佛典分類有所謂十二部經，其中一類「阿波陀那」即是專說比喻的，如《雜譬喻經》、《百喻經》等。即便是一般佛經，也隨處可見比喻，而且常是一事多喻，如著名的《金剛經》「六如」：「一切有為法，如夢、幻、泡、影，如露復如電。」在《大般涅槃經》中，佛陀更是大開譬喻法門，一事之多喻已多到令人咋舌的程度。當他臨入滅前，應迦葉菩薩之請，「廣說大般涅槃行，解脫之義」，居然一口氣用了一百零八喻，從各個角度比況「解脫」（見〈四相品〉）。修辭學家認為連用三喻就算「博喻」，似此一百零八喻只能以「恆河沙喻」稱之了。

漢魏以後，隨著佛法東來，中土的文學藝術頗受影響，比喻的使用亦在其中。印度盛產蓮花，而「諸花皆小，無如此花香、淨、大者」（《大智度論》），遂成為佛陀說法時主要的取喻對象。如《大般涅槃經‧長壽品》：「云何處濁世，不汙如蓮華？」又如同書〈獅子吼品〉：「如來世尊出其國土，猶如大地生妙蓮華，雖生在水，水不能汙。」另如《末名王生經》：「吾雖在穢蟲之窟，猶蓮華居於汙泥。」《中阿含經》：「以此人心不生惡欲、惡見而住，猶如青蓮華，紅、赤、白蓮華，出水上，不著水。」在佛教徒的符號世界，蓮花直是出世法的唯一象徵，代表無著、清淨、離縛、解脫等無上妙法。宋儒周敦頤，不愛菊，不愛牡丹，「獨愛蓮之出汙泥而不染」，又稱自己起居之處為「愛蓮堂」，其中不能說沒有佛經潛存的影響。

至於亦儒亦佛亦道的蘇軾，號稱東坡「居士」，不僅精神生活領域留有佛陀的影子，在文學修養方面，尤其是比喻的使用頗多取法佛經之處。他有一篇名文〈日喻〉是箇中典型，不妨從比較文學的角度切入，也許可以從中探討出東坡喻與佛陀喻的關聯，以及受影響的程度。先把原文抄錄於下：

生而眇（目盲）者不識日，問之有目者。或告之曰：「日之狀如銅盤。」扣盤而得其聲，他日聞鐘，以為日也。或告之曰：「日之光如燭。」捫燭而得其形，他日揣籥（笛子），以為日也。

日之與鐘、籥亦遠矣，而眇者不知其異，以其未嘗見而求之人也。道之難見也甚於日，而人之未達也，無以異於眇。達者告之，雖有巧譬善導，亦無以過於盤與燭也。自盤而之鐘，自燭而之籥，轉而相（比附形容）之，豈有既（完結）乎！故世之言道者，或即其所見而名之，或莫之見而意之，皆求道之過也。然則道卒不可求歟？蘇子曰：「道可致而不可求。」何謂致？孫武曰：「善戰者致人，不致於人。」子夏曰：「百工居肆以成其事，君子學以致其道。」莫之求而自至，斯以為致也歟？

南方多沒（潛水）人，日與水居也，七歲而能涉，十歲而能浮，十五而能沒矣。夫沒者，豈苟然哉，必將有得於水之道者。日與水居，則十五而得其道；生不識水，則雖壯（成年），見舟而畏之。故北方之勇者，問於沒人而求其所以沒，以其言試之河，未有不溺者也。故凡不學而務求道，皆北方之學沒者也。

昔者以聲律取士，士雜學而不志於道；今者以經術取士，士知求道而不務學。渤海吳君彥律，有志於學者也，方求舉於禮部，作〈日喻〉以告之。

文章雖以「日喻」名篇，內容實包含「眇者識日喻」與「北人學沒喻」；二喻皆採「先事後理」的結構，這與佛教寓言文學《百喻經》、《雜譬喻經》等「先喻後法」的行文體制殊無二致，形式上皆可稱之為「喻體文」。裴普賢《中印文學關係研究》認為從中可看出蘇喻是受到佛喻的影響。印度之有喻體文，可上溯到《奧義書》時代的以一事物類比一道理，例如《聖徒格耶奧義書》第六篇，自第六章至十六章記載鄔大拉迦阿魯尼闡說宇宙本體，每先以鹽及榕實等作成比喻，每章一喻，九章得九喻，妙喻連篇。這種體式後來為佛教徒所承襲，形成《大藏經》中為數至夥的譬喻經、譬喻品。對佛典頗有接觸的東坡居士，受其潛移默化的影響自屬可能。

其中最明顯的影響，表現在比喻的構造及運用方式，析論於下。

一、喻中有喻

印度人講故事喜歡從大故事中引出多個小故事——一如阿拉伯《天方夜譚》的結構，一般學者認為後者受前者影響——也喜歡在大比喻中涵納小比喻。這種本領也是佛陀擅長的，例如《大般涅槃經・哀歎品》：

譬如春時有諸人等在大池浴，乘船遊戲，失琉璃寶，沒深水中。……於是大眾乃見寶珠故在水中，猶如仰觀虛空月形。

此中「猶如仰觀虛空月形」便是「譬如」大比喻中的一個小比喻。蘇軾〈日喻〉所運用的同一技法，便是把「日之狀如銅盤」、「日之光如燭」兩個小喻嵌進整個「眇者識日」的大喻之中。

二、比喻障的揭示

比喻立基於類似聯想。須注意的是，喻體（能喻）與本體（所喻）之間的類似，僅止於某一點或某一部分，不可能多方面類似，更不可能完全等同，否則就變成「以麟喻麟」、「以彈喻彈」了。但喻體與本體之間類似點的認定，如果表達者與接收者缺乏默契，便會發生溝通障礙：所謂「比喻障」。以比喻弘法的佛陀一再遭遇這種困擾。有一次針對「諸佛平等，眾生皆有佛性」的道理，佛陀打比方說：「雪山有草名『忍辱』，牛若食之則成醍醐；眾生佛性亦復如是。」將眾生比作牛，佛性比作醍醐（最美味、可療疾的乳製品），眾生修習聖道比作牛吃草；這本是一種「以眼見事喻眼所不見」（《大智度論》）的巧譬善導，不料徒眾中有獅子吼菩薩抓住喻體就反詰：「如佛所說忍辱草者，一耶？多耶？如其一者，牛食則盡；如其多者，云何而言眾生佛性亦如是耶？」佛陀不得不更換比喻，將佛性比作人人可通行的道路、人人可憩止的樹蔭、人人可出入的城門、人人可通過的橋樑、人人可求治的良醫，誰也不會妨礙誰。然而獅子吼依然無法跟他相契，質疑佛所作的道路喻，「先者在路，於後則妨，云何無障礙？餘亦皆爾（其他諸喻也有同樣的問題）。聖道、佛性若如是者，一人修時應妨餘者。」佛陀見獅子吼執著比喻而不悟，便向獅子吼開示有關比喻的性質，說所作的道路喻只是「少分喻」，並非「多分喻」。他所取譬於道路者，只是「可提供人人由此地達於彼地」的此一特性而已；獅子吼違背了「少分喻」止而不推的原則，以致製造了如上的語意障礙。佛陀還就著比喻的此一限制，說了一個寓意深長的故事：

如生盲人不識乳色，便問他（別人）言：「乳色何似？」他人答言：「色白如貝。」盲人復問：「是乳色者如貝聲耶？」答言：「不也。」復問：「貝色為何似耶？」答言：「如稻米末。」盲人復問：「乳色柔軟如稻米末耶？稻米末者復何所似？」答言：「如雪。」盲人復言：「彼稻米末冷如雪耶？雪復何似？」答言：「猶如白鶴。」是生盲人雖聞如是四種譬喻，終不能得識乳真色。是諸外道亦復如是，終不能識常樂我淨。（《大般涅槃經・聖行品》）

這個「盲人識乳」喻跟蘇軾「眇者識日」喻何其相似，宛如出自同一人手筆。二者都是比喻求道，尤其值得注意的，盲人都是被描述成既目盲又心盲的人。在佛喻裡，明眼人向盲人比喻乳「色白如貝」，明明點出取喻只在「色」，盲人卻轉而求「聲」於貝，其餘連續諸譬亦然。至於蘇喻裡的類似狀況是：明眼人形容日之「狀」如銅盤，而盲者居然扣盤而得其「聲」，然後循聲認日；對「日光」喻也是濫施推衍，從燭之光轉到燭之形，再從燭之形轉到籥之形。

二者對「比喻障」的揭示，如出一轍，應非巧合；誰影響誰，更是不辨自明。

三、同喻異喻並用

印度因明學「三支作法（略同於西洋邏輯學的三段論式）」的推理過程是：「宗（確立命題）↓因（推斷原因）↓喻（舉例類比）」，其中喻支又分為「同法喻」和「異法喻」，前者用於正面論證，後者用於反面論證，正反俱到，可強化類比推理的說服力。佛陀設喻也常正反兼顧，例如他形容解脫的稀有，既以「火中蓮花」為同法喻，又用「水中生蓮花」及「嬰兒長大乃生齒」作異法喻，以加深聽者的類比印象。在古中國，雖無類似因明的學問，諸子中卻也有懂得同異雙喻並舉的。例如善譬好辯的孟子，就曾經以「挾泰山以超北海」作為異法喻，以「為長者折枝」作為同法喻，來比況諸侯「致王業行王道」的容易可行。至於蘇軾在〈日喻〉中同異並舉的地方是「學沒」喻：先以「南方之沒人」為同法喻，從正面說明「君子學以致其道」的正軌；另以「北方之勇者」為異法喻，從反面說明「不學而務求道」的惡果。

四、好用明喻

佛陀廣說譬喻以轉法輪，除了不自覺的、語源學上的隱喻外，用在修辭與推理方面的都屬明喻，所以佛經中出現頻繁而又與佛法無直接關係的字眼，就是「譬如」或「如」。蘇軾〈日喻〉中的「日之狀如銅盤」、「日之光如燭」，固是十足的明喻，而「識日」、「學沒」兩個大喻，其所喻對象：「求道」，也是昭然若揭。這也許還不足以說明蘇軾的好用明喻，畢竟散文中驅策明喻原是普遍現象。至於以含蓄、精鍊見長的詩——尤其是近體詩往往視隱喻（含借喻）為最佳表意途徑；像蘇軾這般好以明喻入詩，只能歸諸個人偏好了。例如同樣是用冰雪解凍來比喻離愁，韓愈採隱喻：「離思春冰泮，瀾漫（散亂貌）不可收。」（〈遠遊聯句〉）而蘇軾則出之以明喻：「羈愁似冰雪，見子先流澌（因解凍而流動）。」（〈答李邦直詩〉）前引《陵陽先生室中語》所說的「子瞻作詩，長於譬喻」，也是專指明喻而言，這由它所列舉的蘇詩喻例可以得知：「高人豈學畫？用筆乃其天。譬如善游人，一一能操船。」「龍眼與荔枝，異出同父祖。端如柑與橘，未易相可不。」「人生到處知何似？應似飛鴻踏雪泥。」「欲知垂盡歲，有似赴壑蛇。」「少年辛苦真食蓼，老境清閑如啖蔗。」「雪裡波菱如鐵甲。」

進一步從成就看，蘇詩中膾炙人口的明喻句，不只數量多，風格上也最具東坡本色：「詩從肺腑出，出輒愁肺腑。有如黃河魚，出膏以自煮。」「美人如春風，著物物未知。羈愁似冰雪，見子先流澌。」「欲把西湖比西子，淡妝濃抹總相宜。」「人似秋鴻來有信，事如春夢了無痕。」「大星光相射，小星鬧若沸。」「夢繞雲山心似鹿，魂驚湯火命如雞。」「瘦竹如幽人，幽花如處女。」其喻詞或用「如」，或用「似」、「若」、「比」，可以看出若非為了遷就平仄，以「如」入詩是常態。用字習慣正與佛經無異。

分析至此，〈日喻〉中佛陀的影子可謂呼之欲出。蘇轍〈子瞻行狀〉說蘇軾「讀釋氏書，深悟實相」；我們認為蘇軾所深悟的，理應還有佛陀的譬喻法門。

〈日喻〉以後，以「喻」名篇的文章便成為一種獨特的文學體式，如明朝方孝孺有〈指喻〉，清朝章學誠有〈天喻〉，錢大昕有〈弈喻〉、〈鏡喻〉等，但並不多見。如果我們不拘執篇名中的「喻」，則有更多以「說」名篇的古文，可歸屬喻體文一類。其較著名的，如韓愈〈馬說〉、〈龍說〉，柳宗元〈羆說〉、〈捕蛇者說〉，宋人陳傅良有〈怒蛙說〉，而蘇軾自己也有〈稼說〉與模仿柳宗元〈三戒〉的〈河豚魚說〉、〈烏賊魚說〉，甚至還有以寓言集出現恍如《百喻經》的《艾子雜說》。

一九七九年三月

後記：

文章發表後二十餘年，我因編撰教科書，再度涉獵喻體文、寓言文學相關論述而意外發現：有二部「寓言史」著作，述及〈日喻〉時，不約而同追本溯源到佛經寓言，而皆以「盲人摸象」為其原型，不提「盲人識乳」。

「盲人摸象」的故事後來會廣泛流傳，可能與當初佛陀不斷用它來說法有關；今日佛經中出現此一故事的有《六度集經》、《佛說義足經》、《菩薩處胎經》、《大般涅槃經》，而以《六度集經》所述最為詳備。底下所錄，出自《佛說義足經》，較簡潔、流暢：

過去久遠，是閻浮利地有王，名曰鏡面，時（彼時）敕使者：「令行我國界（國內），無眼人悉將（帶領）來至殿下。」使者受敕即行，將諸無眼人到殿下，以白王。王敕大臣：「悉將是（這些）人去，示其象。」臣即將到象廄，一一示之，令捉（摸）象。有捉足者、尾者、尾本（根部）者、腹者、脇者、背者、耳者、頭者、牙者、鼻者，悉示已，便將詣王所。王悉問：「汝曹審見象不？」對言：「我悉見。」王言：「何類？」中有得足者言：「明王，象如柱。」得尾者曰：「如掃帚。」得尾本者言：「如杖。」得腹者言：「如埵（土堆）。」得脇者言：「如壁。」得背者言：「如高岸。」得耳者言：「如大箕。」得頭者言：「如臼。」得牙者言：「如角。」得鼻者言：「如索。」便復于王前共諍訟：「象，諦（確實）如我言！」

且不提主題思想，只看故事內容便知此等故事生不出〈日喻〉：

其一、眾盲人摸象之所以會誤以部分為全體，導因於「視障」，而眇者識日之所以一誤再誤，是「比喻障」造成的。也因此後者有「轉而相之」的關鍵情節，前者無之。

其二、兩故事雖都出現比喻，但「摸象」中是眾盲人因明眼人之問而作比，「識日」則是明眼人因盲人之問而向他設喻。不只動機不同，比喻在故事中的角色地位亦迥不相侔：前者無關宏旨，後者牽動情節，大局攸關。

其三、「摸象」中的盲人多達十位，而「識日」始終就一個；人數不同，結局也就各異，前者出現「眾盲諍訟」的局面，後者無任何紛爭。（「盲人摸象」的成語，有人說成「眾盲摸象」或「三盲摸象」，強調「眾（三）」，就頗能反映此一重點）

上述三個存在於「盲人摸象」與「眇者識日」之間的重大差異，卻是「盲人識乳」與「眇者識日」的共通點。寓言史的作者或者看不到這些重點，或者不知「盲人摸象」外，尚有「盲人識乳」的佛經寓言，以致探源探偏方向，錯認旁系血親為直系血親。

二部寓言史中的《中國寓言史》（吳秋林著，福建教育出版社，一九九八），於比較「摸象」喻與「識日」喻後，雖也發現「識日」喻中的盲人「先是以聽代視，又進而以觸代視，更進一步作出錯誤的類推」，從而認定〈日喻〉「情節的構建上比〈盲人摸象〉更有層次感和故事性」，卻仍推斷「〈日喻〉這則寓言的故事構架明顯是從佛經寓言〈盲人摸象〉那裡借來的」。頗令人有為德不卒之憾。

二〇一〇年十二月十二日記

談古典詩「比興」四境界

蘇轍有言：「欲觀於詩，必先知比興。」（〈詩論〉）清朝馮舒也說：「詩無比興，非詩也；讀詩者不知比興所存，非知詩也。」（《默菴遺稿》）古典詩的靈魂在比興，無論古體近體或樂府歌行，少了比興，詩便不成其為詩了。

據筆者長久的觀察，古典詩評家、文論家提到「比興」，常是籠統指意象的類比式聯想，亦即廣義的比喻。既是廣義，情況就較為複雜，大致可依境界的高低，將古典詩中的「比興」分作四層：即景現喻、聯類比象、藉言代物、諧聲轉義。底下就逐層加以論列：

一、即景現喻

這是境界最高的一種比興。詩人不假外求，直接就眼前景物呈現意象，提供聯想，以達到一種情景交融的境界——融情入景，景中含情——即劉勰「詩人比興，觸物圓覽」之謂。這種比喻從表面看不出是比喻，必須透過聯想活動的暗中運作，才能掌握它的比喻性質。

即景現喻是《詩經》的主要詩法，通常用在篇首或章首，稱作「起興」，有藉景襯情的作用，常可看作是一種象徵，所謂「興而比」、「興中有比」。如〈秦風．蒹葭〉：

蒹葭蒼蒼，白露為霜。所謂伊人，在水一方。……

蒹葭萋萋，白露未晞。所謂伊人，在水之湄。……

蒹葭采采，白露未已。所謂伊人，在水之涘。……

每章首二句既點出時空環境，也藉著所描繪的景物來烘托、渲染主人公的心境。又如〈小雅・采薇〉：

昔我往矣，楊柳依依；今我來思，雨雪霏霏。

其中「楊柳依依」、「雨雪霏霏」是即景，所欲烘染的心境分別是「昔我往」與「今我來」。王夫之甚至認為這是「以樂景寫哀，以哀景寫樂，一倍增其哀樂」，體會得深刻入微。陶淵明〈歸去來辭〉中「雲無心以出岫，鳥倦飛而知還」也是境與意會的寫照，誠所謂：「此陶淵明出處大節，非胸中實有此境，不能為此言也。」（葉夢得語）

唐詩中即景現喻的詩，往往興會標舉，耐人尋味。如劉禹錫〈烏衣巷〉：

朱雀橋邊野草花，烏衣巷口夕陽斜。

舊時王謝堂前燕，飛入尋常百姓家。

詩中以野草花象徵荒廢，以夕陽斜象徵衰敗，以王謝燕飛入百姓家暗示公子王孫的沒落。全是即景的，而又那麼地默默含情，任是無言也動人，真應了王國維所說「一切景語皆情語」了。又如李商隱〈登樂遊原〉：

向晚意不適，驅車登古原。

夕陽無限好，只是近黃昏。

此詩之妙，不只在即景現喻，更在所現的喻興寄無端，物色盡而情有餘。張爾田《玉谿生年譜會箋》即指出：「楊氏云：『遲暮之感，沉淪之痛，觸緒紛來。』可謂善狀此詩妙處。謂憂唐之衰者，只一義耳。」詩越是多義，扣人心絃的機會就越多，也就越能引發不同時代、不同生活背景的讀者普遍共鳴。清人譚獻所謂「作者未必然，讀者何必不然」的審美感受，多半拜即景現喻之賜。

二、聯類比象

這種比喻就是大家所熟知的、狹義的「比喻（譬喻）」辭格，包括明喻、隱喻、借喻等。雖然也有聯想、有形象，但形象是外來的，是作者臨時邀來加入的，難免客氣，無法完全溶入整個情境。

聯類比象以能製造氛圍、產生感情加成效果者為最佳。如唐人李益詩：

回樂峰前沙似雪，受降城外月如霜。（〈夜上受降城聞笛〉）

其中喻體「雪」、「霜」所傳達出來的視覺、心覺意象，讓「沙」與「月」不再只是自然界的無情物象。又如元人白樸《梧桐雨》（戲曲屬廣義的詩，有人稱之為「劇詩」）第四折對驚醒唐明皇美夢的雨打梧桐聲所作的描寫：

一會價（一會兒）緊呵，似玉盤中萬顆珍珠落；一會價響呵，似玳筵前幾處笙歌鬧；一會價清呵，似翠岩頭一派寒泉瀑；一會價猛呵，似綉旗下數面征鼙操（戰鼓聲）。兀的（怎麼）不惱殺人也麼哥，兀的不惱殺人也麼哥，則被他諸般兒雨聲相聒噪。（也麼哥，句末語氣詞，無義）

羅列諸多意象廣喻「諸般兒雨聲」，藉以強調主人公此刻心緒之亂，以及心潮起伏之不定。劉若愚《中國詩學》更指出這種博喻式的聯類比象，能製造出情節所需的氛圍，使讀者沉湎在共感的情調中，其作用可與現代劇場中的舞臺裝置與照明效果相媲美。

次佳者是無氛圍而有意象的聯類比象，如唐人王昌齡〈芙蓉樓送辛漸〉：

洛陽親友如相問，一片冰心在玉壺。

又如屈原〈卜居〉：

寧昂昂若千里之駒乎？將氾氾若水中之鳧，與波上下，偷以全吾軀乎？寧與騏驥亢軛乎？將隨駑馬之迹乎？寧與黃鵠比翼乎？將與雞鶩爭食乎？

效果最差的是不生任何氛圍與意象，而只是「純聯想」的聯類比象。如唐人賈島〈戲贈友人〉：

一日不作詩，心源如廢井。
筆硯為轆轤，吟詠作縻綆。
朝來重汲引，依舊得清冷。
書贈同懷人，詞中多苦辛。（轆轤，井上所架利用滑輪汲水的裝置。縻綆，滑輪上帶動汲水桶的繩索。）

一連串的聯想，有比而無味，有象而乏意，絕類打油，所以作者題作「戲贈」。又如寒山詩：

人生不滿百，常懷千歲憂。

……

秤槌落東海，到底始知休。

用的是認知性的比喻，目的只在說明，不在描寫。

三、藉言代物

這是一種刻板的、約定俗成的比喻，包括已淪為熟語的借喻和純屬詞語替換的「借代」。清人王夫之曾對這種比喻給予幾乎負面的評價：

有代字法，詩賦用之，如月曰「望舒」，星曰「玉繩」之類。或以點染生色，其佳者正爾含情，然漢人及李、杜、高、岑猶不屑也。施之景物，已落第二義，況字本活，而以死句代之乎？

《夕堂永日緒論》

其所以說「第二義」，說「死句」，在於這是一種停留在符碼層次的比喻，無法提供情意上的深度聯想。今分別舉例，屬借代的，如唐人權德輿〈玉臺體〉：「昨夜裙帶解，今朝嬉子飛。鉛華不可棄，莫是藁砧歸？」以「藁砧」代丈夫；又如韓愈詩：「金烏海底初飛來。」以「金烏」代太陽。屬借喻的，如宋人陸游詩：「岸幘尋青士。」以「青士」喻綠竹；又如南朝人劉孝綽詩：「誰憐雙玉筯，流面復流襟。」以「玉筯」喻淚水。

凡此，說是比喻，也不屬於修辭學定義的比喻，只可能是語源學、詞彙學上的比喻，所謂「死

喻 (dead metaphor)」是也。

這種比喻屬於聲音的比喻，修辭學上也稱作「諧音雙關」。是藉著喻體與本體語音相同，而強迫它們在語義上發生關係，是頗為霸道的修辭手段；又由於幾近文字遊戲，自來得不到好評。在中國，劉勰譏之為「空戲滑稽，德音大壞」（《文心雕龍・諧讔篇》）；在西洋，文評家把它貶為「假機智 (False wit)」、低級趣味。此中關鍵，由 F.H. 布烈沙特在《文學批評與鑑賞》中一語道破：「凡是不依靠意象的類似而依靠語音的類似以造成比喻，都將無法啟開〔讀者的〕想像之門。」例如有鄉土文學作家筆下出現「塞奶」一詞，當你獲知是取自臺語「撒嬌」的諧聲，容或能博君一粲，卻是激不起任何審美效應的。

四、諧聲轉義

諧聲轉義是古代民歌手慣用的伎倆，樂府詩中常見。如「霧露隱芙蓉，見蓮不分明」，以「芙蓉」諧「夫容」，以「蓮」諧「憐」；又如唐人劉禹錫〈竹枝詞〉：「東邊日出西邊雨，道是無晴卻有晴。」以「晴」諧「情」。諸如此類，巧則巧矣，了則未了，因為缺乏意象與意象的內在聯繫，只有語音與語音的外在牽合；與藉言代物相較，儘管可提供一些聯想，卻是一種飄浮在外，進不了「情、事、物」世界的假聯想，有時會造成反修辭的現象。因此只能屈居藉言代物之後，為境界最低的一種比喻。

一九八二年六月

一枝紅杏出牆來

——談理學家「比興」之樂

緒言

宋儒以前，儒者說詩、用詩而不作詩；是宋儒開始帶起儒者作詩論詩的風氣，馴致發展出「道學之詩（理學體）」，而企圖與「詩人之詩」相抗衡。此一文化現象頗值得吾人留意、探索，其結果雖不致於改寫「理學」定義，但至少能扭轉「理學枯槁」的刻板印象。

「北宋五子」之一的程顥，「學見聖域，詩其餘事也。」（元人方回語）而在《千家詩》中詩名竟壓過王安石、黃庭堅，只略遜於蘇軾（五首比六首）。尤有甚者，其〈春日偶成〉一詩竟高踞全書第一首，儼然《詩經》〈關雎〉同等地位，成了舊時童蒙必讀必誦的基本教材。詩曰：

雲淡風輕近午天，傍花隨柳過前川。
時人不識余心樂，將謂偷閒學少年。

所謂「余心樂」就是自得之樂，但究竟所樂何事，時人又為何「不識」，且按下不表；我們先從「將謂偷閒學少年」的「少年」，回頭檢視他少年時期的一段公案。

程顥十五六歲時，與其弟程頤聯袂到周敦頤處，向前輩請益學問。周敦頤給兄弟二人的指點是：「尋仲尼顏子樂處，所樂何事。」孔子以學而時習之為樂，以友朋切磋為樂，以發憤忘食為樂，乃至以曲肱作枕為樂；顏回之樂，不樂在飲食男女，而樂在陋巷簞瓢之中。凡此，應是程氏兄弟讀《論語》就明白在心的，而周敦頤卻還要他們去「尋」；顯然他心目中的孔顏之樂別有勝境，從書上去找將是「桃源望斷無尋處」。又不只周敦頤如此，張載也說：「學不至於樂，不可謂之學。」又說：「學不際天人，不足以謂之學。」兩番話皆以「學」為論點，而一強調「樂」，一強調「際天人」；合併以觀，「際天人之樂」就是張載學的方向。朱熹對學子也有類似的警醒提撕：「先賢至樂處，已是成就。」儼然把「孔顏樂處」視作性命之學（生命的學問）的最高境界。

理學家眾口一辭，勉人在學習路上把定方向，去探尋、發現孔顏之樂的祕境。然而他們念茲在茲的孔顏之樂，指的究竟是什麼樂？又如何「尋」法？前一個問題，必須回到張載論學所提及的「際天人」。所謂「際天人」意即溝通天、人之間，也就是與天打交道。在理學家的理念世界中，「天」落實下來，無非是萬事萬物之「理」，因此與天打交道，就是體察萬事萬物之理。至於如何打交道，周敦頤提出「尋」；結合張載之說來看，理學家要尋的正是「天人之際」，是宇宙與生命無界限的一種親密關係。

不論理學家承認與否，要發展這種關係，勢必走上神祕體驗之一途；這與古典詩歌理論「觸物圓覽」、「目擊道存」的詩心其實差堪彷彿。詩人、哲人可說不約而同在追求某種境界，也都循著同一路徑以臻此境界，那就是「比興」。

在古代中國，文、史不分家固然是常態，詩、哲合流也其來有自。「詩為禪客添花錦，禪是詩家切玉刀」，早在理學初興的唐代，詩與哲就開始攜手合作了。理學家的詩觀來自於孔子「興、觀、群、怨」的詩教，然而他們畢竟是具有新觀念新路向的新一代儒家，於援佛入儒時受到禪宗影響，將哲思與詩心巧作結合，也是極其自然的一種發展。他們一方面肯定「詩興起人意志」（二程語），一方面讓比興素養落實於生活領域，不只是停留在詩文修辭而已。

從語文層次轉進到生命境界的比興，是一種具主體性、能動性的覺知能力，擔負著聯絡「自我—宇宙」的哲學任務。所謂「比」是比喻，如「因陰晴不常，言人之開塞」（陸九淵），由此而得的樂是天啟之樂。「興」是興會，如「鳶飛魚躍，其機在我」（陳獻章），由此而得的樂是自得之樂。如果純就理的證悟上說，前者外求，有跡；後者內省，無跡。二者是有高下深淺之分的。

比：天啟之樂

藉宇宙萬物的物理以證成人類本身的倫理，這種仰觀俯察的人文活動，早在伏羲氏時代就發生了。《易經》以男女（陰陽）為「根喻」而構造出來「一陰一陽之謂道」的哲學系統，是此中典型。「天地氤氳，萬物化醇；男女構精，萬物化生。」（〈繫辭〉）以男女交媾類比天地陰陽二氣的交感，男女交而後有家人，天地交而後有萬物；於是人倫與天理的感通便成了先民普遍的信仰。「天行健」不再只是自然現象，也是一種啟示，啟示著人們「自強不息」；同樣的，「地勢坤，君子以厚德載物（君子觀察到地因厚重而能承載萬物，法其精神以修厚德）」等易象之喻，莫不皆然。順此思路下來，不難發現《中庸》「君子之道造端乎夫婦，及其至也察乎天地」這種從人道看天道的哲學見解，以及孔子因觀流水而興起「逝者如斯」的生命共感，是中國古老類比智慧的體現。

如果顧炎武《日知錄》「昔之清談談老莊，今之清談談孔孟」的指摘可以成立，那麼《易經》和《中庸》便是宋明理學家清談所資的雙玄。《易經》與《中庸》的宇宙觀都是根喻於「陰陽男女之道」，到了張載的哲學體系，擴展到以「家庭」為根喻，提出「乾稱父，坤稱母」的命題，經由類比認識，把整個宇宙視為一個和諧的大家庭，人人事事物物都是天地之子，「民吾同胞，物吾與也」。程顥對此極力稱揚，一方面用作教材，一方面發表「認識仁體」的談話（即著名的〈識仁篇〉語錄）。他在〈識仁篇〉中建立以「自我」為根喻的宇宙觀，認為天地萬物是有機的整體，而「我」渾然與萬物同體的境界就是仁者境界。這就更體貼、更親切地契入「宇宙—生命」的連繫，於是當醫生給他切脈時，他會禁不住說：「啊，切脈最可體仁！」他經常指點學者：「人心要活，活則周流無窮，而不滯於一隅。」

如果止於如此談玄，理學家也未免太不親民愛物了。事實上誠如熊十力先生所說，理學之學是一種生活哲學。理學家的根本精神還在實踐，於人倫日用之內追求、體驗陳獻章所指出的「天理真樂」。

北宋五子中年紀最長的邵雍，是最具詩人氣質的理學家，生活中的種種表現，總給人那麼一種溫柔敦厚的感覺。他喝酒不過半醺，賞花止於半開，門經常半掩，簾半捲；以「安樂先生」自居，

「居洛四十年，未嘗攢眉」——你看他「飲酒莫教成酩酊，賞花慎勿至離披（凋殘）」，何等寫意。然而這種半酣哲學如果止於一己的閒適，不能開展到待人應物，那便坐實朱熹所譏的「閒道人」，或者如葉適所批評的「邵某以玩物為道」了。然則邵雍是閒道人，是玩物者嗎？當他病危時，笑著對司馬光說：「且去觀化一遭。」把死亡當作一趟觀察造化的旅程，確是有點玩世。但當程頤問他遺訓時，他向前伸展雙手，表情凝肅；對方不解，他說：「面前路徑當放寬。一旦路窄，自己都立不了身了，還容得了別人行走嗎？」這個臨終喻，頗有佛入滅前臥於娑羅雙樹間說涅槃的味道，也令我們千百年後猶自想望他「凡事留有餘地步」的哲情與詩心。「堯夫非是愛吟詩，詩是堯夫擲筆時。事體順時為物理，人情安處是天機。」（〈首尾吟〉之二）邵雍溝通物我的天理樂境存在於「擲筆時」的現實生活中，他不是吟風弄月的玩物者。

年紀比邵雍略小的周敦頤，愛那出淤泥而不染的蓮花，愛那可以濯我纓的清流，基本心態仍是類比的：賦予自然物以某種德性，進而物我彼此認同。這種德性上的類比，即所謂「比德」（語出《禮記・聘義》「君子比德於玉」，思想淵源則可上溯到《詩經・秦風》：「言念君子，溫其如玉。」）。當人們進行這種評價性的思惟活動時，由於自我人格的投射於物，常覺「德不孤，必有鄰」，既獲得歸屬感，又豐富了生命。積極言之，是進德；消極言之，則是慰藉。

孔子有志用世而不遇，時人形容他像喪家之犬，就這樣纍纍然返魯。途中經過一座幽谷，見到一株自綻放、自芬芳的蘭花草，一時感悟，心中喃喃：「芝蘭生於幽谷，不以無人而不芳；君子立身行道，不因居困而改節。」張載當「浮花浪蘂自紛紛」的晚春時節，獨喜蘭香未歇、蘭姿瑰奇，頗與孔子「比德於蘭」同一意趣。他另有一首〈芭蕉〉詩，既表現出他物理觀察的深刻，也反映出他「知新求新日日新」的比德傾向：

芭蕉心盡展新枝，新卷新心暗已隨。
願學新心養新德，旋隨新葉起新知。

比德也常反映出比德者對生命的價值取向。王守仁有一次帶著弟子走過一塘死水，旁襯著一口深井，便對著隨行弟子說道：「與其為數頃無源之塘水，不若為數尺有源之井水，生意不窮。」儼然當年「子在川上曰」的翻版。何基進一步以井為師，作〈潛夫井銘〉表達心儀之情：

我卜（擇地開挖）斯井，寒泉食之；匪惟（不只）食之，亦以觀德。
惟泉有源，其來罔極；惟德有本，其進無斁（終止）。
我泉日新，我德日益；相（觀察）彼井矣，為吾之則。

諸如此類，藉比德向萬物認同，有人稱作「泛道德觀」，乃至目之為「迂」。但只要我們能結合哲思與詩心看，便知這種思想其實不枯燥、不僵化，充滿了觸物圓覽的審美意趣。

比德之外，理學家另一透過比喻而溝通天人之際的工夫，便是隨時接受大自然的觸機與啟示。大程遊西湖時，坐在石壇上休息，發現腳踏處出現了溼氣，即刻對天地元氣升降的道理有所體悟。又一次，燒湯瓶加熱冒氣的現象，也使他類推到陰陽消長的道理。朱熹帶門人出郊，逢著一群士兵除草，其中有一個由於連根拔去，以致耘得不多，耘得特別慢。弟子們都笑他鈍，朱熹便說：「你們仔細看諸兵所耘處，草皆去不盡，此鈍者卻是細心。所以作學問和耘草一樣，切忌苟簡！」朱熹要人做下學上達的工夫，大都類此。世間道理平鋪著，端看你如何聯類引喻罷了。他有一首〈水口行舟〉的比體詩，正表現出這方面的生命共感：

昨夜扁舟雨一蓑，滿江風浪夜如何？
今朝試揭孤篷看，依舊青山綠樹多。

人類類比而喻的心智能力，是學養，也是良能，因之比喻的結果，往往「此心同，此理同」。與朱熹同時而各立門戶的陸九淵，曾因陰晴的無常而聯想到人心的開塞，又因遊山發現草木的特異而感悟到學者用功的不同。王守仁七天七夜格竹子格出大病來，卻從晝夜之道體會到生死之道。當中秋月夜，與門人相聚在天泉橋宴飲，天象的變化一時竟觸發他對良知的深層證悟：

萬里中秋正月明，四山雲靄忽然生。
須臾濁霧隨風散，依舊青天此月明。
肯信良知原不昧，從他外物豈能攖（擾亂）？
老夫今夜狂歌發，化作鈞天（仙樂）滿太清。

與：自得之樂

比喻誠然擴展了認知領域，也強化了道德力量，但能否融洽無間地聯絡自我與宇宙呢，只怕仍有疑問。蘭花香自蘭花香，君子德自君子德，二者哪有什麼內在關聯？天行健豈能「決定」君子的自強不息？比喻所能提供的畢竟是一種「義外」的境界。理學家不會以此為滿足，他們所欲追求的是打破天人界限的渾全樂境，如程顥之所言：「道通天地有形外，思入風雲變態中。」或如王守仁指出的：「悟到鳶魚飛躍處，工夫原不在陳編。」這有賴於活潑心靈的契入天機，所謂「興會」。陸九淵說：「人之為學，貴於有所興起。」興起與興會，就理學言之，只是「理會」：以「理」來體會天下萬事萬物，因為「天地之道備於人，萬物之理備於身」（邵雍〈漁樵對問〉）。更重要的，「理會」之於性命之學是一以貫之的，是一通百通的，並不須盡格天下之物才能體得天下之物。

理學家拈出「鳶飛魚躍」的話頭，一再強調是「察見天理之工夫」、「子思喫緊為人處」，所謂「天下之理得，然後可以至于聖人」。然而要會得天下之理，必須具有靈動而能感通的覺知本體。否則饒是如何地鳶魚滿天飛、滿淵躍，怕不成了程顥所說「會得時，活潑潑地；不會得時，只是弄精神」？

興會既是一種「即物窮理」、「隨事觀理」的解悟，便離不開人倫日用之間，其作用的對象與比喻殊無二致。程顥曾經昭示學者：「灑掃應對，便是形而上者，理無大小故也。」認為人生活於道理具在的天地間，隨時隨地都有看似毫不相關的事物來引發我們窺見天心，進而使人萌生一種參贊天地化育的神祕體驗。周敦頤綠滿窗前草不除，只因「與自家意思一般」。程顥階前滿是茂草，有人勸他芟刈，他說：「不可。欲常見造物生意。」又養了許多小魚，時時觀看，體會「萬物自得意」。

甚至從觀察雞雛的活動中悟出仁道生生不息的意思，因為「自家心便是草木鳥獸之心」。他弟弟程頤也不乏這個一視同仁心。身為皇帝侍講，看到皇帝無故摧折嫩柳枝，便上前諫止：「不可壞了春意，斬斷生機。」邵雍「拍拍滿懷都是春」，張載要人「大其心以體天下之物」，也無非是基於此一靈明自覺。流風所及，謝良佐觀桃杏仁以見生意；朱熹看茄子內一籽是一箇生性；薛瑄從李核看無窮生機；翁森讀書盡讀書外之書，一心想尋出「數點梅花天地心」；王守仁「閑觀物態皆生意，靜悟天機入穹冥」。理趣的無所不在、無入不自得，恍如禪機的隨處湧現，公案也就層出不窮。

綜論

在聯絡自我與宇宙的過程中，理學家由比喻而理會，是由「以彼喻此」推進到「以小見大」，有不少人已經注意到禪味很濃。禪家的悟境：「雲在青天水在瓶」、「青青翠竹，總是法身；鬱鬱黃花，無非般若。」令人覺得理學家的鳶魚儼然是從裡面飛躍出來的。反觀儒家原典，「鳶飛戾天，魚躍於淵」從《詩經》到《中庸》，都只是比喻，並無任何理趣；對它「道體流行」的形而上解釋，終究只是理學家的獨特興會。同樣的，「逝者如斯」也只是孔子一個即景取喻的生命感發而已。我們配合《論語》上下章的意脈看，便知孔子在此只是勉人及時努力，或者如孟子答覆徐子時的引伸解釋，勉人從事有本之學；至多如荀子之透過「比德」全面解說水性，認為具備德、義、道、勇、法、正、察、善化、志等九德。總之，都只是比喻。而二程就他們主觀「理」會所得，以為「漢以來儒者皆不識此義」。朱熹集註因而順勢將川中流水全面昇華，進到「天地之化」、「道體之本然」的不可思不可議境地，孔子儼然成了觀水悟道者。

無論如何，理學家對天地萬物的感悟覺知，確是時時處處要超越比喻而臻於理會的。朱熹在哲學修養上賤視比喻的態度，除了反映在《四書集註》裡，也具現在他駁胡安國「物物致察，宛轉歸己」之說的一段議論裡：

問：「物物致察與物物而格何別？」曰：「文定（即胡安國）所謂物物致察，只求之于外。如所謂察天行以自強不息，察地勢以厚德；只因有物之如是而求之耳，而不知天如何而健，地如何而順也。……若宛轉之說，則是理非己有，乃委曲牽合，使入來爾。」

（《朱子語類》卷十八）

朱熹認為「物物致察」純係類比，於天人之際只是「襲取」，只是「委曲牽合」而已；惟有「物物而格」的即物窮理才是真正的理會，才有心物交感、天人同體的自得之樂。然而這種近乎神祕經驗的自得之樂，實不是一般人所能切身體會的。程顥讀到石曼卿「樂意相關禽對語，生香不斷樹交花」的詩句，會由衷地讚嘆：「此詩形容得浩然之氣。」自己也能「萬物靜觀皆自得」，但「四時佳興『與人同』」終難免自我陶醉；畢竟這種即用顯體的證悟在一般人看起來，也只是玩弄光景而已。同樣的，朱子〈春日〉詩：「等閒識得東風面，萬紫千紅總是春。」除了理學同道以外，其中的天機「佳興」，可曾博得世人的普遍共鳴？等而下之，像葉適「春色滿園關不住，一枝紅杏出牆來」的意境，不但從理趣被降為比喻，甚至連比喻也從「思無邪」淪為「思有邪」，看到這兩句，只想到婦人外遇。再如本文開頭提到的程頤「傍花隨柳過前川」，對程夫子而言，此行讓他感發到體道之樂；而在「時人」看來，不過是賞玩風景；降至後世，下場與「紅杏出牆」同樣不堪，「傍花隨柳」成為「狎妓尋歡」的比喻語了。似此，理學家在比興的世界中，費盡心思將比喻提升為理會，卻不料後人還是拉它們回到比喻；所有隱藏在他們詩中的「理趣」，最終一一浮現出「情趣」來。

當年「儒門淡泊，收拾不住」，理學家為了抗衡佛、道，替孔孟之道架構出形而上的哲學體系，用心是良苦的。但孔孟之所以為孔孟，就在於它不須形上體系的支撐而可以萬古常存（道中庸的本身就是極高明），一旦出現太高妙玄虛的理論，原本「日用而不知」的人們容易流連其間而忘返，「清談談孔孟」的風氣就無可避免地形成了。到了這步田地，真正老實踐履孔孟之道的人，無法透過即用顯體的理學思惟看出「一枝紅杏出牆來」藏有什麼「乾坤元氣」，也就不足為怪了。

於是有人不免要問：理學家尋孔顏之樂而窮究到天理至樂，是否純屬一廂情願？恰如《西遊記》中唐三藏一行人，誤闖誤撞到了小西天、小雷音，以為可以見到如來「取經得正果」，卻不料原來只是一處「假西天」？

這問題須分從「知識的學問」與「生命的學問」兩方面看。就前者言，無論程朱或陸王，對孔顏樂處的終極認知全都違離原始儒家甚遠。就後者言，他們能在所構築的比興勝境中自得其樂，大致能契合孟子「君子深造以自得」的精神；再者，他們透過比興所追求到的樂，是一種超越物質與感官的心靈之樂，也大體能與孔子「好之者不如樂之者」、「貧而樂道」的生命境界相應。由此觀之，理學家結合哲情與詩心，貫通形而上形而下，努力探尋孔顏樂處，不只在「儒門淡泊」的當時有其時代價值，在思想發展史上（含文藝思想與哲學思想）也自有其關鍵性的啟承地位。

一九八〇年七月

從比興說詩到作品繫年

——試評李辰冬先生《陶淵明評論》

比興說詩起源甚古，有學者追溯到春秋時代外交場合的「賦詩言志」（辦交涉或酬酢時，吟誦《詩經》片段，以「斷章取義」的方式，表明自己的意向）；我則認為真正具學術討論意義的比興說詩，首見於孔門的教學場合。《論語．學而》：

> 子貢曰：「貧而無諂，富而無驕，何如？」子曰：「可也。未若貧而樂道，富而好禮者也。」子貢曰：「《詩》云：『如切如磋，如琢如磨。』其斯之謂與？」子曰：「賜也，始可與言《詩》已矣！告諸往而知來者。」（往，指「如切如磋，如琢如磨」的詩句；來，指「貧而樂道，富而好禮」的體悟。）

又《論語．八佾》：

> 子夏問曰：「『巧笑倩兮，美目盼兮，素以為絢兮』，何謂也？」子曰：「繪事後素（繪畫之事，是在粉底上施加五彩）。」曰：「禮後（禮亦如繪事，先質而後文）乎？」子曰：「起予者商也，始可與言《詩》已矣。」

以上孔門師生說詩對話中所揭示的詩旨，皆非詩的原意，而是子貢、子夏聯想所得的詩外意義。孔子則予以充分肯定、鼓勵，對子貢：「告諸往而知來者」言下之意，說詩理當如此；對子夏：「起予者商也」表明孔子正是用這一套來引導弟子「興於詩」的。但孔子這一套說詩法與後世的比興說詩，其實貌同而心異。主要異處有二：

第一、孔子將《詩經》視為人格陶冶、生活倫理的教科書，為了活化此種教材，雖採比興說詩法，卻只是站在讀者「用詩」的立場。後世則轉從讀者「讀詩」、乃至作者「作詩」的觀點，已進入文學批評、作品鑑賞的領域。此一立場差異也導致對「思無邪」有不同理解，前者認為「思無邪」之「思」指的是讀者之思（《朱子語類》：「『思無邪』乃是要使讀書人思無邪耳。」）；後者則常就作者的創作心靈或作品的主題意識，去追究思無邪。

第二、孔門受到「賦詩言志」風氣的影響，說詩常斷章取義（喻），既不顧及詩篇整體的旨趣，也不理會作者為誰、有何創作意圖。後世則不只常就全詩說比興，更推及作品的外緣，包括寫作動機、時代背景，朝「知人論世」的方向大說特說。

要之，孔門式的比興說詩，不會發生錯會作者、誤解作品的問題；後世的比興說詩則無法避免這類問題，常為識者所詬病。黃庭堅〈大雅堂記〉論杜詩的妙處，就曾慨乎言之：「彼喜穿鑿者棄其（指杜詩）大旨，取其發興，於所遇林泉、人物、草木、魚蟲，以為物物皆有所託，如世間商度隱語（猜謎）者，則子美之詩委地（棄置於地；不值一顧）矣！」

溯自兩漢以來，比興說詩而穿鑿附會的無代無之。經學家固無論，即以詩評家而言，唐、宋兩代取「某某詩格」為名的一類詩話（頗有偽託之作），是箇中之尤。專書型的比興說詩，集中於有清一代，如張惠言《詞選》、陳沆《詩比興箋》、魏源《詩古微》、震鈞《香奩集發微》等是。這些人所用的比興說詩，大都窄化成「政教說詩」、「索隱說詩」一路，震鈞甚至大言「一部《香奩》，全屬舊君故國之思」，泛政治化到無以復加。

且舉一例以概其餘。歐陽脩作有一闋傷春的〈蝶戀花〉詞（一說作者為馮延巳）：

庭院深深深幾許？楊柳堆煙，簾幕無重數。玉勒雕鞍（指意中人）游冶處（聲色場所），樓（女主人公所住之樓）高不見章臺路（即「游冶處」）。　雨橫風狂三月暮，門掩黃昏，無計留春住。淚眼問花花不語，亂紅飛過鞦韆去。

從詞作本身的語境、意脈看，只能看出旨趣落在閨怨。若說其中暗藏比興，至多是「無計留春住」的「春」耐人尋味，可象徵青春年華或美好生活乃至更為具體的愛情。但無論如何都是只能從文內女主人公之心之眼看出。而張惠言全從文外就作者思無邪的角度切入，斷定歐陽脩以正人君子而作此豔詞，其中必有所寄託，有所諷諭。他更認為士大夫的比興作詩傳統源自屈原，於是遠從〈離騷〉配來一把解此密碼的鑰匙，興致勃勃地開啟〈蝶戀花〉隱藏的祕境：

「庭院深深」，閨中既以邃遠也；「樓高不見」，哲王又不悟也；「章臺游冶」，小人之徑；「雨橫風狂」，政令暴急也；「亂紅飛去」，斥逐者非一人而已。殆為韓、范作乎？

其所謂「閨中既以邃遠」、「哲王又不悟」，語出〈離騷〉，張氏蓋藉以證明此中象徵實有所承；並進一步指出歐陽脩的創作動機，是在為韓琦、范仲淹的遭貶鳴不平。總之，張惠言透過象徵結構的對應，將〈蝶戀花〉離騷化，將閨情政治化，更將作者屈原化。無怪乎王國維《人間詞話》譏他「固哉」，指責他此舉是「深文羅織」，既誣罔古人，又破壞了「境界」。

本來比興既是作詩填詞的主要表現方式，讀者閱讀時，循比興的線索進入詩境，理無不當。問題在於有些說詩者太偏執，既認定比興是說詩的唯一途徑，又將比興定位在春秋大義的王者之跡上，一似只有針砭時事、諷諭君上才是比興的極軌，才是詩教的正宗。於是像陶淵明如此一個以羲皇上人自居的隱逸之士，平日啣觴賦詩所抒發的「自我之懷」，也常遭人塗上一層「君國之思」的異彩。誦詩知人而到此田地，不能不說是比興說詩的罪過了。

陶詩號稱樸質，並不意味其中不藏比興，但通常只限於獨立意象的零星運用。例如以秋菊喻節操，以孤松、獨樹喻貞定，以白雲喻悠閒，以飛鳥喻自在等；至於被視為全篇皆比的詩（比體詩），縱有託寓也只是個人主義式的精神寄託——如四言詩〈歸鳥〉——與君國大義無關。

自來註解陶集的人，大都執著於《宋書．隱逸傳》所說的：「〔淵明〕自以曾祖晉世宰輔，恥復屈身後代。自高祖（指宋武帝劉裕）王業漸隆，不肯出仕。所著文章，皆題年月：義熙（晉安帝年號）以前則書晉氏年號，自永初（宋武帝年號）以來，唯云『甲子』而已。」從而以為陶詩似癯實腴，興寄遙深，便儘量從君國之思去曲折剖析陶心。宋人湯漢要發露「此老未白之忠憤」，趙泉山要揭示「悼國傷時」的微旨，清人陶澍想表彰「孤臣惓惓故朝，垂空文以見志」的心跡，就不曾認真檢閱陶集中標明年號或甲子的詩篇，是否真如《宋書》之所言。陳沆《詩比興箋》反倒注意及此：

讀陶詩者聞淵明恥事二姓，高尚義皇，遂乃逐影尋響，望文生義，稍涉長林之想便謂采薇之吟。豈知考其甲子，多在強仕之年，寧有未到義熙，預興易代之感？至於〈述酒〉、〈述史〉、〈讀山海經〉，本寄憤悲，翻謂恆語（反認為是無寄託的詩篇）。宋王質、明潘璁均有淵明年譜，當並覽之，俾知蚤歲肥遯（早年隱逸），匪關激成；老閱滄桑，別有懷抱。庶資論世之胸而無害志之鑿。

儘管如此，我們仍發現到：陳沆《詩比興箋》就陶集中看出有君國之思、易代之感的〈擬古〉、〈述酒〉、〈讀山海經〉、〈詠荊軻〉、〈桃花源詩〉、〈和郭主簿〉、〈讀史述九章〉、〈閑情賦〉等，其中〈述酒〉和〈擬古〉第九首容或有此意，此外則缺乏語境上內外在的可靠線索。陳沆動輒以史證詩的比興詩觀，未免一廂情願。但他開始注意到經由年譜認識作品背景，以避免無謂的牽合，倒不失為可行的說詩途徑。

目前能看到的陶淵明年譜有八九種，不可謂不多；但年譜的編定著眼在事跡，對詩文創作年代的考訂，往往不盡精審、完備。這也就是陳沆雖然懂得依據年譜去探測陶詩，而仍然附會叢出的主因。（陳沆所依據的王、潘二譜，後者已佚，前者多有疏謬，這又是陳沆為德不卒的另一原因。）

從年譜探究作品，既然存有先天上的缺陷，沉思之士便想到利用全面的、直接的「作品繫年」以映現作品的外緣，從而正確掌握詩旨，還詩人以真貌。李辰冬先生的《陶淵明評論》（東大圖書公司出版），便是在這種新願望新觀念的催促下，應運而生。於陶淵明的研究而言，此書無疑樹立了一座進入新途徑的里程碑。對此，李先生在第一章〈陶淵明作品繫年〉有一段開宗明義的議論：

作品繫年是作家研究的基石。知道了作品是什麼年齡、什麼時代、什麼環境所寫，對作品才能有真切的了解。就拿陶淵明來說，歷來的人都說他有故國舊君之思；作了作品繫年後，纔知所謂故國舊君之思的詩，都寫在晉朝未亡之前。試問：晉還沒有亡，故國舊君之思從何而來？

這真是一針見血。接著，李先生又將作品繫年與年譜作出比較：

作品繫年是以作品為主，而以生平事跡來註解作品，使生平與作品，作品與生平打成一片；不像年譜那樣以生平為主而忽略了生平與作品的關係。研究作者生平的目的，在幫助作品的欣賞。而所謂「欣賞」，是要與作者的情感起共鳴。一定得透過作者的生活，發掘作者的情感而與之共鳴，纔算是欣賞。

秉此信念，李先生經由作品繫年深入作者詩文創作、審美的世界，沿波討源；出來後筆其所見，完成了陶淵明境界的分期工作。然後再拿同時代——李先生稱為「詠懷時期」，起於阮籍以至杜甫凡五百年——各個作家與陶淵明相較，藉以映襯陶淵明獨特的人格和風格，從而確立其文學史上應有的地位。這是一種不鑿空、不陷孤的文學比較研究，包括作者本身不同作品的比較、作者與同類型或同時代作家的比較，從而為比較文學（廣義的）開拓出新領域；更重要的，千百年來層層籠罩在陶詩四周的比興疑雲，也因此而多所廓清。

然而仍有問題。這種研究既是建築在作品繫年的基礎之上（李先生說作品繫年是作家研究的基石），則一旦繫年不扎實，研究成果便有坍塌隳壞之虞。浦起龍《讀杜心解・少陵編年詩目譜》就提出警訊：「纘年不的（繫年不確實）則徵事錯，事錯則義不可解，義不可解則作者之志與其辭俱隱，而詩壞。」筆者仔細研讀了李先生〈陶淵明作品繫年〉，並參驗了將作品繫入的相關年譜，其中包括較〈作品繫年〉更晚出的楊勇《陶淵明年譜彙訂》。發現作品繫年所遭遇到的困難竟是一如年譜，以之知人論世並非就安如磐石，無懈可擊：

㈠版本上的困境：《陶淵明集》版本多，異文也多。楊勇《陶淵明集校箋》（正文出版，六十五年，臺北）算是後出轉精的校本了，但郭公夏五的取捨、魚魯亥豕的勘訂，不能說沒有私意存乎其中。尤其是對繫年具決定性影響的字句，如〈歸園田居〉之一：「誤落塵網中，一去三十年。」有本子作「一去十三年」，為楊勇所不取。而李先生則認定「三十」之「三」是「已」之誤，雖較合理，但缺乏版本依據。又如〈戊午歲六月中遇火〉篇名本身便有異文，「戊午」一作「戊申」；李先生引陶澍說斷為「戊午」，而楊勇以「戊申」為是，彼此也都能與詩中「總髮抱孤介，奄出四十年」相符合。（按：李先生以淵明壽五十七，而楊勇以為六十三，故甲子相忤，而繫年可各行其是。）再如〈遊斜川詩并序〉，序中「辛酉」一作「辛丑」，詩中「開歲倏五十」一作「開歲倏五日」，也都是牽一髮而動全身的問題。

㈡語意上的蔽障：文人屬辭比事喜歡藉著表意方法的調整，將實數確指轉成含糊其詞、朦朧其美的代稱，如「及笄」、「齠齔」、「志學」等；或是化零為整，如孔子自述「吾十有五而志於學，三十而立……」的一生學程，不見得指的恰就是那一個整數年。陶淵明筆下提到自己年歲，說「閒居三十載」、說「奄出四十年」，也似乎只是舉其成數而言。凡此模糊語，讀者想將指謂一一還原成具體數字，殊不易把握。再如某些本具連續性而遭人為強作劃分的時間概念：「長」與「少」、「弱」與「壯」、「春」與「夏」等，也都是含渾游移的，作者當時的意指與讀者後來的解讀，也難以若合一契。如〈和郭主簿〉詩：「弱子戲我側，學語未成音。」弱子，李先生斷為一歲至二歲的長子陶儼，而楊勇則判定是三四歲的幼子陶通。此外，〈辛丑歲七月赴假還江陵夜行塗中〉（「中」一作「口」），繫年根據題中甲子當然不成問題，問題在於如何與詩中「閒居三十載，遂與塵事冥」相符合。李先生將此詩繫於陶淵明三十歲那年的「辛丑」，但淵明既已二十餘歲即出仕，如何能說三十歲仍「閒居」？李先生為了使整個繫年系統合理化，作了如下的疏通：「他所作的是鎮軍參軍，參軍是幕僚，不算是官，故仍稱『閒居』。」按「閒居」一詞，既可指作官時「避人獨居」，也可指不作官時「家居無事」；在陶淵明詩集中皆指不作官，此詩自亦不能例外。怎麼辦？李先生遂轉而向「參軍」下手，認定「參軍是幕僚，不算是官」。按參軍一職，東漢始置，早期稱「參軍事」，後簡稱「參軍」，魏晉時秩在第七品。說「參軍是幕僚」無疑義，但說「參軍不算官」則不知何據。梁啟超《陶淵明年譜》認為「閒居三十載」一句是作品繫年「一極有力資料」；無奈的是句中「閒居」、「三十」到了各家之手，仍不免各取所需，各行其是。梁氏、李先生，莫不皆然。

㈢論理上的陷阱：這裡所謂陷阱是指證驗上的可能謬誤。推理如果全在語言之中進行，那麼經由推論所得的判斷，充其量只是對客觀事實的主觀見解；就形式言，也許合乎論理法則，但就實際證驗而言，很可能係謬誤。「某某被判殺人罪，坐牢十年」，這是已知的客觀陳述，我們如果據以推出「某某曾經殺人」的判斷，可能對也可能不對；因為「被判某罪」不必然等於「已犯某罪」，必須考慮到誤判和冤獄的存在。須知純以語言作證據力，很容易成了主觀的自由心證。為陶淵明〈命子〉作繫年的人，往往在材料的印證上取捨由心，逕作斷章取義的推論。如楊勇根據「厲夜生子，遽而求火；凡百有心，奚特於我（意謂為人父者當孩子初生時，就希望他成材）」，認為這是初為人父的心情，因此繫之於長子陶儼出世那一年。李先生則根據「漸免於孩（不須父母提抱）」、「願爾斯才（希望你成材）」，而繫於陶儼五歲將啟蒙的那一年。梁啟超、古直則先推定陶淵明生陶儼的年紀，再根據「顧慚華鬢，負影孤立」的陶淵明可能歲數，分別斷為陶儼三歲或十歲時所作。除此之外，把一些讀起來情調相似的作品繫在同一時期，更是證明力、說服力兩俱不存。

作品繫年的工作既有如上諸多限制，成果當然不會十分理想，但大體仍具參考價值。至少這是文學批評領域裡聯絡「讀書誦詩」與「知人論世」的主要橋樑，也是擺脫比興說詩者鑿空附會的根本辦法。

李先生將作品一一繫年而歸還陶淵明「隱逸詩人」的本來面目；活躍於作品繫年中的陶淵明，終究是「不知有漢，無論魏晉」的無懷氏、葛天氏之民。要不然，以他這樣追求本真的詩人，一旦置身於比興說詩的陰影中，可就毫無抒發自我之情的自由了：〈閑情賦〉興來詠一詠瑰逸令姿的「美人」，便被生拉硬扯到天恩浩蕩的「君王」；〈歸去來辭〉一心惦記著自家「田園之將蕪」，冷不防還有人自作多情畀予「朝廷之不治」的重任；〈桃花源記〉裡，既無漢來也無晉，是那種「無紀曆誌」的無政府國度，卻不斷有人斷斷囂囂計較於「二姓之間」；〈停雲〉的前序已明言「思親友也」，仍有人執意要認定這親友是一起勤王的同志，只因劉裕專擅廢立，晉帝有難；老實詠史原是「好讀書不求甚解，每有會意便欣然忘食」的偶興，沒的倒惹來「忠晉」、「憤宋」的溢美濫褒……「身在江湖，心存魏闕」，果真陶處士而如此，即便他能採菊東籬下，只怕見南山也「悠然」不起來了。後世讀陶者得了政治敏感症，而昧於人各有志的事實，不啻為隱者生涯鑑照出焚琴煮鶴、花間喝道的畫面。人世間的美感經驗，還有比這更煞風景的麼？

當然，欣賞原是一種再創造，我們也肯定「詩無達詁」的文學批評價值，所謂「作者未必然，讀者何必不然」（清人譚獻語）。但如前所述，這種思無邪的詩心只能止於讀者這一方，一旦要貫穿讀者與作者，直抵作者的心跡行事，便成了對作者的知人論世了。如此而不從繫年去考究作品外緣，一味地「比也興也」便可能構成對歷史的誣蔑。試想：歷來比興說陶的成果一旦取以為史料（既能以史證詩，就可以詩證史），陶淵明的傳記豈不要全盤改寫，甚至將他逐出〈隱逸列傳〉改入〈忠義列傳〉？

作品繫年為中國古典文學提供了一種「完全評賞」的新途徑，此途徑將成康莊大道抑或另一條歧途險路，端看繫年者態度是否客觀、方法是否合乎科學而定。

一九七八年十月

談比喻的趣味性

從修辭效果看，比喻具有五大特性：一是形象性，能使語句靈動活潑；二是暗示性，能使語言含蓄蘊藉；三是多義性，能提高語意密度；四是評價性，能賦予語句感情色彩，藉以反映褒貶態度；五是趣味性，能使言談詼諧滑利，化解緊張與衝突。現在專談趣味性。

《左傳》與《戰國策》都載有外交辭令，而一般認為後者較為生動有趣，主要原因是比喻在裡面發揮了作用。且說戰國時代強楚進犯韓國，韓國向秦國求援。特使來到秦廷，企圖用「唇亡齒寒」的比喻打動年輕的秦王；秦王兀自猶豫，宣太后立即接手，以其人之道還治其人，也打著比方對韓使說：

妾事先王也，先王以髀（臀部或大腿）加妾之身，妾困不支也；盡置其身妾之上，而妾弗重也（不覺得重）。何也？以其少（略微）有利焉。今佐韓，兵不眾，糧不多，則不足以救韓。夫救韓之危，日費千金，獨不使妾少有利焉？（《戰國策・韓策》）

以床第上的男女關係比喻國際關係，後人讀史至此，鮮有不認為太后有失體統的，元人吳師道且直斥為「汙鄙」。我們只覺得有趣得緊。其所以有趣，不在於它跟「性」有關，在於太后從性生活發現了某種道理，而婉轉（也是蠻橫）地類推到不屬於性的領域，使得禁忌與非禁忌之間發生了超連結，形成一片前所未有的和諧。這是「諧趣」。

藉比喻製造諧趣，在與人談辯時能片言解紛，省卻多少婆婆媽媽的說理。民初學貫中西的辜鴻銘主張一夫多妻，其哲學是建立在比喻之上的：「丈夫如同茶壺，老婆等於茶杯；一把茶壺可配四個茶杯，若是一個茶杯配四把茶壺就不妙了！」這只是基本比喻，隨時他又可拈出類似妙喻。有外籍貴婦在宴會場合質問他：「男人可以多妻，為什麼女人就不可以多夫？」他說：「不可！於情不合，於事於理也都有礙。」接著問：「府上有自用轎車嗎？」洋婦人不知是計，答：「有的。」於是反問：「汽車有四個輪胎，府上有幾支打氣筒？」

至於吾人提筆為文，偶而打個輕鬆的比方，常能引發讀者會心之笑，紓緩閱讀的壓力。夏丏尊作文一向嚴肅，但在〈我之於書〉中提到自己勤於買書而疏於看書時，打趣地說：「關於這事，我常自比為古時的皇帝，而把插在架上的書譬諸列屋而居的宮女。」夏丏尊畢竟含蓄，如果他開放些，將「列屋而居的宮女」換作「苦候臨幸的妃嬪」，就更貼切更巧妙了。夏丏尊之後，香港作家劉紹銘面對同樣情境，也有妙喻：「〔書架上〕這些該讀而未讀的書，看起來就像一雙雙討債的眼睛。當你每天回家一進書房時，就有債主臨門的恐懼感。」（〈書看不完，怎麼辦〉）

臺灣作家中，亮軒擅長結合夸飾、比擬（轉化）、大詞小用（降用）等手法，製造比喻的趣味性。且看他如何描寫其夫人懷孕：「那個肚子大得實在可以，望之如山如岳，輾轉之間的規模，直如壓路機倒車，轟轟然令人敬畏。」（〈第二個奇蹟〉）再看看他的家：「臺北的空氣好髒，三天疏懶，到處就蒙上了一層灰，人住的屋子便成了放大的鼠洞。」又說：「家裡三臺電扇，二臺掛在牆上，另

一臺是遊牧民族，東放放西放放，跟那座落地枱燈一樣，看樣子永遠找不到落籍的角落。」（〈損有餘補不足〉）

除了諧趣以外，比喻還能製造另一種趣——謔趣。兩者的區別在於諧趣只是輕鬆，謔趣則意在嘲弄：有時自嘲，有時嘲人，但也僅止於謔而不虐，否則就不成趣了。

話說大漢初年，韓信謀反失敗，蒯通牽連被捕。劉邦指責蒯通策反韓信，氣得要烹他；他大喊冤枉，說：「盜跖的狗衝著帝堯又叫又咬，並非堯本身不仁，為的是誰家的狗不是心向著主人？」這個自嘲為狗、而暗捧劉邦為堯的比喻，逗得流氓皇帝龍心大悅，赦免了他的死罪。不久前，屏東有位縣議員在議會中抱怨縣府對議員的意見毫不重視，議員質詢成了「狗吠火車」，一點效果也沒有。這也是自嘲。

嘲人的高手首推莊子。這位逍遙哲學家有天到了梁國，想去拜訪老朋友梁相惠施。惠施誤聽謠言，以為莊子要來取代他，派人四處搜查莊子的行蹤，忙了三日三夜。莊子得知，主動現身，見面便酸他：「你知道南方有一種鳥叫鳳凰嗎？牠從南海來，要飛往北海去，一路上不是梧桐不住，不是竹實不吃，不是甘泉不喝。這天正飛過梁國的上空，地面上的貓頭鷹抬頭看到了，緊緊攫住正吃得津津有味的腐鼠，大叫：『嚇！不要搶我的！』」

自我嘲弄式的比喻，有時完成於淚光與笑聲交織之中。幾年前，中美洲尼加拉瓜爆發內戰，首都宣布戒嚴，入夜以後人車匿跡，唯炸彈聲、槍炮聲不絕於耳。我駐尼外交人員受盡驚恐。薛大使的夫人周淑媛寫信向徐鍾珮（時為駐韓大使夫人）訴苦，信末另有薛大使的附言，說：「我們這裡天天過年，遠近鞭炮聲此起彼落，我們倆在此守歲。」是苦中作樂的一種幽默，也唯有藉比喻才能曲盡其情。

另有一個與此趣味相類的洋故事。美國總統甘乃迪遇刺後，副總統詹森依法扶正。詹森缺乏政客魅力，又因越戰飽受批評，人民滿意度一向偏低。然而當他宣布不競選連任時，一夜之間，國人紛紛表示擁戴與惋惜。詹森蒙此際遇，不勝浩嘆，說：「一個惹孩子們討厭的晚娘，在下堂求去之時，有哪一個小孩不會假惺惺地說：『媽咪，其實我是最愛你的！』」（詹森以副總統繼任總統，故以「晚娘」自喻自憐）

美國人重視幽默，視之為高 EQ 表徵；在政壇立足不只要常自嘲自解，更要坦然接受來自輿論、媒體的冷嘲熱諷。「花生總統」卡特任內四年的表現，常被直接形容為 incompetent（無能）、ineffective（不中用），乃至 stupid（愚蠢）。這其實都平淡無奇，引不起注意，但運用比喻讓責罵形象化，亦即有畫面，就引人入趣了。有政論名嘴指責卡特做什麼錯什麼，「就像一個笨學生到實驗室做實驗，凡是他碰到的東西，準會爆炸」。另一個名嘴也針對卡特的施政作為，揶揄說「活像個笨手笨腳的木匠，使勁揮動著鎯頭釘釘子，記記敲下來都敲在自己的拇指上」。

取譬引喻而想製造趣味，須從喻體下手：其一、喻體本身已是有趣的畫面；其二、喻體與本體構成不協調的組合。

一九八〇年八月

後記：

修訂此文時，閱報載：中央研究院決定調整「國家生技園區」的開發計劃，將面積由二十五公頃驟減為四公頃，以回應作家張曉風「報告總統，我可以有兩片肺葉嗎」的籲求。張曉風仍堅持園區預定地是寶貴的生態溼地，應完整保留；並強調只要開發，就形同性侵，「無論插入五公分還是十公分，一樣都是性侵」。

張氏此喻是否得體，姑置不論。此處只想藉張喻與宣太后喻的比較，說明評價性比喻與趣味性比喻本質上的差異。

張、宣二喻都以性事為喻體，但由於整個比喻的著眼點不同——張氏著眼於公益，宣太后著眼於私利——故所選用的性事喻體大有差別，前者是非法的、暴力的，又令人痛恨的；後者則既合法更合「禮」（有「敦倫」、「通人道」、「行周公之禮」等美稱），又有促進家庭和諧的功能，故用為喻體能讓人會心，產生所謂「趣味」。至於張喻，顯然意在譴責，才會選用大眾公認的惡行作喻體；有這樣的喻體，即便「喻解」不出現，其褒貶態度已呼之欲出。

總之，就如同文章結尾所強調的，喻體永遠是決定比喻效果的關鍵因素。

二〇一〇年九月二十九日記

比喻與談辯

邏輯學家一向排斥比喻，認為比喻只適於描述說明，不宜用來推理論證。馮友蘭當年為《老子》問題與胡適打筆仗，就指責胡適「以文學的譬喻替代邏輯的辯論，是很危險的」（《中國哲學史補編》）。馮氏刻意將譬喻冠上「文學的」，而與「邏輯的」相對，言下之意，譬喻縱然不是反邏輯，也是非邏輯語言。基於相同的比喻觀，陳大齊也主張「學術論辯不宜多用譬喻」，而中國古代談辯之士愛用，只因「譬喻具有迷亂的力量，足以幫助其雄辯」（《名理論叢》）。

儘管比喻的邏輯論證力偏弱，但由於它具有化未知為已知、化抽象為具體、化深奧為淺顯、化平淡為生動等修辭效果，運用得當，常能談言微中，一語解紛，不只服人之口，甚且服人之心。至於形式上是否合乎邏輯，鮮少有人在意了。可以這麼說：比喻也許不是完善的思惟方法，卻是有效而值得講求的談辯策略。《荀子・非相》：「談說之術，矜莊以莅之，端誠以處之，堅強以持之，分別以喻之，譬稱以明之。」反映的正是這種比喻觀。

談辯是一種面對面的、即時的、互動的言說行為，而在互動的過程中常會出現你來我往的攻防，所使用的比喻就不會是靜態的、孤立的，而是相因相成乃至相抗衡的。底下我們便根據這種特性，借用古典辯論術語，把談辯性的比喻區分為援、推、引、侔四種，一一討論其運作方式及語用現象。

援

談辯性的比喻技巧中，《墨子・小取篇》所提出的「援」是萬無一失的：「子然（這樣），我奚獨不可以然！」也就是利用對方的命題或觀點，作為「喻體（能喻）」以反擊對方；這種反客為主的比喻，很像柔道「借對方力量」的技巧，又像韓非子所謂的「以子之矛攻子之盾」。《世說新語》常見，下面是一個九歲小孩使用「援」的驚人成績：

梁國楊氏子九歲，甚聰慧。孔君平詣其父，父不在，乃呼兒出。〔兒〕為設果。果有楊梅，孔指以示兒曰：「此是君家果。」兒應聲答曰：「未聞孔雀是夫子家禽。」（〈言語篇〉）

這個楊家小兒的答辯，換成陳述語氣的完全形式比喻，便是：「楊梅非吾家果，亦猶孔雀之非夫子家禽。」意思是如果你不承認孔雀是你孔家的一員，那同樣的我也不承認楊梅是我楊家的一員；你承認，我也就承認。總之，至少我是不吃虧了。這是一種針鋒相對的比喻，而且以其道還治其人的結果，往往是後來居上，被「援」的會陷於進退維谷而啞口無言。蘇軾就曾以「援」成功地駁倒王安石荒謬的文字學說。王安石分析「波」字，說是取義於「水之皮」；蘇軾反問以「然則『坡』為『土之皮』乎」，王安石為之語塞。

接著看兩則現代「援」式比喻的對話。其一：

老師：「大明，你爸爸是教授，為什麼你成績還這麼差？」

大明：「可是，老師，小雄的爸爸是醫生，他還會生病呢！」

其二：

店員：「先生，請不要在這裡抽菸。」

顧客：「怪啦，你們店裡賣菸，卻不准客人吸菸？」

店員：「我們也賣浴巾，並沒有客人在這裡洗澡哇！」

第一個故事可與《世說新語》的楊氏子古今輝映。

推

另一種談辯性的比喻技巧，與「援」相反，稱之為「推」。《墨子・小取篇》說：「推也者，以『其所不取』之同於『其所取』者，予之也。」其所取，就是對方所同意的事理（即喻體，以下簡稱甲）；其所不取，就是對方所不同意的事理（即本體，以下簡稱乙）；如果甲等於乙，那麼只要對方同意甲，就沒有理由不同意乙。「推」之用於比喻，是利用喻體與本體之間的靈活關係來設計陷阱，而讓接受比喻的一方不知不覺掉入其中。先秦諸子中，「予豈好辯哉」的孟子最是擅長此道。《孟子・梁惠王下篇》：

孟子謂齊宣王曰：「王之臣，有託其妻子於其友而之楚遊者，比（等到）其返也，則凍餒其妻子。則如之何？」王曰：「棄之。」曰：「士師（獄官）不能治士，則如之何？」王曰：

「已（免職）之。」曰：「四境之內不治，則如之何？」王顧左右而言他。

步步誘敵深入，於馬陵隘口萬弩齊發，於是「龐涓死此樹下」。孟子這種「推」法，難在於必須具備「以二事共推一理」的類比能力，而且整個過程太權謀，常人學不來。一般常見的「推」式比喻，是以一事推一理，例如墨子師生間的一次對辯：

子墨子怒耕柱子。耕柱子曰：「我無愈於人乎（我難道沒有勝過別人的地方嗎）？」子墨子曰：「我將上大行（太行山），駕驥與牛，子將誰驅（你會想駕哪一種牲口）？」耕柱子曰：「將驅驥也。」子墨子曰：「何故驅驥也？」耕柱子曰：「驥足以責（要求）。」子墨子曰：「我亦以子為足以責。」

《墨子・耕柱篇》

「推」這種設餌誘人入阱的比喻術，先秦諸子愛用，二十世紀的辯士們也愛用。有一場以「死刑應否廢止」為題的奧瑞岡式辯論賽，正方辯者申論完畢後，由反方辯者提出質詢。此人一上臺，便伸出一腳問對方：

「請問，我腳上穿的是什麼？」

「鞋子。」正方辯者答道。

「請問，你也穿鞋子嗎？」

「當然！」

「再請問你，當你鞋子穿壞了，你怎麼辦？」

「換一雙新的。」

「換一雙新的。是不是就把舊的給……丟掉？」

「嗯……是的。」

「好，鞋子壞了，不能再穿了，我們要丟掉它！」質詢者轉向評審與觀眾，「那麼，各位，當一個人壞了——壞透了，我們也必須丟掉他，棄如敝屣。所以，我方認為：對一個萬惡不赦的人，我們沒有理由讓他繼續存在這個社會，我們要判他死刑！」

辯論屬唇槍舌劍之戰。《孫子》有言：「兵者，詭道也。」辯場上如此「推」人入阱，確能營造出「擬戰場」氣氛，滿足觀眾看熱鬧的心理；對整個辯論也多少有加分作用，但仍不足以決定勝負。如前所言，比喻本身的論證力相當薄弱，辯場上任何形式的比喻都只是奇兵、敢死隊，無法主導全局。

引

所謂「引」，就是不另立比喻，而把對方的比喻接過來，或順或逆地引申到有利我方反擊的所在。這個功夫，孟子也出色當行，常用以破解告子的「人性喻」。

當告子說：

性猶湍水（急而回旋的水流）也，決諸東方則東流，決諸西方則西流；人性之無分於善不善也，猶水之無分於東西也。

孟子便說：

水信無分於東西，無分於上下乎（水雖不分東西方位，卻分上下地勢）？人性之善也，猶水之就下也；人無有不善，水無有不下。

當告子說：

性猶杞柳（自然物，天生的）也，義猶杯棬（人造物，後天的）也；以人性為（修成）仁義，猶以杞柳為（製造出）杯棬。

孟子便說：

子能順（就原材使用）杞柳之性以為杯棬乎？將戕賊（砍削、烘烤）杞柳而後以為杯棬也？如將戕賊杞柳而以為杯棬，則亦將戕賊人以為仁義（違逆人性以行仁義）歟！率天下之人而禍仁義者，必子之言夫！

（以上二例並見《孟子・告子篇》）

把對方的比喻稍加改造，變成自己的比喻，同時掉轉頭來反擊，對方成了太阿倒持。這裡面當然有點「援」的成分，但跟「援」不同的是：「援」成就比喻，以比喻破直說；而「引」不自造比喻，只藉比喻破比喻自身。其所以會如此，是比喻的多義性使然，因為比喻中喻體和本體之間的相關，往往不止一點，立的一方取其中某一點以構成比喻，破的一方便取其中對自己有利的另一點以構成另一個比喻，於是形成了「引」。

劉向所編的《說苑》故事，有不少「引」式比喻，其中一個是孔子與子路在對辯中互引。子路未入孔門前，知勇不知學，在孔子面前搬弄一大堆反學哲學，於是孔子便打開譬喻法門來接引他：

木受繩（繩墨）則直，人受諫則聖，君子不可以不學。

詎料子路把這個比喻給「引」了過去，說：

南山有竹，弗揉（不須矯正）自直，斬而射之，通於犀革，又何學為乎？

孔子則巧妙地把它給反引回來，說：

括而羽之（在竹子末端安上扣弦的括和定向的羽），鏃而砥礪之（在前端裝上箭鏃，並磨利），其入不益深乎？

這下子子路沒得引了，即時拜伏受教，成了孔門的新生。此中頗有《西遊記》如來佛收伏孫行者的味道，「引」喻的說服力不容小覷。

臺灣各級議會中的質詢答詢，也常見比喻引來引去，也高來高去，令人眼花撩亂。某次，有立法委員批評政府「法令多如牛毛」，內政部長林洋港答詢時將毛多毛少引到牛是壯或病，說：「健壯的牛，毛一定多；毛太少的，必是病牛。所以法令多如牛毛不是壞現象。」質詢者則反引過來，說：「以我在農家的經驗，多毛的牛是病瘦的，少毛的牛才健康。」雙方論辯的焦點已轉移到喻體（牛隻），而本體（法令）反淡出畫面了。又如執政黨擬停辦鄉鎮市長選舉，省議員簡錦益質疑此舉乃「開民主政治的倒車」，民政廳長劉裕猷避開本體，針對喻體引而申之，曰：「開倒車並非壞事。像車子進了死巷，像阿里山小火車爬坡，都必須倒車；倒車的目的也是為了前進。」質詢者又抓住引申加以引申，反問：「阿里山鐵路開倒車，脫軌怎麼辦？」足見彼此引來引去的比喻攻防，常會導致論點失焦，真理愈辯愈不明。

精通邏輯的人對此最是洞若觀火。例如前引「告子孟子以水喻性」的攻防，陳大齊《名理論叢》即指出孟子「依據能喻（水無分於東西）以作推論，實非名理所宜許」。陳氏似乎也看出引來引去之無謂，說：「孟子與告子作此論辯時，假令荀子亦參加討論，則他大可援孟子的論調以駁孟子道：『水就下不就上，足徵人性惡而非善。』」因為「下流」指惡才是一般人的認知。

撇開邏輯，文學作品中的「引」式比喻又是另一番風味；常出見在對話，〈孔雀東南飛〉男女主人公的分手告白是其中經典。劉蘭芝不見容於婆婆，夾縫中的丈夫焦仲卿只好請她回娘家暫避鋒頭，來日再相機迎歸。分手時雙方盟誓，多情的蘭芝且藉喻明志：

君當作盤石，妾當作蒲葦；
蒲葦韌如絲，盤石無轉移。

不料後來蘭芝被家人逼迫改嫁太守之子，身為小吏的仲卿絕望之餘，乃藉「引」反唇相譏：

府吏謂新婦：賀卿得高遷！
盤石方且厚，可以卒千年；
蒲葦一時韌，便作旦夕間。

卿當日勝貴，吾獨向黃泉。

侔

「侔」有齊等的意思，《墨子．小取篇》下的定義是「比辭而俱行」；用在設喻，就是另立一個與對方性質相近而意義相反的比喻，來跟對方相抗。《韓非子．難篇》有叔向與師曠相侔的故事，可以在此作個說明：

晉平公問叔向曰：「昔者齊桓公九合諸侯，一匡天下。不識臣之力也？君之力也？」叔向對曰：「管仲善制割（剪裁），賓胥善削縫（縫紉），隰朋善純緣（鑲邊），衣成，君舉而服之。亦臣之力也，君何力之有？」師曠伏琴而笑之。公曰：「太師奚笑也？」師曠對曰：「臣笑叔向之對君也。凡為人臣者，猶炮宰（廚師）和五味而進之君；君弗食，孰敢強之也？臣請譬之：君者，壤地也，臣者，草木也；必壤地美，然後草木碩大。亦君之力也，臣何力之有？」

叔向以製衣為喻，把群臣比作分工合作的一組裁縫師，於是君王成了穿現成衣的不勞而獲者。師曠雖以烹飪為喻，把群臣比作廚師團隊，卻沒把君王比作吃現成飯的傢伙，反而成了「決定怎麼吃與吃不吃」的主子。如此還不夠，師曠又設了一個種植喻，推崇君王是生養草木的大地；大地決定草木的榮枯，形同君王決定臣下的成敗。兩造各執所喻，各據一方，究其實誰也沒勝誰。是故韓非子給這場御前對辯下的評判是：「叔向、師曠之對皆偏辭也。」

會造成這種局面，是因為喻體與本體之間的聯結關係太過自由，而且一個本體可以同時與數個喻體結合成數個不同形式、不同喻旨的比喻，從而各取所需的結果，便形成了宛如兩道平行線的「佯」，永無相會之期。如此的對辯不會有真正的勝負，但雖不能破，至少可以守。東漢末年，陳登奉呂布之命去向曹操求封，求封理由是藉比喻道出：「養呂布如養虎，當飽之以肉，不飽則將噬人。」曹丞相則搬出另一個比喻，喻體相應而喻旨全然相反：「不如卿言。余謂譬如養鷹，飢則為用，飽則颺去。」（見《資治通鑑・漢獻帝紀》）

佯的取譬技巧，在現實生活的交談對辯中更是隨時可派上用場，以之解除尷尬，以之製造諧謔，以之反擊嘲笑，均無不可。「在一次舞會中，一位最高的男生請到一位最矮的女生跳舞，」這是《中央日報》「趣譚」所敘述的故事，「搭配不起來，他們彼此當然都覺得很累。跳呀跳的，跳到最後，男生終於忍不住對女生說：『跟你跳舞像是提菜籃似的。』女生很氣憤，於是回敬他一句：『跟你跳舞才像是吊單槓哩！』」

女生「很氣」，女生「回敬」，當然是出於報復，但也只是彼此扯平了而已，並沒有佔上風。底下是一個運用「佯」而後來居上的特殊例子：

美國獨立後，富蘭克林出使歐洲，由於代表的是新大陸的新國家，在使節團中地位無足輕重，甚至遭「母國」英國排擠。某天，凡爾賽宮舉行外交宴會，各國大使輪番為自己國家的元首舉杯。首先是英國大使，他說：

「喬治三世就像太陽，光輝照耀大地，全世界的人都得到恩賜。為吾王乾杯！」

法國大使不甘示弱，邀大家乾杯的祝詞是：

「路易十六恰似月亮，皎潔柔美的月光象徵著和諧與無私，它遍予黑暗以光明，也柔化了世間的戾氣，到處一片祥和。」

富蘭克林舉起酒杯，趁機一吐揚眉之氣：

「喬治・華盛頓是創世者，命令太陽和月亮停止運行，它們也都不敢不從。」

這裡的「侔」，加入了「援」和「引」的成分，所以「最後喻」也就成了「最勝義」了。由此可知：援、推、引、侔的混合運作，可以發揮更大的比喻效果。

結語

文章開頭提及邏輯學家排斥比喻，是基於對比喻的理性認知。其中有一點須在此加意點出：比喻的喻體和本體之間的關係，只是類似而非等同；即使不懂邏輯的人也都意識到這一點，常用來排斥某個比喻，乃至否定他所不想接受的比喻喻旨。在談辯策略中，堪稱釜底抽薪之計。

李敖、胡茵夢這對才子佳人離異的當天，學歷史的李敖把自己比作古羅馬的凱撒大帝，把胡茵夢比作「可愛的敵人」布魯塔斯，藉以對這段期間的恩恩怨怨、是是非非剖白心跡，他說：

「凱撒大帝在被朋友和敵人行刺的時候，他武功過人，拔劍抵抗。但他發現在攻擊他的人群裡，有他心愛的人布魯塔斯的時候，他對布魯塔斯說：『怎麼還有你，布魯塔斯？』於是他寧願被殺，不再抵抗。胡茵夢是我心愛的人，對她，我不抵抗。」

胡茵夢並不領情，直搗比喻的巢穴，說：

「我不是布魯塔斯，你也不是凱撒！」

一九八〇年十一月

比喻與擬人

國中國文課本〈孤雁〉對蘆葦有一段意象化描寫：

> 寒星照在蘆葦上微微發光，猶如沾著了眼淚，風吹來，便真的窸窣地啜泣了。

有人認為是比喻，有人認為是擬人，其實都只說對了一半。「猶如沾著了眼淚」是比喻，「風吹來，便真的窸窣地啜泣了」是擬人；作者是先把蘆葦「比」作人，再巧妙地用「真的」一詞作過渡，偷偷地把蘆葦「化」作人，弄假成真，這是很特殊的修辭過程。由此也可看出比喻與擬人是關係極其密切的辭格。不妨把這段半比喻半擬人的描述分別改寫成純比喻與純擬人，來進行比較上的探討。

純比喻的：「寒星照在蘆葦上微微發光，猶如〔人〕沾著了眼淚；風吹來，發出一陣窸窸窣窣的聲響，又像〔有人〕在暗中啜泣。」

純擬人的：「寒星照耀下，蘆葦淚光閃爍，風吹來，便窸窸窣窣地傳出啜泣聲。」

經此一改寫，我們發現比喻和擬人雖都立基於類似聯想，但比喻只是間接把蘆葦「比作」人，而擬人則加上移情作用，把蘆葦直接「當作」人來描述。前者有跡（隔），後者渾化（不隔）；前者是經驗的類比、意象的複疊，後者則是經驗的類化、意象的融合，這是二者在修辭本質上的最大不同。所以陳望道《修辭學發凡》視比喻為單純「材料上」的辭格，而擬人則劃歸「意境上」的辭格。

擬人，可以說是比喻的進化。比喻所呈現的是一種雙重世界，在這個世界裡物與物的界限分明；而擬人所呈現的卻是單一世界，物與物泯滅了界限，水乳交融成一片。例如：「春風像柔情的少女般輕吻著我的臉頰。」這是比喻，春風與少女兩個不同的世界並列呈現；「柔情的春風輕吻著我的臉。」這是擬人，少女的世界不見了，少女的世界融入春風世界裡。蔡丐因《文章醫院》說「比擬比比喻更藝術」，道理在此。

〈孤雁〉中比喻帶擬人的修辭手法——有人合稱為「擬喻」——儘管特殊，卻並不罕見。有的作家運用起來頗為嫻熟，甚至可以成為一篇文章的主調，例如簡媜的〈夏之絕句〉，前後共六處出現這種手法。下引是其中較精彩的二處：

1. 這蟬，又嚇我一跳！就像一條繩子，蟬聲把我的心紮捆得緊緊地，突然在毫無警告的情況下鬆了綁；於是我的一顆心就毫無準備地散了開來，如奮力躍向天空的浪頭，不小心跌向沙灘。

2. 蟬聲是一陣襲人的浪，不小心掉進小孩子的心湖，於是湖心抛出千萬圈漣漪如千萬條繩子，要逮捕那陣浪。

就讀者看，比喻帶擬人的手法似乎複雜，而就作家創作的過程而言，其實極其自然。當他們運用相似的聯想以描繪景物時，心思很容易就會遊走於比喻、擬人之間，落筆時通常會先冒出比喻，再由它順勢帶出擬人。這也符合我們認知外界事物的心理習慣：先遠觀，後褻玩焉。

也有從構思到下筆始終游移於比喻、擬人之間，難分難捨的。例如徐志摩在〈數大便是美〉中描寫星光：

一天的繁星，千萬隻閃亮的眼神，從無極的藍空中下窺大地。

此中關鍵在於「一天的繁星」與「千萬隻閃亮的眼神」之間的語法關係撲朔迷離：添一個「是」或「像」看，是比喻；添一個「張著」看，又是擬人。如此模糊而靈活的表意手法，正反映出詩人散文的二重性：對世間萬象常是既想拉開距離遠觀，又想失去距離地褻玩；遠觀或褻玩，全在他美的觀照範圍之內。就接受美學的角度看，也都能滿足讀者的「視野期待」。

一九八六年六月

單喻與複喻以及雜喻

報禁解除，報業之間的競爭進入戰國時代，身為報屁股的副刊也紛紛捲入戰場，〈聯合副刊〉更開始在版面的顯著地位打出「精彩內容預告」；就在第一天，編者要讀者明天不要錯過「散文魔術師」王鼎鈞的一篇力作。散文也有魔術？如此形容王鼎鈞的散文風格，玩的是一種叫做「比喻」的語文遊戲。妙的是王鼎鈞這篇題為「吾土」的所謂力作，令人眼花撩亂、堪稱為魔術的，竟然也是比喻。

其所以令人眼花撩亂，在於他運用了「複喻（也稱博喻）」的修辭技巧；連篇累牘、層出不窮的比喻，恍如元宵燈會中五光十色的各式花燈，令人目不暇接。例如一開始寫他花了一個上午的工夫讀中國地圖：

山東仍然像駱駝頭，湖北仍然像青蛙，甘肅仍然像啞鈴，海南島仍然像鳥蛋。外蒙古這沉沉下垂的龐然大胃，把內蒙這條橫結腸壓彎了，把寧夏擠成一個梨核。

一口氣連用了七個比喻，粗看意象豐富，細繹之則發現諸喻純從外形設想，其間缺乏內在情意的關連，整體上也就未能營造出動人的氛圍。

又如他描寫湖邊的垂柳：

亭亭拂拂，如曳杖而行，如持笏而立，如傘如蓋，如泉如瀑，如鬚如髯，如烟如雨。

六句之中迭出十個比喻，全都集中到了柳的身上。喻體既多且雜，有人又有物，有自然物也有人造物，有指向動作的也有指向形體的，令人目眩神搖之餘，湖邊的垂柳成了「十不像」。修辭學上的消極修辭有所謂「忌雜喻」，「雜喻」即混雜的比喻群，正指此。

再如他說「中國是我們的母親」，凡感情豐沛的愛國者，無不喜歡賦國家以母親形象，這個比喻也就稀鬆平常，王鼎鈞不會滿足於此。果不其然，幾句以後比喻又紛紛出籠，但針對的竟是作為喻體的「母親」意象：「所以，母親，我們需要母親如病需醫，如渴需飲，如疲倦需夢，如音樂需琴，如夜需星月，如計算機需電流。」至此，喻體反成本體，文章也隨之喧賓奪主，重心落在母親，中國變遙遠了。這種複喻未免弄巧成拙。

王鼎鈞這篇〈吾土〉分為二章，章各有題，其一為「中國在我牆上」，其二為「你不能只用一個比喻」，後者恰可作為全篇修辭特色的概括說明。王鼎鈞其實如果「只用一個比喻」，憑他的功力，往往也能以少少許勝人多多許。他在《碎琉璃》寫他真正母親的那篇〈一方陽光〉，就作出很好的示範。例如：

陽光只能從房門伸進來，照門框的形狀，在方磚上畫出一片長方形。這是一片光明溫暖的租界，是每一個家庭的勝地。

先以擬人描寫，繼之以比喻說明，分工合作，一片和諧。下一個出現的比喻，又有另一種和諧，表現在喻體與本體之間：

現在，將來，我永遠能夠清清楚楚看見，那一方陽光鋪在我家門口，像一塊發亮的地毯。

家中沒有鋪地毯，偏藉著回憶將一方陽光想成鋪了地毯，一切全在情理之中。再如：

在那一方陽光裡，我的工作是持一本《三國演義》，或《精忠說岳》，唸給母親聽。如果我唸了別字，她會糾正，如果出現生字，——母親說，一個生字是一隻攔路虎，她會停下針線，幫我把老虎打死。

把母親的比喻接過來，換成童心童語式的擬人，既親切又充滿情味。下面這個「警策」式的篩子喻，更是扣人心弦；凡從動亂時代走出來的，莫不心有戚戚焉：

時代像個篩子，篩得有人出類拔萃，有人顛沛流離。

這些巧譬妙喻全是單喻。當然不是複喻就不好，但要避免給人賣弄的感覺，更不能抓到籃裡就是菜；喻體之間一旦不協調，就會對文氣、意脈造成干擾，複喻便淪為「雜喻」，得不償失。

精鍊永遠是文章的靈魂。《荀子．正名》有言：「單足以喻則單。」不管寫散文或寫詩，針對單一意念的表出，你其實可以「只用一個比喻」，不必貪多務得。複喻可不是人人都使得的。須知複喻除稱「博喻」外，尚有「莎士比亞式比喻」之稱，若無莎翁之才，驅策複喻就如同讓一馬拉多車，縱使拉得動，不撞翻成一團者幾稀。

一九八八年三月

點金成鐵的比喻

國中國文課本收錄楊喚一首童話詩〈夏夜〉，其中有句云：

撒了滿天的珍珠和一枚又大又亮的銀幣。

以珍珠喻星星，銀幣喻月亮，再妥貼不過了。不料在後來的修訂本中，「銀幣」竟被換成了「玉盤」。真是點金成鐵。情況恍如醫術庸劣的整型醫師，胡亂操刀，將鳳眼整成鼠目。身為課本的使用者，目睹此狀，不能不挺身說幾句話。

這首詩是為兒童而寫的，意象的呈現應儘量配合兒童經驗。就此點而言，銀幣喻比玉盤喻較無聯想障礙，也就是說較能激發兒童的想像。

銀幣在詩中並非孤立的意象，是搭配珍珠構成同類意象群，共同傳達出夏夜富麗的感覺。就此點而言，玉盤喻更是不如銀幣喻。

〈夏夜〉是一首新詩，意象必須求新，才能提供鮮活的想像，不致流於「套板式反應」。對於月亮，玉盤就如同金鏡、寒璧、玉環、玉輪、玉兔、素娥、桂魄、廣寒宮等意象，千餘年來不斷出沒於古典詩詞中，如李白詩：「小時不識月，呼作白玉盤。」（〈古朗月行〉）如蘇軾詞：「銀漢無聲轉玉盤。」（〈陽關詞・中秋月〉）等。雖說也有早期的白話作家襲取入文：「一輪滿月像玉盤一樣嵌在藍色天幕裡，它慢慢地在藍空移動，把它的清輝撒在人間。」（巴金《家》）但總是陳腐意象，一向不受新詩詩人青睞。若還以「玉盤」入詩，給人的感覺會是用典的成分多於設喻。《文心雕龍．比興篇》說：「比類雖繁，以切至為貴。」吳曾祺《涵芬樓文談》認為「設喻之失」有四：一曰泛而不切，二曰滯而不化，三曰熟而不鮮，四曰俗而不韻。持此以檢驗玉盤喻，竟是四失無一倖免。教科書的編審者或學養湛深或經驗豐富，為何會思不及此，而致點金成鐵？據聞他們的考慮與修辭無關，純是基於人格教育：怕誤導學生走上功利主義之途。

為了教育我們的下一代，編審諸公誠然用心良苦，然衡諸實情，未免過慮。

首先，須知道銀幣在這裡只是個比喻。比喻是中介符碼，作用在聯絡意象並提供想像；而且充其量只是個「少分喻」，作者只取圓跟亮兩屬性，其餘屬性則一概摒棄。因此當銀幣出現在詩中時，也只有圓跟亮這兩種刺激，不存在功利誘導的問題。不然的話，玉盤雖非貨幣，卻會給人值錢的感覺，也不該用。那是不是最好改用不值錢的「燒餅」？有人就曾以之喻月亮：「貧人看來如燒餅，富人誇說似玉盤。」（近人某〈中秋有感〉）

再者，一篇文章或一首詩之所以能影響人心（所謂「潛移默化」），端在主題意識，不在修辭上的隻字片語。〈夏夜〉是寫景詩，旨在運用擬人法傳達夏夜的生命感，並呈現出夏夜豐富、美麗的景象，與錢財、功利等壓根兒沾不上邊。

退而求其次，即使有學生接觸到銀幣這個意象，而很不解風情地意識到銀幣的現實用途與利益，也不算什麼壞事。貨幣，本質上是一種交易媒介，是文明的產物，人人都需要它，沒人能否定它在人類社會的價值。教育上我們所要做的，是教導學生如何循正當途徑賺取金錢，如何將金錢作最有效益、最有意義的利用——所謂君子愛財——而不是把學生教成像晉朝的王衍那樣，明明家財萬貫，卻為了談玄而刻意避談錢，見之呼為「阿堵物」。這不是培養健全人格之道。

反教育的顧慮既已不存在，為了尊重原作者，也為了藝術審美的要求，在此籲求編審諸公，將銹鐵點回黃金，讓「銀幣」儘速回到〈夏夜〉吧。

一九八二年五月

「筆鋒常帶情感」與比喻

劉勰說：「草創鴻筆，先標三準。」所謂三準是情、事、辭。談論事理不能僅止於事理，必須溶入適當的情意，才能化作優美而動人的辭章。中國近代文學史上出了一位擅長將骨裹肉、化情入理的能手，就是自稱「筆鋒常帶情感」的梁啟超。細讀梁氏的著作，不難發現他筆鋒之所以常帶情感，是巧妙運用聯想的結果。

梁啟超的聯想功力表現在兩方面，一是同類意念之間的「比較（對比）」，二是異類意念之間的「比喻」。前者如：

今日〔列國〕之競爭，不在腕力而在腦力，不在沙場而在市場。……夫殖民云者，其所殖之民能有人而非有於人也。何謂有人？凡殖民之所至，則地其地、人其人、富其富、利其利、權其權，如歐美人之在中國是也。何謂有於人？充其地之牛馬，而為之開耕；備其人之奴隸，而為之傭役，如中國人之在外洋是也。（〈論民族競爭之大勢〉）

後者如：

各自以為孔教而排斥他人以為非孔教，皆由思想束縛於一點，不能自開生面。如群猿得一果，跳擲以相攫；如群嫗得一錢，詬罵以相奪，其情狀亦何可憐哉！（〈保教非所以尊孔論〉）

也有兩者綜合運用的，例如：

希望者，靈魂之糧也；而希望常與失望相乘，失望者，希望之魔也。（〈希望與失望〉）

對比式的比較常藉著鮮明的反差效果，以加深讀者印象。比喻的作用更大，能誘發讀者的想像與情感。梁啟超深諳此道，在那個人民亟待啟蒙的年代，他藉著巧譬善導散播他的「新民思想」，更開創出風靡當代、號稱「新民叢報體」的新時代文言文。

不妨再引錄幾個筆鋒常帶情感的喻例，深入領略梁氏自詡的「對於讀者別有一種魔力」的魔力：

1.大地今日只有兩文明，一泰西文明，歐美是也；二泰東文明，中華是也。二十世紀則兩文明結婚之時代也。吾欲我同胞張燈置酒，迓輪（迎親車隊）俟門，三揖三讓，以行親迎之大典；彼西方美人，必能為我家育寧馨兒以亢我宗（光大我宗族）也。

《論中國學術思想變遷之大勢》

2.自今以往，我國民真不可不認定一目的，求所以自立於劇烈天演界之道。我國民今已如孤兒，無父母之可怙；已如寡婦，無所天（指丈夫）之可仰；如孤軍被陷於重圍，非人自為戰，不足以保性命；如扁舟遇颶在滄海，非死中求生，不足以達彼岸。（〈敬告我國民〉）

3.海禁既開，所謂西學者逐漸輸入，始則工藝，次則政制。學者若生息於漆室（暗房）之中，不知室外更何所有，而穴一牖外窺，則粲然者皆昔所未覩也，還顧室中，則皆沉黑積穢。於是對外求索之慾日熾，對內厭棄之情日烈，欲破壁以自拔於此黑闇，不得不先對於舊政制而試奮鬥。於是以其極幼稚之西學智識，與清初啟蒙期所謂經世之學者相結合，別樹一

派，向於正統派公然舉叛旗矣。（《清代學術概論》）

4. 報館之視政府，猶如父兄之視子弟，其不解事也，則教導之；其有過也，則扑責之。（〈敬告我同業諸君〉）

一般人在論說文中設喻說理，無非為了化抽象為具體、化未知為已知、化平淡為生動、化深奧為淺顯，而梁啟超還注意到比喻的一項特異功能：化無情為有情。因此他選用的喻體常形象與情緒兼具，時不時還冒出感人動人的畫面，前引 1.、2.、3. 喻莫不如此。正是這些有血有肉、活靈活現的比喻，使得梁氏筆鋒所及，「有排山倒海的氣勢，窒人呼吸的電感力」（鄭振鐸評梁文語）。到了今天，儘管時異世遷，其「魔力」、「電感力」毫不稍減。所謂「殘羹冷炙皆足沾溉後人」，昔人對杜詩的風評，移用到梁啟超的政論、時論，也是可以成立的。

一九八三年六月

比喻與天才

有一位老師喜歡罵人，偏偏學生都愛上他的課，簡直就把挨他罵當作享受。「他罵起人來很有藝術，」班上有學生終於在週記上吐露了原委，「總是使用比喻，聽起來特別受用。」不知道這位老師的「比喻罵人法」究竟是如何罵法，我想到的是比喻用來罵人尚且受歡迎，用在文章裡面一定更討好。

批改學生習作，碰到了比喻，尤其是有創意又貼切的比喻，往往精神為之一振，不由自主便要翻回封面看看這個小作家是誰。在這種情況之下，除非整篇文章不通不順，通常都會酌予加分。「如果人生是串串音符，我願是一個琴鍵，發出輕揚的樂音；如果人生是絲絲女人的髮，我就化作一把楊木梳，理出一個漂亮的髻；如果人生是水底的青荇，我寧是一股清流，讓它綿綿地在水底招搖。」這個三年級學生一連串詩化的比喻，儘管並非全出於自創（手法、情調皆近似校園民歌〈如果〉，又最後一喻取材自徐志摩〈再別康橋〉），但作成三合一的博喻，至少反映出組織功力，可為文章爭取五到十分的成績。「他叫我叫得那麼親熱，好像要把我的心投入一口井，激出層層圈圈的漣漪。」這個二年級學生聯想的驚人成果表現在：從毫不相干的二事物之間，挖掘出常人看不到的相似點。整個比喻句值得一面嘆賞一面用紅筆旁加密圈。「我們到了那裡，只見萬頭攢動，彷彿一堆蠕動在糖邊的螞蟻一樣。」這個意象化而帶評價性的比喻，出自一個低成就學生之手，引得我就此對他刮目相看，少不了也讚他幾句。

有一段時期，我因研究比喻頗具心得，於作文教學時就多方引導學生取譬設喻。學生們如響斯應，各式比喻紛紛出籠。量多難免質不精，不時會迎來一些不貼切，甚至不合格的假比喻。例如：「臺灣和對岸的大陸只隔著一條海峽，就好像美國和臺灣之間隔著一個太平洋一樣。」這種比喻就太滯相了，我常笑他們「想不開」，把比喻停在「比較」上，不知前者必須用在異類之間，後者只見諸同類。至於「自尊就像一個處女，自大就像一個蕩婦」又未免想得太開，全不顧及詞語的感情色彩。又如「老師就好像一枝拖把，把我們的汙點一一清除掉」創意固然戛戛獨造，喻解「把汙點一一清除掉」也貼切，但喻體「拖把」的感情色彩不太對勁。

儘管如此，莎士比亞說過：「第一個拿花來比女人的，是天才。」我鼓勵學生做這種一空依傍的比喻天才。

一九八四年六月

比喻與人類文明

人類創造了語言，並以之作為思想載體、傳播工具，人類乃得開物成務，日趨文明。然而能豐富語言生命，使之不斷茁壯成長的又是什麼？是比喻。

在語言的世界裡，如果沒有了比喻，「頭」將永遠只指涉人之頭；有了比喻，因了它的類比引申，人頭開始巧妙地轉移變化了：轉到牛，成了牛頭；轉到山，成了山頭；轉到車，成了車頭；轉到絲，先轉成絲的頭緒，再轉到抽象事理的頭緒；而「人頭」也可以從人身上的頭，轉到借貸、交易關係上來，如「利用人頭帳戶洗錢」……。此時的比喻，宛如佛法無邊的觀世音，憑著他渡盡眾生的誓願力，以一法身而遍現千萬化身，四處接濟那陷入語言困境的人們。於是，累劫以來比喻所成就的無量功德是：適時遏阻了詞彙的過度膨脹，並促使人類的認知領域從有限拓展至無限。

這些屬於語言本質的效用，只是比喻提供給人類的基本服務；進一步的服務，表現在語言的技巧及修辭方面。

「情欲信，辭欲巧。」修辭這種美化語言的工作，居中挑大樑的是比喻；舉凡比擬（轉化）、諷諭、起興、象徵、借代、通感、移就、拈連、婉曲、諱飾、用典、雙關，都歸它驅策而指揮。有修辭學家甚至將「比喻」等同於「修辭格」，比喻在修辭王國的地位可見一斑，儼然「朕即國家」。所以辯者惠施說，沒有比喻他開不得口；到此所謂善辯也就等於善譬了。縱橫家之所以能在戰國紛紛中縱橫一世，託的無非是比喻之福。鷸蚌相爭，漁翁得利；螳螂捕蟬，黃雀在後；曾參殺人，其母投杼；三人成虎；狐假虎威；狡兔三窟……所謂「一言興邦，一言喪邦」、「言之者無罪，聞之者足以戒」就存在於這些巧譬妙喻之中。那初踏上政壇的張儀在被打得半死之後，為了向不諒解的妻子重申他縱橫捭闔的決心，忍著痛楚張開巨嘴問「吾舌尚在否」，其實他該問的是「比喻尚在人間否」。

不止縱橫家，凡百諸子或抱道濟世，或著書立說，莫不手握比喻利器。藉著比喻，莊子構築了他的寓言世界；墨子及其後學實驗了辯學理論；不得已而好辯的孟子，也以善譬之術闢了楊墨，距了告子。至於遠在天竺的釋迦，更藉著比喻而大開方便法門，要不然面對著痴頑眾生，饒是他如何地法力無邊，這四十九年的法輪如何推轉得動？至少他的真諦世界便是建構在俗諦世界的類比基礎之上，否則西方淨土的七寶從何而來？耶穌亦然，到處宣揚神國的奧祕，也一再用比喻構造他的神國、傳布他的福音：「神國好像什麼呢？」

沒有比喻，就沒有文學，更不會有詩詞歌賦這些美文了。《禮記・學記》有謂：「不學博依，不能安詩。」博依即多方譬喻。陳騤《文則》也說：「文之作也，可無喻乎？」亞里斯多德且把詩歌王國裡的天才表徵，歸之於比喻。「問君能有幾多愁？恰似一江春水向東流。」任人皆知是比喻，而「白雲回望合，青靄入看無」、「連林人不覺，獨樹眾乃奇」、「惜春常怕花開早，何況落紅無數」又誰能說沒有比喻的隱性作用在其中？「作者未必然，讀者何必不然？」清人譚獻的「自得鑑賞」理論，如果不從比興著眼，便成了空話。西方文學評論家有言：「沒有意象，不是詩。」而所謂意象，無非隱喻，韋禮克《文學論》因此認為一切詩只是韻律與隱喻的化合物。二十世紀八十年代的臺灣，更有位現代派詩人把隱喻視為詩之魂，以有無隱喻作為分判詩與非詩或假詩的指標。「踮著小貓的腳／霧來了」、「春季之後／燒夷彈把大街舉起猶如一把扇子」、「跫音不響，三月的春帷不揭／你底心是小小的窗扉緊掩」……詩人的世界，原是個萬物畢異畢同的不可理喻世界。在其間森羅萬象透過聯想紛紛轉化，於是人類的經驗重組了、複疊了、統合了，須彌納於芥子，一花可以見宇宙，一隅可以窺天心。如此令人神馳的心靈體驗，都是比喻帶來的。

比喻神奇而奧妙，非但左右了文學的命脈，更廣伸敏銳的觸角，進入了倫理道德的領域之中。孔子被稱為聖人，周遊列國歸來，卻纍纍然如喪家之犬。途中行經一座幽谷，蕪草叢中一株獨放幽香的孤蘭，使他進入了無限寬廣的類比世界：「芝蘭生在幽谷，不以無人而不芳；君子立身行道，不因居困而改節。」一切豁然開朗，知其不可而為之的信念更加堅定不移。這便是「君子比德於幽蘭」的由來。此外，君子比德於玉、君子比德於水、君子比德於竹，甚至君子比德於雞於井等人倫與物理之間的聯結，不斷在漢民族的理念世界裡滋長發育，終於成就了中國倫理學上的特殊風光：泛道德說。「天行健，君子以自強不息」、「地勢坤，君子以厚德載物。」《易經》的人生哲學便是建立在此種類比思惟的基礎之上。

一切啟示都與比喻有關，而人類的文明便是眾多啟示不斷累積發展的結果。

有人從舌存齒亡的生理現象中，發現到「柔弱勝剛強」的處世之道。（常摐、老聃）

有人觀察壁立萬仞的深澗，人畜莫之能入，於是從中悟出了「立法從嚴，執法無赦」的治民要

領。（董尉于）

有人把動物的範疇等同人的範疇，構造出「圖騰體制」。（先民社會）

有人因為人身肢體部位有高下之別，而建立了階級嚴明的「種姓制度」。（古印度）

有人見鳥獸蹄迒之跡，知分理之可相別異，於是發明了文字。（倉頡）

有人因見出公差的挑夫爭道，而悟出點畫之間的避讓與主次，創造了別具一格的書法藝術。（張旭）

有人類比自然界的物理流動系統，在人身上找到了「經絡系統（針灸系統）」。（古中國）

有人因燒開水的啟悟，發明蒸氣機，推動工業革命，帶來了新的物質文明。（瓦特）

有人在飛鳥的啟示下，發明了飛行工具，使人類的交通系統走向立體化，縮短了人與人之間的距離。（萊特兄弟）

有人因沖天炮而發明火箭，將人類的活動空間推至虛無縹緲的外太空。（當代科學家）

……

有更多的人，將會因更多比喻的啟示而有更多的發明；更多的發明，將促使人類在文明的路程上馬不停蹄地達達前邁。

比喻，類比而喻，實不只是一般人所理解的修辭技巧而已，而更應是一種認知能力、一種積極思惟的方式、以及一座蘊藏人類文明契機的萬有寶庫。

一九八一年四月

種種誤解

語言是龐大而複雜的信息網絡，擔負著人與人之間情意傳輸的艱鉅任務。就如同地面上的公路交通網，在交通規則的管制之下，通常都可以維持暢通；但有時由於天候惡劣、路況不佳、交通工具機件失靈，以及駕駛人技術不純熟或不諳交通規則，乃至違規駕駛等，往往會造成大小不等的交通事故，小者被困道旁，大者車毀人亡，也都不是什麼新聞了（連火車在鐵道上唯我獨行都會出事）。自從人類鋪設了語言這個便捷的心智交通網以來，便不斷有交通事故發生，口頭上的、書面上的，文言的、白話的，攏總無法避免。

有一種語言上的交通事故，我們稱之為「誤解」。

一、可愛的誤解

稱之為可愛，是因為這種誤解常以喜劇收場，造成「歪打正著」的意外結局：

郢人有遺燕相國書（書信）者，夜書（書寫），火不明，因謂持燭者曰：「舉燭！」云而過書（誤寫）「舉燭」——舉燭，非書意也。燕相受書而悅之，曰：「舉燭者，尚明也；尚明也者，舉賢而任之。」燕相白王，王大悅，國以治。

（《韓非子・外儲說左上》）

這個被後人濃縮為「郢書燕說」的語言交通事故，失事的原因很單純，只是天候不良。而事件的發展過程卻不單純，簡直是一場連環車禍：先是郢人誤寫，然後燕相誤解，最後燕王誤打而誤中。一連串的錯誤竟促成了最圓滿的結局，「就覆舟，也是美麗的交通失事了」（余光中〈碧潭〉詩語）。其中最可愛的誤解在燕相，思考全是正向的、放射式的，才會透過類比把「舉燭」小事聯想成攸關國政的大事。

作家張曉風郊遊時向鄉下小孩問路。小孩用閩南語稱瀑布為「水沖窟窿」，她誤聽成「水牆」，當下就陶醉在這美麗的意象中，久久不能自已。又有一個國中生在作文課寫「愛」，說人類心中有愛，眼睛就會顯示出來，因此英語把眼睛叫做「eye（ㄞˋ）」。

這一老一少對詞語的美化式誤解，也只能以可愛稱之了。

二、可取的誤解

這種誤解是有心為之的，但動機純正而善良，藉著誤解來糾正對方的錯誤，婉轉之間把錯誤攬到自身；損己而利人，一片孤心，最足取法：

有獻不死之藥於荊王者，謁者（宮中負責傳宣王命的人）操之以入。中射之士（宮廷侍從官）問曰：「可食乎？」曰：「可。」因奪而食之。王大怒，使人殺中射之士。中射之士使人說王曰：「臣問謁者，謁者曰『可食』，臣故食之，是臣無罪，而罪在謁者也。且客獻不死之藥，臣食之而王殺臣，是死藥也，是客欺王也。夫殺無罪之臣，而明人之欺王也，不如釋臣。」王乃不殺。

《韓非子・說林上》；又《戰國策・楚策》

中射之士藉誤解作敲門磚來打開「譎諫」之門，算是「談言微中，可以解紛」的滑稽型誤解，是需要勇氣和機智的。在語言的交通道上，不宜等閒視之為一般的違規，應從救命救急的角度，看成是救火車或救護車在闖紅燈、超越雙黃線，乃至逆向、超速，無所不用其極。須注意的是製造這種誤解要先知己知彼，設若對方是唯我獨尊、逆我者亡的昏暴之君，那就行不得也哥哥了。可不是，救護車敢闖越平交道嗎？

三、可笑的誤解

這種誤解，常來自於語文使用者幼稚無知、不學無術或者態度輕慢。我們笑，是笑他不該誤解而竟誤解了。

㈠屬於幼稚無知的：

某國中舉行月考，生物科考卷上有一道填充題：進化論之祖是＿＿。某生填上「達爾文的父親」，所持的理由是：課本上既然說進化論之「父」是達爾文，那進化論之「祖」不是達爾文的父親是誰？於是找老師理論，想討回被扣的分數。

中學生把文言當白話理解，又執比喻為直說，無異於把機車駛上高速公路，違規在先，出了事找誰理論都將無濟於事。但從另一個角度看，初接觸文言的中學生被文白夾纏的語境所困，雖曰可笑，其實不可笑。不由得想起另一則現代世說。郭為藩專攻特殊教育且推廣不遺餘力，有一次參加特殊教育會議，在座有人恭惟他是「智能不足兒童之父」，他馬上作出一個漂亮的誤解：「我家女兒在小學念書，成績都是名列前茅；稱我為智能不足兒童『的父親』，與事實並不相符。」

(二)屬於不學無術的：

魏博節度使韓簡，性粗質，每對文士，不曉其說，心常恥之，乃召一孝廉講《論語》，至〈為政篇〉。明日，喜謂同官曰：「近方知古人稟質瘦弱，年至三十方能行立。」

（馮夢龍《古今譚概・無術部》）

韓簡誤解的是「三十而立」這一句孔子之言。「立」是個多義詞，最具體的是本義「站立」，但這裡用的是較抽象的引申義「立身、立足」。韓簡堂堂封疆大吏，讀起書來活像個牙牙學語的小娃，對詞語只有圖象式的語意反應；看來「四十而不惑」他是會讀成「女人過了四十就不能媚惑男人」的。無獨有偶，清人石成金《笑得好》也出現「立」的可笑誤解：

師出「三十而立」的破題（明清八股文的開頭，規定用兩句話以道破全題之要義，稱為「破題」），令二生作。一生作破曰：「兩個十五之年，雖有椅子板凳而不敢坐焉。」一生作破曰：「年過花甲之一半，惟有兩腿直站而已矣。」

這就不只笑人不學無術，更笑八股文的僵化不靈。讀書的、做官的都不喜人說他不學無術，抗拒之餘有的就刻意藉著曲解來逃避嘲笑。古時有一高階武官聽人指責他「不學無術」，大笑說：「刀槍棍棒，我從小耍到今；各路拳法我也精通。誰說我『不學「武」術』！」

這簡直公路上肇事逃逸了。

㈢屬於態度輕慢的：

鄭縣人卜子，使其妻為（裁製）褲，其妻問曰：「今褲何如？」夫曰：「象吾故（舊的）褲。」妻子因毀新，令如故褲。

《韓非子・外儲說左上》

這樁誤解的產生，顯然不是由於說者與聽者在知識或經驗上有落差。傳達信息的一方容或用詞簡略，但「善聽話者能補說話者之不足」，當時的語境實可托出說話者的用意，卻被漫不經心的聽話者給錯會了。開車撞傷人，儘管不違規，但「應注意而未注意」，依然是不能免責的。京劇《蘇三起解》中有一段演蘇三被押出洪洞縣，一路上抱怨這、抱怨那，抱怨「洪洞縣無一個好人」。此話一出，引起她那剛認下的義父——縣衙門派出的崇姓解差大大地不滿，以取消對她的優待作為抗議，要她把刑枷戴回去。逼得受苦受難的蘇三不得不補上一句：「只有你崇爹爹，是堂堂正正的大好人哪！」

這才化解一場誤會。

四、可諒的誤解

造成這等誤解的原因有二：一是信息接收者由於資訊的不對等而處於弱勢，以致無法有效接收對方傳送過來的信息；二是信息接收者不懂對方的「密碼」，無法正確破解信息。不管屬於何種情況，其誤解都是值得寬待的。

先說「資訊不對等」：

有一官府下鄉，問父老曰：「近年黎庶何如？」父老曰：「今年『梨樹』好，只是蟲吃了些。」

（清都散客《笑贊》）

小民仰望大官，所見彷彿另一個陌生世界，今人讀古書也常如此。此間有位以詩名世的大學教授，獲悉中國古墓出土有所謂「金縷玉衣」，便回頭認真檢視唐代名詩〈金縷衣〉，這才發現原來杜秋娘勸人莫惜的「金縷衣」是壽衣，而「莫惜金縷衣」就是不可追求死亡的世界，要活在當下；於是他如獲至寶，寫下〈驚識杜秋娘〉，向學界宣布他的重大發現。

鄉下是「相見無雜言，但道桑麻長」的地方，官員卻只知說官話、吐雅言，鄉下人要不誤解也難。

此一誤解之所以不歸入「可笑」之列，是因為誤解者出身外文系且是寫現代詩的，對古人古事古詩古語一知半解，也是情有可原的；中文系的學者對此一「錯會杜秋娘」之舉，也就無動於衷。

情況就如同另一位教授，並非考古專家，有朝一日竟抓住《論語》「乘桴浮於海」以及古印第安文化露出的某些線索，向世人宣稱他發現了「孔子發現美洲」，在考古學界也同樣激不起任何漣漪。

接著談「信息之中有密碼」：

齊有黃公者，好謙卑，有二女，皆國色；以其美也，常謙辭毀之，以為醜惡。醜惡之名遠布，年過而一國無聘（聘娶）者。衛有鰥夫，時冒（不顧美醜地）娶之，果國色，然後曰：「黃公好謙，故（刻意）毀其女不姝美。」於是爭禮（聘娶）之，亦國色也。（《尹文子》）

既不了解對方的說話習慣，又不能認知到語言屬於禮儀功能的一面，也就容易滋生此等遺憾性誤解了。

個人有個人的說話禮貌，一國也有一國約定俗成的社交語言。吾人到了他國，說話不入境隨俗，就容易遭致誤解。民國初年，徐樹錚到法國訪問，在下榻的飯店邀宴地主國朝野名流。開席時，主人用中國式的客套致詞說：「今晚所備的酒菜，菲薄粗劣，實不堪招待各位貴賓，真對不住……」翻譯者照翻，飯店經理聽了忙找他理論，認為招牌美食被當眾貶得一文不值，要他賠償名譽損失，否則告上法庭。後來幾經交涉，由徐登報解釋誤會，才算了事。

徐樹錚在國內開慣了右行車，到了彼邦沒有查明人家是靠左行的，便冒然開車上路，焉有不出事之理？語言上的這種交通事故，說話者要負絕大部分責任。

同樣是因文化隔閡、因翻譯者譯不出言外之意而遭誤解，古代有人下場比徐樹錚更值得同情：

金熙宗亶（熙宗名）皇統十一年夏，龍現宮中，雷雨大至，破柱而去。亶懼，欲肆赦以禳之

（要減刑大赦以消災祈福）。召掌制學士張鈞視草（起草詔書），中有「顧茲寡昧」及「眇（渺）予小子」之言。文成奏御，譯者不解謙沖之義，乃曰：「漢兒強知識、托文字以詈上耳。」亶驚問故，譯者釋之曰：「寡者，孤獨無親；昧者，不曉人事。『眇（渺）』為瞎眼，『小子』為小孩兒。」亶大怒，遂誅鈞。

（馮夢龍《古今譚概・無術部》）

譯者把客套當真話，把此義當彼義，這誤解除非有心，否則仍在可諒之內；但金熙宗接受誤解後所反映出來的獨裁者心態，卻是可怕又可恨。

五、可悲的誤解

說它可悲，是因為說者本是善意的，而聽者倉皇間會錯意，遂造成與說者原意完全相反的悲慘結局。

齊之國氏大富。宋之向氏大貧，自宋之齊，請其術。國氏告之曰：「吾善為盜。始吾為盜也，一年而給，二年而足，三年大穰（豐收），自此以往，施（施捨）及州閭。」向氏大喜，喻（了解）其為盜之言，而不喻其為盜之道。遂踰垣鑿室，手目所及，無不探（盜取財物）也。未及時，以贓獲罪，沒其先居（原有）之財。向氏以國氏之謬己也，往而怨之。國氏曰：「若（你）為盜若何？」向氏言其狀。國氏曰：「嘻，若失為盜之道至此乎？今將告若矣。吾聞天有時，地有利，吾盜天地之時利、雲雨之滂潤、山澤之產育，以生吾禾，殖吾稼（穀物），築吾垣，建吾舍；陸盜禽獸，水盜魚鼈，無非盜也。夫禾稼土木禽獸魚鼈，皆天之所生，豈吾之所有？然吾盜天而無殃。夫金玉珍寶、穀帛財貨，人之所聚，豈天之所與？若盜之而獲罪，孰怨（怪誰）哉？」

《列子・天瑞》

向氏把國氏偷取「天之所生」錯會成偷取「人之所聚」，遂致發財不成反成罪犯。都只因他急於求富，迷了心竅，才會把比喻當直說而付諸實現。

可悲的誤解尤其容易發生在說、聽雙方權力不對等之時。雍正朝平定青海的年羹堯，治軍綦嚴，部屬奉命唯謹。有次寒冬下雪，他坐上轎子外出，侍從們手扶轎子陪同前行。年大將軍端坐轎內瞥見他們雙手在冰雪中凍得發抖，心生不忍，便大聲說：「去手！」嚇得他們慌忙取出佩刀把手斬斷，立時血灑雪地，鮮紅點點。

面對權威者傳送過來的信息，接收者不及細察，也不敢發問，糊里糊塗便造成良可悲嘆的誤解。恍如黑夜裡山路上開車逃避禍害的人，看不清路標，辨不明方向，不是跌入斷崖，便是撞上山壁。一切都是情勢造成的。

此等誤解之可悲，更在於其誤一旦鑄成，即令後來省悟了，也常扭轉不了結局。古代有個逆子極端不聽話，不管父親要他做什麼、怎麼做，他一定反其道而行。父親知其如此，臨終前交代兒子「把我葬入屋前大海」，以為兒子會反其道而行——葬在屋後小山上，便事與願合了。不意兒子見父之將死竟良心發現，決定聽父親最後一次話。等海葬了父親，他又猛地省悟到他誤解了父親的本意，山上才是父親想要的歸宿。於是狂奔入海，哭喊著探尋父親的遺體。最後化作一隻飛鳥，在父親海葬處上空，不斷盤旋、呼叫，亙古如斯。世上之有海鷗據說就是這麼來的。

六、可惡的誤解

這種誤解常由於誤解者不明事理，又剛愎自用，以致造成被誤解者無可彌補的損失，損人而不利己，故云可惡。

先舉二個與斷案有關的故事，一西一中。

西洋的，是說某富人生前立下遺囑，言明「遺產全留給媽」，死後其母據此便來繼承遺產。其妻不服，認為死者在世時都叫她「媽媽」，因此「留給媽」即留給妻子。婆媳鬧上法庭後，由媳婦贏得繼承權。因為承審法官在家也是以「媽媽」稱呼妻子的男人。

中國的，見諸案頭笑話：

一人與人各帶資本，出外買賣。離家日遠，行到無人之處，此人將那人打死，取其資本，得利而回，向那人家說某人不幸病死了。其家亦不疑猜。後來又將人的妻娶了。不料那人打死之後，又得蘇醒，將養些時，來到家中，告官：「圖財打死，強娶其妻。」官將告人重責，問作誣告，批狀云：「既云『打死』，如何尚在？娶用財禮，何為『強娶』？」

（清都散客《笑贊》）

如果說這也是一種邏輯推理的話，那斷案者顯然犯了實證上的謬誤。尤其是犯罪事實未經偵查，便逕就言詞進行審理，又在字句之間大鑽牛角尖，真真非愚即妄了。言語只是表詮事實，不能等同事實。執言語為事實，就如同按著旅遊指南上的錯誤或過時地圖，開車來到一個地方，竟是此路不通；氣急敗壞之餘，不怪地圖出錯，反怪政府不開路。

再舉一個藉誤解而以禮教殺人的可惡事例。《儒林外史》第四十八回寫冬烘先生王玉輝的女婿去世，女兒哭得天愁地慘，對婆家和娘家都說她要「尋一條死路，跟著丈夫一處去了」，因為她不能學守寡的大姐「在家累著父親過活」，「父親是寒士，也養活不來這許多女兒」。公婆立即勸阻，並提醒她「你生是我家人，死是我家鬼」，婆家會養她，不會讓她依靠娘家過活。孰料王玉輝竟然認定女兒尋死是要「殉節」，不只不讓親家再勸，還肯定女兒要做的是「青史上留名的事」，鼓勵女兒「你竟是這樣做罷」。女兒最後選擇餓死來成全父親的願望，王玉輝高興得仰天大笑，直說：「死得好！死得好！」

七、可恥的誤解

說它可恥，是因為這種誤解其實是誣陷。誤解者在陰謀的驅使下，藉著誤解來羅織罪狀，達到以言辭殺人的可恥目的。「欲加之罪，何患無辭？」想入人於罪，從行事上抓把柄遠不如從言語上找漏洞來得容易。因為語言的傳情達意常帶有模糊性質，比喻更是常留下聯想空間，予人可乘之機。當利害關頭一旦使用不慎，往往會惹來不堪設想的嚴重後果。

眾所熟知的是李白為唐明皇寫〈清平調〉的故事。〈清平調〉由三詩組成，出問題的在第二首末聯：「借問漢宮誰得似？可憐飛燕倚新粧。」其中「可憐」是美得惹人愛憐之意。李白在唐明皇面前以飛燕比貴妃，是取喻於「飛燕因『可憐』而得寵」這一點，明皇與貴妃也都只領會到這美好的一點，當下皆大歡喜。事後高力士卻就喻體另行挖出許多點來類比，且全屬負面的：趙飛燕出身並不好（母親因外遇而生下她）、趙飛燕後來失寵幾乎被廢、趙飛燕曾在宮中與燕赤鳳私通（暗示楊貴妃私通安祿山）、趙飛燕在皇帝死後被迫自殺……如此這般在貴妃面前將李白的「少分喻」擴展成「多分喻」，變歌頌為詛咒。終於構陷成局，李白黯然出京，再度踏上天涯飄泊之旅。

〈望春風〉的作詞者李臨秋，年輕時因與女友失和，幾近絕裂；於是抱著情傷寫下〈補破網〉，交由友人王雲峰譜曲，然後聘請樂團和歌手到女友處奏唱，巴望女友聽到他的心聲。幸的是，女友終於因此而回心轉意；不幸的是，遭逢白色恐怖的時代，思想警察認定歌詞是藉閩南語「無魚網」之諧音「無希望」，散布反政府思想。李臨秋被迫更改歌詞，並由二段增為三段，硬是將破網轉成好網，這才避開被泛政治化的誤解，讓歌聲繼續傳唱至今。

結語

一切語言的交通網都包括語音、語法、語意、語用諸層面，既立體又複雜。西哲歌德有言：「世上由於誤解和疏忽所造成的過錯，或許比怨恨與惡毒所造成的還多。」語意學家更宣稱人對人有七種「懂」；反過來說也就有七種「不懂」。不懂導致誤解，誤解導致人際關係的破壞，所以聽人談話如何「求懂」是一門處世大學問。對此，哲學家唐君毅先生的建議是：說者一方要「儘量求其用語意義之確定」；而聽者（或讀者）一方則「對他人所用之語言，善作同情的解釋。此所謂同情的解釋，即虛心探求他人所用語言之意義，而在他人之經驗知識之系統及所用語言之系統之本身內，求語言意義之解釋」。俗話所說的「吃蔥要吃心，聽話要聽音」，也正是此意。

一九八二年十二月

後記：

年輕時一度迷上「語意學(Semantics)」，對波蘭語意學者科爾西布斯基「語言是一種地圖」的學說，頗為傾心。本文即從此觀點出發，換個角度，將語言比喻作公路交通網。為了貫穿此一意念，通篇採夾議夾敘又夾喻的方式，筆調也軟化成散文；更由於文章是為報章雜誌而寫，只求通俗，內容、形式皆難登大雅。原計劃另寫較嚴肅、嚴謹，具學術價值的長篇大論，未及付諸實踐，而志趣已轉移。今日重讀，對之憮然。

二〇一〇年九月一日記

見樹不見林的意義，有何意義

荀子〈勸學〉以善用博喻而為世所稱賞，其第六段云：

> 昔者瓠巴鼓瑟，而流魚出聽；伯牙鼓琴，而六馬仰秣。故聲無小而不聞，行無隱而不形。玉在山而草木潤，淵生珠而崖不枯。為善不積邪，安有不聞者乎！

整段文字可分二小節，都採先設喻後說理的方式，思路和意脈其實一目瞭然。但由於高中課本「注釋」通常不處理句義，坊間有參考書竟告訴學生：「『瓠巴鼓瑟，而流魚出聽；伯牙鼓琴，而六馬仰秣』在此是形容音樂感人之深。」臺北某明星高中段考也以「瓠巴」二句入題，題型、答案皆與參考書如出一轍。此二句孤立看，確可指音樂感人之深（或樂師技藝之神奇高超），然而置諸整體語境中，連繫上下文、段旨，乃至篇旨看，這一組敘事性比喻的真正喻旨是指向下文的「聲無小而不聞，行無隱而不形」。可理解為：只要學有所成，自然實至名歸。其取義與音樂感人與否全然無關。

讀古人書竟可全然不顧語境，且習以為常，不只自用，又用來教人。我於是始知「斷章取義」之為禍，於今為烈——因為透過教育會向社會、向下一代不斷擴散。

又何止是書中文句，人類任何行為、任何事件的意義，都須回歸到它所屬的情境、環境之中去通盤考量，才能正確掌握其真諦。韓非子有言：「逐者東走，逃者亦東走；其東走則同，其所以東走（造成東走的原因）則異。」見樹不見林的解讀方式，只看到「東走」之同，而忽視「逐」與「逃」

的差異，就不免蔽於一曲，導致誤解叢生，真理難明。

「瓠巴鼓瑟，而流魚出聽」的奇人奇事，自《荀子》、《淮南子》、《列子》以來，一再地被記述傳誦，卻都語焉而不詳；直到宋人陳善《捫蝨新話》才揭開神祕的面紗，讓我們一睹事件的原委：

人有於庭檻間鑿池以牧（養）魚者，每鼓琴於池上（岸上），即投以餅餌。其後魚但聞琴聲丁然，雖不投餅餌，亦莫不跳躍而出。客（局外人）不知其意（魚「跳躍而出」的動機）在餅餌也，以為瓠巴復生。

真相既明，應如何看待此事？此間有大學教授，編纂百科全書時偶然發現到這個「鼓琴魚躍」的古代奇聞，立即想到的是一九〇〇年俄國生理學家巴夫洛夫著名的「搖鈴垂涎」實驗：巴夫洛夫餵狗時必搖鈴，狗食、鈴聲同時出現，彼此緊密連結；久而久之即使只響鈴而不給狗食，狗也會垂涎欲滴，彷彿食物將到口。此即所謂「交替反射說」（也稱「條件反射說」），其所發展出來的學習理論，對行為科學頗有影響。

於是教授提筆為文，發表他的看法，結論是：「《捫蝨新話》這段鼓琴魚躍的記載，和巴夫洛夫的搖鈴流涎實驗如出一轍。只是一者的實驗動物是魚、一者是狗而已。」言下之意，以為鼓琴魚躍也是一種科學上的「實驗」，或原理原則的「發現」。在文章的結尾，教授難掩興奮地說道：「筆者看到這段記載，為之雀躍不已。」

如果雀躍不已是因「自己的發現」而發，自是可以樂在其中；但如是針對「彈琴人的發現」而發，只怕就空歡喜一場了。須知巴夫洛夫的搖鈴垂涎與宋人的鼓琴魚躍，彼此貌同而心異，應分別置於不同脈絡中考察，才能見出真章。巴夫洛夫做餵狗搖鈴的實驗，是為了科學研究上的需要；換言之，為了「求知」，動機是純正的，因而能成為具有重大學術意義的新發現。中國古代牧魚人卻是為了神化一己的琴技而動此腦筋；換言之，目的在「求名」——且是藉甲事求乙名——動機先已不純不正，又如何能希冀發現什麼科學，歸納出什麼原理原則？有如項莊舞劍，意常在沛公，再怎麼藝高膽大也舞不出境界來的。

較諸鼓琴魚躍更詐、更早，而性質相似的，還有唐人張鷟《朝野僉載》這一則故事：

東海孝子郭純喪母，每哭則群鳥大集。使檢有實（官府派人查明屬實），旌表門閭。後訊（進一步明查暗訪），乃是孝子每哭，即撒餅於地，群鳥爭來食之；其後數（屢次）如此，鳥聞哭聲以為度（把哭聲當作有餅撒下的信號），莫不競湊。非有靈也。

在一個道德是尚甚至泛道德化的社會，如果有人為了追求道德上的名而實踐道德，境界即使不高，畢竟還有一個「誠」在。就好比巴夫洛夫如果為了諾貝爾獎而做實驗，也仍然是一種取之有道的正當行為，站在學術發展的立場甚至值得鼓勵（儘管他後來並不是因此而贏得該獎，而是靠另一個科學發現）。然而我們看這位郭孝子，為了博得孝感動天的美名而費盡心思，到頭來只成就了「道德詐欺」，根本不是什麼科學上求知的實驗。

儘管這種「哭母鳥集」的現象和「搖鈴垂涎」的實驗確實基於同一原理，卻是不具任何學術意義的。「鼓琴魚躍」也可作如是觀。否則只要敢於見樹不見林，敢於斷章取義，從浩如煙海的古代文獻中，並不難翻找出近代一切科技文明的種芽，甚至於驚訝地發現到那從未被人發現過的「科學上的先知」，而「為之雀躍不已」。民初有辜鴻銘說達爾文的「物競天擇說」沒什麼了不起，《中庸》提出得更早：「天之生物，必因其材而篤焉，故栽者培之，傾者覆之。」有學者更認為《莊子・至樂》「萬物皆出於機，皆入於機」就是具體而微的進化論，乃至於宣稱「整部《易經》講的就是相對論」。

不妨再看《朝野僉載》另一則徘徊於真假科學之間的記載：

> 河東孝子王燧家，貓犬互乳其子。州縣上言（地方官向朝廷報告），遂蒙旌表。乃是貓犬同時產子，取貓兒置犬窠中，取犬子置貓窠內，飲慣其乳，遂以為常。

這算不算是動物行為學的實驗成就呢？從中國科技發展史的脈絡中，我們看不出這方面的意義。會不會是孝子的孝心孝行化及牲畜，使牠們做出感人的異常行為？從這則記載的文字脈絡中，也看不出這方面的意義。所看到的仍然是「以孝為名」自導自演的道德詐欺行為。

情境決定意義，還可從更真實的故事窺出其中的道理。當代臺灣有個為人父的，母親節突接獲在外地的女兒寄來賀卡；他看著「爸爸：母親節快樂」幾個字，不禁熱淚盈眶，心中澎湃不已。這一對父女的反常舉止，必須進入到他們整個生活情境中，才能求得意義：這是個單親家庭，父親父兼母職養大一女一男，女兒去年上大學，寄宿在外。再看一個更大的故事。話說中國對日抗戰末期，重慶常遭空襲，由於山城多雲霧，日機只在晴天臨空轟炸。於是重慶居民每天晨起如果不見天日，便互道恭喜，說「今日天氣好」；要是天朗氣清便直嘆「天氣不好」。好或不好，不由天氣決定，也不由習慣決定，而由當時特殊的時空環境來決定。

教育心理學家認為高成就的學習有二大特色：一是時時處處能高度集中的注意力，二是見樹也見林的整體觀，二者缺一不可。我們的學校教育只重其一，不重其二，以致於教師儘管認真，學生儘管優秀，所培養出來的人才，少有不成為荀子所批評的「蔽於一曲而闇於大理」的曲士；讀再多的書也打不開慧眼，始終免不了「徐六擔板，只見一邊」（禪師語）。君不見一椿瓠巴鼓瑟的公案，從中學教師到大學教授，為了尋求一個解釋以便賦予全新意義，都全神貫注，努力對焦。最終所攝得的相片，只有主體沒有襯體，背景則是模糊一片；更糟的是，他所要的主體已經嚴重扭曲變形，卻渾然不知，兀自「為之雀躍不已」。

一九九五年四月

說「不立文字」

人類學家普遍認為，火與語言為人類帶來光明。是以人類社會中既有火祭與拜火教，而各個遠古文明、早期宗教也常出現崇拜語言文字的現象。《淮南子・本經訓》：「昔者蒼頡作書，而天雨粟，鬼夜哭。」創造文字已是如此驚天地、泣鬼神，創造語言只怕也就是開天闢地的同一時刻罷，否則天地豈擔得起驚嚇？猶太民族就認定，天地萬物乃上帝用語言創造出來的；上帝嘴裡講出了什麼，這世界便有了什麼。《舊約・創世紀》：「神說：『要有光。』就有了光。……神說：『地要生出活物來，各從其類，牲畜、昆蟲、野獸，各從其類。』事就這樣成了。」而《新約・約翰福音》開宗明義所說的：「太初有道，道與神同在，道就是神。」其中的「道」字希臘原文作「邏各斯」(Logos，意即詞語)，英譯本作大寫字母開頭的"Word"，無非表明語言具有神力、大能。德國哲學家卡西勒《語言與神話》就明白指出：

一切神話的宇宙起源說，無論追根溯源到多遠多深，無一例外地都可發現詞語（邏各斯）至高無上的地位。……詞語總是與至尊的創世主結成聯盟一道出現；它若非創世主使用的工具，即是第一源泉——創世主本身。

此所以基督徒訴諸神能時，常說「奉主耶穌之名」，強調「名」即強調語言。

至於古印度，其宗教思惟是從「梵（神聖詞語）」的信仰出發的，在《吠陀》經典中，一切存在甚至眾神都要服從「神聖詞語」的力量。直到佛陀時代仍有所謂「聲常論」一派思想，認為某些詞語具有神性，能恆常存在，能因所顯示的意義而產生實際的作用力。持咒的理論基礎即建立於此。然而身為宗教改革者的佛陀，對語言文字的看法又如何呢？見諸《楞伽經》有如下的記載：

頭、胸、喉、鼻、唇、舌、齦、齒，和合出音聲。……云何為語？謂言字、妄想和合，依咽、喉、唇、舌、齒、齦、頰輔，因彼我言說妄想習氣執著生，是名為語。

佛陀從本質上認定語言只是一種因緣假合的有為法，具有生滅相，是無常。由此可知「聲常論」在佛法面前是站不住腳的。至於語言的表詮作用，亦即名和相之間的關係，佛陀進一步指出：

彼相者，眼識所照名為色，耳、鼻、舌、身、意識所照，名為聲、香、味、觸、法，是名為相。彼妄想者，施設眾名，顯示諸相，如此不異「象」、「馬」、「車」、「步」、「男」、「女」等名（棣按：意即把「馬」之名等同於馬之相，混淆了語言世界與實體世界），是名妄想。

語言的本身既是一種妄想，語言的表詮作用又是一種妄想，則人們使用語言傳情達意的現象，就佛眼看來，不啻是妄想中的妄想。須知語言雖是能詮，但所詮的並非實相；假名詮假相，語言的任何作用全成了假中之假。佛陀從真假又帶出了苦樂：「凡愚樂妄想，不聞真實慧；言語三苦本，真實滅苦因。」（《楞伽經》）對於語言是澈底看破了。

這還只是就語言說語言，如果再就語言作為思想載體的工具性加以觀察，又看出語言先天的侷限。「字經三書，未可遽真也；言傳三口，未可盡信也。」我們不妨從這個角度，檢視佛言佛語是如何被傳送到後世的，後人又是如何傳經印心的。先看看那「多聞第一」的阿難是如何「如是我聞」的：佛陀的意識在彷彿得之的情況下，捕捉住解脫的真諦，於是把它轉化成意念（此為第一轉）；然後譯為語言符號傳送出去，進入阿難耳中（第二轉）；阿難把接收過來的語言符號，還原成他認為能與佛心相應的意念（第三轉）；這些意念經過一段時間的保存——假設他沒有遺忘也沒有誤記，這種理想狀況事實上是不可能的——再譯成語言符號轉播出去（第四轉），在「結集」大會上得到五百位佛弟子的共同認可，而形成所謂「經藏」。如此這般地四重轉譯，饒是迦葉在主持結集時再三叮囑阿難「佛所說法，一言一字，汝慎勿使有缺漏」（《菩薩處胎經．出經品》），也難保不失真。當然我們作這種分析的前提，是佛菩薩皆屬普具「人格」的覺者，亦即視為常人。至於結集以後，先由專人「憶持」，再經無數次異口相傳；轉錄成文字後，又經無數次的異文對譯；最後讀經者企圖從中讀出意義來遙契佛心。其間層層重重的語意障，較諸結集之前，更簡直是千關萬隘了。

語言文字這種先天後天的究竟不圓滿，佛陀固是了然於胸，而一般人則很難勘破。面對這種情況，佛陀採取的策略是：先借助語言文字的方便之門，將信眾引進佛法的世界，再引他們透過佛法的力量，走出語言文字的蔽障。也就是先「以經印心」，再「以心印心」；前者是立「教」（教即語言文字），後者即不立文字的所謂「『教』外別傳」：

> 世尊在靈山會上拈花示眾。是時眾皆默然，唯迦葉尊者破顏微笑。世尊曰：「吾有正法眼藏，涅槃妙心，實相無相，微妙法門，不立文字，教外別傳，付囑摩訶迦葉。」

《五燈會元》卷一〈釋迦牟尼佛〉

號稱「佛之心宗」的禪宗，就以此一大因緣誕生了。如此來歷的禪宗不止獨立於佛「教」之外，更超越於整個佛教之上。又何止超越佛教，「不立文字」的立論，幾乎顛覆了一切宗教的語言文字觀。一般宗教將語言文字神聖化，禪宗則走向另一個極端，將之妖魔化、虛無化。二者都存在著難以自圓其說的辯證困境。神聖化的，掉入了「是語言創造世界，抑或世界創造語言」的兩難泥淖；虛無化的，其弔詭之處在於：當他們用文字來揭櫫「不立文字」時，只此「不立文字」四字，便又立下了文字。

但不管如何難以自圓其說，「不立文字」的思想信仰終究還是傳開了，在中土遍地開花，禪宗成了佛教中最具中國特色的一個教派。這種結果並非偶然，實乃中國文化有著利於「不立文字」生根的土壤在。慧皎《高僧傳・慧遠傳》：「年二十四便就講說。嘗有客聽講，難（詰難）實相義，往復移時（來回辯論許久），彌增疑昧。〔慧〕遠乃引《莊子》義為連類（同類），於是惑者曉然。」利用道家思想以搭載佛法，正是早期漢傳佛教的方便法門。而更值得注意的，是道家思想中的語言文字觀，其否定性的思見遍及形而上與形而下，順勢就成了「不立文字」的最佳觸媒。老子說：「道，可道，非常道；名，可名，非常名。」（《老子》第一章）這涉及語言本質的探討。又說：「知者不言，言者不知。」（第二十章）這觸及語言作為思想載體的侷限性問題。莊子在此基礎上有所發揮，認定「道」不僅無法用語言文字來表詮，甚至也無法靠思想觀念來把握：

可以言論者，物之粗也；可以意致者，物之精也。言之所不能論，意之所不能察致者，不期精粗（指「道」）焉。《莊子・秋水篇》

另一方面在否定語言之餘，卻又將飽含希望的目光轉向人性，「直指人心」地嘆道：

筌（捕魚具）者所以在魚，得魚而忘筌；蹄（捕兔具）者所以在兔，得兔而忘蹄；言者所以在意，得意而忘言。吾安得夫忘言之人而與之言哉！〈外物篇〉

這就不免讓人突發奇想：莊子如果生在梁朝，會不會遇到東來的禪宗初祖菩提達摩——就如同在周朝遇到詭辯學派的惠施——遇上了會不會惺惺相惜之餘，進而心心相印道：「吾今得夫忘言之人而與之言矣！」因為莊子既要人「忘言」又要用言語「與之言」，與禪宗之以文字立下「不立文字」，彼此的思路如出一轍。真箇是：「東方有聖人出焉，西方有聖人出焉；此心同，此理同。」

一九七八年十一月

「馬虎」不是馬和虎

——認識聯綿詞

今年是馬年，有人大談與馬有關的成語，認為都是好話，諸如「馬到成功」、「馬首是瞻」、「龍馬精神」、「一馬當先」、「老馬識途」、「路遙知馬力」莫不可用作新春吉祥話，唯獨「馬馬虎虎」是貶義詞，不可用。

這是誤會。「馬馬虎虎」中的「馬」字其實只是個借音字，與馬這種動物全然無關，「虎」字亦然。「馬虎」本是有音無字的一種複音詞，先在口語出現，後來進入書面語言，才找來「馬虎」二字充當詞面，如此而已。至於熟語「馬馬虎虎」是由「馬虎」重疊而成的，純屬語氣上的強調，情況就如同「倉皇」疊成「倉倉皇皇」、「骯髒」疊成「骯骯髒髒」。

今人把「馬虎」誤認為從馬跟虎這兩種動物影射而來，古人則把「猶豫」附會成「猶、豫二獸生性多疑」，把「狼狽」溯源到「狼、狽二獸相附而行」。實則「馬虎」、「猶豫」、「狼狽」都是兩個字做一個字用的聯綿詞（古時也稱作「謰語」、「駢詞」、「二文一命」等，現代語言學家稱之為「雙音節單純詞」或「雙音節衍聲複詞」）。這種詞因有音無字而字形多變，「猶豫」可以寫成「猶預」、「猶與」、「夷猶」（聯綿詞上下兩音可以互易其位）、「容與」、「由與」、「游豫」、「猷裕」等；「狼狽」的形貌也千變萬化，「狼貝」、「狼拔」、「狼跋」、「剌戾」等都是它的分身。至於「馬虎」的寫法也馬虎得很，目前最通行的是「馬虎」，在古典戲曲、小說裡還寫成「麻胡」、「麻糊」、「麻忽」、「麻呼」、「嗎呼」等不一而足，另外也可敷衍成「打嗎呼眼」、「打馬虎眼」等帶有詞綴的四音詞。「馬虎」不是馬和虎，還有一項有力的證據：各地漢語方言都有「馬虎」這個聯綿詞，將它直接譯成文字，就不見得正好是「馬虎」這兩個字，譬如閩南音為「ㄇㄚ ㄏㄨ」，就跟「馬虎」對不上。

綜上所述，「馬虎」的含義不從馬跟虎來，「狼狽」的含義不從狼跟狽來，「猶豫」的含義也不從猶跟豫來，昭然若揭。同樣地，用來形容威儀的「魚魚雅雅」也不能從魚跟雅（「烏鴉」的「鴉」古體作「雅」）上面去獲得聯想。但是用來形容美女眾多的「鶯鶯燕燕」卻分明是從鶯與燕聯想過來的。由此可見同樣的詞面形式，儘有不同的構詞性質，不能一概而論，仍須從語源加以辨別。從語源學觀察，「馬虎」還有很多音義相同或相近的轉語（同源詞），像「迷糊」、「模糊」、「濛鴻」、「混芒」、「馮閎」、「莽沆」、「沆茫」、「沒滑」、「懣渾」、「顢頇」、「漫漶」、「漫衍」、「漫汗」、「漫胡」等，彼此不但字音接近，詞義也相彷彿，屬近親繁衍的同一個詞族。另外「馬馬虎虎」也有下列這些疊字聯綿詞作親屬詞語：「媒媒晦晦」（語見《莊子．知北遊篇》）、「眇眇忽忽」（司馬相如〈子虛賦〉）、「昏昏昧昧」（《列子．力命篇》），其他如「迷迷糊糊」、「模模糊糊」等白話雙疊詞，也都是一音之轉的近親。

人們對聯綿詞一直存有「馬虎式」的誤解，在文言的世界尤其嚴重，誤注、誤讀、誤譯，屢見不鮮，即連訓詁專家也常誤入迷障而不自知。例如《史》、《漢》皆出現的「首鼠兩端」一語，宋人陸佃編撰《埤雅》不知「首鼠」為聯綿詞，望文生訓而釋之曰：「鼠性疑，出穴多不果，故持兩端者謂之『首鼠』。」此種誤解蓋因不知聯綿詞的特性是形不示義，且二字連綴成義，不可分訓。

另有一種誤解，是發生在「首鼠」寫成「首施」或「首攝」的時候。清末民初有學者朱起鳳任教海寧安瀾書院，某日批改生徒習作，見文中出現「首施兩端」，以為「首施」乃「首鼠」之誤，遂動筆改正。事後接獲該生抗議信，信中指出「首施兩端」見諸《後漢書》，既非杜撰，也無筆誤；只知「首鼠」而不知「首施」是少見多怪。朱氏經此刺激，乃發憤編成聯綿詞詞典性質的《讀書通》（後易名《辭通》）。由所定書名，便知聯綿詞對閱讀古書古文的重要。朱起鳳其實也無須太在意自己不識聯綿詞之過，較他更為知名的王念孫對「首施」也不甚了了。王氏《讀書雜志》曾就「施」與「尾」的音近關係，斷定「首施」即「首尾」，進而解釋說：「『首尾兩端』即今人所謂『進退無據』也。」殊不知這個意思的成語只有「畏首畏尾」，並無「首尾兩端」。朱、王二氏之誤，皆在於不知聯綿詞的另一特性：一詞多形。以「首鼠」而言，除「首施」、「首攝」之外，更有大家熟知的屬「一音之轉」的書寫形式：「躊躇」、「踟躕」、「躑躅」，乃至「彳亍」、「蹉跎」等皆是。

筆者早年也曾對「枝葉扶疏」的「扶疏」解作「茂密」而心生疑惑：為何「疏」、「密」竟可同義？其後鑽研詞彙學、語法學，對聯綿詞、疊音詞等記音性質的詞彙深入探討，始知「扶疏」的「疏」是記音字，與「疏密」的「疏」只是字形恰好相同，詞義互不相干。又後來，更知「扶疏」與「婆娑」是同一個詞的不同寫法，猶如「首鼠」之於「躊躇」。

聯綿詞諸如此類的種種表現，顯然脫離漢語「單音、孤立」的語族特性，堪稱中文詞彙中的怪胎。第一怪：無雙不成詞，以二個音節而只作一個語素用，所謂「二文一命」；第二怪：形不示義，義寄於聲；第三怪：一詞多形，且多「轉語（同源詞）」。凡此，好學深思者不可不知，從事國文教學者更不可不知，因為文言文中的聯綿詞已成了今人閱讀的主要障礙之一。

試看下列因不識聯綿詞而致誤的古今顯例：

1.《論語・述而》：

文莫吾猶人也，躬行君子，則吾未之有得。

——首句的句讀，從漢儒到宋儒皆讀作「文——莫吾猶人也」，將「文莫」切割成二個獨立的單詞，以致這一句每字都認得，卻解來解去千餘年，始終不得其確解。直至清儒才看出「文莫」是聯綿詞，也作「黽勉」、「密勿」，意即努力，全句應讀作「文莫——吾猶人也」。於是一通百通，整章也因此理解無礙。

2.《莊子・秋水》：

河伯順流而東行，至於北海，東面而視，不見水端；於是焉河伯始旋其面目，望洋向若而嘆。

——末句「望洋向若而嘆（若，海神名）」為成語「望洋興嘆」之所本。不論原典或成語，「望洋」皆屬聯綿詞，意即茫然若有所失貌。有人逕就字面解作「眼望海洋」，以為正可連繫上文「至於北海，東面而視，不見水端」，文從字順。殊不知即便「望洋」可以析作二個單詞，「洋」在上古也不指海洋，而是指眾多、盛大，用作形容詞。這種誤解既有望文生義之失，又難脫以今律古之嫌。古書中「望洋」也寫作「望羊」、「望佯」、「望陽」、「盳洋」、「茫洋」、「芒洋」、「芒羊」等，作「望陽」時，也很不幸地被拆解成「望視太陽」之意（見郭慶藩《莊子集釋》）。大概不會遭致誤解的是「茫洋」。柳宗元〈與呂道州書〉：「其言儒術，則迂回茫洋而不知其道。」句中「茫洋」也是對人的形容，可譯作「茫然無知的樣子」。

3. 宋人李清照〈金石錄後序〉：

〔所藏金石書畫〕所謂巋然獨存者，無慮十去五六矣。

——句中「無慮」一詞，文言常見，意為大約或總共，一般不會誤注。然一旦進一步分析，就難免強作解人，如顏師古注《漢書》就說：「無慮，舉凡之言也。無小思慮而大計也。」雖然望文生訓地將「無慮」誤釋為「無小思慮（不計零頭）」，但注文的重點在「大計（只算整數）」，究竟繞了回來。今人注解此詞則出而忘返，釋作「不用考慮就知道」、「無須計慮」，甚至誤入歧途，釋作「不必計較」，這就謬以千里了。但不論如何，全皆認定「無慮」的構詞形態與「無憂無慮」的「無慮」相同，可以分解拆釋；而不知此「無慮」在古書中也會以「勿慮」、「摹略」、「莫絡」等面貌出現，則又如何分而訓之？

4. 明人宋濂〈秦士錄〉：

〔鄧〕弼虎吼而奔；〔敵陣〕人馬辟易五十步，面目無色。

——「人馬辟易五十步」的「辟易」，部編課本注為「退卻」，基本不誤；但緊接著對「辟」摘釋為「辟，音ㄅㄧˋ，通『避』」，則顯係將一個聯綿詞看成二個單音詞而加以分訓。此誤蓋由來已久。《史記・項羽本紀》：「是時，赤泉侯為騎將，追項王；項王瞋目而叱之，赤泉侯人馬俱驚，辟易數里。」張守節《正義》曰：「言人馬俱驚，開張易舊處，乃至數里。」顯然以「闢」訓「辟」，故釋為「開張」；而「易」則解作「改易（改變位置）」。顏師古注《漢書・項籍傳》承其誤，至今連權威性辭書如《辭源》、《漢語大詞典》，也在失察失考的情況下，紛紛沿襲舊說。

又：課本對「辟易」的誤注，也見之於文天祥〈正氣歌〉：「如此再寒暑，百沴自辟易。」注曰：「辟易，退避。辟，音ㄅㄧˋ，通『避』。」直接就以「避」換「辟」，誤得更徹底。

5. 清人林嗣環〈口技〉：

忽一人大呼：「火起！」夫起大呼，婦亦起大呼，兩兒齊哭。俄百千人大呼，百千兒哭，百千犬吠。中間力拉崩倒之聲，火爆聲，呼呼風聲，百千齊作；又夾百千求救聲，曳屋許許聲，搶奪聲，潑水聲。凡所應有，無所不有。

——高中國文課本選入〈口技〉，對「中間（音ㄐㄧㄢˋ，夾雜）力拉崩倒之聲」句中的「力拉」，不作解釋；而所見坊間參考書皆望文生訓，譯作「用力拉倒」，全不顧上下文意。實則「力拉」猶今語「噼啪」、「劈里啪啦」，與下文「呼呼」、「許許」同為摹擬火災現場的狀聲詞（擬音詞）。不同的是詞的結構性質，「力拉」屬聯綿詞，而「呼呼」、「許許」則屬疊音詞；後者不致誤解，而前者每構成閱讀障礙。由此也可發現到：聯綿詞確較一般詞彙難懂、難認。課本的編撰者顯然也未能認出「力拉」是聯綿詞，才沒有加注。

6. 清人朱琦〈名實說〉：

近世所號為公卿之賢者，……一旦遇大利害，搶攘無措，鉗口撟舌而莫敢言。」

——此文入選高中國文課本，于大成電視教學講到「搶攘」，遭到同是國文教師的魏子雲質疑。魏氏先質疑其讀音，後來因音而及義，說：「『搶攘』二字，分開來說，『搶』是形容奪取過來，『攘』是推送出去，《說文》也訓為『推也』。這兩個字並在一起，就是我搶過來，他奪過去；或是我奪過來，他搶過去。引申之義，就是亂而不安貌。」這是筆者至今所見對聯綿詞誤解得最徹底，剖析得最粗暴的一次。無怪乎于大成要板起臉孔教訓魏氏，說：「凡雙聲或疊韻聯綿字，皆因聲託義，絕無固定的寫法，亦絕不可把兩字拆開來分別訓解，此是訓詁學的基本常識。此猶不知，而只是翻一翻字典詞典，就高談訓詁，幾何不為通人所笑也！」（見魏子雲《國文與教學》，成文出版社）其實魏子雲「翻一翻字典詞典」只要多翻幾部，應會發現「搶攘」一詞「絕無固定的寫法」，諸如「傖攘」、「戕攘」、「戕囊」、「傖囊」等皆其異形，從而意識到「搶攘」是聯綿詞；或者他從不知聯綿詞為何物，致有此誤而「為通人所笑」。此足為國文教師戒：教讀文言文，見到不熟的、來歷不明的、雙聲或疊韻的、同偏旁的複音詞要留意，很可能你碰上了聯綿詞「二文一命」這個怪胎。

前人有言：「訓詁有四忌：一忌望文生義。」又謂：「欲讀古書，先識『通假』。」鄙意認為：

聯綿詞在文言中所招致的誤注誤讀，其性質遠較通假字複雜，其情況遠較通假字普遍；須充分認識，才能全面掌握，進而有效突破其所構成的閱讀障礙。至於出現在白話中的聯綿詞，一則由於詞形已固定下來，例如保留「彷彿」，淘汰「仿佛」與「髣髴」；二則詞義也趨於穩定，例如「從容」只保留形容詞用法的意義：「不慌不忙」或「富裕」，至於名詞用法的意義：「舉動」，以及動詞用法的意義：「調停」，皆已進入歷史。再者，白話聯綿詞不論其語源如何，皆為習見常用的詞彙，即令不知其為聯綿詞，只要能安於不求甚解，不去強作「馬虎式」的解人，其實讀寫說聽都不成其為障礙的。

一九七八年三月

名字，代表了什麼

「名字又代表了什麼？被我們稱作『玫瑰』的東西，換上別的名字，依然芳香可聞。」莎翁此語一舉道破名實之間的真相。

人名尤其如此。像蒲松齡、曾國藩那樣名實相副的——前者活到七十六高齡，後者成為國之屏藩——並不多見。甚至有不少名實背道而馳的，明朝末年與阮大鋮狼狽為奸的馬士英，名喚「士英」，其實是士林中的敗類；大宦官魏忠賢更是只知欺君罔上、害賢妒能，是亂臣賊子之尤。由此看來，古人所謂「司馬相如、藺相如，果相如否？長孫無忌、魏無忌，能無忌乎」雖是文人一時的巧思妙對，卻也是千古不刊之論。

然而仍有不少人執著於有此名必有此實，總以為「名如其人」才是真正的名。筆者讀中學時，就碰過這種老師。同學有人犯了過錯，他一定「循名責實」，從名字開始數落起：「正德，我看你是既邪門又缺德嘛！」「添福，你想添過了是不是？」「信誠，名字取得多好，為什麼還欺騙師長？」當時直覺這老師有失厚道，現今想想也許他只是迂腐，並沒有惡意。比他更迂腐的，古時還有個鼎鼎大名的米芾，他好潔成癖，為了替女兒找一個乾淨女婿，尋尋覓覓了許多年。有一年新科進士放榜，他在榜單上發現「段拂，字去塵」的名字，不覺大喜，說：「既拂矣，又去塵，真吾婿也。」毫不考慮就把女兒嫁給這個名乾淨而不知人是否乾淨的進士。

名不副實的情形，多半存在於「正名」（本名）。因為正名是出生時由父母或其他尊親代為決定的，是命名者對初生兒的期望，卻不見得就合乎被命名者的才具志向。至於弱冠以後才取的字，由於是配合正名來取義（所謂「聞名即知其字，聞字即知其名」），也往往擺脫不了命名者的陰影。

為了突破這範限，以尋求一己的獨立人格，讀書人長大後便喜歡給自己取別名、別字和所謂號；由於都是根據自己的性格、志趣或境遇來取的，也就常能名實相副。其中別名別字是於本名本字之外另取新名新字，等於是改名了。這種人往往較具革命性格。

顧炎武本名絳，字忠清，原也很好；沒想到後來滿清入關滅了明朝，遵母命不事異族的他，這下發覺字「忠清」與自己的志節大不相容，毅然改名「炎武」，字「寧人」。無獨有偶，兩百多年後國學大師章學乘也是為了反清而改名，而且改成顧炎武的原名「絳」，只不過字換成了「太炎」，多少有效法顧炎武的意思（後來名又改作「炳麟」）。其他，像蔡元培改名「孑民」（暗示我乃炎黃孑遺之民，不承認異族政權），胡衍鴻改名「漢民」（取義較蔡氏的「孑民」更直接，若非礙於先人，只恐他連姓「胡」都心存芥蒂），陶文濬改名「行知」（藉以宣示對王陽明「知行合一」學說的信仰），胡洪騂改名「適」，字「適之」（取義於「物競天擇，適者生存」的天演學說）。凡此都是藉改名抒發個人的抱負、堅定一己的志節，稱得上名如其人。

另有一個改名事例，雖然也符合名實相副的原則，但取義卻是由積極轉入消極。此人遠在宋朝，姓呂，本名「必用」，字「則行」，名與字全來自《論語》「用之則行」。原本他也有志用世，曾學而優則仕；其後因耳聾被罷官，憤而改名「不用」，字「則耕」，儼然有「舍之則藏」的意味。

從本名到別名，由積極退入消極的比較少見。讀書人基於對父祖輩的尊敬，極少藉著改名來宣示自己思想的濳退，通常他們都是另闢「號」的管道，經此以明告世人，這才是我如今的本色；要認識我某人，須先認識我的號，至於名、字叫什麼並不重要。中古以後的知識分子，幾乎都擁有一個以上的號。他們取別號，往往是在歷經宦情、遍嘗世味之後，動機以調整人生觀為主，取義偏向消極、頹廢，恰與名字形成強烈的反差。這種特具自覺意識和叛逆色彩的命名傾向，正反映出傳統讀書人從儒家轉入道家或佛家的一般模式：年輕時積極做儒家，年老時消極做道（佛）家。

且看下面列舉的一些別號（含齋名）：晉朝陶淵明號五柳先生；唐朝杜甫號杜陵野老，劉禹錫號陋室，賈島號浪仙，張志和號煙波釣徒；宋朝歐陽脩號醉翁，蘇轍號潁濱遺老，陸游號放翁，朱熹號晦庵（翁），米友仁號嬾拙老人，黃仲元號韻鄉贅翁；元朝貫雲石號酸齋，黃公望號大癡道人；明朝李貞號大呆和尚，徐樹丕號活埋菴道人，江本實號活死人；清朝鄒弢號守死樓，顧炎武號蔣山傭，王夫之號敗葉廬，李顒號二曲土室病夫，吳霖號拙巢，呂留良號晚村，惲壽平號南田抱甕客，繆荃孫號雲自在龕，易順鼎（實甫）號哭庵；民國黃侃號病禪（蟬），齊白石號老木工，鄧鐵（散木）號糞翁……洋洋大觀，觸目盡是消極悲觀字眼。

這些人，哪怕本名如何儒家化（例如「米友仁」），到最後總要跟道家來一段「黃昏之戀」。其中朱熹還是自認直接孔孟心傳的人，晚年也不能免俗地消極、道家化起來；他另外兩個號：「滄洲病叟」、「遯翁」，更反映出此一傾向。林語堂說得好，中國士人身上流有儒家和道家兩種血液，得志時做儒家，失意時做道家。除了得志和失意的區別外，更常見的是早年晚年的必然轉變。

無論如何，傳統知識分子取別號競相以醜名、惡名、賤名自我標榜，是有哲學思想做基礎的，這與販夫走卒、阿貓阿狗之基於對抗命運而取賤名，大異其趣。明白了這個道理，張潮在《幽夢影》裡所發的疑問：「曰癡曰愚曰拙曰狂，皆非好字面，而人每樂居之；曰奸曰黠曰強曰佞反是，而人每不樂居之。何也？」也就不成其為疑問了。取名「糞翁」並非知識分子自貶身價，而是自抬身價——莊子不是說「道在屎溺」嗎？然則糞翁也者，悟道之人也。鄧散木其他形形色色「皆非好字面」的別號，如「一足」、「六六殘人」、「三長兩短齋」、「海畔逐臭之夫」、「都廁守」，也都不只是自我調侃而已。凡是拿別號來醜化自己的，其實都是以人世間的超越者自居。至少他表明了一種處世態度：身在名教，心遊方外。

這算不算名實相副呢？文人的思慮云為太複雜，誠如宋代女詩人朱淑真所詠嘆的：「筆頭去取萬千端，後世遭它恣意瞞。」任何文化現象只要牽涉到文字符碼，常就真偽糾纏，難以究詰。出於自命的名號尤其如此。如此看來只剩謚號最可信了，那是人死後才有的名，是總結此人一生表現的蓋棺論定；有了這個死後名，「君子疾沒世而名不稱焉」（「稱」無論解作稱揚或相稱）的遺憾應不會再有了。是又不然，中國文化乃是情的文化，即便有「謚法」規範，從有資格得謚的人到有權力議謚、定謚的人，都避不開感情因素的作祟以及人情網絡的羈絆。

春秋時代楚王熊惲遭叛軍圍困，發現無法突圍，便決定自縊。臨斷氣前，問叛軍首領他死後能得什麼諡。叛軍商議給他諡「靈」——〈諡法〉：不勤成名曰靈、亂而不損曰靈、好祭思神曰靈——楚王一聽，雙眼圓睜，一副不肯閉目的模樣。叛軍見狀不忍，便改諡「成」（安民立政曰成）。惡諡換成美諡，楚王這才滿足地闔上雙眼。帝王如此，大臣呢，明朝有文淵閣大學士李東陽（他也是文學家），彌留之際依稀聽到另一大學士說要替他向朝廷請諡「文正」，他突然迴光返照，感動得翻身趴在床上磕頭致謝。因為「文正」是明代文臣最高等級的美諡，終明一代得此殊名的不過五人而已。凡此，在在反映出諡號終究也在重情輕法、重名輕實的情況下，成了另一個虛名。更何況諡號也只適用於專制時代的帝王公侯和大臣，現代人不管什麼身分都不會有這種名了。

不只諡號成為歷史，連表字外號也不時興了。那麼唯一僅存的名字又代表什麼呢？名字就是名字，人人必須有名字，就如同花草樹木必須有個稱呼一樣。否則「玫瑰，玫瑰，我愛你」便唱不出口了。

一九八三年十二月

讀書人與齋名

說讀書人與書結緣，還不如說與文字結緣來得貼切。尤其是在被周作人、林語堂稱為「文字之國」的中國，讀書人的世界不啻文字的世界。這樣的一個世界，不止可以煮字療飢，也可以「砌字成室」。不管住所是如何環堵蕭然，不蔽風日；也不管有無真正的書房，讀書人總愛替自己讀書、生活的地方取個名字。鄭重點的，更堂而皇之掛上齋榜，一則以示風雅，一則藉此告訴世人：這裡住有讀書人，這是他讀書沉思乃至吟嘯的所在。

有些齋名、室名，古人的確取得風雅十足。清人更為了表現「境界」，競相邀請風花雪月入書房，如「杏花春雨樓」（袁景瀾）、「天風海濤樓」（錢培孫）、「夕陽芳草村落」（朱彝尊）、「夕陽紅半樓」（蔣坦）、「江聲帆影樓」（王鳳生）、「二分水竹之居」（李光祐）、「香遠益清之室」（王相）、「竹寒沙碧山莊」（蔡思經）、「萬仞芙蓉齋」（孫蒠）。表面看來似乎與讀書無關，但就如同翁森〈四時讀書樂〉所宣示的「讀書之樂樂何如？數點梅花天地心」，那種道通天地有形外的思致，將讀書人的心靈領域擴展到無限；其讀書境界之高，自不在話下。

至於這些詩情畫意的齋名，是否具有標示所處環境的作用，由於生不與古人同時，就不得而知了。近人俞平伯有「古槐書屋」，據說是書房門前有老槐樹遮蔭而得名。師大黃慶萱教授因寓所開門見山，福至心靈，便截取陶淵明〈飲酒〉「悠然見南山」三個字，安了個「見南山居」的齋名。其中

「山」字上下兩屬，「見南山」又暗藏「悠然」之意，如此即景命名，意趣盎然。

節縮詩文語句，一直是傳統讀書人取齋名的手法之一。前面提到的「香遠益清之室」，便是節自周敦頤〈愛蓮說〉。師大沈秋雄教授則截取杜甫「水流心不競，雲在意俱遲」中的「雲在」作齋名。不才如我，有幸逃離萬丈紅塵的臺北入山棲止，得意之餘不免就附庸風雅，在朝北的書房掛上「臥北山房」的齋榜——用的是陶淵明的典故：「五六月中，北窗下臥，遇涼風暫至，自謂是羲皇上人。」

有些齋名有景復有情。明朝文壇怪傑徐渭，無法忘情於幼年手植的一株青藤，便拿它作齋名：「青藤書屋」；進而成了別號，寫字作畫時落款常署名「徐青藤」。此情此景甚至影響到後世另一位怪傑——鄭燮，自號「徐青藤門下牛馬走」。清代經學家惠周惕，曾從東禪寺移植一株紅豆樹，甚為喜愛，進而愛豆及屋，住處便有了取名「紅豆書莊」的藏書樓。他的兒子惠士奇、孫子惠棟，繼志述事，不止傳承父祖的經學，也傳承了紅豆之愛。惠士奇有「紅豆齋」，學者稱「紅豆先生」，惠棟亦自號「小紅豆」。一株紅豆三代情，多少也象徵著書香世家的薪火相傳。

有人鍾情於一物，也有人尚友於古人，因而以之為齋名的，其中又以仰慕陶淵明、蘇軾為最常見。前者，如宋人俞澹有「景陶齋」，明人張岱有「陶齋」，清人周春有「夢陶齋」；後者，如宋人蔣璨的「景坡堂」，明人王鏊的「夢蘇道人」，清人楊守敬的「鄰蘇老人」，馮應榴的「夢蘇草堂」，周慶雲的「夢坡室」等。

除了顯現風雅之外，更多的是抒發一己志趣的齋名。這種齋名往往隱含哲思，反映出書齋主人獨特的生命情調。可分為積極與消極兩大類型：

積極的，如宋人陸游的「老學齋」、劉晉的「求諸己齋」，清人錢大昕的「十駕齋」、曾國藩的「求闕齋」、彭玉麟的「退省菴」、鮑廷博的「知不足齋」、傅九淵的「有不為齋」（近人林語堂亦取此名）以及梁玉繩的「不暇嬾（同『懶』）齋」，近人楊樹達的「積微居」，今人李可染的「師牛堂」。消極的，如明人方鵬的「待盡軒」，清人潘鍾瑞的「百不如人室」；也有消極之中求積極的，如明人侯方域的「壯悔堂」，清人張紳的「退一步想山房」，近人梁啟超的「飲冰室」、胡適的「藏暉室」、豐子愷的「緣緣堂」等。

有些齋名看不出真正思想所在，只讓人嗅出讀書人特有的憤世、玩世氣息。宋人張仲壽的「有何不可之室」、清人鄒弢的「守死樓」以及近人葉楚傖的「我本荒唐室」是箇中典型。至於像清人錢求赤的「匪菴」、錢曾的「匪樓」，以「匪」名菴名樓，叫人匪夷所思之餘，即令把「匪」通作「非」，也只能看作是不甘寂寞的讀書人，語不驚人死不休罷了。

最後要介紹真正與讀書有直接關係的齋名，如「點易齋」（明・施邦彥）、「點易草堂」（清・葉鋆）、「注韓居」（清・鄭杰）、「等身書屋」（清・陸虎岑）、「寫十三經室」（清・李堯棟）。這些齋名看似最名副其實，卻因學究味太重，既無創意又乏情趣，並不受讀書人青睞。

無論何種齋名，在讀書人以文字構造出來的世界裡，都可以脫離住所或書房而憑空存在。有的遁入心中，成了「心齋」（此借用《莊子》語，意指無形的書房）；有的則如影隨形，最後變成主人的另一個名字——別號。這也是古代讀書人名字會越叫越多的原因之一。說穿了，無非迷戀文字的心理在作祟，畢竟任何名字都來自文字。

一九九二年七月

談古典詩的「列錦」奇觀

從過程看，作詩與作文殊無二致，無非是「選擇→組織」（先選擇最精確的詞句，再作最適當的組織）。只是在選擇與組織的過程之中，詩人除了格律的考慮外，也用心於意象與句法的經營。

北宋黃庭堅〈寄黃幾復〉一詩中有名聯「桃李春風一杯酒，江湖夜雨十年燈」是「選擇→組織」的典範，值得一探其中奧祕。此聯上句追憶二人昔日在京中舉的得意，下句抒寫故人今日淪落嶺南的落寞，前後形成鮮明的反差，能予人深刻的印象。光是這一點，在詩法中並不足為奇，而張耒卻評之為「真奇語」（《王直方詩話》），魏慶之則列為「宋朝警句」（《詩人玉屑》卷三），顯然他們心目中的「奇」、「警」，並不在對仗或對比，而是別有所指。

近人繆鉞《論宋詩》一方面認為這是宋人重句法的結果，一方面點出此一句法之所以吸引人，關鍵全在：「用平常字，施以新配合。」意謂黃庭堅用最精巧的組織，讓最熟爛的詞語「點鐵成金」，起死回生。換言之，這兩句詩最令人激賞的是「組織」詞語的方式，看起來似與「選擇」無關。實則不同的組織來自不同的選擇，詞語的選擇往往能決定組織的方式，而組織的方式也常影響詞語的選擇。二者雖有先後，但互為因果。

詩的語言，是一種濃縮的、跳脫的、意象的語言，再加上文言的語法結構本就鬆散，語句成分能省則省；詩人把握住詩語與文言這兩種特性，作詩時儘量選用能顯現意象的實詞（名詞、動詞、形容詞、副詞等），而摒棄引不起聯想的虛詞（代詞、介詞、連詞、助詞等）。實詞之中，又以名詞最具象，動詞次之，形容詞、副詞又次之；準此，詩人對實詞的選用，其淘汰的順序是：副詞、形容詞、動詞，最終獲保留的便只剩下名詞（或名詞性短語）。「桃李」、「春風」、「一杯酒」，「江湖」、「夜雨」、「十年燈」，便是在這種情況之下，不借助任何謂語（述語或表語），打破語法規則，跳出邏輯範限，以一種「橫空盤硬」之姿，昂然矗立於詩篇之中。

這種以排列代組織的造句方式，句子的成分有所殘缺，語法學家王力歸類到一種特殊的句子：「不完全句」，呂叔湘則稱之為「詞組代句」；又有人純從表面形式籠統稱之為「羅列句式」或「三疊句法」。就詩論詩，這其實更是意象組合法的一種，即所謂「意象的疊加」。若是視為獨特的修辭現象，而納入修辭格的體系中，修辭學者賦予的名稱既形象化又精準：「列錦」或「列景」。

列錦創始於何人之手？某一修辭學著作認為始於王維〈出塞〉「玉靶角弓珠勒馬，漢家將賜霍嫖姚」一聯，這是對列錦認識不清所致的誤解。這一聯其實只能算「完全句」的變式（賓語前置，動詞是「將」），原式應是：「漢家將（將，持也）玉靶、角弓、珠勒馬以賜霍嫖姚」或「漢家賜霍嫖姚以玉靶、角弓、珠勒馬」。即使上聯可以獨立成句，而「玉靶」、「角弓」、「珠勒馬」是同類事物的平行並列，只能歸之於「聯用」辭格，稱不上列錦。列錦中並列的事物不屬同一層次，才能有立體感，有時甚至能形成四度空間的「宇宙感」。杜甫〈旅夜書懷〉「細草微風岸，危檣獨夜舟」看起來彷彿是了，而其實各意象之間的意念範疇仍太接近，獨立性不足；尤其是「細草」和「岸」、「危檣」

和「舟」，都隱含這樣的一種隸屬關係：「岸上之細草」、「舟中之危檣」。所以這也不是列錦。一直要到晚唐詩人溫庭筠〈商山早行〉的「雞聲茅店月，人跡板橋霜」，各意念之間才完全拉開距離，走向立體，從而成功確立了列錦辭格。黃庭堅後出轉精的唯一成就，在於把列錦從五言引進七言，完成他江西詩派擅長的「奪胎」壯舉。

黃庭堅之後，詩人在對偶中運用列錦而成為「警句」，且為人所傳誦的有二例。一是南宋陸游〈書憤〉「樓船夜雪瓜洲渡，鐵馬秋風大散關」，二是元朝馬致遠〈天淨沙〉（曲是廣義的詩）「枯藤老樹昏鴉，小橋流水人家，古道西風瘦馬」。馬致遠更有踵事增華之功，不止把列錦從詩引入曲，更擴展為「鼎足對」，也算是另一種「點鐵成金」。

「列錦」一稱「列景」，更能顧名思義，看出它的用場。清人賀裳說：「凡寫迷離之況者，止須述景。」述景而至於列景，就更能予人迷離恍惚之感，「境界全出矣」，最適合用在諸如〈商山早行〉、〈天淨沙〉等表現羈旅況味的作品。但排列景物看似簡單，其實成如容易卻艱辛。歐陽脩就曾模仿溫庭筠造出「鳥聲梅店雨，野色柳橋春」的列景句，一般認為韻味全失，不如溫詩遠甚，也難怪王夫之要說「非有吞雲夢者八九之氣，不能用兩三疊實字」（《夕堂永日緒論外編》）。當然，這裡面也牽涉到是否親身經歷此一情境的問題。

至於列錦的修辭效果，從不同角度觀察會得出不同的結論。

難得的是，遠在明朝就有李東陽《懷麓堂詩話》能從形式的特異，看出審美效應的獨具。針對

「雞聲茅店月，人跡板橋霜」他分析道：

> 人但知其能道羈旅野況於言、意之表，不知二句中不用一二閑字，止提掇出緊關物色字樣，而音韻鏗鏘，意象具足，始為難得。

所謂「不用一二閑字，止提掇出緊關物色字樣」即是強調我們指出的「選擇→組織」的成功。

今人周振甫《詩詞例話》從讀者閱讀鑑賞的角度認為是「化實為虛」，也就是化景物為情思的效果。要達到這種效果，他認為景物的排列順序非常重要，一定要合乎邏輯，講究時空條件，「排亂了一樣就不行」。他也是以「雞聲茅店月，人跡板橋霜」為分析對象：

> 雞聲是天亮前的雞叫，客店裡的旅客就要起來趕路；這時候，太陽還沒出來，天上只有月亮。趕路人的腳跡，印在板橋上的霜上；顯得霜濃，天已冷。這六樣事物靠著恰當的排列幫助我們理解它的含義，從而透露出旅客趕路辛苦的用意。這就是從景物中見情思。

黃永武《中國詩學・設計篇》則從詩的密度考察，認為詩中的實詞等於點的密集，實詞愈多，代表所容納的事物愈多，詩的密度也就愈大。以「樓船夜雪瓜洲渡，鐵馬秋風大散關」為例，他說：

> 陸游只是密密地排列許多名詞，不曾留一絲容許呼吸轉圜的虛字，句法非常強勁。這句詩中，動詞、形容詞都是由名詞字來兼攝的，「瓜洲渡」的「渡」字，除了「渡頭」的意義外，還兼攝動詞的意味；「鐵」字是由名詞轉為形容詞用。這些動詞、形容詞的意味，都是從堅實的名詞裡擠壓出來的。

另外，一如周振甫，他也從欣賞者角度說明列錦的積極修辭效果：「動詞省略之後，語句幾乎聯不起來，但讀者卻能活用他的想像去聯貫意象間的關係，那關係反而更多。」換言之，更能提供讀者「再創造」的空間。這種分析已涉及「接受美學」的鑑賞觀。

留美學者劉若愚《中國詩學‧做為詩之表現媒介的中文》觀察得更有意思，儼然從事藝術之間的比較。他以「枯藤老樹昏鴉，小橋流水人家，古道西風瘦馬」為例，首先指出這三句「只由帶有形容詞的名詞所構成」，接著說明讀者可能有的感受：

> 這兒，詩人展開的詩景就像中國畫的手卷，而我們的注意力從一個景物移動到另一個，可是動詞的闕如創出動作靜止的感覺，好像這些景物在時間中被停住而以永恆的姿勢凍結在那兒，一如濟慈（棣按：英國十九世紀初浪漫詩人）所化為不朽的希臘古瓶上那些人物似的。

這就不止是「化實為虛」，簡直是「化剎那為永恆」了，又頗有我們前面提及的「宇宙感」意味。

順著劉氏的思路，我們從比較藝術的觀點進一步看，列錦更像現代電影中將鏡頭作跨時空組合的蒙太奇技巧，那既是科技的剪輯，也是藝術的構思。就此而言，實不能不佩服古典詩人經營意象而無所不用其極的巧思。

即使不與其他藝術作比較，純從意象經營的角度，以列錦與其他辭格相較，也看出列錦境界的戛戛獨造，堪稱奇觀。首先，從表面看，它像是詞語的錯置；深入裡層看，卻是意象的並置。其次，意象的並置在乍讀之下，支離破碎；細讀後稍加聯想組合，便覺山斷而雲連，風情萬種，興味無窮。

此所以梅堯臣讀到「雞聲茅店月，人跡板橋霜」，要盛讚它「狀難寫之景，如在目前；含不盡之意，見於言外」了。

列錦這種山斷雲連的修辭奇觀，純是古典詩格律化之後的產物。古典詩之有格律，無疑為列錦提供了可堪塗抹的畫布；即便在古典詩已趨式微的清末民初，也仍不乏這種畫面。如詩僧蘇曼殊的名詩〈本事詩〉：

春雨樓頭尺八簫，何日歸看浙江潮？
芒鞋破鉢無人識，踏過櫻花第幾橋？

首句中的「春雨」、「樓頭」、「尺八簫（流行於日本的一種洞簫，因管長一尺八而得名）」三個獨立意象，分別來自三個不同的經驗領域；作者以意象代敘事，讀者聯想串解的結果，也許各有不同的領會，但至少也都接受到作者「迷離之況」的審美召喚了。

由此可見，在各種以經營意象為主的辭格之中，列錦最能提供讀者參與創造的空間，最能呼應「接受美學」的鑑賞理論。可惜的是自從詩歌自由化、口語化以來，無論新詩或現代詩、分行詩或散文詩，列錦已成絕響。兩岸有些修辭專書所舉出的現代列錦辭例，其實都有如王維的「玉靶角弓珠勒馬」，只是詞語的聯用或排比而已。例如：「陽光、沙灘、海浪、仙人掌，還有一位老船長」（葉佳修〈外婆的澎湖灣〉），又如：「漫長、彎曲、不平／石頭、野草、泥濘／那是一片未開墾的處女地／我用雙腳辛勤地耕耘」（羅繼長〈路〉）。反倒是某些不具詩意的語用領域，偶會出現這種古味盎然的辭格，例如古龍武俠小說書名：「流星・蝴蝶・劍」，又如電視連續劇名：「鐵劍・蘭花・鷹」，儘管所列的景物美感不足，又只是單句，也聊勝於無了。

二〇〇三年四月

矛盾語的不矛盾

何仲英〈享福與喫苦〉有句云：「享福不為福，喫苦不為苦。」課堂上問學生句義是否出現矛盾，有人說是，有人答否。我於是針對後者，說：「你們都學過數學，不妨把這一句化作代數式，來看究竟矛盾不矛盾。假設『福』是a，『苦』是b；那麼在演算的過程中，a永遠等於a，b永遠等於b。可是何仲英那句話的意思分明是a不等於a，b不等於b，甚至於他說a等於負a，b等於負b。你如何能說他不矛盾？」學生們啞口了，於是我回頭問那些回答「是」的：「那你們呢？如何化解這矛盾？」學生們只是笑，我提醒他們，文章裡面留有線索。有人找出來了：「以喫苦始者，多以享福終。」那麼反過來說，以享福始者，多以喫苦終。這就是「享福不為福，喫苦不為苦」的最佳詮釋。

原來「享福不為福」不是一時一地的判斷，而是分從事情的開頭和結尾看出來的差別；表面上矛盾，其實不矛盾，不只不矛盾，實質上已一片和諧。「喫苦不為苦」也是如此。

一般文章常見的矛盾語（修辭學家稱為「反襯」或「對頂」），只須多角度切入，便可順利化解其間的矛盾。吳晟說他養育兒女是「甜蜜的負荷」，無非也是分從兩個角度說的：就付出來說，是負荷；就回饋來說，卻又是甜蜜的了。此中深意與「犧牲享受，享受犧牲」極其相近。再如「無事忙」、「醒著的夢」、「剎那即永恆」、「窮得只剩下錢了」、「我唯一所知的是我一無所知」、「一個人的優點也就是他的缺點」、「遠在天邊，近在眼前」、「出人意外，在人意中」等等，都屬於這一類可以化解的矛盾。

我常想，第一個造出矛盾語句的人，不僅是文學家，更是哲學家。因為這種無理而妙、隱含機鋒的語言出現在文章裡面，不只可以引發讀者注意，刺激讀者思考，更可以看出作者濃縮人生經驗的智慧以及統一矛盾的辯證工力。

標榜「大道不稱，大辯不言」的老莊最擅長造這種句子。但面對我的學生，一群不解事少年，通常我要舉例印證時，所想到的是流行歌詞：「苦苦的這一杯酒，淡淡的沒有滋味。」學生們沒喝過酒，卻都能了解這「苦苦又淡淡」的矛盾，並非來自於酒的物理屬性，而是飲者心境的反映。我乘勝追擊，告訴他們在朋友家看過一組咖啡杯，杯上鐫有二行小字：「我也苦我也甜，我是人生的象徵。」並強調這不是矛盾語，不要被貌同心異的表述給騙了。

一九八四年六月

夸飾與謊言

這是個傳播的時代，更是個廣告的世界。有人說：廣告是一種用想像包裹事實的藝術。可不是？「使民族幼苗長成巍巍大樹，是克寧的責任」、「有陽光的地方就有運動，有運動的地方就有愛迪達」、「洗去歲月，留下青春——雪芙蘭潤膚洗面皂」……如此這般，廣告紛紛走向文學化、藝術化。嚴格說來，這是語言功能的誤用。廣告，顧名思義是廣泛告知，請大家告訴大家；應以說明介紹為主，不應訴諸情緒，更不應提供想像，尤其是夸飾的想像，那是文學語言的專利。無奈的是自從老王賣瓜自賣自誇以來，夸飾便成了廣告的不二法門。廣告文學化的結果，審美與功利開始起爭執，感性與知性隨之彼此傾軋，人心不安了。（此處所謂「夸飾」，意即誇張、誇大不實，取義較修辭格中的「夸飾」為廣）

目前師法老王最青出於藍、最具文學色彩的廣告，就數售屋廣告。這跟臺灣先售後建的房地產交易方式有關，「空中樓閣」式的賣屋法，無疑提供了房屋廣告商極佳的文學想像條件，最常見的便是夸飾手法的運用。

首先，對房屋本身竭盡所能地搬弄文字「美其名」。你不是嚮往一個有山有水的居住環境嗎？「湖山新世界」便是；你不是夢想過開門一片蒼翠嗎？「明湖綠園」、「濱湖攬翠大廈」使你如願以償；希望回歸大自然嗎？「樂活鄉村世界」就在這裡；心儀鄭板橋、陶淵明嗎？「堪農山莊」就在這裡；

想躋身名人行列嗎？「九福名人特區」等你入主；想做生意賺大錢嗎？就在「聯邦金世界」。然而名字取得再好再美，終究只是名字。「張麗華」不必然美，「李忠義」也不見得就是正人君子；你如果執名以為實就太糊塗了。對某些人來說，買房子是一生僅有一次的大事，糊塗不得；否則「張麗華」可能是個醜八怪，遺恨終身。要知道現代商場之有廣告，猶如古時婚姻之有媒妁（此所以廣告稱媒體）；媒妁之言可信，廣告之言也就可信。然而究其實呢？柏楊說有三種話你要小心，一是情人的甜言蜜語，二是政客的承諾，三是廣告。

建設公司或房屋代銷商第二個夸飾手法，是用在房屋環境的介紹。

由於房屋買賣常以「地段」作訴求，因此所謂環境，主要就是空間距離問題。處理距離最客觀的應是數據，然而那是科學報表的事，文學語言是不屑斤斤於此的。於是，不說距離國父紀念館幾千公尺，偏說「臨近國父紀念館」——儼然蘇東坡的大手筆：「我家江水初發源。」實則他老家四川眉山與江水初發源的岷山（岷江發源地，昔人或以為即長江之正源）或巴顏喀喇山，不啻天南地北。有一年大專聯考地理科出了如此一道多重選擇題：「中國古都之一的洛陽地理形勢，有哪些特性？A、北臨黃河，南倚熊耳、外方諸山；B、東扼函谷關，西有虎牢關；C、地居伊洛盆地的中央；D、曾是東周、東漢的首都；E、為河南省省會。」聯招會公布的標準答案是ACD，其中A選項備受抨擊。因為洛陽與黃河之間隔著邙山，如何能算「臨」（臨黃河的是洛陽東北的孟津）？至於熊耳、外方諸山距離更遠，根本不可能讓洛陽來「倚」。要知道，所謂臨，有如臨水自鑑；倚，有如倚牆而立——像臺北市跟淡水河的那種關係才算臨，舊臺北跟陽明山的關係才是倚。命題先生以文學的心態處理地理問題，焉能不挨罵？縮短距離、泯滅界限，這種夸飾是利用詞義的彈性與模糊性所玩的文字魔術。當它出現在廣告上更是可怕的符號陷阱，不可不察。

除了空間方面的「縮地術」，夸飾尚具有使時間可短可長的本領，姑且名之為「縮時術」，所利用的也是語文的彈性伸縮作用。例如「即可交屋」、「立可遷入」的「即」和「立」，指的常是兼旬、數月之久；儼然史書上的「頃之」，往往指向幾月幾年，但別忘了史書上是對著千年萬代說的。有已經訂婚的王老五買下「即可遷入」的新成屋，打算即可遷入，即可完婚；結果是「即」了半年之久，也「急」了半年之久，差點兒沒把準新娘給氣跑。

其他售屋廣告上的老王賣瓜術，尚有「地點最適中」、「地段最好，最具增值潛力」、「學區最好」、「交通最方便」、「環境最清幽」、「結構最安全」、「建材最高級」、「付款最輕鬆」……層見迭出的「最」，無非是自誇的夸飾、夸飾的自誇，只能拿它當「一年好景君須記，最是橙黃橘綠時」的「最」一般看待，認不得真。

總之，文學化的廣告，我們就以審美的態度接受它，才不會造成偏執而有害的語意反應。

進一步，我們想分辨文學與非文學的夸飾之不同所在。

文學上的夸飾，常是藉著強調來表達一己強烈的情感，所以司馬相如〈上林賦〉寫上林苑「離宮別館，彌山跨谷……奔星更於閨闥，宛虹拖於楯軒（流星劃過宮中小門，彩虹跨越樓上欄窗）」鋪張揚厲，我們接受了；項羽高歌「力拔山兮氣蓋世」，李白低吟「白髮三千丈」，誇張至極，我們也接受了。因為我們知道那裡面呈現的不是事物的真實，而是情感的真實、藝術的真實。

然而其他非屬文學領域的夸飾，是把理應客觀的變成主觀，擾亂了我們對事理的正確認知。作為史書之一的《尚書・武成篇》記載武王伐紂：「〔商軍〕罔有敵于我師，前徒（前面的部隊）倒戈，攻于後以北（敗逃），血流漂杵（敵人血流之多可漂起舂杵）。」孟子便認為有混淆事實之嫌，而發出「盡信《書》則不如無《書》」的感嘆。孟子並不是一味反對夸飾，用在詩中，他老先生卻是贊成的。如《詩・大雅・雲漢篇》：「旱既太甚……周餘黎民，靡有孑遺（上天沒有留下一個活口）。」有人以為言過其實，孟子卻認為這樣寫恰可反映天子憂民之深，大旱望雲霓之殷切；提醒大家「說《詩》者不以文害辭，不以辭害志」才是正理。孟子對夸飾所採取的兩值觀，與我們的看法若合一契。

於此我們可以獲致一項結論：凡不會被誤會為事實的夸飾，是正當的夸飾，是語言美化的必要，適用於文學領域；凡容易被誤認為事實的夸飾，是醜陋的夸飾、美麗的謊言，存在於文學以外的領域。尤其是作為商業促銷術的廣告，最容易藉夸飾以假亂真，以媸代妍，以促成交易行為的及早完成。所以美國名廣告經紀商 S.S. 貝克稱之為「合法的謊言」。

合法，是我們要的；謊言，是我們不要的。廣告就是如此讓人又愛又恨的現代文明產物。

一九八三年十一月

夸飾與過分

在學生週記的自由記載欄看到如此一段「自由記載」：

最近，讀到一本梁實秋的《雅舍小品》，他說「有些男人，西裝褲儘管挺直，他的耳後頸根，土壤肥沃，常常宜於種麥」；又說「有些男人的手絹，拿出來硬像是土灰麵製的百菓糕，黑糊糊黏成一團，而且內容豐富」。哪裡會這個樣子？真是太過分了，太過分了！

學生如此認「真」，倒把我這個批閱了一下午週記的老師給逗樂了，差點就笑出聲來。

其實他要是把整部《雅舍小品》（包括續集、三集）都讀了，會發現梁實秋還有更「過分」的地方。例如〈電話〉這一篇，形容撥錯電話的人「一覺得話不對頭，便呱嗒一聲掛斷，好像是一位病危的人突然斷氣，連一聲『對不起』都沒來得及說……」梁實秋這位前輩作家，我們常說他文筆潑辣，帶有諧趣，就是這麼來的。

這種被學生指為「過分」的修辭現象，是比喻結合夸飾所共創出來的「特效」，不僅不過分，還頗為妥適。錢鍾書《管錐篇》就認為「夸飾以不可能為能，譬喻以不同類為類，理無二致」。話說回來，就常人眼光看，學生其實也沒錯，「過分」正是夸飾格的特性；對任何事象的描述，不過分就成就不了夸飾。自有文學以來我們就賦予作家有誇大其辭的權利，有時還希望他越誇張越好，不只因為生動有趣，也因為這樣子我們更可以斷定那不是真的。他姑妄言之，我們姑妄聽之。浪漫主義詩人李白形容樓塔之高，說「手可摘星辰」；描寫蜀道之險，說「連峰去天不盈尺」，我們接受了，因為我們知道那都不是真的。寫自己頂上的毛髮，一則說「朝如青（黑）絲暮成雪」，一則說「白髮三千丈」，我們也在一笑之間接受了，我們還不至於認真到要帶著攝影機、皮尺去求證吧？

不幸歷史上還真有人看到詩文中的誇張，就要去糾正或求證的。杜牧有一首名詩〈江南春〉：

千里鶯啼綠映紅，水村山郭酒旗風。
南朝四百八十寺，多少樓臺煙雨中。

明人楊慎看到「千里」便哇哇叫，說：「『千里鶯啼』，誰人聽得？『千里綠映紅』，誰人見得？」堅持應作「十里」才合理。楊慎著作等身又以詩名家，居然在這裡犯了兩重錯誤：第一、他把藝術的真實誤作地理的真實；第二、他誤解了「千里鶯啼綠映紅」的句義。這句詩真正的意思是：春來時，廣袤千里的江南，到處聽得到黃鶯鳴唱，到處看得到花紅柳綠。並非指某一處的黃鶯啼叫能聲聞千里，「綠映紅」亦然。

相較起來，我那位學生比楊慎略勝一籌。畢竟他沒有誤讀梁實秋的文章，他只是由於一時分不清文學語言與科學語言，陷入了困惑而已。

一九八四年六月

古文新解新得之一
——曹丕《典論・論文》

標題索引

一、章法結構問題重重

唐宋以前的單篇古文，歷來普受高中國文課本青睞的，記敘文首推〈桃花源記〉，論說文則非《典論・論文》莫屬。二文皆傳世名篇，且篇幅不長，深淺適中，頗利於教學。然而國文課本本質上屬古今範文選集，所選文章能否供學習者觀摩取法，亦不能不顧及。

文章是否夠格成為範文，須同時檢驗內容與形式二方面，前者看它「寫什麼」，後者看「怎麼寫」。

準此，〈桃花源記〉堪稱完美，《典論・論文》則不免瑕瑜互見。瑜，在於此文乃劃時代的文學批評專論，既總結前人創作經驗，又提出具開創意義的見解，對後人多所啟迪，如「文人相輕」、「文本同而末異」、「詩賦欲麗」、「文以氣為主」、「文章，經國之大業」等。至於瑕疵則見諸「怎麼寫」，主要是章法結構，從篇章到段落到句組，每個層次都出現大小不等的問題。就這方面看來，《典論・論文》不像範文，倒像「病文」。

茲據胡克家刻本《文選》錄出原文，詳加診斷，並探討致病的緣由。（為便於討論及供讀者比對，每段於抬頭處標出序號。）

（一）文人相輕，自古而然。傅毅之於班固，伯仲之間耳，而固小之，與弟超書曰：「武仲以能屬文，為蘭臺令史。下筆不能自休。」夫人善於自見，而文非一體，鮮能備善，是以各以所長，相輕所短。里語曰：「家有弊帚，享之千金。」斯不自見之患也。

（二）今之文人：魯國孔融文舉、廣陵陳琳孔璋、山陽王粲仲宣、北海徐幹偉長、陳留阮瑀元瑜、汝南應瑒德璉、東平劉楨公幹。斯七子者，於學無所遺，於辭無所假，咸以自騁驥騄於千里，仰齊足而並馳。以此相服，亦良難矣。

（三）蓋君子審己以度人，故能免於斯累，而作〈論文〉。

（四）王粲長於辭賦，徐幹時有齊氣，然粲之匹也。如粲之〈初征〉、〈登樓〉、〈槐賦〉、〈征思〉，幹之〈玄猿〉、〈漏卮〉、〈圓扇〉、〈橘賦〉，雖張、蔡不過也。然於他文，未能稱是。琳、瑀之章表書記，今之雋也。應瑒和而不壯，劉楨壯而不密。孔融體氣高妙，有過人者，然不能持論，理不勝詞，以至乎雜以嘲戲；及其所善，揚、班儔也。

㈤常人貴遠賤近，向聲背實，又患闇於自見，謂己為賢。

㈥夫文，本同而末異。蓋奏議宜雅，書論宜理，銘誄尚實，詩賦欲麗。此四科不同，故能之者偏也，唯通才能備其體。

㈦文以氣為主，氣之清濁有體，不可力強而致。譬諸音樂，曲度雖均，節奏同檢，至於引氣不齊、巧拙有素，雖在父兄，不能以移子弟。

㈧蓋文章，經國之大業，不朽之盛事。年壽有時而盡，榮樂止乎其身；二者必至之常期，未若文章之無窮。是以古之作者，寄身於翰墨，見意於篇籍，不假良史之辭，不託飛馳之勢，而聲名自傳於後。

㈨故西伯幽而演《易》，周旦顯而制《禮》；不以隱約而弗務，不以康樂而加思。夫然，則古人賤尺璧而重寸陰，懼乎時之過已。而人多不強力，貧賤則懾於飢寒，富貴則流於逸樂，遂營目前之務，而遺千載之功。日月逝於上，體貌衰於下，忽然與萬物遷化，斯志士之大痛也。

㈩融等已逝，唯幹著論，成一家言。

一般古文選本、國文課本都採「自然段」劃分段落，此處採「結構段（邏輯段）」，嚴格依文意的層次分出段落。分段較頻繁，但更能反映出內容的結構，有助我們檢視章法文理。

大凡組織嚴密的文章，都會有一綱領提挈全局，文章才不致解體。誠如曾國藩〈復陳右銘書〉之所言：「一篇之內，端緒不宜繁多，譬之萬山旁薄（綿延），必有主峰；龍袞九章（周代公爵的祭服，上繡有九種紋樣），但挈一領。」綱領有顯、隱之別。顯性的綱領指文章用提要式的開頭總領全篇，作者循這個綱領展開論述，讀者也循這個綱領掌握文意。隱性的綱領指潛伏在文章內部，貫通各層次各段落之間的意脈——文意的脈絡。劉勰《文心雕龍‧章句》：「外文綺交，內義脈注；跗萼相銜（花瓣與花托構成花朵），首尾一體。」頗能說明意脈對篇章結構的功能：結合局部成整體。

反觀《典論‧論文》，一望即知缺乏顯性綱領，至於隱性綱領則有待摸索。文章第一段到第五段，是從人（創作者兼批評者）的角度論述批評態度，以「自見」、「不自見」作線索，而結穴於「君子審己以度人」。第六、七兩段轉而討論作品，看似與前文無涉，實則此處提出文體的分類、文氣的不同，仍是環繞著批評的態度而立論，意在強調：公正而客觀的批評態度建立在對文章充分的認知基礎之上。所以這兩段的結尾仍歸結到人（創作者、批評者），暗中照應了前五段「審己以度人」的觀點。

「審己以度人」可謂文章前七段的文眼，經由此眼便可抓出貫通此七段的意脈。這條意脈一過第七段便戛然而止，第八段之後以一個「蓋」字領起，突然另起爐灶，開始環繞著「文章的不朽價值」大嘆生命之無常、光陰之有限，帶出志士的宏願，並寄寓自我的期許。整篇文章因此分裂成二大部分，各有其中心論點，在前為「批評論」，在後為「價值論」。儘管前後二大部分的內容仍可歸屬於「論文（討論文章的種種）」這個題目之下，但是文章的組織結構首重內部的橫向連繫，至於縱的題文關係，並不重要。再者，「論文」這種題目是所謂「寬題（大題）」，指涉範圍既廣，天馬行空也不致離題。若是只知從題目看文章，就看不出《典論・論文》內部有何結構性的問題；必須經由意脈，才能看出《典論・論文》各自為政、各擁其主的分裂狀態，愈看愈發覺前後兩大部分恍如來自不同的文章。

進一步看，兩大部分之間意脈的不連貫，也表現在概念的不統一及筆調的不和諧二方面。

先看概念的不統一。第一部分用「文」稱呼討論對象，指的是「今之文人」建安七子常創作的奏議、書論、銘誄、詩賦等文學性、實用性作品，屬單篇文章。到了第二部分，不只名稱改變，指涉的範圍也大不相同。「文」換成「文章」，範圍從「今之文人」變成「古之作者」，從單篇文章變成「成一家言」的整本著作，從文學性的集部變成思想性、政治性的經、子二部。故論述時所舉例證，古代為《周易》、《周禮》，當代僅《中論》入列（也隱含《典論》），詩賦等全排除在外。

論說文最忌混淆概念，乃至偷換概念，那嚴重違反邏輯「同一律」，會造成論證系統的紊亂。文中對徐幹的褒貶，即出現此一狀況。第一部分用「文」稱徐幹的作品，有謂：「幹之〈玄猿〉、〈漏卮〉、〈圓扇〉、〈橘賦〉，雖張、蔡不過也。然於他文，未能稱是。」言下之意，徐幹除了辭賦一類作品外，別的文類（「他文」）都不擅長、不足觀。然而第二部分換用「文章」後，突然冒出徐幹的《中論》，肯定此書「成一家言」，具傳世價值。這與前一部分「他文未能稱是」的論斷，顯然自相矛盾。

前後文學觀的自我分歧，也頗令讀者困擾。第一部分「文以氣為主」云云，對「文」顯然從本質面強調個性表現主義；第二部分「文章，經國之大業」云云，對「文章」又轉從功能面主張實用主義。

凡此，皆因概念不統一而致文意雜亂，莫衷一是。

再看筆調。第一部分以散句為主，屬古文家所謂的「單調」；第二部分則改採「雙調」，幾乎句句駢偶。散、駢如此合體，不啻一首曲子而用兩種唱腔，太怪異。此外，第一部分以說理為主，講究論證與論據，既有主論點「批評論」，又有分論點「文體論」與「文氣論」。第二部分則出之以抒情筆調，從文章不朽的觀點出發，大奏生命無常的悲歌，恍如《古詩十九首》的翻唱，無怪乎清人洪亮吉讀後會「感此數語，掩卷而悲」（〈與孫季逑書〉）。

清人魏際瑞《伯子論文》有言：「文主於意，而意多亂文。」所謂「意」，指意脈、中心思想。近代文章學家提出文章組織的法則，首重「統一原則」與「連貫原則」，也是著眼於綱領、意脈。《典論‧論文》無綱領、二意脈（意多）的篇章結構，完全背離這些基本法則。對此，有人視而不見，有人有所見卻蔽於權威崇拜，曲為之解，說從第一部分到第二部分是「翻出一層」、是「宕開一筆」。

古文筆法確有「斷續（開闔、縱收）」之法，但講究的是明斷暗續、斷處皆續，亦即「語不接而意接」。其中關鍵在於：翻，必須站在前文的意脈上翻出去，才能翻出語不接而意接的內容。否則憑空亂翻，一翻竟翻到文章之外，何只「翻出一層」？而「宕開一筆」也者，終究是天外飛來一筆而已。

以上所論，是依關全篇大局的章法問題。另有影響局部（某一層次、段落、句組）的問題，常人更容易忽視，值得一併討論。

先看第二部分，劈頭便說：「蓋文章，經國之大業，不朽之盛事。」這是整個後半的提綱挈領，依理，隨後的申論應兵分二路，卻只見大談特談「不朽之盛事」，而「經國之大業」始終不見下文。這種大悖文理的現象，恍如傳統婚禮上，「夫妻交拜」後本應雙雙「送入洞房」，卻只見新娘一人進去，新郎則消失在賓客群中，不知去向。

古文筆法原也有一種「平提側注法」，先並列多項觀點，論述時偏重其中某一項或某幾項，其餘各項則輕輕帶過，並非棄置不顧。尤其是像「經國之大業」如此莊重的主張，既已提出就不宜全然不處理，至少應給它一個「賓位」，陪一陪「不朽之盛事」。似此偏枯偏榮的極端發展，既有礙於文勢，也不合文理。

有人於是提出一種無關乎文理章法的解釋。認為曹丕以文人而「論文」，本來只主張「文章，不朽之盛事」，只因當時正與曹植爭立太子，為了迎合父親曹操的意旨，才勉強加上「經國之大業」的觀點，存而不論。果如此說，則曹氏父子其中必有一人愚不可及。因為文中對「不朽」和對「經國」的差別待遇如此明顯，明眼人一看就知此舉根本心存敷衍，只會招致反效果。曹丕豈會思不及此？曹操怎能無所察覺？更何況周遭還有曹植及其黨羽，正虎視眈眈等著曹丕出錯。此說不啻在不合文理之外，又帶來不合情理的問題，徒增紛擾。

接著回頭看第一部分，最可疑的是第五段。此一短段屬文意過渡性質，依理應具承上啟下的作用。然而前半段「常人貴遠賤近，向聲背實」既前無所承，又後無所啟，完全懸空。後半段「又患闇於自見，謂己為賢」雖然勉強能開出後文第六、七兩段，卻無法對第四段有所承應。整段文字只發揮四分之一的過渡功能，無法橫橋鎖溪，不只文氣受阻，意脈也險些中斷於此。

討論至此，大家不免要問：為何以曹丕之才撰寫志在成一家言的文章，會疏失至此？真乃斯人也而有斯疾也，令人難以置信。筆者一向好古又疑古，留意此問題蓋有年矣，起初也曾將矛頭對準文章的作者，後來資料接觸愈多，愈覺得問題重重的背後疑雲重重，最後發現問題的根源不在作者，而在文章。然而文章與作者的關係不正如同產品之與工廠？產品有瑕疵，工廠豈可無責？除非出廠後的產品曾遭汙染、破壞。正是如此，我們今日所見的《典論・論文》並非原貌、全貌。

《典論》全書早在宋朝便已失傳，原為書中一篇的〈論文〉得以倖存，全拜《昭明文選》收錄之賜。而根據近人駱鴻凱《文選學》的研究，《文選》選文多有增刪、割裂等情事。嚴可均《全三國文》即輯有《典論・論文》逸文三條，並據以推斷：「《文選》刪落者尚多也。」而一旦刪落太多，就可能傷及意脈、損及結構，變成今日所見的這等模樣。吾人若根據結構殘缺之文而推定作者曹丕不講究章法、意多亂文，恐難免厚誣古人。反之，若認定此文章法無失，視之為完整且完美的「範文」，並據以全面賞析其內容、結構，則又落入盲目崇拜古人之嫌。對範文教學更是害多於益，例如前面提到的所謂「翻出一層」的曲解。理想的作法，是將此文的章法結構轉為「負面教材」，只要運用得當，就不失其觀摩取法之價值。

附帶一提：一般課本、選本將《典論・論文》的內容分為批評論、文體論、文氣論、價值論，並將四者並列為文章的主論點。這是似是而非的不當解讀。須知此文既已遭割裂、重組，形成雙主題、雙核心，則只有批評論與價值論是核心論點（主論點）。至於文體、文氣二論屬第二層級的外圍論點（分論點），是用來說明、支持批評論的；其邏輯關係是：對文體、文氣充分而正確的認識，是批評得以公正客觀的先決條件。由此也可見章法結構、文意脈絡、主題思想三位一體，無論閱讀或教學皆不可偏廢。

二、「文章，經國之大業，不朽之盛事」試解

「文章，經國之大業，不朽之盛事」用字極淺易，拆開來看，只需小學程度就能認出每一個字；但要整句串解，恐怕連研究生都會出錯。若更進一步，連繫語境（含文內、文外）加以解讀，達到《文心雕龍・知音》所期許的「綴文者情動而辭發，觀文者披文以入情，沿波討源，雖幽必顯」，就免不了「知音其難哉」之嘆了。儘管如此，由於此語已成傳世名言，文學理論史上又佔有一席之地，對它的討論至今從不停歇。

吾人若要全面而深入地掌握此一名言，須突破重重的閱讀障礙：

其一、詞彙障：句中的主語「文章」，與現代白話詞彙中的「文章」詞義相同否？若是古義，又會是古義中的哪一個義項？所指的是文章之「事」抑或文章之「物」？再者，此「文章」與第一部分不斷出現的「文」，彼此只是語形上雙音與單音的差異而已嗎？二者所指涉的對象相同嗎？

其二、語法（邏輯）障：全句屬判斷句嗎？語譯時照搬其句式所獲得的句義，講得通嗎？問題出在白話抑或文言？句中的謂語「經國之大業」與「不朽之盛事」邏輯關係為何？並列關係或因果關係或類比關係？句中並未出現任何表示邏輯關係的詞語，應如何推斷？

其三、修辭障：句中處於相對位置的「大業」與「盛事」，其表意方式是否運用了古文常見的「變文避複」或「互文足義」？二詞可視為同義詞嗎？

其四、語境障：曹丕為何要提出這種文學主張？有無政治目的？是曹丕獨創的見解嗎？在文學理論史上有何重大意義？果真是所謂「劃時代的文學獨立宣言」嗎？要脫離何者而獨立？為何曹丕談「文章」的價值，只著眼於其外部功能，而忽略其自身本質？此舉是抬高了文學抑或窄化、矮化了文學？又為何文章中進一步申論文學功能時，只著墨於「不朽之盛事」而置「經國之大業」於不顧？對「不朽」之追求，為何捨立德、立功而鍾情於立言？「文章，經國之大業」的提法，與時代思潮、家世背景有關嗎？這種提法是從「文章」看「經國」，抑或從「經國」看「文章」？……

底下就由點到面，由淺入深，逐一突破其障礙。

㈠詞彙障

文言、白話都有「文章」一詞用以指稱與文字有關的事物，一般人因此容易以今律古，直接用白話的「文章」套讀《典論・論文》中的「文章」。雖省事，但危險，會陷入似通不通的狀況。

「文章」在文言中的詞義其實歷經幾番演變，早先是用來指五彩的花紋、圖案，後來轉指文字，到漢朝開始指稱成篇章的文字組織，已接近現今白話詞彙的用法。但由於此一新義在當時處於始發階段，故狀態頗不穩定，常在一個大範疇中游移。與白話「文章」的詞義相較，文言「文章」顯得頗為靈活；若以「成篇章的文字組織」（即古今對「文章」的基本概念）為核心意義，共有七種用法：

①指文章的內在成分或外在表現，意即「文意」、「文句」、「文辭」、「文采」——如《漢書・儒林列傳序》：「詔書律令……文章爾雅，訓辭深厚，恩施甚美。」

②指文章的集合體，意即「典籍」、「圖書」、「著作」——如《漢書・藝文志》：「至秦患之，乃燔滅文章，以愚黔首。」又如《後漢書・竇憲傳》：「班固、傅毅之徒皆置幕府，以典文章。」

③指寫作文章之才學，意即「文才」、「文筆」——如曹丕《典論》逸文：「李尤字伯宗，年少有文章；賈逵荐尤有相如、揚雄之風。」

④指寫作文章之事，意即「寫作」、「著述」、「著書立說」：如曹植〈與吳季重書〉：「夫文章之難，非獨今也，古之君子猶亦病諸！」

⑤指寫作文章之人，意即「文人」、「作家」、「文章之士」——劉劭《人物志・流業篇》：「能屬文著述，是謂文章，司馬遷、班固是也。」

⑥即指文章本身，最接近白話用義，意即「詩文作品」——如《後漢書・孔融傳》：「魏文帝深好孔融文辭，每歎曰：『楊、班儔也。』募天下有上融文章者，輒賞以金帛。」又如陶淵明〈五柳先生傳〉：「常著文章自娛。」

⑦特指詩歌或駢文這一類講求形式美的文章，相當於今人之稱「美文」、「藝術文」、「純文學作品」——如鍾嶸《詩品》：「陳思之於文章也，譬人倫之有周、孔，鱗羽之有龍、鳳。」

以上七個義項何者最適合詮解《典論・論文》的「文章」？孤立地看，無法判斷，必須連繫下文。首先，連繫同一句的「大業」、「盛事」，則「文章」諸義中可用「大事業」、「好事情」指稱的，應非「文章自身」，而是「文章之事」，亦即第④義的「寫作」、「著述」。再連繫整段看，由於文中所舉出的「文章」例證，非經書即子書，屬於成系統的思想性著作，故可進一步確定此「文章之事」指「著述」（「著書立說」）。因為「寫作」通常用在文學性的作品。

吾人在前一章曾提到《典論・論文》用「文」指涉文學性、實用性的單篇作品，用「文章」指涉非文學性、成一家之言的著作。如今更可從另一個角度看「文」與「文章」之別：「文」指文章自身，「文章」指文章之事。無獨有偶，曹植〈與楊德祖書〉中的五個「文」、二個「文章」也是如此區分。曹家兄弟這二篇文論值得比較探討之處尚多，後文陸續將有所觸及。

㈡語法（邏輯）障

「文章，經國之大業，不朽之盛事」從語法形式看，無疑是個判斷句，有人因此就照搬其句式，語譯作：「文章是治理國家的偉大事業，也是永恆不朽的美好事情。」這話邏輯有問題，說不通。「文章」怎麼可以是「事業」是「事情」？又「文章」與「治理國家」、「永恆不朽」本質大不同，如何能用「是」斷為等同關係？

解決途徑有二：一是接受前面「詞彙障」的說法，將「文章」解作「文章之事（著述）」；二是越過詞彙到文言的語法世界找答案。

文言的判斷句可分二類：一般判斷句與特殊判斷句。一般判斷句的主語與謂語，是處於等同關係或類屬關係，如「夫文，本同而末異」、「文非一體」等；文言、白話皆然，毋庸細論。至於只見諸文言的特殊判斷句，其所以「特殊」，是它用判斷句的形式表達非判斷句（敘述句）的邏輯與內容。有語法學家因此稱之為「判斷句的活用」。既是「活用」，就須「活解」，通常須將句子轉換成敘述句，以還原真正的邏輯關係。所以解讀這種判斷句，常免不了要「增字為訓」，才能確切掌握句義。

先看一些大家耳熟能詳而又習焉不察的例句：

①君子之德，風；小人之德，草。（《論語・顏淵》）

——主語與謂語之間表達的是一種類比關係，亦即修辭上省略喻詞的一種比喻。第一分句換成敘述句為：「君子之德如風。」次一分句同此。

②良庖歲更刀，割也；族庖月更刀，折也。（《莊子・庖丁解牛》）

——謂語對主語表示原因。第一分句換成敘述句為：「良庖歲更刀，以其割也。」

③夫戰，勇氣也。（《左傳・曹劌論戰》）

——表示憑藉或條件。可轉換為：「戰唯勇氣是賴。」或：「戰取決於勇氣。」

④千金，重幣也；百乘，顯使也。齊其聞之矣。（《戰國策・馮諼客孟嘗君》）

——上一分句屬一般判斷句，下一分句才是特殊判斷句，表示根據或擁有。可轉換為：「由百乘之陣容，可知其為顯使。」或：「擁百乘而來，此顯使也。」

⑤夫匠者，手巧也；而醫者，劑藥也。（《韓非子・定法》）

——上一分句表示憑藉，與例③略同，可轉換為：「匠者以手巧成事。」下一分句表示擁有，與例④略同，可轉換為：「醫具劑藥（調配藥物）之能。」或：「醫能劑藥。」

相較起來，「文章，經國之大業，不朽之盛事」的「非判斷」邏輯更活、更複雜。從各家課本、選本的解讀、語譯檢視，大致呈現出三種關係：

①謂語對主語是憑藉或目的關係，而兩謂語之間屬並列關係。句式轉換為：「文章可以經國，可以不朽。」（「文章」可用來治國，也能使人不朽。）

②全句擴展成條件（因果）複句：「文章用於經國，始能不朽。」（「文章」要用在治國平天下，才能成就不朽的美名。）

③表示類比關係，轉換為比喻句：「文章一如經國大業，皆不朽之盛事。」（「文章」如同治國的大事業，對人群社會貢獻甚大，足以讓人不朽。）

三者以①最能兼顧句義與段旨。然終究不如將「文章」解作「文章之事」來得扼要簡便，只須處理詞彙問題，語法（邏輯）問題即迎刃而解。

㈢修辭障

古人行文，為求整齊之美，會運用對偶、排比、類疊（反覆）等修辭手段。然而「天下皆知美之為美，斯惡矣」，於是為了拯救單調呆板，又有了「不整齊」的審美需求，錯綜辭格遂應運而生。錯綜者變化也，楊樹達《漢文文言修辭學》因此逕稱之為「變化」。最常見的錯綜變化，表現在上下文的詞語與詞語之間，即所謂「抽換詞面」，俞樾《古書疑義舉例》名之曰「變文以成辭而無異義」。一般也稱作「變文避複」，變文只是手段，避複才是目的，目的無非是：於整齊之中求其不整齊之美。變文避複可說是一種兼具破壞性（破壞整齊、統一）與建設性（建立一種特殊美）的語言藝術，古人往往樂於表現。例如：

①夫風無雌雄之異，而人有遇不遇之變。（蘇轍〈黃州快哉亭記〉）

——本可說成「夫風無雌雄之異（變），而人有遇不遇之異（變）」以求整齊之美，但作者為求不整齊的變化之美，刻意避開詞面的重複。

②故謀用是作，而兵由此起。（《禮記・禮運》「大同與小康」章）

——上句的「用是作」與下句的「由此起」都是「因此而興起（發生）」的意思。這種變文避複較複雜，已從「詞」的變化提昇到「語（句子的謂語）」，較罕見。

由於「變文避複」是針對整齊句式而來，故常出現在排偶句之中；有些人因此一見排偶便敏感起來，常疑心此中可能藏有「變文避複」。須知「變文避複」中的「文」必是同義詞或近義詞，只要掌握此一要領，便不致誤判。「經國之大業，不朽之盛事」是廣義的對偶，即「寬對」，確屬句式整齊之類，其中唯一可能「變文」的是「大業」與「盛事」。這二個複音詞是否為同（近）義詞，端在於「盛事」的「盛」是取其「大」義或「美」義。取前者，則「大業」與「盛事」是同義詞之間的變文；取後者，則「大業」自「大業」，「盛事」自「盛事」，彼此各行其義，並非「變文」。然則此「盛事」究是指大事還是美事？就「不朽」這種事看來，說它是攸關生命存在意義的大事，固可；說它是人生值得追求、頌讚的美事，亦無不可。但後者的取義有豐富整句意涵的作用，而且求詞面的變化終究不如求詞義的變化來得深刻。

至於有人因此轉而將此二語視為「互文足義」，全句理解作：「文章，經國之大業、盛事，亦不朽之大業、盛事。」則只能歸之於閱讀者自設障礙自突破了。

㈣語境障

語境可分文內語境與文外語境。文內語境即所謂「上下文」，上下文可長可短，短則語句，長則全篇或全書。文外語境的範圍更廣，可分為情景語境與文化語境。以「文章，經國之大業，不朽之盛事」為例，情景語境主要指作者提出此觀點時的性情思想與身分地位、所處的時空環境、所設定的閱讀對象以及意圖達到的效果等；文化語境則包括文章與經國的歷史關係、儒家的文學觀與不朽觀、傳統文人對生死的「超越意識」，乃至對文字的崇拜心理等，都可攀援進來，以助解讀。

要突破語境所形成的障礙，須較長的篇幅，因此另立專章論述，共四章緊接在本章之後，依序是：「三、文學自覺與政治表態」；「四、曹丕『文章經國』的真相」；「五、曹丕『文章不朽』的心態」；「六、『文章』不朽乎？『聲名』不朽乎」。

三、文學自覺與政治表態

學界常有人一提到《典論・論文》，就認為那標誌著一個文學自覺時代的來臨。又說《典論・論文》提高文學的存在價值，賦予文學在文化中獨立的地位，儼然一篇「文學獨立宣言」，宣告文學從此脫離儒學而獨立；文學中人因此得以進佔史書「文苑傳」，與「儒林傳」分庭抗禮。

美哉斯言！但《典論・論文》果真藏有這樣的論旨和意圖嗎？作者曹丕有這樣的思想高度嗎？可享這樣的殊榮嗎？我們要在文學批評史、理論史以及教科書中如此這般地雷同一響嗎？這些說法沒有斷章取義、過度解讀之嫌嗎？在在值得懷疑，不能無辨。

我們在第一章〈章法結構問題重重〉曾指出《典論・論文》內容分裂成二大部分：前一部分討論對象以單篇文學作品為主，作者稱之為「文」；後一部分則轉為成書的學術著作，作者所謂的「文章」。其中比較符合現今「文學」界說的是第一部分的「文」。因此，今人「文學自覺」、「文學獨立」的論斷如果是來自第一部分，值得討論；如是第二部分，則不值一駁。因為第二部分作為論點的「文章，經國之大業，不朽之盛事」，其中「文章」所指的對象，完全不在現今「文學」的範疇之內。

「文學自覺說」創自於日本漢學家鈴木虎雄，他一九二五年出版《支那詩論史》，指出「從文學自身看其存在價值的思想」起於魏，「魏的時代是中國文學的自覺時代」。魯迅繼起張揚此說，一九二七年發表〈魏晉風度及文章與藥及酒之關係〉有謂：

> 曹丕著有《典論》，現已失散全本，那裡面說：「詩賦欲麗」、「文以氣為主」。〔中略〕他說詩賦不必寓教訓，反對當時那些寓訓勉於詩賦的見解，用近代的文學眼光看來，曹丕的一個時代可說是「文學的自覺時代」，或如近代所說是「為藝術而藝術（Art for Art's Sake）」的一派。

從中可以看出，魯迅「自覺說」的根據是「詩賦欲麗」、「文以氣為主」。其論證過程雖然語焉不詳，大致可知他認為曹丕對「麗」與「氣」的強調，合乎鈴木所謂的「從文學自身看其存在價值」，正是文學自覺的表現。但另一方面，他又比鈴木更跨出一步，從「詩賦欲麗」推論出曹丕「反對當時那些寓訓勉於詩賦的見解」，從而認定曹丕的文學觀「是『為藝術而藝術』的一派」。這就有過度解讀之嫌。儘管如此，畢竟魯迅已充分認知《典論・論文》討論的對象，大都不屬現代觀念的「文學」，所以他「文學自覺說」全針對《典論・論文》第一部分「四科」中的「詩賦」，以符合嚴謹的「文學」定義。

魯迅在中國被奉為文藝之神以後，研究《典論・論文》的人紛紛丐其餘論，大談「自覺」與「獨立」；針對的卻常不是第一部分的「文」，而是第二部分的「文章」。既曲解了魯迅，又誤讀曹丕。

並非沒有人迷途知返，但由於長期籠罩在魯迅巨大的陰影下，伈伈睍睍，縱有所見也只是「彷彿若有光」，離「豁然開朗」仍遠。

我們姑且退一步，將《典論・論文》視為不可分的整體，讓第一部分的「文」和第二部分的「文章」連成一氣。亦即假設「文章，經國之大業，不朽之盛事」中的「文章」等同現代意義的「文學」，看是否能從中檢視出「文學自覺」、「文學獨立」的見解。

所謂「自覺」，意指「對自我身分認同的覺醒意識」，而「文學自覺」則指「文學工作者能從文學自身認知其存在價值，並本此認知從事創作」。然而吾人稍加思辨，便知「文章，經國之大業，不朽之盛事」並非從文學自身的本質立論，而是從文學的功用立論——「經國」是對人群社會的功用，「不朽」是對作者個人的功用——完全偏離文學之所以為文學的立場。主體性既已喪失，則「經國之大業，不朽之盛事」的主語，就不必非「文章（文學）」不可；例如換成「教育」，說教育是「經國之大業，不朽之盛事」，論點依然可以成立。因為不少教育學家主張教育是立國之本，喻之為「無形的國防」；又認為教育是以心傳心的盛事，個人的生命有限，而從事教育可無限延伸一己之志，讓自己精神不死。孔子晚年放棄從政而致力於教育三千弟子，何嘗不是寄望其中有徒子徒孫能完成未竟的濟世之志？一旦完成，精神隨功業而不朽；未完成，則隨徒子徒孫的心志代代相傳下去。無論如何都可不死。

若將「經國之大業」與「不朽之盛事」拆開各自立論，則有更多的人類活動可取「文章」而代之。前者，如「儒術，經國之大業」、「農桑，經國之大業」、「祭祀與戎，經國之大業」、「築城防胡，經國之大業」；後者，如「立德，不朽之盛事」、「修身養性，不朽之盛事」、「弘揚聖道，不朽之盛事」、「立功異域，不朽之盛事」；乃至對小民而言，「傳宗接代」讓自己的基因不斷傳下去，也是一種不朽；而教徒「信耶穌得永生」，更是生命進入永恆的唯一途徑。

「文學自覺說」至此可謂完全破功，「文學獨立說」也就陷入毛將焉附的窘境。因為文學的獨立奠基於文學的自覺，文學的自覺勢必導向文學的獨立；自覺與獨立是二而一，一而二的關係。「文章，經國之大業，不朽之盛事」既然不是就文學的本質討論文學，我們看到的便不是文學自身，而是文學的身外物。我們只是透過「經國」（即政治）或「不朽」（即哲學、宗教）才看到文學。文學依附於政治、哲學與宗教，這樣的文學觀其實是走回「三不朽說」以及〈毛詩大序〉、揚雄《法言》、王充《論衡》等「政教說」的老路，文學依舊是儒學的附庸，並沒有獨立出來。

在曹丕的理念世界中，是否存有一個較為全面的文學觀，已難以從結構不全的《典論．論文》查考。吾人只能結合其他文獻資料，大致窺知曹丕之所以提出「文章，經國之大業，不朽之盛事」，實有其政治背景與動機。一切須從曹丕、曹植爭立太子說起。

大約建安二十一年前後，曹操對立嗣仍舉棋不定時，曹植有〈與楊德祖書〉，從不朽的觀點表明他對立言（文學）、立功（政治）的不同態度：

辭賦小道，固未足以揄揚大義，彰示來世也。昔揚子雲先朝執戟之臣耳，猶稱「壯夫不為」

也。吾雖德薄，位為藩侯，猶庶幾（希冀）戮力上國（為朝廷效命），流惠下民，建永世之業，留金石之功，豈徒以翰墨為勳績、辭賦為君子哉？若吾志未果，吾道不行，則將采庶官之實錄，辯時俗之得失，定仁義之衷，成一家之言。雖未能藏之於名山，將以傳之於同好。

曹植將文學分成「辭賦」與「成一家之言」二大類，這與曹丕之分為「文」與「文章」，觀念基本一致，不同之處在於曹植將此二大文類分別與政治（「戮力上國，流惠下民」）進行價值評比，先淘汰「辭賦」，理由是辭賦屬「未足以揄揚大義，彰示來世」的「小道」；至於「成一家之言」的著作，曹植雖肯定其傳世價值，但排在政治後面，是「吾志未果，吾道不行」才退而求其次的選擇。

曹植自始至終以政治為第一志願，而竟視其所專擅的、已享盛名的辭賦為不值一顧。無他，此信表面上寫給楊修，骨子裡則寄望父親的青睞（古人書信常輾轉傳抄，不啻公開發表）。楊修是善於猜謎猜心事的人，從「雞肋」都能猜到曹操「食之無味，棄之可惜」的心思；此刻作為曹植集團的謀士，不可能不知曹植的意圖，遂以〈答臨淄侯箋〉與曹植一搭一唱，極盡配合演出之能事：

今之賦頌，古《詩》之流（由《詩經》中的賦演變而來），不更孔公（雖未經孔子刪定），〈實與〉〈風〉、〈雅〉無別耳。……若乃不忘經國之大美，流千載之英聲，銘功景鐘，書名竹帛，斯自〔君侯〕雅量，素所蓄也。豈與文章相妨害哉！

信中針對曹植重政治輕文學的傾向，刻意扭轉成政治與文學並重。無他，意在告知曹操：令公子才兼文武，堪當大任。二人一往一來，環繞著「政治—文學—不朽」三角關係的討論，在鄴下文人集團與魏國政壇間，一定已形成話題。曹操想法如何，不得而知；曹丕的反應就在《典論・論文》的第二部分。

曹丕「文章，經國之大業，不朽之盛事」看似襲取楊修「不忘經國之大美（美，或認為是「業」之誤字），流千載之英聲……豈與文章相妨害哉」的說法，實則貌同心異。楊修將「經國」與「文章」分開來看，二者各自不朽（「流千載之英聲」）；而曹丕則將「經國」與「文章」用判斷句的語意結構牽絆在一起，其中存在著迴旋解釋的空間，讓人各取所需。可以讓父親曹操理解成「文章屬經國大業的一部分」，從而認定他志在以文章經世濟民，這對他角逐大位顯然有加分作用；也可以讓弟弟曹植理解成「文章一如經國，同屬大業，同歸不朽」，則以曹植之精於文章之道，而經國之事又難以預期，應會權衡利害得失，認真思考曹丕暗中提醒他的「年壽有盡而文章無窮」的人生課題。只要曹植能稍微停下爭立太子的腳步，曹丕就不虛此論了。

曹丕的政治性格本就強於曹植，當時曹操立嗣的態度又混沌未明，曹丕因此帶著政治目的發表此一文學主張。其動機既已不純，則吾人欲從中掌握曹丕的文學觀，所得也只是表面或片面。

這一番解讀儘管於史無據，卻頗契合《典論・論文》所處的「大語境」。而若純粹就文以論文，則如前所述，幾乎可以確定：從中看不出「文學自覺說」與「文學獨立說」的主張。

四、曹丕「文章經國」的真相

由於「文章，經國之大業」在《典論・論文》中沒有下文，讀者對文章何以能經國以及如何經國，不免疑竇叢生，總覺那是一句空話。但如果我們能結合《典論・論文》與《三國志・魏書・文帝紀》（尤其不可放過裴注所徵引的宏富資料），經一番深思窮究後會驚訝地發現，曹丕「文章經國」唯一落實的，竟是篡漢這一樁「大業」、「盛事」。

「篡」是後世史評家對曹丕的一字褒貶，須知一般史書無論是晉人陳壽的《三國志》抑或宋人司馬光的《資治通鑑》，都只見「禪」不見「篡」，而都稱得上「實錄」。曹丕是怎麼辦到的？清人趙翼《二十二史劄記》說得好：曹丕是「做堯舜盛事，以文其奸」。此說不僅「盛事（美事）」一詞令人會心，「文（掩飾、美化）」之一字尤其妙：其一、曹丕謚號正是「文」，史稱「魏文帝」；其二、此「文」一旦注入「文章，經國之大業」之中，句義就變得既豐富又清晰，可解作：「曹丕經由各式文章的一連串運作，既成功奪取政權，也順利贏得『禪代』的美名。」

這一齣歷史大戲的檯面人物雖是曹丕與漢獻帝，但居間協助推動情節的卻是「文章」。根據袁宏《後漢紀・獻帝傳》以及《三國志・魏書・文帝紀》裴注，為期僅數月的禪代流程，從勸進到辭禪，從授禪到受禪，各方共發出文章二三十篇；若加上來歷不明的讖緯，數量更為可觀。現在就依小說戲劇的情節結構，分成「開端—發展—高潮—結局」四個步驟，看這些文章如何一步步將禪代大戲的結局推向圓滿。

㈠開端：曹丕集團派人到全國各地暗中製造「天命」，散播「魏將代漢」的神諭式謠言，以營造變天的氛圍。此時派上場的文章，屬神祕的天書系列：符讖與緯書。前者是臨時編造的政治預言，後者則是古書的再利用。按緯書起於西漢，大盛於東漢，連大儒鄭玄都為之作注；這種書依附「經」而稱「緯」，內容偽託於孔子，而以「天人感應」為核心思想，儼然陰陽術士之言，實乃「偽書」之尤。曹丕《典論・論文》無論討論「文」或「文章」，皆絕口不提這些神話性質的文章，卻堂堂正正用來幫他打禪代的頭陣。

㈡發展：發動臣民密集上書大談「天命之所歸」，以製造輿論，對漢室形成壓力，並厚築民意、天意的雙重基礎。曹丕一面不斷接受上書，一面不斷下令「止息此議」，作足姿態。此時上場主打的是《典論・論文》「四科」中的「奏議」。所有這些藉天命以勸進的「奏議」，無不引經據典，從緯書到經書，從炎黃到周孔，從「湯武革命說」到「天人感應說」，內容正經八百，論事信而有徵；遣詞造句則四平八穩，時不時冒出精美的俳偶，一切皆符合《典論・論文》對「奏議」的文體要求：「宜雅」。

㈢高潮：魏王與漢帝直接對戲套招，華歆、王朗等大臣猛敲邊鼓，以助聲勢。此一階段，饒是魏王如何急於踐祚稱朕，漢帝如何急於擺脫傀儡生涯，彼此心知肚明，一切須照劇本來。「三禪三讓」的重頭戲尤其馬虎不得，全國臣民都盯著看，少一次也不行。此時亮相的主要文章，就是配合「三禪三讓」而三來三往的漢帝「冊詔」與魏王「上書」。每一回合的內容都大同小異。在漢帝，無非以授禪的堯與舜自居，而要求魏王當受禪的舜與禹；在魏王，辭禪的理由就只一個重點：自己無德無能，不敢追慕舜、禹，只求做許由。有趣的是三禪三讓之間一定穿插群臣的勸進，而曹丕也一定老實不客氣地向群臣表示：接受是必然的了，但三讓的儀式不能不走完，諸卿且稍安勿躁。

(四)結局：終於「禮不過三」，到了第四次漢帝下詔授禪時，魏王同意受禪。接受的理由同前三次一樣，仍是環繞著舜、禹之事打轉。由不接受到接受，何等大的轉折，卻也拗得順理成章，有憑有據（所用典故出自《孟子》）：

昔者大舜飯糗茹草（飲食粗劣，表示身處貧賤），將終身焉，斯則孤之前志也。及至承堯禪，被袗裘（穿著華服暖衣），妻二女，若固有之，斯則順天命也。群公卿士誠以天命不可拒，民望不可違，孤亦曷以辭焉？

橫說豎說，當初辭禪是效法舜，今日受禪也是效法舜；舜之與我同是依天命而行事。總之，大位是受自上天，而非取自漢室。這一套自吹自擂的「天命說」，到了登壇受禪時的「告天文」，更是振振有詞，響徹雲霄。至此，一切人事活動的奸巧與醜陋，誠如趙翼之所言，全被堯舜之事、被天命「文」得盡善盡美，功德圓滿。

大戲落幕前還有個尾聲。禪位大典才結束，曹丕一時得意忘形竟對左右說：

舜、禹之事，吾知之矣（舜和禹受禪的真相，我現在終於知道了）！

今天，我們也可以隔著歷史古今呼應，對著曹丕說：「你曹丕『文章，經國之大業』的真義，我們也終於明瞭了。」

這其實不見得是壞事。「十年天地干戈老，四海蒼生痛哭深。」（顧炎武〈海上〉）中國改朝換代常免不了動亂，充斥著暴力、血腥，周朝取代商朝就出現「血流漂杵」的駭人景象；能和平轉移政權而又如此優雅，舉國不驚不擾，全民都以觀劇的悠閒心情看待此一劇變，一切不能不歸功於文章精彩的擔綱演出。正是：大哉丕之為君也，煥乎其有文章！

除了這一套「文章經國」之外，曹丕另有一套「文書治國」，在中國政治文化史上不只具指標意義，也頗具普遍意義。

提到「文書治國」，不能不回顧秦始皇的兩段故事：

始皇為人，天性剛戾自用。……博士雖七十人，特備員弗用；丞相、諸大臣皆受成事，倚辦於上（皇上）。……天下之事，無小大皆決於上。上至以衡石（稱子）量書（文書），日夜有程（進度），不中程不得休息。《史記・秦始皇本紀》

中車府令趙高，兼行符璽令事（攝理「符璽令」的職務）。……始皇帝至沙丘，病甚，令趙高為書（遺書）賜公子扶蘇，曰：「以兵屬蒙恬，與喪會咸陽而葬。」書已封，未授使者。始皇崩，書及璽皆在趙高所。……於是（李斯、趙高）乃相與謀，詐為受始皇詔：丞相立子胡亥為太子。更為書賜長子扶蘇，曰：「……扶蘇為人子不孝，其賜劍以自裁。……」封其書以皇帝璽，遣胡亥客奉書賜扶蘇於上郡。……（扶蘇）即自殺。《史記・李斯列傳》

秦始皇在世時，既不肯與「丞相、諸大臣」分享權力，又不信任處理文書的近臣，才會讓自己案牘勞形；其中固然反映出獨裁者的心態，卻也讓我們見識到一項赤裸裸的政治現實：文書之所在，即權力之所在。果不其然，獨裁者一死，「以刀筆之文進入秦宮，管事二十餘年」的趙高，便利用「行符璽令事」，乘機竊持國柄。首先，偽造始皇遺詔，冊立胡亥為太子；其次，竄改始皇遺書，賜死扶蘇。憑此二通文書，不只重組了國家的領導班子，也改變了歷史。

漢以後的君主深知文書與權力的關係，為了抓權，常透過內廷專門處理文書的單位，如尚書或中書臺（「尚書」意即掌管文書，「中書」即「禁中尚書」之謂，二者異名同實），親自裁決政務。尚書、中書之類的近臣就因為出納王命，被喻為「王之喉舌」；久而久之，「喉舌」與「首腦」連成一氣，遂致原本「承天子助理萬機」、「海內無不統焉」的丞相或相國，喪失決策權，淪為「受成事」的執行者。相形之下，原本官小職卑的尚書（令）或中書（令），因參預決策，權位遂凌駕宰相之上，最後乾脆從體制外進入體制內，成為正式的宰相。隋唐的中樞三省，其中省名帶有「書」的「尚書省」、「中書省」，就是靠著「文書」而由小變大，由內（廷）而外（朝），逐步演變形成的。「尚書」之取得宰相實權，始於東漢光武帝；「中書」則始於魏文帝曹丕。這在當時有個名堂，叫「政歸臺閣」。

漢光武帝與魏文帝皆為開國之君，都是有鑑於前朝的教訓而架空宰相權力。諷刺的是漢光武帝的教訓來自於王莽的篡漢，而魏文帝卻是自己教訓自己。這尚書與中書「二書」平行發展到後來，形成「中書」凌駕「尚書」的局面。一直到明太祖廢宰相為止，中書省都是握有決策之權，尚書省則只負責執行。元代甚至將尚書省併入中書省，由中書省總理百官，成了唯一的政務中樞；並且向地方派出分支機構：「行中書省」，簡稱「行省」，後來變成地方一級政府及行政區，影響到今。

這些影響皆屬形式，真正實質而深遠的影響，在文書與權力的密切結合，也就是前面提到的：文書之所在，即權力之所在。最明顯的事例發生在明朝，內閣大學士由於能「票擬」皇帝諭旨而握有實權，形同宰相；而司禮監的掌印太監、秉筆太監，一旦獲得懶皇帝的寵信，甚至可以替皇帝「批紅」，形同地下皇帝，連大學士也常只有俯首聽命的份。

回頭看曹丕「文書治國」下的「中書」，也是形同「中樞」。

曹丕建立魏朝後，在內廷設置中書監、中書令，由他昔日的親信幕僚劉放、孫資二人分別充任。本只是機要祕書性質的職務，由於曹丕父子的重用，遂致「號為專制，制斷機密，政事無不綜」（裴松之語）。當時心懷不平的宗室大臣甚至以「雞棲樹」比喻二人的越職非分，意思是雞本該在地上走，卻自以為鳳凰，飛上樹去住下了。

曹丕之子曹叡較其父更加寵信二人，茲舉二事以概其餘。一是曹叡決定征討遼東的公孫淵，大臣都反對，「惟〔孫〕資決行策，果大破之」。二是曹叡臨終託孤給曹爽、司馬懿，即是出自二人的建議，遺詔也由二人經手。此一託孤之舉，論者以為「魏室之亡，禍基於此」。姑不論誰興誰亡的帝王家事，若純就歷史影響力而言，劉放、孫資二人堪與秦之趙高先後輝映。

只要比較一下同時代的蜀漢丞相握有實權，就知曹魏以幕僚長綜理政務的特殊性；而其中所反映出來的「文書—權力」關係，卻能發展成政治上的主流文化。這原是一種反常的、以婢為夫人的權力運作模式，而一旦形成文化，大家也就見怪不怪了。時至今日，從中央到地方，從公務機關到私人企業，凡「書」字輩的高級幕僚（機要祕書或祕書室主任、主任祕書、祕書長），其職務性質有二大特點：一是任此職者必為首長親信；二是一旦獲得寵信，常擁有遠大於職位的權力，乃至成為地下首長。

曹丕無論「文章經國」或「文書治國」，在中國歷史上、華人文化圈中，永不孤單。中國政治文化史上，「文章經國」可遇不可求，「文書治國」已成文化。此外，源遠流長的「文字治國」更是古已有之，於今為烈。

「文字治國」源自於文字崇拜，最終則淪為文字遊戲，王莽是箇中典型。一般人說他「篡漢」或「假禪讓之名行篡奪之實」，其實那只能用之於曹丕，對王莽並不適合。王莽心中並無堯、舜、禹，只有文、武、周公、成王，而時時刻刻以周公自居，尤其是《尚書》中輔成王的周公。他竊取政權，玩的就不是禪讓那一套，而是「由假即真」（由代理到正式）美其名為「法周公」的這一套。因此他會處心積慮攀搭《尚書》、周公，不斷在名號上大作文章，由「太傅」、「安漢公」而「宰衡」而「攝皇帝」、「假皇帝」，並改元「居攝」，其中遮人眼目的永遠是「成王幼少，周公居攝」之類的古訓。此所以班固指斥他「誦《六藝》（即「六經」）以文姦言」。每當他向皇帝寶座更邁進一步，就向天下臣民宣稱此舉是「如周公故事（依照周公當年的做法）」，但最後周公「復子明辟（歸政給成王）」，他則弄假成真，年號也順理成章由「居攝」而「初始」而「始建國」了。

篡位固然大玩文字遊戲，治國更是只知文字遊戲。《漢書》記載：

〔王莽〕意以為制定則天下自平，故銳思於地理，制禮作樂，講合《六經》之說。

所謂「制定（法制確立）」其實全停留在紙上作業。為了要「合《六經》之說」，制度、法令常罔顧現實，窒礙難行；不行就改，改來改去，總在《六經》的制禮作樂中打轉。而王莽樂此不疲，至死不悟。改「長安」為「常安」，私意以為「長」終有盡，不如「常」之永存，結果享國只十三年；國號稱「新」，其治國方向卻讓整個國家倒退一千年。改「匈奴」為「恭奴」，賜其號為「孝單于」、「順單于」，將鄰國之君視為乖兒子，導致北境永無寧日。

南陽叛軍攻到武關時，王莽憂懼萬分，帶領群臣到祭天之所去哭天喊地。因為根據《周禮》，邦有大災要「歌哭而請」；但書上明言那是女巫的職責，王莽以一國之君竟「仰天……搏心（捶胸）大哭，氣盡，伏而叩頭」。迷戀經書文字至此地步，只怕孔子見了也要大罵「非吾徒也」。

赤眉軍初起時，無名號、旗徽，也無任何文字上的宣傳攻勢如檄文之類的；王莽因此認為是「犬羊相聚」成不了氣候，不以為意。後來劉縯的人馬攻入長安，王莽不信國之將亡，竟模擬孔子語氣說：「天生德於予，『漢兵』（《論語》原文是「桓魋」）其如予何！」已是文字的自慰自溺了。

時至今日，「以為制定則天下自平」的王莽式心態不只未改，反更發揚光大，「文字治國」已成全民共識。所制定的法令，從保障人民基本權利的憲法，到保護環境的各種防治法，不可謂不完備、不現代（有些甚至很先進）。然而真正落實到生活的，百無一二。法令之外，又有層出不窮的口號、標語以及各式文宣；一片郁郁乎文哉的景象，將大家都催眠到文字所虛擬的世界中——文字就是世界，解決文字就解決一切，「法立則天下自平」。

這種不正常現象，林語堂《吾國與吾民》稱之為「一種真實的精神病」，指出：

因為中國人曾經發達一種文字矯飾的藝術，……又極崇拜文字，吾們甚至賴文字而生活著，文字又可決定政治的、立法的鬥爭之勝負。

林氏另有〈文字國〉一文，更以先知者的口吻對此痛加譏諷：

在文字國中，文字就是符咒，文人就是巫醫。文字的勢力，不但可以治國，並且可以祛祟。

你只消貼張字條於對面牆上，傷風自會好的。所以伏羲之功，在神農之上。（棣按：林氏認為伏羲是文字之祖，而神農是醫藥之祖）

但是我告訴你們，通電、宣言，也等於符咒及祛祟的字條。在非文字國的人，以為貼字條不一定見效的，但在文字國的同胞，卻明明以為見效，此所以為文字國。（棣按：民國初年的內戰、政爭，常以「通電」、「宣言」等美麗而虛偽的文字昭告天下，以爭取各方支持，恍如當年曹丕之「倣堯、舜之盛事，以文其奸」、王莽之「誦六藝以文奸言」。故林氏以之作為

論據）

林語堂「文字國」的提法，正可通古今之變，從「文章經國」、「文書治國」以至「文字治國」，一以貫之。

五、曹丕「文章不朽」的心態

曹丕寫《典論・論文》時主要身分有二：一是漢朝當權者曹操的接班人，二是鄴下文人集團的領導人。「文章，經國之大業，不朽之盛事」的雙軌提法，正是反映這樣的雙重身分。我們一路討論到此，大致已知「經國之大業」只是點綴，「不朽之盛事」才是重心。我們甚至可以轉從「不朽」的觀點看「文章」與「經國」，然後下結論說：曹丕追求不朽所努力以赴的目標，只在文章，不在經國。

《三國志・魏文帝紀》回顧曹丕的一生，有謂：「初，帝好文學（指廣義的文學），以著述為務，自所勒（刊刻）成垂百篇。」曰「初」曰「自所勒成」，表示曹丕生前很早就在為「文章不朽」而預作準備，但還看不出他對「文章」與「經國」之間的輕重態度。裴注所引的《魏書》（獨立史書名，不是《三國志》中的「魏書」）一段記載，就隱約透出箇中訊息，讓我們看到曹丕重「文章」輕「經國」的心態是其來有自：

帝初在東宮，疫癘大起，時人凋傷。帝深感歎，與素所敬者大理（官名，即廷尉，當時最高司法首長）王朗書，曰：「生有七尺之形，死唯一棺之土。唯立德揚名可以不朽，其次莫如著篇籍。疫癘數起，士人凋落；余獨何人，能全其壽？」故論撰（編纂）所著《典論》、詩賦，蓋百餘篇。集諸儒於肅城門內，講論大義，侃侃無倦。

瘟疫大流行，在任何時代都是國家的災難，整個政府從中央到地方一定忙亂成一團，而曹丕身為魏「東宮」太子，全無替父王分憂之意。一場瘟疫下來，多少人民死亡，多少家庭破碎，而曹丕這位國家未來的執政者，心繫的就只有「士人凋落」。他另有一篇寫於同時期的〈與吳質書〉，表露的也是這種小恩小愛小鼻子小眼睛：

> 昔年（指去年）疾疫，親故多離（通「罹」）其災；徐、陳、應、劉（「七子」中的四子），一時俱逝。痛可言邪！

從中我們只看到「鄴下文人集團領導人」的曹丕，看不到「執政團隊接班人」的曹丕；文人的心思完全蓋過政治家的知見，這就是曹丕的格局。自己才性如此，曹丕理應了然於胸，但面對著「素所敬」國家大老級的王朗，又不得不捧出儒家三不朽的那一套傳統，推「立德（含立功）」為第一。只怕連王朗都心眼明白：「立言（文章）不朽」才是曹丕真心的嚮往。

曹丕之於立功立德也並非全然不動心。導致他怯步的因素頗為複雜，我們從比較的角度會看得更為清楚而全面：其一、相較於立言，他對立德、立功缺乏信心；誠如王充《論衡》所言：「深於作文，安能不淺於政治？」其二、就治國平天下與其父曹操相較，他深知不如遠甚；而以曹操之雄都難免「老驥伏櫪」之悲，且在世便享罵名（讀曹操〈讓縣自明本志令〉便知一二）。他能不引以為鑑？其三、從他久不獲立太子便知政治險惡，成就更是難以逆料；相形之下，「文章」才是他唯一可掌握的，且已頗有成就，離不朽的目標並不遠。

就是這種不斷向文人傾斜的心態，使得他面對瘟疫，在關心「士人凋落」之餘，就擔心自己也不能「全其壽」，於是而心生「文章不朽」的急迫感，立即著手整理傳世之作：「成一家之言」的《典論》以及最能表現才華的「詩賦」類作品集。出書容易流傳難，他又深知當世的廣泛流傳是後世長久流傳的基礎，便召來「諸儒」舉辦新書發表會，以太子（或帝王）之尊「講論大義，侃侃無倦」。此際他意識到的身分，只是企求「文章不朽」的一介文人。但他畢竟不是一般的文人，他也理所當然就利用政治力來助成他著作的影響力。當時的「諸儒」擁有很多「諸生」，又是文化政策的執行者，遍布政界與文教界，因此才獲選為第一批忠實的御用讀者，替他廣為宣傳。

不只此也，曹丕還分別用昂貴的素帛和紙張（當時仍屬稀有），各抄寫《典論》一部，送到吳國給孫權和張昭——張昭是吳國元老大臣，與魏國政界、文化界頗有淵源，王朗、陳琳等都是舊識。設若蜀國劉備（或劉禪）和諸葛亮也獲此贈書，那幾乎就是頒行天下了。

還沒完。曹丕死後，「文章」才進入「不朽」的初考驗階段，政治力又迫不及待地介入了。這回是其子魏明帝曹叡，他在繼位的第四年動用國家資源，將《典論》刻石立碑，分置於太廟大門外以及太學校園內。立在太學的還堂而皇之與「熹平石經」並列，此舉無異於推尊《典論》為經，並以之作為全國最高學府的教科書。種種作法，看似後世極權國家實施思想統制，其實曹氏父子所求只在確保其「文章不朽」。此所以明帝在詔書中稱《典論》為「不朽之格言」，並明言立碑是為了「永示來世」。

明帝是中國文學史上「三祖陳王」之中的一「祖」，身上也流著文人的血液，對父親繼志述事可謂不遺餘力。將《典論》稱作「不朽之格言」就頗能迎合當年曹丕取此書名的用意，「典」、「格」都有法、常、正、經諸義，引申之也都可指向「永恆」、「不朽」；其心態與揚雄《法言》之書名取義，堪稱古今輝映。如果我們不用「不朽格言」而用「不刊之論」來詮釋「典論」，就更為貼切——不刊者，不可磨滅也。曹丕父子正是自始至終視《典論》為不可磨滅之論，魏國群臣諸儒也莫不以此推尊此書。其地位有如當年《春秋》之「不能贊一詞」，《呂氏春秋》之「不能改一字」。

「不刊」正好又有不可刪改的意思，這就有趣了。早在漢朝通西域時，得到一種極其特殊的布料叫「火浣布」——用火燒不焦，反燒出潔亮的色澤，有如水洗一般，故稱。曹丕耳聞此布而未之見，便依常識判斷，斥為無稽，並寫入《典論》中成為定論、「不刊之論」。孰料《典論》刻石立碑不久，西域突獻上火浣布；一試，果然火燒如水洗。事已至此，總須有個了局，裴注引《搜神記》說：「於是刊滅此論，而天下笑之。」

「刊滅此論」不是磨掉石碑上整部的《典論》，而是磨去有關「浣火布」的議論而已。然而畢竟知錯能改，並不因為「聖上綸音」而諱莫如深。此舉也反映出《典論》之為「典論」並非虛有其名，至少作者當初確以「典論（正論、不刊之論）」自許，是意圖在學術界、思想界確立一己的地位與權威，故不容有誤。其著書立說的態度是真誠的，求「文章不朽」的志氣也值得嘉許；內容有錯便改，更是不失君子風範，不知為何會招來「天下笑之」？

曹氏父子真正可笑的，是為求「文章不朽」而殫思竭慮作出種種安排；尤其是號稱「成一家言」竟要靠政治力來加持成「不朽格言」，更是可笑。今日看來，這些舉措全屬多餘，對文章之朽或不朽毫無影響。《典論》全書並未因立碑就不爛不朽不失傳；而《典論・論文》之所以能長傳至今，全因它合乎「事出於沉思，義歸乎翰藻」的標準，為《昭明文選》所青睞之故。

但是也不能因此太笑話曹丕。文學史上有不少文人，儘管全無政治力作依傍，然而力求文章不朽的基本心態並無二致，只不過採取的方法有別於曹丕而已。

白居易在世時已名滿天下，甚至遠播到高麗、日本，而大詩人仍不放心，中年便陸續編定自己的詩集，晚年更令人抄寫五部，分五處收藏。其中三部藏在廬山東林寺、蘇州南禪院、洛陽聖善寺；選擇佛寺是因為較不會遭戰火波及，並非基於宗教信仰。另二部則交付姪子白龜郎與外孫談閣童——一為親族，一為姻族，以「雙重保險」確保後代子孫能替他傳至永恆。「世間富貴應無分，身後文章合有名。」這是他在某次編成詩集後所題的詩句，言下之意，他以詩成名於當世，而將以書（詩集）傳名於後世。一般詩人深知詩歌是一篇篇的獨立創作，分量極其單薄，不敢以「立言不朽」自命；再者，寫詩既是「情動於中而形於言」、「志之所之」的事，則抒發本身就是目的，詩的完成就是志的完成，不會另有求不朽之志在裡面。著書立說則不然。立說者常以思想家自命，認定思想是他生命的延伸，著書的動力常就來自於對不朽的追求。此所以曹丕《典論‧論文》於談論詩賦等單篇作品時，絕口不提「不朽」，談論「成一家之言」的著作時則大談特談，議論之不足，繼之以抒情。甚且將追求文章不朽的人視同「志士」，賦予道德光環，而不朽之文章遂成為超越現世界的唯一實存者，值得士人生死以之。

這種心態一方面與曹丕個人對生死的看法有關，一方面也不能忽略儒家「三不朽」信仰對他的影響。曹丕不信仙道「長生不死」之說（見《典論》殘文〈論方術〉），但又覺生命是一大範限，常有莫名的生之憂湧現在心：「憂來無方，人莫之知。人生如寄，多憂何為？」（〈善哉行〉）生之憂的背後其實潛藏著死之懼。「予獨何人，能全其壽？」反映的就是這種心理。但畢竟他好學能思，思而得間，「文以氣為主」的發現，不啻為自己開啟了另一道生命之門，在文章的世界裡找到了永恆，精神（不是靈魂）從此獲得救贖。「文以氣為主」的「氣」，一般解作文氣、辭氣、才氣，恐怕都不準；最佳的註腳應是清人方東樹《昭昧詹言》所指出的：

> 詩文者，生氣也。

「生氣」亦即生命力。文章有生命力才會有表現力，有表現力才會有影響力，影響力作用於群體生命中，便成永恆。所以《昭昧詹言》又說：

> 氣之精者為神，方能不朽，而衣被後世。

其中「神」就是生命影響力的極致發揮，「衣被後世」就是對人群社會的深遠影響。

這種「文章不朽」觀，不只生命力旺盛、使命感強烈，歷史感也躍然其中。這就連繫上了儒家「立言以求不朽」的傳統。此一傳統其實是一種準宗教信仰，遠可上溯到春秋時代叔孫豹的「三不朽說」，近則西漢司馬遷是現身說法的典範。

「三不朽」之說見諸《左傳》襄公二十四年：

穆叔（即叔孫豹，魯國大夫）如晉。范宣子（晉國執政大夫）逆之，問焉曰：「古人有言曰『死而不朽』，何謂也？」穆叔未對。宣子曰：「昔匄（范宣子自稱）之祖，自虞以上為陶唐氏，在夏為御龍氏，在商為豕韋氏，在周為唐杜氏，〔在〕晉主夏盟，為范氏。其是之謂乎？」穆叔曰：「以豹所聞，此之謂『世祿』，非不朽也。魯有先大夫曰臧文仲，既沒，其言立於世。其是之謂乎！豹聞之：『太上有立德，其次有立功，其次有立言，雖久不廢，此之謂不朽。』」

晉國貴族范宣子以「世祿（世襲的祿位）」為不朽的觀念，只消剝開它封建制度的外衣，便會發現骨子裡仍不脫以傳宗接代為不朽的庶民信仰；只不過一為政治香火，一為血脈香火而已。既是香火就可能滅絕，因此叔孫豹才會認為僅憑世祿無法不朽，進而提出「三不朽」之說。用意在於勸導士大夫之族若要超越死亡，須先超越世祿，經由立德、立功、立言，將個人有限的生命溶入人群社會無限的生命中，則肉體雖死，而精神（對社會的影響）將長存不朽。

儘管如此，叔孫豹至少還認為祿位可因血脈不斷而永傳。相形之下，曹丕便悲觀，斷言「榮樂止乎其身（隨個人生命的結束而結束）」，又強調富貴逸樂屬「目前之務」，不可流連於此致失「千載之功」。曹丕身為富貴中人，而有此省悟；我們結合他「成一家之言」的說法看，應是來自於司馬遷的影響。

司馬遷〈報任少卿書〉一則說古人「富貴而名摩滅，不可勝記」，一則說自己之所以「隱忍苟活」於世，不是不知恥，而是憂心「沒世而文采不表於世」。因此他潛心於《太史公書》的撰述，「欲以究天人之際，通古今之變，成一家之言」。只要此「一家之言」能「藏諸名山，傳之其人，（傳之）通邑大都」，則生前所受的困厄、屈辱都獲得補償。

「三不朽」中「立言」的「言」原本泛指對世人有影響的思想言論，司馬遷則限縮在文字化、系統化的「成一家之言」的這種「言」。此一看法到了東漢王充有了進一步的闡明與推廣。

王充《論衡・佚文》從「作」優於「述」的觀點，推重「造論著說之文」，認為這種文章「發胸中之思，論世俗之事」，最是「可尊」。接著在〈書解〉篇中更從「文」優於「言」的觀點，推重書籍。認為士人的思想言論不管如何高明，若不形諸文字、編成書冊，就難以傳世不朽。他將儒分為「文儒」與「世儒」：「文儒」用文字發表思想言論，「世儒」則只用口說。「文儒」最大的優勢是能憑藉成書的著作「自明於世」；「世儒」則因只講學不著書，思想言論無法自傳，須靠「文儒」乃傳。並舉周公、孔子、司馬遷、揚雄等作例，以證明成書之「文」優於口說之「言」，自古已然：

周公制禮樂，名垂而不滅；孔子作《春秋》，聞傳而不絕。漢世文章之徒，陸賈、司馬遷、劉子政、揚子雲，其材能若（如此）奇，其稱（聲名）不由人。世傳《詩》家魯申公、《書》家千乘、歐陽、公孫，不遭太史公，世人不聞〔其名〕。夫以業自顯（指文儒），孰與須人乃顯（指世儒）？

從中不難看出曹丕「古之作者，寄身於翰墨，見意於篇籍，不假良史之辭，不託飛馳之勢，而聲名自傳於後」的思想，與此若合符契。而曹丕只針對「成一家之言」的子書提「文章不朽」，也暗合王充推重「造論著說之文」的主張。

曹植也有相同看法，〈與楊德祖書〉提到「揄揚大義，彰示來世」的不朽盛事，屬意的正是子書：「采庶官之實錄，辯時俗之得失，定仁義之衷，成一家之言。」晉人陸機著有詩、賦、文三百餘篇，當他遇害時，卻為了其中缺少成系統的著作而深以為憾，說：「古人貴立言以為不朽。吾所作子書未成，此為恨耳。」又如稍後的葛洪，以「深美富博」推崇子書，將之提高到與經書並列的地位；二十幾歲便發現從前作的詩賦是「細碎小文」，浪費生命，「未若立一家之言，乃草創子書」，於是而有《抱朴子》七十卷傳於世。劉勰《文心雕龍・諸子》也充分肯定子書，認為是「入道見志之書」，足以讓作者傳聲名於後世：

君子之處世，疾名德之不彰；唯英才特達，則炳耀垂文，騰其姓氏，懸諸日月焉。

這與他在〈序志〉篇的表白如響斯應：

歲月飄忽，性靈（性命）不居；騰聲飛實，制作（著書立說）而已。……形（肉體）同草木之脆，名踰金石之堅，是以君子處世，樹德建言（立言）。

劉勰顯然是以面對子書的態度「制作」《文心雕龍》的。清人紀昀就說劉勰肯定子書之不朽是「隱然自寓」。

凡此皆可看出，重視子書之傳世價值，並非曹丕個人的偏好，而是當時知識界的風尚，儼然掀起史上另一波子書立言的高峰。《文心雕龍．諸子》對此盛況有所描述：

迄至魏晉，作者間出（層出不窮），讕言（無根之談）兼存，璅語（瑣碎之論）必錄，類聚而求，亦充箱照軫矣。

葛洪《抱朴子．尚博》也說：「漢魏以來，群言（諸家學說）彌繁。」

曹丕較獨特的地方，在於他從公子而太子而魏王而天子，始終無法忘情於著述，始終站在文人陣營，以文人心態看待「文章」，乃至因追求文章之不朽而荒疏了經國之大業。明人張溥〈魏文帝集題辭〉盛讚其文之餘，說他「帝業無足稱」。近人劉大杰《魏晉思想論》也從比較觀點認定曹丕「他的作品，在中國文學史上的地位，比起他自己在帝王史上的地位要高得多」。對曹丕個人而言，失之東隅，收之桑榆，反正無損於不朽；然而對人民而言，出了文人皇帝，誠屬不幸。

六、「文章」不朽乎？「聲名」不朽乎？

「古之作者，寄身於翰墨，見意於篇籍，不假良史之辭，不託飛馳之勢，而聲名自傳於後」旨在說明文章（立言）不朽所具有的先天優勢。這也是曹丕的一大發現。曹丕從「聲名」的層面將三不朽分成「自傳」與「他傳」二類，認為只有立言能憑自力流傳聲名，而立德、立功則須借助於「良史之辭」與「飛馳之勢」二種他力。

這種說法看似言之成理，有如西哲富蘭克林之所言：

若你希望死後不被世人遺忘，那麼就寫些有價值的東西讓後人閱讀，或者做些有意義的事情讓後人記載。

然而仔細比較就會發現富蘭克林是就「事跡」論不朽，而曹丕只就「聲名」論不朽，二者核心觀點明顯不同。又徐幹《中論・夭壽》論及不朽有謂：

其身歿矣，其道猶存，故謂之不朽。

稱「其『道』猶存」，並不稱「其『名』猶存」，著眼點也異於曹丕。

我們前文也曾指出：三不朽之所以「雖久不廢」，在於所立的是對人群社會的影響；因此只要社會不朽，三立之「事」自然隨之不朽。既然如此，則無論立德、立功或立言，本身就能不朽，並不存在假不假「良史之辭」、託不託「飛馳之勢」的問題。顯然曹丕對三不朽只著眼於「在社會上的聲名」而非「對社會的影響」，才會凸顯「自傳」的可貴。

這種「以名為實」的不朽觀，一旦普獲認同，勢將導致「以名亂實」的嚴重後果，不可不察。

俚語有言：「人的名，樹的影。」影子少有與形體同其大小的，若非大於形體，即是小於形體；甚至惟見影子不見形體，或者有形體而無影子。本來如果社會大眾都能有此體認，倒也相安無事。

但誠如曹丕自己所指出的：「常人貴遠賤近，向聲背實。」一旦「向聲背實」成了左右社會價值的力量，就會有心術不正的求名者，為達目的不擇手段，求得名不副實乃至有名無實的「假不朽」。白居易就有〈放言〉詩指出這種可能：

周公恐懼流言日，王莽謙恭未篡時。向使當初身便死，一生真偽復誰知？

不妨將第三句「向使當初身便死」換成更能扣住「真偽」的「向使名成身便死」，就知以聲名為不朽是可以製造的，是會擾亂價值體系的。

曹丕談不朽而強調聲名，其背後的思想源自於儒家「崇名」信仰。崇名一旦走向極端，便會賦予聲名本不屬於它的價值屬性，如超驗、獨存、不滅等；更常見的是為聲名抹上倫理道德的色彩，尤其是孝道的異色重彩。早在孔子提出「君子疾沒世而名不稱焉」的命題，即已開啟了「生命短暫，聲名永恆」的價值觀；荀子也認為「名聲若日月」（《荀子・王霸》）。司馬遷更以「立名」概括「立德」、「立功」、「立言」三不朽而有「立名者，行之極也」（〈報任少卿書〉）的主張；在《史記・伯夷列傳》中也「砥行」、「立名」連成一氣，凡此不啻將聲名推向生命第一義的地位。這種聲名觀一旦結合儒家帶宗教情懷的孝道觀，其「傳於後」的價值就更加凸顯。司馬遷《史記・太史公自序》提及父親對他的期許以及他對父親的繼志述事，念茲在茲的正是「揚名於後世，以顯父母，此孝之大者」。此中「後世」的強調，值得留意。表示他「當世」的遭遇（犯罪處宮刑）所帶來的聲名是不光彩的，乃至屈辱的，因此力求補償於「後世」；然而背後若無儒家崇名信仰的支撐、加強，也不會如此心心念念，之死靡它。

司馬遷提出的「立名」，並非第四不朽，而是三不朽的包裹與包裝。而三不朽中尤以立言最容易被立名包裝，甚至「合體」。因為立言的人（作者）都會署名於文章，只要文章能流傳，聲名也就如影隨形地「自傳於後」。《文心雕龍・序志》所自許的「騰聲飛實」，即此之謂。

然而即便是名實相副，也不是所有作者都只從聲名去感知文章的傳世。有的作者會從我們再三致意的「對人群社會產生影響」去感知，進而視文章為出自生命的創造物；當文章流傳之日，也就是作者永生之時。這一類作者較具歷史感與使命感，對聲名自傳或他傳的問題，並不在意，在意的是文章本身是否具有傳世的價值。他們甚至為了避開聲名或政治等外力的干擾，就索性不署名或化名某某，或冒用先賢之名。東漢思想家王符即是箇中典型：

隱居著書三十餘篇，以譏當時失得；不欲彰顯其名，故號曰《潛夫論》。

《後漢書・王符列傳》

至於史上不少借人之名以著書的「幽靈作家」，例如晉人張湛借列子名撰述《列子》書，某人借陶淵明之名撰寫《搜神後記》等。這些書傳世後，後人回報作者的唯一聲名是稱其著作為「偽書」。殊不知「偽書」常是名偽而心最真，因為作者一心想傳的是真實的思想情感，而非虛浮的、沒有生命的「聲名」。真正「偽」書是所謂「為文而造情」，常起於聲名的誘惑。《文心雕龍・情采》就指出文壇上不少人從事「鬻聲釣世」的勾當，明明「志深軒冕」，卻「泛詠皋壤」；明明「心纏機務」，卻「虛述人外」，因此斥之為「真宰弗存」。正所謂：

心畫心聲總失真，文章寧復見為人？（元好問〈論詩絕句〉）

職是之故，曹丕談「文章不朽」而著眼於「聲名」，此中價值觀大有問題。「不假良史之辭，而聲名自傳於後」云云，實不值得信仰、宣揚。更何況「良史之辭」的功能並非如其所言，所傳只是作者聲名。自《史記》以來，直接收錄作者的文章傳世，便是良史的一大貢獻，尤其是不為當世所肯定的作家及其作品。例如西晉魯褒著有〈錢神論〉，用誇張的擬人手法，神化錢的功能，藉以嘲諷世上的拜金主義者，堪稱千古奇文；而我們今天有幸奇文共欣賞，全拜《晉書》收錄之賜。

曹丕有所不知，他自己的某些文章也是「假良史」而傳。例如我們前面提過的《典論．自敘》、〈與王朗書〉，還有為數不少的詔令、奏議、書信乃至若干詩作，若非《三國志》以及裴注的徵引，早與他的肉體同朽了。果真如此，何嘗不是另一種「志士之大痛」？

七、「飛馳（之勢）」究竟喻指哪一種人

「不假良史之辭，不託飛馳之勢，而聲名自傳於後。」其中問題頗多。其一、立論上出現以「聲名不朽」為「文章不朽」的偏頗；其二、「飛馳之勢」的取義頗遭後人誤解；其三、「不假良史之辭」與「不託飛馳之勢」二句的關係是平行抑或互補，不無爭議。

其中第一個問題大致已在前文〈「文章」不朽乎？「聲名」不朽乎？〉獲得解決；第二、第三兩

個問題息息相關，後者以前者為前提，只要前一問題圓滿解決，後一問題也就不成其為問題了。

一般對「飛馳（之勢）」的解釋常分兩個層次，先解析詞面再指出其取義所在。解析詞面又可分為解析「飛馳」與「飛馳之勢」二種：前者，將「飛馳」分解為「『飛』黃騰達而『馳』騁於仕途之人」；後者，將「飛馳之勢」分解為「『飛』黃騰達的『勢』力」。二者不約而同都勾搭上「飛黃騰達」；至於取義，二者也都不約而同視之為喻指「高官顯宦」。

這是強作解人，其不可從的理由有六：

其一、「飛馳」是形容快速，「飛黃騰達」是比喻仕途得意之狀，彼此取義不同，不能只因同有「飛」字就硬攀關係，也不能因「飛黃騰達」可接「之勢」就視同「飛馳」。

其二、「飛黃騰達」始見於韓愈詩〈符讀書城南〉：「飛黃騰踏去，不能顧蟾蜍。」韓愈晚生數百年，曹丕焉能預見此語而襲取其義？今人將「飛馳之勢」視為「飛黃騰達的勢力」的節縮，比郢書燕說還荒謬。

其三、「飛黃騰達」的「飛黃」是傳說中的神馬名，屬聯綿詞，「飛」字不孤立表示意義，與「飛馳」的「飛」無任何關連。二者不可混為一談。須知「飛黃」的構詞法同於「飛廉」（神獸名、風神名），而異於「飛龍」、「飛馬」或「飛奔」、「飛騰」。

其四、「飛馳」用作比喻，只能喻指速度快的事物，而「高官顯宦」或「達官貴人」都是強調其官位之「高」、權力之「大」或身分之「貴」，而非速度之「快」。退一步言，若果文章此處可以使用與仕宦升遷速度有關的詞語，也應是「飛騰」，而非「飛馳」。

其五、「飛馳」一詞出現在曹丕之後的古人詩文中，並未有人取其「飛黃騰達」或「達官貴人」之義。如劉勰《文心雕龍・樂府》：「俗聽飛馳，職競新異（世俗的樂曲快速流行，大都爭求新鮮感）。」元稹〈三嘆〉詩：「飛馳歲云暮，感念雛在泥。」朱熹〈和子澄白鹿之句〉詩：「經旬不到鹿場陰，夢想飛馳不自禁。」三處「飛馳」皆純指速度。

其六、「飛馳之勢」若解作「指高官顯宦」，意味高官顯宦的「聲名（聲聞名譽）」可從在世傳到後世；但上文已明言「榮樂止乎其身」，前後未免自相矛盾。因為「榮樂」的「榮」涵蓋「聲名」，古人詩文中常「榮」、「名」連用：「惡小恥者不能立榮名。」（《戰國策・齊策》）、「千秋萬歲後，榮名安所之？」（阮籍〈詠懷〉）

以上還只就訓詁上討論，若深入事理去探究，更可見出此說之無稽。

高官顯宦之人一定會有地位、有權勢，也大都有錢財有福氣有光彩，卻不一定會有「聲名」足以「傳於後」。這個道理其實卑之無甚高論，自孔子以來就不斷地被提起，意在警醒頑愚。《論語・季氏》：

齊景公有馬千駟，死之日，民無德而稱焉。伯夷、叔齊餓於首陽之下，民到于今稱之。

朱注：「言人之所稱不在於富，而在於德也。」司馬遷更以史學家「通古今之變」的眼光，指出其中之理：

古者富貴而名摩滅，不可勝記，唯倜儻非常之人稱焉。（〈報任少卿書〉）

這個道理為後世史官普遍認可，「倜儻非常（追求卓越，成就非凡）」遂成為高官顯宦能否留芳史冊的前提。《唐會要》有一則記載，即反映出歷代史官此一共識：

永貞元年九月，書「河陽三城節度使元韶卒」，不載其事跡。史臣路隨立議曰：「凡功名不足以垂後，而善惡不足以為誡者，雖富貴人，第書其卒而已。陶青、劉舍、許昌、薛澤、莊青翟、趙周，皆為漢相，爵則通侯，而良史以為齷齪廉謹（保守拘謹），備員而已，無能發明功名者，皆不立傳。伯夷、莊周、墨翟、魯連、王符、徐稚、郭泰，皆終身匹夫，或讓國立節，或養德著書，或出奇排難，或守道避禍，而傳與周、召、管、晏同列。故富貴者有所屈，貧賤者有所伸。孔子曰：『齊景公有馬千駟，死之日，民無德而稱焉。伯夷、叔齊餓於首陽之下，民到于今稱之。』然則志士之欲以光輝於後者，何待於爵位哉？富貴之人，排肩而立，卒不能自垂於後者，德不修而輕義重利故也。自古及今，可勝數乎！」

在古代，這其實已不只是史識，也幾乎是讀書人的常識。以曹丕之才學，「《史》、《漢》、諸子百家之言靡不畢覽」（《典論・自敘》），對此一道理宜其瞭然於胸。任何時代的「高官顯宦」，誠如唐朝史臣所言，其聲名絕大多數「不能自垂於後」，又何能帶別人一起垂名？皮之不存，毛將焉附？

然則「飛馳之勢」應作何解，才於理可通，於文可讀？就事理而言，如果「飛馳」指的是與「良史」相對的一種人，則所指應是德高望重之人，而非高官顯宦之人。《史記・伯夷列傳》：

> 伯夷、叔齊雖賢，得夫子而名益彰；顏淵雖篤學，附驥尾而行益顯。巖穴之士，趣舍有時若此，類名堙滅而不稱，悲夫！閭巷之人欲砥行立名者，非附青雲之士，惡能施于後世哉！

其中「附驥尾」的比喻，《史記索隱》解作「蒼蠅附驥尾而致千里，以譬顏回因孔子而名彰也」，正是曹丕「託飛馳之勢」之意。「飛馳」如移用到此，可以是對「驥（千里馬）」的描述，也可以喻指孔子這一類有德行有名望的人；後文「附青雲之士」的「青雲之士」，喻指的也是同一類人。故最後三句所言「立功、立德者須依附德更高望更重之人，聲名始能傳於後」的道理，正可與曹丕「立言者，不須依附德高望重之人，聲名自能傳於後」互相補充，構成完整的「三立」立名觀。

巧的是「青雲之士」的取義也遭後人誤解，情況一如「飛馳之勢」。試看《史記正義》對最後三句所下的註腳：「礪行修德在鄉閭者，若不託貴大之士，何得封侯賞爵而名留後世也？」以「貴大之士（即達官貴人）」誤釋「青雲之士」，恰與今人以「高官顯宦」誤解「飛馳（之勢）」如出一轍。被誤解的也都屬比喻。凡比喻皆取義靈活，若只知孤立看，而不知連繫上下文，就易致誤解。日人瀧川龜太郎《史記考證》所引村尾元融之言，頗能得其管鑰：

> 「青雲」有三義：此云「青雲之士」，以德言；〈范雎傳〉「致於青雲之上」者，以位言；《晉書・阮咸傳》「仲容青雲器」，以志言。皆取義「高超絕遠」耳，從文解之可也。張守節就一偏而言，誤矣。

村尾氏「從文解之」的解讀要領，當然也適用於「飛馳」。我們在文章開頭對「『飛馳』指『飛黃騰達』」的說法，提出「六不可從」，即是本此原則。

孔子稱揚顏回而讓顏回成名，此舉頗似兩漢察舉制度中的「鄉評」，以及因之而發展出來的「品人」風氣。所以漢魏六朝之時提及士子因人成名，很自然就想到「顏回附驥尾」的典故。例如西漢王褒〈四子講德論〉：

夫蚊虻終日經營，不能越階序（牆），附驥尾則涉千里，攀鴻翮（天鵝翅膀）則翔四海。

又如南朝梁劉孝標〈廣絕交論〉：

攀其（指善於品評人物的當代名流）鱗翼，丐其餘論，附駔驥之旄端（尾端），軼（超越）歸鴻於碣石。

從修辭手法看，王、劉二人的造語皆屬「用典」；至於曹丕「託飛馳之勢」之語，應是命意偶合，稱不上「用典」，只能視之為設喻。

討論至此，「飛馳（之勢）」一語無論就訓詁或文理、事理，皆可看出所指應是「德高望重之人」，而非「高官顯宦之人」。

如果有人還堅持「高官顯宦」是正解，就必須證明：曹丕認為「依附權貴可以名傳後世」是受到當時風氣的誤導。緣於曹丕所處的是一個以聲名取士的時代（如前所言，與察舉制度的「鄉評」有關；詳見郭齊家《中國古代考試制度》，臺灣商務印書館），當時士子依附權貴「飛馳之勢」，確可又成名又得官，但所成的也僅止於當世之名，而不及於歿世之名。曹丕因一時思慮不周，致有此誤？

果真如此，則《典論·論文》的文病又添一樁了。

除此之外，又有第三選擇。「飛馳（之勢）」既不指高官顯宦之人，也不指德高望重之人，而是複指上一句提過的「良史（之辭）」。這就必須先認定「不假良史之辭，不託飛馳之勢」是二句一意，也就是駢文習見的「合掌對（同類對）」。我們在〈章法結構問題重重〉曾提及此文的第二部分頗具駢文特色，如今進一步看，不只偶句隨處可見，二句一意也不止一處。試看「是以古之作者，寄身於翰墨，見意於篇籍，不假良史之辭，不託飛馳之勢，而聲名自傳於後」六句中首尾各為單句，中間四句兩兩相對，前一對仗「寄身於翰墨，見意於篇籍」，一般視之為二句一意，意即著書立說；既有前例可循，則後一對仗似也可歸諸二句一意，將「不假良史之辭」與「不託飛馳之勢」視為同一事。此六句則可簡化為四句，作：「是以古之作者，寄身於翰墨，不假良史之辭，而聲名自傳於後。」然而仔細比較便會發現前一對仗「合掌」的情況相當明顯，後一對仗則不然，「飛馳之勢」與「良史之辭」語義上仍大有距離，難以合掌。至多只能認定「飛馳之勢」在此可用以形容「良史之辭」流傳聲名於後世的巨大作用；也就是將此二句透過「互文足義」拼合，解作「不假託良史之辭（之）飛馳之勢」。

最後我們得出結論：「飛馳之勢」無論解作「指德高望重之人」或解作「史冊流傳聲名的作用」，都遠較「指高官顯宦」更為合理。

八、「自見」、「不自見」的糾葛以及化解之道

文中共三處出現「自見」，依序是：

①夫人善於自見，而文非一體，鮮能備善，是以各以所長，相輕所短。

②里語曰：「家有敝帚，享之千金。」斯不自見之患也。

③常人貴遠賤近，向聲背實，又患闇於自見，謂己為賢。

三個「自見」出入於肯定、否定之間，也徘徊於同義、異義之間，以致形成一道難解的閱讀障礙。錢鍾書《管錐編・全三國文》也發現此一問題，但認為「語若刺背（矛盾），理實圓成」，便站從「理」（主要是哲理而非文理）的高度加以疏解。錢氏展現學貫中西的博雅，徵引繁富，從《論語》到《圓覺經》，從西諺到西哲，從荀子到楊萬里，漪歟盛哉，而真正觸及「自見」的，只在開端與結論。開端說：

> 「善於自見」適即「闇於自見」或「不自見之患」，「善自見」而矜「所長」與「闇自見」而誇「己賢」，事不矛盾，所從言之異路耳。

意謂「自見」云云與「不自見（闇自見）」云云是從不同觀點所作的論斷，看似矛盾，實不矛盾。至於「自見」這個關鍵詞的義涵，錢氏直到結論才微露其意：

> 「善於自見」己之長，因而「闇於自見」己之短，猶悟與障，見與蔽，相反相成。

言下之意，「善於自見己之長」與「闇於自見己之短」屬一體之二面，彼此互相補充；而從「闇於自見己之短」又可類推出「不自見己之短」（錢氏以「闇於自見」等同「不自見」，見前引「開端」）。由此可知錢氏對「自見」的詮解，大致步驟如下：首先，將「自見」依所處句子語氣的肯定或否定分成二類；其次，將「自見」解作「看見自己」，「不自見」是「看不見自己」；最後，採增字為訓的方式，將肯定句的「自見」解作「自見其長」，否定句的「自見」解作「自見其短」。

錢氏以此「圓成」令人困擾的「自見」與「不自見」的「刺背」，與羅根澤《魏晉六朝文學批評史》英雄所見略同。羅氏在第七章〈鑑賞論〉中認為「闇於自見，謂己為賢」這種批評上的蔽障，是曹丕的一大發現；至於「闇於自見」與「善於自見」的糾葛，羅氏如此化解：「彼謂闇於自見『其短』，此謂善於自見『其長』。」

也有人不採取這種增字為訓的解法，直接將「自見」視為一詞多義。一詞多義就作者而言是「隨文賦義」，就讀者而言是「依文釋義」。此處對「自見」的依文釋義可有多途，但較常見也較可取的只有一種。作法是先從句子的肯定或否定將「自見」分成二類：「善於自見」一類，「不自見」與「闇於自見」又一類。依此再將「自見」分成二義：前者用通假義（嚴格說來「見」為「現」的初文，二者為古今字關係而非通假關係），解作「表現自我」或「炫耀自己」，帶貶義色彩；後者解作「自知」，隱含「自知之明」，帶褒義。

「增字為訓」或「依文釋義」二種解法，都有訓詁學的依據，也都不背離論旨，但前者比較能接通上下文。尤以①②為然。①「自見（其長）」正可照應下文「各以所長」的「所長」，而②「不自見（其短）」也可照應上文「家有敝帚」的「敝帚」。這裡另須補充說明的有二點：

其一、文中三處「自見」一旦孤立起來看，就會糾纏不清；宜連同所屬的詞語結構視為一體，從而劃分出肯定語氣、否定語氣二類；肯定的即①「善於自見」，否定的即②「不自見」與③「闇於自見」（「闇」者不明也，是否定性的表意）。解讀時，甚至可將「闇於自見」直接併入「不自見」之中，以減少字面紛歧所形成的干擾。

其二、與「自見」相對而互補的概念「見人（看見別人）」，雖未明言，解讀時適時引入腦海中，則語意更完整，理解更透澈：①「善於自見」也意味著「不善於見人」；②「不自見之患」意包「不見人之患」；③「闇於自見」意包「闇於見人」。

九、「文人相輕」的古義與古道

且看《典論・論文》開頭一節文字：

> 文人相輕，自古而然。傅毅之於班固，伯仲之間耳，而固小之，與弟超書曰：「武仲以能屬文為蘭臺令史。下筆不能自休。」夫人善於自見，而文非一體，鮮能備善，是以各以所長，相輕所短。

作者環繞著「文人相輕」的論點，先舉出事實以證明此一現象的存在，再從事理上推論此一現象的成因。整個論證形式堪稱完整，有人卻看出其中邏輯有問題：

開頭說「文人相輕，自古而然」。而舉證古人，只有班固輕傅毅，而沒有傅毅輕班固，這就談不上「相輕」，因此「各以所長，相輕所短」的推論實是憑空添出的。

（劉衍文、劉永翔《文學鑑賞論》頁二六七，洪葉文化公司）

這是誤解「相輕」所導致的誤讀。「相輕」一詞致誤的關鍵端在「相」，就從「相」這個文言虛詞說起。「相」用在動詞前，無非是表示動作行為之間的施受關係；這些關係大致可分為四種：

(1)表示雙方一來一往的互動，屬「雙向」關係，可用「甲⇅乙」表示。例如：「同是天涯淪落人，相逢何必曾相識。」（白居易〈琵琶行〉）此一用法的「相」，義即「互相」、「彼此」。白話保留的主要是這種用法。

(2)表示動作只涉及一方，屬「單向」關係，可用「甲→乙」表示。例如：「兒童相見不相識，笑問客從何處來。」（賀知章〈回鄉偶書〉）這種「相」具有指代作用，常語譯作「你」、「我」、「他」而置於動詞後。「相見不相識」可譯為「見了我不認識我」。白話中偶有這種用法，如「不敢相瞞」；有時「相」與代詞同時出現，形成疊床架屋的詞語結構，如「我不相信他」。

(3)表示同一行為由不同的施事者前後接續施行，可用「甲→乙→丙→丁……」表示。例如：「天下者，高祖天下，父子相傳，此漢之約也。」（《史記・魏其武安侯列傳》）此一用法的「相」，義即「遞相」、「一個接一個」。白話只見諸成語，如「代代相傳」、「絡繹相屬」、「相沿成習」。

(4)表示同一行為由不同的施事者共同施行，可用「甲、乙、丙、丁……」表示。例如：「〔其妻〕與其妾訕其良人，而相泣於中庭。」（《孟子・離婁下》）此一用法的「相」，義即「一起」、「共同」。「相泣」可譯作「一起哭」或「哭成一團」或「同聲哭泣」。這種「相」的複音形式是「相與」，例如「飛鳥相與還」、「奇文共欣賞，疑義相與析」。但無論「相」或「相與」，白話本身皆無此用法。

以上四種「相」的用法都單純，彼此之間界限也清晰，不致混淆。但另有一種「相」的用法，既特殊又複雜，兼具前四者兩種以上的用法。這種「相」所出現的句子有一重大特徵：其主語若非集合名詞，即屬多數形態。舉例說明如下：

①巫醫、樂師、百工之人，不恥相師。（韓愈〈師說〉）

——主語中並列的三名詞都是對某一行業的總稱，屬集合名詞。「相師」所指的「師（拜師學習）」這種行為的互動關係頗為複雜，除了第(1)種關係不可能以外，(2)、(3)、(4)都有可能。因此不宜理解、語譯作「互相拜師學習」，宜作「向同行拜師學習」或「同行之間彼此取法學習」。

②臣以為布衣之交尚不相欺，況大國乎！（《史記・廉頗藺相如列傳》）

——主語「布衣之交」的「布衣」指平民大眾，是集合名詞，「相欺」的互動關係，可以是「甲欺乙，乙也欺甲」，也可以是「甲欺乙，乙並不欺甲」，更可以是「甲欺乙，乙則欺其他人」或者「甲、乙、丙等同欺丁一人」，也就是至少包括第⑴、⑵、⑷等三種「相」的用法。理解、語譯時可作「欺騙人」或「騙來騙去」；若作「互相欺騙」則與第⑴種「相」無法區別，也不精確。

③子犯、子輿、子犁、子來……四人相視而笑，莫逆於心。（《莊子．大宗師》）

——「四人」是多數，因此其中「相視」的情況也就不單純，至少包括⑴、⑵、⑷三種，可籠統理解作「對看」或「大家你看我，我看你」。

④幽、冀大饑，人相食，邑落蕭條。（《資治通鑑．晉紀．孝武帝太元十年》）

——「人相食」的慘狀，只可能指⑵、⑷二種情況，不宜理解、語譯作「人們互相吃」，宜作「人吃人」。事實上某些史書記載這種事就用「人食人」，省卻「相」字的糾葛，較接近白話語法。《資治通鑑》另有「父子相食」、「夫婦相食」的記載，「父子」、「夫婦」都是泛稱，屬集合名詞，也只能理解、語譯作「有父親吃兒子的，也有兒子吃父親的」、「有丈夫吃妻子的，也有妻子吃丈夫的」。畢竟任何時代、任何情況、任何人「相食」，再如何悲慘也不可能「互相吃對方」。

全面掌握「相」的虛詞用法後，就可以回頭檢視「文人相輕」。「文人」屬集合名詞，「相輕」不可能只指第⑴種情況的互動，也應包括⑵、⑷二種；曹丕所舉「班固輕傅毅」的情況屬第⑵種，邏輯上、文意上都不成問題。設若曹丕一開始提的不是「文人相輕」，而是「班固與傅毅相輕」，此「相輕」才會限縮在第(1)種情況，指班、傅二人「互相輕視對方」，所舉事證也就不能只見班固「小」傅毅，還須有傅毅「小」班固，一如《文學鑑賞論》之所指陳那樣。

由於「相」在白話中的主要用法就是「互相」，而從單音詞的「相」轉換成雙音詞的「互相」又最簡便，現代人讀古文，一見帶「相」的動作行為，往往不及細察就直接以「互相」置換「相」。於是「文人相輕」就變成「文人互相輕視對方」，導致整個思惟都遭先入為主的「互相」所困限而難以自拔，這全是「以今（義）律古（義）」惹的禍。然而解讀這一類「相」，固然不可被「互相」所限，卻也不可全然跳脫「互相」。質言之，「相」須活看。對「文人相輕」最活化的理解、語譯，應是「文人輕視文人」；至若「文人互相輕視」，則既僵硬又易致誤解，並非善解善譯。下文「斯七子者……以此相服，亦良難矣」，其中「相服」也可作如是觀。

「文人相輕」的句式與提法，與後人所謂的「同行相忌」或「同業相仇」頗為類似。不只「相」的用法全同，「相輕」與「相忌」、「相仇」這些行為背後的因素也大致相同——來自於「惡性競爭」。所以無論相輕或相忌、相仇，必是發生於同時代人之間，所謂「同時者娼（嫉妒），異時者慕」。不同之處有二：其一、同行同業者所爭在利，而文人主要是相爭曹丕所謂的「聲名」（包括當世之名與歿世之名）。其二、文人之所以相輕常緣於自恃其才的心態，曹丕所謂「自以（自認為）騁驥騄於千里，仰齊足而並馳」、「謂己為賢」；而同行之人相忌相仇的結果，常是恃「財」者勝，所謂「長袖善舞，多錢善賈」。不過，「才」與「財」的差異到了文壇市場化、秀場化而作品商品化的今天，已沆瀣一氣，「文人相輕」因此發生質變，導致文品日下，文人「相忌」、「相仇」的市儈景象隨處可見。「同行是冤家」完全適用於今之文人。

由此觀之，當年曹丕所指稱的「文人相輕，自古而然」，今天有人還動輒續之以「於今為烈」，恐不符實情。因為盜亦有道，而文人相輕的「古道」早已「於今不存」。林語堂說：「文人好相輕，與女子互相評頭品足相同。」那指的是古風猶存的文人以及舊社會的婦女。如今新時代的女性已能與男性「仰齊足而並馳」，加入文人行列去以才「相輕」，或在各行各業中以財「相忌」、「相仇」，也都不成問題。

最後仍須強調、提醒的，這裡所謂文人「相輕」、「相忌」、「相仇」的「相」是包括前揭第(1)、(2)、(4)三種「相」；換言之，「互相」只是其中的一小部分而已。

二〇一〇年七月

古文新解新得之二

——陶淵明〈桃花源記〉

標題索引

一、〈記〉優於〈詩〉的關鍵

陶淵明以桃花源為題材，寫有一詩一記傳世；千餘年來〈桃花源記〉光焰萬丈，〈桃花源詩〉則黯淡無光。被選入中學課本的，無論是此間的「國文」，還是對岸的「語文」、香港的「中國語文」，全皆只見記不見詩，詩受到最好的待遇是作為記的附庸被帶進來。陶淵明以詩名家，自己與自己競寫，居然詩不如文；此中關鍵何在，值得探析。

〈桃花源記〉一般人耳熟能詳，〈桃花源詩〉則罕為人知（其知名度甚且不及王維〈桃源行〉這

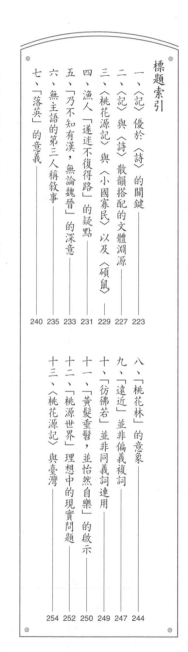

篇襲擬之作）；茲錄其詩於下，藉便比對：

嬴氏亂天紀，賢者避其世。黃綺之商山，伊人亦云逝。
往迹浸復湮，來逕遂蕪廢。相命肆農耕，日入從所憩。
桑竹垂餘蔭，菽稷隨時藝。春蠶收長絲，秋熟靡王稅。
荒路曖交通，雞犬互鳴吠。俎豆猶古法，衣裳無新製。
童孺縱行歌，班白歡游詣。草榮識節和，木衰知風厲。
雖無紀曆誌，四時自成歲。怡然有餘樂，于何勞智慧！
奇蹤隱五百，一朝敞神界。淳薄既異源，旋復還幽蔽。
借問游方士，焉測塵囂外？願言躡輕風，高舉尋吾契。

（秦王朝攪亂了皇天的秩序，賢人就去避世隱居。夏黃公、綺里季去了商山，這些人也就前往到桃花源裡。往日的行蹤漸漸湮沒，進來的小路於是荒廢。互相招呼致力農耕，太陽下山便同去休息。桑樹竹林投下陰影，豆子高粱按時種入地裡。春天養蠶收得長絲，秋穀成熟不須交王稅。小路幽徑供往來，家家互相聽得雞叫狗吠。祭祀還是遵循古禮，衣裳沒有新的款式。小孩縱情來歌唱，老人歡樂去遊憩。芳草開花識季暖，樹葉凋落知風厲。雖然沒有備曆書，春夏秋冬自成歲。怡然自得多歡樂，為何要去勞心機！奇事隱蔽五百年，一旦敞開境界奇。淳厚輕薄不同源，敞開立即又隱蔽。請問塵世庸俗人，哪知世外如此美？願乘輕風離塵世，遠走高飛尋知己。——白話譯文錄自三民書局《新譯陶淵明集》。）

從故事內容比較〈詩〉與〈記〉，我們有一重大發現：詩中漁人不見了。

由於詩中少了漁人引導讀者進出桃花源，遂使得作者（敘事者）必須跳出來，親自帶領讀者闖入他自己所創造的世界。於是乎主觀的、概括說明式的「講述」，取代了客觀的具體「呈現」，自始至終看不到任何戲劇性場面，人物形象更是一片模糊，完全激不起讀者的好奇心與想像力。詩中只見作者的議論與唱嘆充斥其間，馴致「避亂世，尋樂土」的主題也是作者直接點出，而非如〈記〉般交由村中人向漁人道出，再讓讀者側聞得知。「詩貴蘊藉」的思致到此蕩然無存。不止此也，少了漁人，也就少了洞口那片迷人的桃花林，少了那趟曲折而具懸念的桃花源發現之旅，更少了再訪桃花源而不可得的悵惘。結果是桃源世界的神祕感、朦朧之美，全隨著漁人之不見而不見了。

劉熙載《藝概》稱「文善醒，詩善醉」，然而我們看此一文一詩的桃源世界，令人陶醉而神往不已的卻在〈記〉不在〈詩〉。不過也必須認清：〈桃花源記〉並非普通的文，而是虛構性極強的一種敘事文類。梁啟超〈陶淵明之文藝及其品格〉說〈桃花源記〉「是唐以前第一篇小說」，胡適〈論短篇小說〉更稱許為「用心結構的短篇小說」。如何「用心結構」？我們認為主要表現在敘事策略上。首先，作者選定洞外人——漁人——作為「視點人物」來見證桃源世界的存在，這是成功的第一步；接著更壓抑敘事者（作者）「全知」的能力，全程只從漁人「限知」的觀點展開敘事：一切以漁人之眼去看、漁人之耳去聽、漁人之心去感知；沒有作者橫亙在形象世界與讀者之間，讀者可直接隨著漁人進出桃花源，有了參與感，一切就變得親切而真實。

由此可見視點人物的選擇，常決定了敘事的藝術效果及讀者的審美感受。〈桃花源記〉之後的文言短篇小說，例如《聊齋誌異》中的〈勞山道士〉，蒲松齡正是藉由旁觀者王姓書生之眼，見出勞山道士之神異。藉凡人看異人，手法恰如〈桃花源記〉藉洞外人看洞內人。白話古典小說中，《紅樓夢》第四十回安排劉姥姥進賈府遊大觀園，雖採全知敘事，但劉姥姥這一對眼睛卻是作者從府外引進的旁觀之眼，藉以側寫府內的豪奢，並預卜其衰敗。白話現代小說則不妨看魯迅的〈孔乙己〉，小說中的「我」並非主人公孔乙己，而是酒店中十二歲的小伙計；作者將孔乙己的善良、寒酸、猥瑣、滑稽，以及社會的冷酷，全交由一個尚未社會化的小孩來冷眼旁觀、冷言敘事。無形中讓讀者擁有了較靈活的想像、論斷空間。又何只小說，詩中敘事若選對了視點人物，也常有出奇的效果。鄭愁予的〈錯誤〉用第一人稱旁觀敘事以側寫現代思婦，成為古今閨怨詩中的絕唱，正是得力於此。

漁人對桃花源的邂逅相遇，後人常稱之為「武陵人誤入桃源」。這種「誤」，就小說藝術的審美效應言之，還真是「美麗的錯誤」。世上有關這類美麗世界的故事，少了外來者的「誤入」，幾乎都美麗不起來。劉義慶《幽明錄》中的〈劉晨阮肇〉之所以引人入勝，在所有「入山遇仙」故事中最富盛名，「誤入」情節之曲折離奇，功不可沒。而誤入者也如漁人般成了典故，常以「劉阮」、「劉郎」、「前度劉郎」出沒詩文之中。豐子愷寫有揭示美麗世界的童話故事二篇：〈赤心國〉與〈明心國〉，均安排現實世界的人來誤入桃源，前者是一名軍官，後者為音樂教師。再如西洋小說，詹姆士・希爾頓的《失去的地平線》(曾二度被美國好萊塢改編為電影,一九三七年那一次中文譯名「桃源豔迹」),更連上華人的桃源情結),也是因飛機載運乘客「誤入」香格里拉,才帶出美麗世界中的動人故事。至今仍深深影響著現實世界,中國西南因此而興起一股尋找「香格里拉」的熱潮,雲南也真的出現這個新地名,恍如古代「桃源」地名的翻版。

對〈桃花源記〉了解愈深,愈覺其中漁人角色的不可或缺。有人因此重編桃源故事,將漁人捧為主角,甚至讓陶淵明當漁人,如雜劇劇本,明人有《武陵春》、清人有《桃源漁父》、《醉桃源》;傳奇劇本,清人有《桃花源》;至於現代舞臺劇本則有張曉風《武陵人》。吾人也認為漁人之遊歷確是〈桃花源記〉的情節主線。就這個角度言,將此一寓言性質的小說在文學類型上定位為「遊記體小說」或「想像的遊記」,似亦無不可。

二、〈記〉與〈詩〉散韻搭配的文體淵源

學界對〈記〉與〈詩〉的搭配關係,看法分歧:一是認為〈記〉是主體,〈詩〉只是附件,題目要稱作「桃花源記并詩」;二是倒轉過來,題目也改為「桃花源詩并記」。其實〈記〉與〈詩〉能各自獨立成篇,追究孰先孰後並無多大意義。值得注意的,是這種韻、散搭配以寫同一題材且內容重複的作法,自陶淵明開其端後,後繼乏人,直到中唐傳奇盛行的時代,才又因緣際會,形成風潮。但都是二人合寫,如白居易寫〈長恨歌〉,陳鴻配合寫〈長恨歌傳〉;再如張生與崔鶯鶯故事,由李

紳與元稹合作，一人寫〈鶯鶯歌〉，一人寫〈鶯鶯傳〉；又據宋人許顗《許彥周詩話》，妓女李娃與鄭生的戀愛故事，元稹與人合作，負責的卻是韻文的〈李娃行〉，而由白行簡寫散文的〈李娃傳〉（其後〈李娃傳〉行世，〈李娃行〉亡佚）。

雖然在陶淵明之前，文壇上曾出現同一人作品而「詩賦同題」的情況，例如曹丕、曹植各自作有〈寡婦詩〉與〈寡婦賦〉。但詩與賦同屬韻文，形式相近，其開創意義無法與「詩記同題」相提並論。就陶淵明所處時代的文學風潮看，這種一韻一散的搭配模式，受到外來佛經文體的影響，遠大於本土「詩賦同題」的影響。

佛經的行文體制，最典型的便是散、韻合體——散，稱作「長行」；韻，稱作「偈頌」——長行在前，偈頌居後，而後者只是重複前者的內容稍加渲染而已，故也稱作「重頌（重，重複）」或「應頌（應，呼應）」。例如著名的《妙法蓮華經》，每在一節散文敘述之後，又以韻文複頌一遍，並用如下的套語作過渡：「世尊（或某某）欲重宣此義，而說偈云」。佛經與〈桃花源記并詩〉（或〈桃花源詩并記〉）不同之處在於佛經是散與韻「合體」，二者難以分割；而〈記〉、〈詩〉只是散與韻的配合，彼此不相統屬，可獨立成篇。而更值得注意的是二者相同之處：佛經中的長行多用於敘事，較具體，偈頌多用於說理，較抽象；〈記〉之與〈詩〉也正是如此。

湯用彤《魏晉玄學論稿》稱東晉為「佛學時期」，陶淵明又與高僧慧遠過從甚密，接觸佛經時受到啟發而創出〈記〉、〈詩〉搭配的新文類，應屬合理的推測。

三、〈桃花源記〉與〈小國寡民〉以及〈碩鼠〉

〈桃花源記〉有「雞犬相聞」一語出自《老子．小國寡民》，但只是作家修辭上的運典而已，看不出其中有何思想淵源。卻有不少學者藉此摸索前進而有所發現，一談到〈桃花源記〉就抬出〈小國寡民〉，甚至將二者的社會圖像、政治理念劃上等號。於是學界就出現如此一種論調：「〈桃花源記〉所表達的社會理想，不脫老子〈小國寡民〉的復古倒退思想。」

吾人不妨先檢視《老子》對「小國寡民」的論述：

小國寡民，使有什伯之器而不用，使民重死而不遠徙。雖有舟輿，無所乘之；雖有甲兵，無所陳之；使民復結繩而用之。甘其食，美其服，安其居，樂其俗。鄰國相望，雞犬之聲相聞，民至老死不相往來。

（在國家小人民少的情況下，君主施政，使人民有各種兵器而不必用，使人民珍惜生命而不向遠處遷徙。那麼人民雖有船有車，卻沒機會乘坐；雖有武器，也沒機會使用。君主使人民回到沒有文字的時代，再用結繩來記事。那麼人民無知無欲，便會認為他們的食物香甜，衣服漂亮，住所舒適，風俗稱心。儘管國與國彼此看得見對方，也聽得到雞鳴犬吠的聲音，但是人民直到老死，也不必互相往來。）

其中與〈桃花源記〉最根本的差異，在於這種烏托邦不只有國家組織，更有一個理想性格強烈的統治者，而且他擁有極大的權力或政治魅力，能「使民」怎樣或不怎樣，連廢除文字，讓文明倒退都能遂行其意志。這樣的國度，最大特色便是人民思想行動的一致性，其型態必須是「小國寡民」；如此一來，天下勢必小國林立，而小國一林立，則國際關係趨於複雜，紛爭在所難免。這樣的結果是老子不想要的，如何避免？天真的老子想到的是讓國與國之間「不相往來」，藉著「不相往來」使每一個小國都自成「絕境」，斷絕一切國際關係，便可斷絕紛爭，消弭戰爭（「雖有甲兵，無所陳之」）。然而客觀上明明「雞犬之聲相聞」，主觀上卻要「老死不相往來」，這就太一廂情願、太不切實際了。除非像桃花源那樣，客觀上有地理環境來與世隔絕（「來此絕境，不復出焉，遂與外人間隔」），才可能全面落實「不相往來」的願望，且可以不往來幾百年，直到漁人闖入才遭破壞。

如果說《老子・小國寡民》是「復古倒退思想」，只想回到無知無識無文明的「上古」，那麼陶淵明〈桃花源記〉則是隔離「當代」，自成一個小天下，裡面無國無君無任何國際之關係。「小國寡民」云云，對桃源中人其實不具意義。試以佛法為喻，〈小國寡民〉是「有」中求解脫，〈桃花源記〉則在「無」中得寂靜。二者思想內容的差異，顯而易見。

令人不解的，長久以來學者爭相拉著陶淵明向老子朝聖，而罕見有人從上古文學作品中，探尋桃源故事的可能來源。比如《詩經・碩鼠》，其故事內容、主題思想，都比〈小國寡民〉更能與〈桃花源記〉相應：

碩鼠碩鼠，無食我黍！三歲貫女，莫我肯顧。逝將去女，適彼樂土。樂土樂土，爰得我所。

碩鼠碩鼠，無食我麥！三歲貫女，莫我肯德。逝將去女，適彼樂國。樂國樂國，爰得我直。
碩鼠碩鼠，無食我苗！三歲貫女，莫我肯勞。逝將去女，適彼樂郊。樂郊樂郊，誰之永號？

（大田鼠啊大田鼠，從今別想再吃我們的黃黍！多少年來全心伺候你，我們的死活你全不顧。決心遠離萬惡的你，去到我們嚮往的樂土。嚮往的樂土，在那裡才能找到幸福。

大田鼠啊大田鼠，從今別想再吃我們的麥！多少年來全心伺候你，你自私自利不知好歹。決心遠離萬惡的你，去到我們嚮往的所在。嚮往的所在，在那裡逍遙又自在。

大田鼠啊大田鼠，從今別想再吃我們的穀！多少年來全心伺候你，你全不感念我們辛苦。決心遠離萬惡的你，去到我們嚮往的國度。嚮往的國度，在那裡人們不哀號，因為滿足。）

全詩取以為比的「碩鼠」，王夫之認為就是「鼫（ㄕˊ）鼠」，今稱「田鼠」。詩人以田鼠偷吃農田中的作物，影射統治者對人民無盡的剝削、迫害。人民吶喊、哀求、詛咒都不靈，控訴又無門，只能在消極反抗中積極求自救，於是「逝將去女，適彼樂土」遂成了唯一的選擇。若將全詩高昂激烈的情緒一一化作具體的情節與場面，則桃源故事中人民為避「秦亂」、「王稅」而進入「絕境」永享安樂，無異歷史之重演；說〈桃花源記〉以〈碩鼠〉為母題，亦不為過。二者最大的不同只在文學體式，一為抒情的比體詩，一為敘事性的寓言體小說。

四、漁人「遂迷不復得路」的疑點

李白有〈桃源〉詩云：

露暗烟濃草色新，一番流水滿溪春。可憐漁父重來訪，只見桃花不見人。

著一「可憐（意即可惜、可嘆）」，足見詩人對漁人的去而復返並無讚同之意。然而後世頗有人讀〈桃花源記〉讀到漁人重訪而「遂迷不復得路」，悵惘之餘不免就疑竇叢生，甚至認真地檢查起文章內容來：漁人出洞後既已「處處誌之」，則所作記號不可謂不周詳；再來時「尋向所誌」，如何可能「迷不復得路」？百思不得其解，遂決定釜底抽薪，對文章下手，說：

如果把「處處誌之」四個字去掉，當作漁人忘了作記號，結果找不到，這樣，疑問就不再發生。

（林鍾隆〈桃花源記讀講〉）

文言短篇小說重視章法結構，情節的推展必有來龍去脈，且常以伏筆遙相照應；讀者進入小說的世界須綜覽全局，不可見樹不見林。以「遂迷不復得路」的結局而言，遠從入洞前「緣溪行，忘路之遠近」、「山有小口，彷彿若有光」，到入洞後「此中人語云：『不足為外人道也。』」都是作者預留的伏筆；作者在文章的線索上如此地「處處誌之」，目的就在告訴讀者：結局的不圓滿（對漁人而言）其來有自，且勢所必至。就中尤以「此中人語云：『不足為外人道也。』」居於關鍵地位，不可等閒放過。

桃源世界之遭漁人闖入，猶如今日地球之有外星人降臨；此事非同小可，一旦處置失當，不只愧對祖先，更禍延子孫。「不足為外人道也」表面說得委婉，骨子裡的意思是：「我們不想與外邊混亂的世界打交道，你出去後務必替我們保密！」可想而知，在說這話之前漁人「停數日」期間，村中長老一定已會商出對策。他們是住在祥和世界的人，基於和平原則，不能不讓漁人「辭去」；為了安全，又不能不預作防範。於是派人尾隨出洞，發現漁人「處處誌之」就「處處毀其誌」，甚乃「亂其誌」。這一帶本就容易迷路——所謂「忘路之遠近」——如此一來更令人「迷不復得路」了。這一切，作者（敘事者）皆了然在心，但由於整個故事是交給漁人去帶，凡漁人未聞未見的，作者就不便現身插話，只能藉伏筆暗示，而留下想像空間讓讀者自行「再創造」，從而滿足了讀者「自得」的審美心理。

由此觀之，結局的疑點恰是優點。此一優點全因採用了第三人稱旁觀的「限知」視角，乃得以展現；陶淵明敘事策略之高超，又得一明證。

五、「乃不知有漢，無論魏晉」的深意

「乃不知有漢，無論魏晉」是漁人向村中人談及洞外世界時，對村中人的觀感。「乃」是竟然的意思，表示漁人頗訝異於村中人與外界隔絕之久。至於有無其他言外之意，吾人連繫上下文，也只看到這一層意思：外界朝代更迭頻仍，人民平時被剝削、被壓迫，亂時又淪為群雄爭奪的戰利品，是多麼不幸；而村中人活在無戰亂、無苛政的寧靜世界，又是何其有幸。

然而後世讀者對這句話特別敏感，總想從中讀出作者的政治立場——究竟是如明朝黃文煥所說

的「憤宋（痛恨劉裕之篡晉自立）」，抑或如南宋辛棄疾所說的「都無晉宋之間事，自是羲皇以上人（超越晉宋，直追上古淳樸之世）」？二派意見千百年來聚訟不已。吾人大可將此一問題丟回給陶淵明，讓他自己透過「文本互涉」來以詩證記。〈詩〉曰：「春蠶收長絲，秋熟靡王稅（靡，沒有）。」原來他理想的國度是不用納稅的，不納稅表示沒有政府，沒有政府就不會有政權之爭奪，就不會一再出現「興，百姓苦；亡，百姓苦」這種循環不已的歷史磨道（磨道是牲口推磨時的走道，比喻循環反覆的歷史現象，見白盾著《歷史的磨道》）。

這是釜底抽薪式的一種政治思想。「乃不知有漢，無論魏晉」的深層意涵在此。此外，〈詩〉中也有一句「無紀曆誌（沒有曆書的頒布）」，透出類似訊息。而〈記〉中象徵政治勢力的郡太守進不了桃花源，更是「不知有漢，無論魏晉」的最後保障與最佳保證。誠如蘇軾〈和桃花源詩引〉所言：「使武陵太守得而至焉，則已化為爭奪場久矣。」

後世文人對桃源故事的襲擬或踵事增華，就數王安石〈桃源行〉能深入其境，發揮「靡王稅」的精義：

兒孫生長與世隔，雖有父子無君臣。

證諸歷史，陶淵明所處的時代，也確實興起過無政府主義的思潮。例如阮籍〈大人先生傳〉，希望社會回到「無君無臣無貴無賤」的狀態；又如鮑敬言，其相關著作雖已散佚，而「非君」思想則因遭受詰難而得以倖存於葛洪《抱朴子・詰鮑篇》中（詳見劉大杰《魏晉思想論・魏晉時代的政治思想》）。

六、無主語的第三人稱敘事

漁人入村後與村中人頻繁的互動、對話，作者採取節奏明快、語句簡短的文字加以敘述，其中句子主語多所省略（以〔 〕表示，而標點採一句一主語，換句即表示作者改變視角）：

〔 〕見漁人，乃大驚，問所從來。〔 〕具答之。〔 〕便要還家，設酒、殺雞、作食。村中聞有此人，咸來問訊；自云先世避秦時亂，率妻子、邑人來此絕境，不復出焉，遂與外人間隔。〔 〕問今是何世。〔 〕乃不知有漢，無論魏、晉。此人一一為具言所聞。〔 〕皆歎惋。餘人各復延至其家，皆出酒食。〔 〕停數日，辭去。此中人語云：「不足為外人道也。」

清人林雲銘讀到此處，見無主語的句子不斷冒出，而敘述的視角不斷轉換，忽而漁人，忽而村中人甲、村中人乙、村中人丙，眼花撩亂之餘，竟發出讚嘆，道：「數語包括無數句，非他人所能措手（意即別人辦不到）。」（見《古文析義》）林氏顯然對文言的語法特性以及古人的行文習慣，缺乏通盤了解，才會有此謬賞。

文言有一個奇特的語法現象：用作主語的人稱代詞，第一人稱有「吾、余、予、我」等，第二人稱有「女（汝）、爾、若」等，唯獨第三人稱付諸闕如。「彼」並非純正的人稱代詞，實兼具指示代詞的性質，且又帶有貶抑的感情色彩，只用於特殊語境；至於後起的、六朝常見的「渠」、「伊」，雖不帶貶義，但仍帶指示性質，且只用於較通俗、口語化的詩文、小說中。在這樣的情況下，遇到需用第三人稱主語的場合，既無代詞可用，只好用名詞；同一個名詞勢必不斷地重複出現，既嫌詞費，又擔心阻斷文氣，於是常略而不提，以求簡潔。但如果簡而無度或不得法，就易造成誤讀誤解。

上引〈桃花源記〉的一段敘述，就至少有一處無主語句引發爭議。

「〔　〕問今是何世。〔　〕乃不知有漢，無論魏晉。」二句中省略的主語，有人認為均是「村中人」；也有人主張「問」屬「漁人」，而「不知」才屬「村中人」。就文言的行文習慣及語法看，二說皆可通；就本篇文章的意脈看，則前者優於後者。因為漁人一與村中人接觸，作者便將好奇心賦予了村中人，讓他們先「大驚」，然後「問」個不停：一問「所從來（哪裡來的）」，再問「訊（外面是什麼樣的世界）」，最後問到「今是何世（外面是誰的世界，秦還在嗎）」，一路問下來，順理成章。再者，將「今是何世」交由村中人發問，正可表現出他們因與外界隔絕太久而急欲求知的情狀。

從整段文字觀察，此處的歧解、誤解，不只是由於第三人稱無主語句的泛濫，更肇因於敘述的視角不斷暗中轉換，恍如電影鏡頭，在不同人物身上跳來跳去，不免讓人眼花撩亂，難以定神聚焦。麻煩的是文言的世界裡，這種雙重的閱讀障礙所在多有，讀者不可不察。在記敘文中尤其常見，〈桃花源記〉之外，大家熟知的《禮記‧檀弓》「不食嗟來食」章，也出現視角轉換的無主語句句群：

> 齊大饑。黔敖為食於路，以待餓者而食之。有餓者，蒙袂輯屨，貿貿然來。黔敖左奉食，右執飲，曰：「嗟！來食！」〔　〕揚其目而視之，曰：「予唯不食嗟來之食，以至於斯也。」〔　〕從而謝焉。〔　〕終不食而死。

故事的背景很大，但上場的人物只有黔敖與餓者。我們不妨設想自己是作者在記載此事，當提到「黔敖」與「餓者」輪番出現動作、對話時，除了一再重複名詞外，可有他法？也只有省略一途了。作者採取了前半不省後半全省的做法，〔 〕中被省略的名詞主語，依序是「餓者」、「黔敖」、「餓者」；儘管視角換來換去，仍不難根據句子述語所表示的行為：「揚其目」、「謝（道歉）」、「不食」，一一補出被省略的主語。

可見只要敘事邏輯清晰、筆法俐落，無主語句並不會構成太大的閱讀障礙；反之，則難免誤讀。試觀韓愈〈祭十二郎文〉：

吾少孤，及長，不省所怙，惟兄嫂是依。中年，兄歿南方；吾與汝俱幼，從嫂歸葬河陽。

我們從「吾少孤……」一路讀下來，到「中年，兄歿南方」，鮮少有人不誤讀作「〔及吾〕中年〔時〕，兄歿南方」；直到下文出現「吾與汝俱幼」，始知「中年」的主語是下文的「兄」，而非上文的「吾」。這嚴重違反行文邏輯，誤導了讀者的思路。其實作者此文本屬第一人稱夾帶第二人稱的敘事觀點，只因提及第三者時賣弄了句法，不說「兄以中年歿於南方」，刻意話分二截，說成「中年，兄歿南方」，一有主語，一無主語，致生此障。此非文言之罪，乃作者之過。有趣的是韓愈這種觀點混亂的語病，直到今天仍幽魂不散；筆者就不止一次在學生為升學所寫的自傳中讀到，例如：「我生在書香之家，爸爸從小就教我背唐詩，寫書法。」

清人蔣士銓〈鳴機夜課圖記〉一連串的無主語句，則換觀點而不致於亂，最足為法：

先府君苟有過，母必正言婉規；〔①〕或怒不聽，則〔②〕必屏息，俟〔③〕怒少解，〔④〕復力爭之，〔⑤〕聽而後〔⑥〕止。

由於作者不賣弄句法，敘事有條不紊，其所省略的主語，望而即知是「先府君」與「母」交替出現：①③⑤為「先府君」，②④⑥為「母」。

儘管如此，對活在白話文世界的現代人而言，第三人稱無主語句仍是文言閱讀的一大障礙。因為在白話，行文時習慣省略的代詞主語是第一人稱「我」，至於第三人稱反而以不省為原則。古今差異如此，今人閱讀古文遇到無主語的句子常就難免「以今律古」，張冠而李戴。前引〈桃花源記〉中的文字，緊接「問今是何世……無論魏晉」之後的二句：「此人一一為具言所聞。皆歎惋。」上一句有主語「此人（指漁人）」，下一句則為無主語句，理解時應補入「村中人」。有人卻認為二句皆有主語，硬把上一句的賓語「所聞」拉下來充當下一句的主語，並說：「所聞，等於說『聞者』；好比親近的人，古文常用『所親』。」（見《國語日報．古今文選》）文言中「所親」與「親者」其實並非同義語，「所親」意為「〔他、你、我〕所親近的人」，而「親者」意指「親近〔他、你、我〕的人」，二者的稱說對象明顯不同。此所以成語「親者痛，仇者快」不說成「所親痛，所仇快」，但由於「所親」與「親者」均指人，故作主語時感覺上無甚差異，勉強也可通用。然而將「所聞」等同於「聞者」問題就大了。「所聞」指的是人所聽到的「事」，而「聞者」指聽到這事的「人」；此「皆歎惋」分明是人的行為，則主語只可能是人：「聞〔之〕者」。用「所聞」是不通的。須知「所」與動詞組合而成的「所字結構」，究是指人或指事或人、事皆可，端視動詞的動作性質而定。有的只能指人，如「所親」、「所生」、「所寵幸」、「所嬖」；有的只能指事物，如「所聞」、「所悟」、「所得」、「所學」、「所至」；有的則人事物無所不指，如「所知」、「所見」、「所愛」、「所棄」、「所夢」。讀古文不只不能「以今律古」，也須注意「以此例彼」的類推陷阱。

林雲銘乃清朝初年人，是活在文言世界的文評家，卻未察覺第三人稱無主語句是文言的常態。陶淵明在〈桃花源記〉中大量採用無主語句敘事，有幸而傳達出省淨、簡練的語言風格，也只是如實反映了文言的先天特性，並非展現什麼過人的文字工力。林氏《古文析義》評為「非他人所能措手」，恐難免盲目崇拜之嫌。

文學批評史上，此等謬賞其實所在多有。試讀下面一則宋人唐庚對桃花源〈詩〉與〈記〉的印象式評論：

> 唐人有詩云：「山僧不解數甲子，一葉落知天下秋。」乃觀陶元亮詩云：「雖無紀曆誌，四時自成歲。」便覺唐人費力。如〈桃花源記〉言「乃不知有漢，無論魏晉」，可見造語之簡妙。蓋晉人工造語，而元亮其尤也。《唐子西文錄》

「乃不知有漢，無論魏晉」堪稱一篇之警策，譽之為「簡妙」誠屬確當。但認為「雖無紀曆誌，四時自成歲」優於「山僧不解數甲子，一葉落知天下秋」，就未盡公允；批評後者「費力」更是只從簡練、概括的角度看陶詩，不符合一般人對詩歌語言的認知。從「詩是意象的語言」、「美是直覺」的角度看，唐人詩句貼近直覺，不費力；陶詩乃思辨所得，較費力。二詩所傳達出來的藝術感染力，實不可同日而語。此所以「一葉落知天下秋」為世所稱賞，至今已成名言佳句；而「雖無紀曆誌，四時自成歲」，既乏詩情，又無畫意，幾乎激不起後世任何審美的回響。

唐庚是蘇軾的小同鄉，有「小東坡」之稱，卻是如此迷戀陶淵明；大概只要陶淵明所到之處，就會被他奉為醉人的桃花源。其實他自己〈醉眠〉詩中「山靜似太古，日長如小年」就比「乃不知有漢，無論魏晉」來得「造語簡妙」；然也只是簡妙，仍達不到「山僧不解數甲子，一葉落知天下秋」的高古、靈動。此事最弔詭的是「一葉落知天下秋」的詩句本已沉埋歷史中，竟是靠著唐庚的否定而復活而重獲世人肯定而傳誦至今。

七、「落英」的意義

〈桃花源記〉以敘事為主，寫景皆移步換形，雖白描亦有可觀。值得注意的，是洞外之景寫得比洞內之景更為撩人，似乎不如此則不足以吸引漁人「復前行」。「忽逢桃花林，夾岸數百步，中無雜樹，芳草鮮美，落英繽紛」此數句，每一誦讀就讚嘆詩人用散文寫景的工力；其文句之優美，堪與南朝丘遲〈與陳伯之書〉「暮春三月，江南草長，雜花生樹，群鶯亂飛」並稱雙璧。就中「落英繽紛」尤美，有色彩有旋律，如再結合流水的意象，更是入詩入畫。所以後世詩人歌詠桃源勝境或襲擬桃源詩意的作品，常以桃花飄落水面或隨流漂盪的畫面，再現當年風光：

春來遍是桃花水，不辨仙源何處尋。（唐人王維〈桃源行〉）
桃花流水窅然去，別有天地非人間。（唐人李白〈山中問答〉）
桃花盡日逐流水，洞在清溪何處邊？（唐人張旭〈桃花溪〉）
桃花滿溪水似鏡，塵心如垢洗不去。（唐人劉禹錫〈桃源行〉）
西塞山前白鷺飛，桃花流水鱖魚肥。（唐人張志和〈漁歌子〉）
桃花流水在人世，武陵豈必皆神仙？（宋人蘇軾〈書王定國所藏煙江疊嶂圖〉）
花飛莫遣隨流水，怕有漁郎來問津。（宋人謝枋得〈慶全庵桃花〉）
桃花流水春粼粼，不識人間有戰塵。（元人張憲〈青山白雲圖〉）
數間草屋山煙靜，夾岸桃花流水香。（元人馬臻〈畫意〉）

大概在宋元以後，卻有那讀畫求甚解之人，突然發現「落英繽紛」的「落英」不是飄落之花，而是初開之花。此說一出，回響不斷，也爭議不斷。真是「風乍起，吹縐一池春水」，無端擾亂了桃源的寧靜，又破壞了畫面的美感。然而不美歸不美，基於知識求真的態度，吾人仍應嚴肅面對此一詞義歧解的現象。

此說的形成過程大致如下：

1. 先發現「落英」一詞早在〈桃花源記〉之前已見諸屈原〈離騷〉：「朝飲木蘭之墜露兮，夕餐秋菊之落英。」

2.從生活經驗中認定「秋菊」之「英」只會枯死枝頭上，不會掉落到地面；縱有掉落地面的花，以屈原之潔癖，必不屑撿食。

3.根據《爾雅．釋詁》：「初、哉、首、基、肇、祖、元、胎、俶、落、權輿，始也。」可知「落」與「初」、「始」是同義詞，則屈原愛吃的「落英」，解作「初開之花」會比「墜落之花」合理。因為只有這種嫩蕊才可口，老花難以下咽。

4.陶淵明〈桃花源記〉中的「落英」是用〈離騷〉之典，其取義也就只能是「初開之花」。

仔細檢驗其推論過程，可反駁如下：

①陶淵明之前「落英」不只出現在〈離騷〉，也出現在司馬相如〈上林賦〉：「垂條扶疏，落英幡纚（翻飛的樣子）。」以及左思〈三都賦〉：「敷蕊葳蕤，落英飄颻。」三者中語境與〈桃花源記〉相類的是後二者，其「落英」只可能指飄落的花。

②〈離騷〉是典型的「苦悶的象徵」，多採浪漫主義手法，敘事寫景常是奇情幻思的產物；自司馬遷以來，莫不知其中多比興、寄託，所謂「其文約，其辭微」、「舉類邇而見義遠」。此處「飲墜露」、「餐落英」云云，象徵的意味極濃；須知花草從來就是屈原象徵世界中的常客，他在〈離騷〉中提及「落英」之前，就先寫到自己四處栽種蘭花、蕙、辛夷、杜衡、白芷等香草，不只種類繁多，而且佔地甚廣，每樣動輒數十畝。諸如此類，一般認為寫的不是事實之真，而是情感之真。林雲銘《楚辭燈》就指出，此處用「墜」、「落」描述露珠和菊花，意在反映屈原對「已棄之餘芳」的態度，表

現出屈原人格世界中人棄我取的道德執著。

③《爾雅》「落，始也」的訓詁來自《毛詩》、《逸周書》等儒家經典，而且不是用在修飾名詞的位置（亦即不是偏正結構中的「定語（附加語）」），因此無法套用在屈原「落英」的「落」身上。再者，〈離騷〉另有二處出現「落」，作主謂結構中的謂語：「惟草木之零落兮」以及「及榮華之未落兮」，也都不是初始之意。

④且不說〈桃花源記〉中的「落英」與〈離騷〉中的「落英」並非同一種花，只如①之所述，陶淵明之前並非只有屈原用過「落英」，又何以斷定陶文非取自屈辭不可？即使果真如其所言，須知在陶淵明那個時代——甚至擴大到屈原之後、宋朝之前——未見有人將〈離騷〉的「落英」解作「初開之花」，而當時作家使用此詞，也都取其「飄落之花」的詞義。試看下列詩文句子：「憩石挹飛泉，攀林搴落英」（晉人謝靈運〈初去郡〉）、「落英凋矣，從風飄颺」（晉人潘岳〈皇女誄〉）、「白撲柳飛絮，紅浮桃落英」（唐人白居易〈春池閒泛〉），四處的「落英」無一不指飄落之花。其中白詩更與陶文同屬桃花，且是水面桃花。

綜上所述，〈桃花源記〉「落英繽紛」寫的是盛開後的桃花紛紛飄落的景象，應無可疑。退一步言，縱然「落英就是始花」的說法可以成立，我們仍認為不宜與通解並存，二說必須有所取捨。取捨的最後依據是：取其詞的常用義，捨其罕用義。以「落」言，「墜落」是常用義也是基本義，「初始」則屬罕用義；以「落英」言，「墜落的花」到處有人用，而「初開的花」則至今仍無法證實誰人用過。

這種取捨原則，其實適用於任何詩文中詞語多解的現象。有人面對「落」之為墜或為始，不作取捨，編古文選本或教科書時二說並陳，交由讀者（可能是中學生）自行決定選取哪一個「落」。不禁令人想起一個美國人在臺灣的遭遇。

美國人跟隨臺灣友人環島旅行，朋友開車，他一路看風景，也愛看招牌或交通標誌上的字，因為他是為學中文而來臺灣。行經海岸公路時他望著「小心落石」問朋友：「這『落石』想告訴我們什麼？是指石頭落了還是沒落但會落？」臺灣友人覺得他問得很逗，決定回逗他一下，一面放慢車速一面告訴美國人：「這就是中文厲害的地方。如果這裡以前曾掉下過石頭，那麼『落』就是過去式；萬一我們倒楣，車一到石頭正好砸了下來，那就是進行式；要是運氣好些，車子經過之前有石頭已經掉落地面擋在那裡，就是完成式；又幸而運氣更好，車子過後才聽到石頭掉下的巨大聲響，那對現在的我們來說，就是未來式了。中文就是這麼厲害，既靈活又便利，任何人在任何情況都不難取得他想要的意義。這還只是白話，將來你要學了文言，文言比起白話來，語法和詞義更活，更有考驗你的了。」

八、「桃花林」的意象

「落英」得解後，不妨進一步檢視「落英繽紛」所從出的那一片桃花林。為何漁人「緣溪行」

經一番迷航後，「忽逢」的會是桃花林，而非別種花林？不少人對此發出疑問，也有不少人企圖解惑，找出的答案不下六種：

1.直截了當認為漁人到的地方是桃花源，當然遇見的只會是桃花；並斥責有疑者是庸人自擾。——卻不知自己是倒果為因、捨本逐末，篇名固是有「桃花源」三字，但文中何嘗有叫「桃花源」的地方？

2.從純粹審美的角度出發，認為單棵桃樹開花不吸引人，一旦成林則「遠近蒸紅霞」的景象極其美麗壯觀，足以用來烘托此一避秦勝地。——此等見解與張潮《幽夢影》「桃以避秦人為知己」之說，蓋出於同一觀點。其實數大便是美，任何花樹只要成林便壯觀，不只桃花如此。再者，桃花源是祕境，也不須美景來襯托。

3.陶淵明鍾愛桃花。因為陶淵明本質上是詩人，詩人無不愛用桃花意象，《詩經》以來即如此：「桃之夭夭，灼灼其華」、「何彼襛矣，華如桃李」。——這未免想當然爾。陶淵明是一個不與世俗同調的高士，豈會愛上人見人愛的桃花？他最愛的毋寧是松與菊，常形諸詩文。有分詠：「秋菊有佳色，裛露掇其英」（〈飲酒〉之七）、「青松在東園，群草沒其姿」（〈飲酒〉之八）；也有合詠：「芳菊開林耀，青松冠巖列」（〈和郭主簿〉）。

4.認為桃木在中國民間及道教信仰常用來祛邪避凶：「桃者，五行之精，壓伏邪氣，制百鬼也。」（《荊楚歲時記》）而所謂仙桃更讓人「服之長生不死」（《神農本草經》）。陶淵明正是藉此文化意蘊以神化桃源世界，情況就如同任昉《述異記・武陵桃李源》中桃李的作用：「武陵源在吳中，山無他木，盡生桃李，俗呼為『桃李源』。源上有石洞，洞中有乳水。世傳秦末喪亂，吳中人於此避難，食桃李實者皆得仙。」

——這種說法出現根本上的二大謬誤。其一、陶淵明思想中並無神仙信仰。試看其〈連雨獨飲〉詩：「運生會歸盡，終古謂之然。世間有松喬（赤松子與王子喬，皆傳說中的古神仙），於今定（究竟）何聞？」對求仙長生是持懷疑態度的。其二、南朝人任昉生在陶淵明死後，只可能〈武陵桃李源〉以〈桃花源記〉為原型，斷無〈武陵桃李源〉反過來影響〈桃花源記〉之理。

5.認為「桃花林」出現在文中是用典，典出《尚書・武成》：「乃偃武修文，歸馬於華山之陽，放牛於桃林之野，示天下弗服（馭使）。」《禮記》、《史記》、《抱朴子》也有類似記載，皆指向遠離戰亂的太平景象，可讓陶淵明用來強化文章的主題思想。

——這是過度解讀。因為此一典故的重點在「歸馬」與「放牛」，不在「華山」、「桃林」；況且用典通常只表現在文句的節縮，不會複製事物、重現畫面。

6.認為「桃」諧音「陶」，所以陶淵明才選用此一樹種來標示理想世界之所在，因為此世界正是他構築出來的；而闖入此世界的「漁人」則取其「愚人」的諧音，因為他竟想引進政治勢力來破壞這個世界的美好，誠屬愚不可及。

——此說從諧音聯想的角度解讀，有其可取之處。但以「桃」諧音「陶」是指向作者，殊不知作者是故事的局外人，不屬小說中任何角色，如此取義太不合文理。較合理的諧音應是指向小說人物：諧音「逃」以指村中人的祖先「逃秦」而來此。誠所謂「齊民逃賦役，高士著幽禪」，人民面對苛政一旦忍無可忍，便只能反或逃。造反之事多載入史冊，至於逃亡則多半表現在詩文之中，如《詩經·碩鼠》與〈桃花源記〉。桃花源故事一般濃縮為「避秦」，有人稱之為「逃秦」毋寧更精準、生動。如唐人詩句：「重林將疊嶂，此處可逃秦。」蘇軾〈和桃花源詩〉也以「逃秦人」稱桃源中人。更堪玩味的，小說中桃花林出現在洞口，似是藉此「桃」暗示彼「逃」：「大家往裡逃，可避秦！」再者，「桃」、「逃」、「陶」三字中古音雖皆讀作"dau"，可互諧，但「桃」之諧「逃」另有一旁證，《詩經》「桃之夭夭」常被諧音別解作「逃之夭夭」；而「桃」之諧「陶」則似乎仍乏佐證。

儘管如此，任何言外之意的解讀，再怎麼合理也不免主觀。因此就有一派比較保守但客觀的意見，認為〈桃花源記〉中的「桃花林」，亦猶如〈五柳先生傳〉中的「五柳樹」，在取以為篇名之餘，只用來充場面，並無深意曲旨，「不求甚解」才是正解。

九、「遠近」並非偏義複詞

「緣溪行，忘路之遠近」句中的「遠近」，自來文從字順無疑義，編書的、教書的一般都不會想要處理這個詞。因為「遠近」就是「遠近」，從文言到白話都可指路程的距離，如《拍案驚奇》：「一向不曾問得仙莊在何處，有多少遠近？」後來由於國編本教師手冊用「偏義複詞」處理它，影響所及不只當時教書的、編參考書的亦步亦趨，現在編民間版課本的竟也有人貿貿然跟進，認定「遠近」義偏在「遠」，「近」只是配字，無義。

可怪的，這一派人將「忘路之遠近」全句語譯，無論譯作「忘記划了多遠」，或「忘記走了多少路」，其所把握的「遠近」意義仍是指距離，而非「遙遠（路遠）」。為何有此矛盾？應是他們認為「路之遠近」既然理解作「路有多『遠』」，則「近」為多餘，所以「遠近」屬偏義複詞。

殊不知「遠近」在特定語境中指路程，可換成「多遠」，就如同下列諸詞彙：①「長短」指長度，可換成「多長」，例如「量量看便知長短」；②「輕重」指重量，可換成「多重」，例如「他應該拈拈自己輕重」；③「大小」指年齡，可換成「多大」，例如「不在乎他年齡大小」。其他表示度量的詞彙如「高矮」、「粗細」、「寬窄」等都可作如是觀。這些全都不是偏義複詞，只是看起來形似而已。

偏義複詞中的二個詞素在字面意義上一定相反或相對，而出現在文言中又遠多於白話，加上文言語義之靈活讓現代人深具戒心，於是就會有人一碰到這種結構的複合詞，就敏感起來、興奮起來，猛往「偏義」的牛犄角鑽去。尤其是某些認真過度的國高中教師，常會對考試範圍中的教材力求「甚解」，一求甚解就難免誤解。

過去國編本高中課本有選自《三國演義》的「用奇謀孔明借箭」一課，其中有句云：

> 公今可去探他虛實，卻來回報。

句中「虛實」一詞課本注作「真實情況」，有教師就抓住注文中的「實」字，回頭扣住「虛實」的「實」，說整個複詞只「實」有意義，「虛」是配字。後來更有民間版的課本變本加厲，直接就在課本注曰：「此為偏義複詞。」其致誤之由，與「遠近」如出一轍。甚至更有人在認定「虛實」為偏義複詞之餘，詳解時又買一送一，舉出「打探動靜」的「動靜」作旁證，以強調偏義之無所不在。殊不知這個「動靜」解作情況、消息，也是從「動」與「靜」兩個詞素的意義概括而來，並沒有偏向其中任一個。似此從旁證淪為陪斬，全是對複詞的偏義現象過分偏執所致。

陶淵明「好讀書，不求甚解」，那是因為他不必為考試而讀書。他不知道後人為了考試，不斷在他「頗示已志」的文章上到處求甚解，到處搜索偏義複詞，不只從〈桃花源記〉中找到「遠近」，更能從百餘字的〈五柳先生傳〉中翻找出三個：「曾不吝情去留」的「去留」，以及「忘懷得失」的「忘懷」與「得失」。「不吝情去留」解作「不吝情〔於離〕去」猶有可說，但「忘懷得失」變成「忘失」，就只能說是偏執成疾了。

面對偏義複詞，我們誠不可視而不見，但宜審慎處理：凡是「合義（概括義）」解得通的，就不應有「偏義」的想法。就如同面對通假字，只要本字本義講得通，就不應考慮到通假義。

十、「彷彿若」並非同義詞連用

陶淵明讀書儘管不求甚解，作文則頗為用心，〈桃花源記〉尤其思深語精。後世卻有人看出語病，說：「山有小口，彷彿若有光」中的「彷彿」與「若」詞義重複，應刪去其一。

這是妄下雌黃。「彷彿」與「若」在此並非同義詞，「彷彿」是看不真切、依稀、隱隱約約的樣子，「若」是好像、似乎的意思。全句可譯作「(山洞裡面)隱隱約約似乎透出亮光」。「彷彿」與「若」連用，在陶淵明之前之後都出現過。在前的，如曹植〈洛神賦〉：

髣髴兮若輕雲之蔽月，飄飄兮若流風之回雪。

在後的，例如元朝劉壎《隱居通議・論語》：

陳叔向受教於魏益之，未久，大悟，而洪纖高下皆若彷彿有見者。

又有甚者，西漢揚雄〈甘泉賦〉「猶彷彿其若夢」一句中，「猶」、「彷彿」、「若」三詞看似同義，實則其義各別：「猶」是尚且，「彷彿」是朦朧、恍惚，「若」是好像。後世讀者若不細察明辨，難免就將它看成渾身是病的病句。

今人之所以對此有誤解，肇因於不知「彷彿」在文言中是個多義詞，只知「彷彿」在白話中與「好像」、「似乎」同義，遂不免以今律古，錯看陶淵明。另有人則在誤解「彷彿」與「若」是同義詞後，認定陶淵明意在強化語勢，不失為修辭之一法。於是現代人文章中就常出現「一副彷彿若有所思的樣子」、「這話彷彿若有所指」這一類如假包換的病句。

十一、「黃髮垂髫，並怡然自樂」的啟示

以年齡層劃分人類社會的組成分子，其中最需關懷的弱勢者厥為老人與小孩，此所以今日臺灣

有「老人福利法」、「兒童福利法」之制定與實施。〈桃花源記〉描繪村中人和樂的景象，聚焦於「黃髮（老人）」與「垂髫（兒童）」，足見此一人間樂土是以現實為基礎而建構起來的，是理想，不是空想。

中國古代的政治思想家、改革家，對社會安全、社會福利等概念幾乎一片空白；儒家倡導仁政，也缺乏可長可久的法制設計。但他們心目中的理想社會幸福國家，其指標常落在老人小孩有無獲得照顧、是否快樂上，這種眼光是頗有見地的。孔子「老者安之，少者懷之，朋友信之」的志向（其實是嚮往），正是如此一幅理想社會的藍圖。孟子勸導諸侯「行不忍人之政」，津津樂道於「七十者可以食肉矣」、「斑白者不負戴於道路矣」，指出老人的安養即仁政的表徵。《禮記‧禮運》大同社會「老有所終，壯有所用，幼有所長」，對老、壯、幼三個年齡層的社會位置所作的安排，也可看出老與幼是處於被安養、被呵護的環境之中。歐陽脩〈醉翁亭記〉寫他治下的滁州人民遊山玩水之樂，樂見的正是「傴僂（老人）」、「提攜（兒童）」之樂。凡此，皆與〈桃花源記〉老少咸樂的構圖不謀而合，反映出儒家精英所嚮往的理想社會，始終是孕育於現實性與人間性的完美結合之中。

審美上值得一提的，「黃髮垂髫，並怡然自樂」以及上文「土地平曠，屋舍儼然……男女衣著，悉如外人」的景象，全是漁人進入村中時獲得的第一印象；正表示映入眼簾的種種，迥異於他所從來的世界，才會急於抓住它。但我們也不妨撇開漁人之眼，純就作者的用心看，當知村中各種大小畫面呈現於讀者面前，無非意在反襯洞外世界的無秩序、不平靜以及不和樂、不美好。

後世讀者有人帶著社會主義的眼光讀〈桃花源記〉，讀到「其中往來種作，男女衣著，悉如外人」就見獵心喜，認為這是一個「人人勞動，人人平等」的原始共產社會，陶醉於過屠門而大嚼，對下文的「黃髮垂髫，並怡然自樂」則無動於衷。殊不知作者透過漁人所看到的「男女」，重點不在「種作」，而在「衣著悉如外人」。此一長句的語言節奏固然以「六－四－四」較為和諧可誦，但語意結構則應如此解讀才合理：「其中往來種作〔之〕男女，〔其〕衣著悉如外人。」

十二、「桃源世界」理想中的現實問題

建構桃花源這種理想世界，要是缺乏奠基於現實的生活經驗，就難以讓人相信有實現的可能；至多如同「入山遇仙，山上半年，人間七世」之類的神怪小說那樣，讀者也許會入勝於一時，卻無法長懷嚮往之情。

先看此一人間樂土所在的地點，封閉歸封閉，卻是一處水源地，是風水學所謂的「水口山」。有道是「山管人丁，水管財」，又道「一方水土養一方人」；地方有了水口，不啻獲得生存的保證，舉凡生產、飲食、衛生全不成問題。但此地既隔絕人也隔絕文明，若要生產出維生所需的穀類、肉、蛋、乳等食物，必須先從文明社會帶進各類農作物和牲畜的苗、種。此所以《舊約・創世紀》記載，上帝要諾亞逃避洪水，特地交代他帶上方舟的除了家人外，還包括「凡有血肉的活物，每樣兩個，一公一母」（據《聖經》學者估計，此中「活物」多達一七六〇〇種）。如果說小說作者之於小說故

事，猶如造物主之於所造物，則陶淵明安排桃源人避秦，應也會設想周到，讓避秦人帶進這些可供繁殖的生類。如此生生不息，幾百年後才會有「雞犬〔之聲〕」可以「相聞（彼此聽得到）」，才有雞肉、酒食可以款待漁人。

清初的黃宗羲也寫過類似桃源避秦的故事：〈兩異人傳〉。這卻是一篇記實之文，故對主人公逃離文明社會時所攜帶的「文明產物」，交代得頗為清楚：

有徐姓者，莫詳其名，不肯剃髮，約其宗族數十人，攜牛羊雞犬、菜穀之種、耕織之具，凡人世資生之所需者畢備。

這些人為了逃避異族統治而入山，與桃源人之因避亂而入洞，情況類似，都不只是暫避鋒頭而已，行前一定會有縝密的規劃，「文明產物」的準備是其中重點。然而有一樣文明社會的生活必需品，即便帶進去也無法培育、繁殖，那就是食鹽。今日的雲南廣南縣有一處類似桃花源的地方叫壩美村，僅靠一狹長溶洞接通外界；環境如此封閉，生活所需卻能自給自足，唯獨食鹽須出洞去購買。桃源人「與外人間隔」五百餘年，子子孫孫一二十代如果始終食無鹽，體內酸鹼失去平衡，營養不能有效吸收，其生理機制勢將無法正常運轉，又如何能「往來種作」能「怡然自樂」？古代歐洲以不給吃鹽作為對獄囚的懲罰，足見食物中少了鹽不只是少滋味而已。營養學家證實，會導致食慾不振、四肢乏力，其嚴重者會出現心悸、嘔吐、肌肉痙攣、反射減弱諸症狀。

食鹽而外，絕境更會面臨優生學上的大問題。當初避入桃源的人，有家人也有同鄉（「先世……

率妻子、邑人來此絕境〉；這是作者設想周到的地方，避開了近親繁殖的生存危機。至於黃宗羲筆下的「兩異人」，帶去的全是「宗族」，這就危險。除非他們能像今日雲南壩美村村民那樣，不只與外界交易食鹽，更與外界通婚不絕。但如此一來就「一朝敞神界」，神祕感盡失，世外之民、遺民也做不成了。

十三、〈桃花源記〉與臺灣

〈桃花源記〉傳世後，好事者都想考證出桃花源在哪裡，有些考證天馬行空，但不論如何荒謬，都不會有人考證到臺灣來。臺灣之與〈桃花源記〉，就如同蕃薯藤之與葡萄架，彼此難以攀搭在一起，可謂：「蓬閣桃源兩處分，人間海上不相聞。」（唐人李嶠詩）然而一九四九年以後，連「（王）陽明」、「（文）天祥」都在臺灣成為地名了，何況已是華人共同文化遺產的「桃花源」，更是不遑多讓。高雄縣有「桃源」鄉，橫貫公路有「武陵」農場，各地之遊樂區、渡假村、溫泉山莊、賓館、民宿，乃至社區也競相美其名為「武陵」或「桃源」；凡此，無非意在強調此地環境之幽、風景之美。但不妨仔細看看陶淵明筆下的桃源世界，裡面吸引人的其實不在自然景觀，而在人文與人情之美。更重要的，這是一處完全「與外人間隔」的「絕境」；後世因此而有「世外桃源」的說法，正說明了桃花源存在的前提在「世外」——非世外無桃源。

回顧臺灣歷史，漢人觀點的所謂「世外」，常就意味著「化外」，而「化外」無非指王化所不及之地。如此說來，只要能超越統治者的立場，用純「外人（「遂與外人間隔」的「外人」）」的眼光看化外，則化外豈不正是一處不受政治干擾、不受禮制束縛、不受文明汙染的「絕境」？臺灣確實頗有很長一段時間置身世外，這樣的臺灣，可謂到處是桃源。

明朝萬曆年間，有福建人陳第（一五四一－一六一七）渡海來臺，僅停留十餘日——與〈記〉中漁人差不多——卻為後世留下了第一篇「外人」觀點的臺灣印象記，陳第稱之為「東番記」。文中對未受漢文化影響的所謂「東番」，頗訝異於社會形態之原始，卻也肯定他們生活在一個「飽食嬉遊，于于衎衎（謂欲望少，吃飽無煩惱，人人自得其樂；衎，音ㄏㄢˋ）」的淳真世界。末了，還帶著歆羨口吻讚嘆道：「其無懷、葛天之民乎！」把東番人個個想成五柳先生一類人了。欣賞到這種地步，除了是距離產生美感以外，應也有「簡單就是美」、「繁華落盡見真淳」的文明反思在裡面。

無論如何，陳第身歷其境見識到的臺灣之美，主要仍是風俗民情，而非山水花鳥。早他一步的葡萄牙人，由於未能登陸領略風情，只從船上遙對著山林美景驚呼「**Ilha Formosa**（啊，美麗之島）」，終究是隔了一層。

清朝康熙末年朱一貴事件時，另有一位福建人藍鼎元（一六八〇－一七三三）來臺行腳，時間長達二年，留下的記載更為豐富。其時全臺也僅嘉南平原到屏東平原漢化較深，「內山」仍在化外。藍氏有〈紀水沙連〉一文，即是敘寫埔里盆地與日月潭一帶的內山景物、「番人」風情。所最嘆賞的是那一座隱藏在「萬山之內，大水之中」的水沙連嶼——即今之日月潭拉魯島，當時島上住有部落，面積遠大於今——此一水中絕境，讓作者筆下很自然就連結到〈桃花源記〉，以自身所見水沙連之真，印證陶淵明所記桃花源之非幻，感性地說道：

武陵人誤入桃源，余曩者嘗疑其誕，以水沙連觀之，信彭澤之非我欺也（陶淵明果然沒騙我們）。

不強調此地山光水色之明媚，而強調其山阻水隔之隱祕，著眼點與〈桃花源記〉一致。不料隨後他筆鋒一轉，竟指望漢人政府來此對「番人」施以教化，一旦化外變成「化內」，則「人人皆得宴遊焉」。

藍鼎元的行徑，像極了〈桃花源記〉的漁人，從世外桃源的發現者、欣賞者，搖身一變成了闖入者兼破壞者；但漁人並未得逞，而藍鼎元終究是如其所願了。一念之間，天堂可以淪為地獄，藍鼎元之於臺灣，不啻是陳第的罪人。但也不足深怪，藍氏雖在〈記荷包嶼〉中自稱「生平有山水癖」，但畢竟他這一趟臺灣之行原是隨軍「平亂」而來，眼中所見就只有化外，而無世外了。藍鼎元有關臺灣記行的文章集子，取名為「東征集」，於此也就可以思過半矣。反觀陳第，文章叫「東番記」雖不免漢族沙文主義，但他對待臺灣的態度，始終只是旁觀，非如藍鼎元之有意介入其中。

陳第、藍鼎元在歷史上皆實有其人，〈東番記〉與〈紀水沙連〉也都屬歷史文獻，無論人或文均難與〈桃花源記〉相提並論。真正具有文學比較價值的，應是一篇題作「古橘岡序」的筆記小說。作者不知為誰，文章後來被收在《續修臺灣府志．叢談》，茲引錄於下：

鳳邑有岡山。未入版圖時，邑中人六月樵于山，忽望古橘挺然岡頂，向橘行里許，則有巨室一座。

由石門入，庭花開落，階草繁榮，野鳥自呼，房廊寂寂；壁間留題詩語及水墨畫蹟，鑱存各半（一半消失一半仍在）。比登堂，一無所見，惟隻犬從內出，見人搖尾，絕不驚吠。隨犬曲折，緣徑恣觀。環室皆徑圍橘樹也，雖盛暑，猶垂實如碗大；摘啗之，瓣甘而香，取一二置諸懷。俄而斜陽照入，樹樹含紅，山風襲人，有淒涼氣，輒荷樵（薪柴）尋歸路，遍處誌之。至家以語，其人出橘相示，謀與妻子共隱焉。再往，遂失其室，並不見有橘。

連橫《雅言》提及此文，視之為臺灣版的〈桃花源記〉。原來的漁人到了〈古橘岡序〉換成樵夫，樵夫離去時雖也一如漁人處處留下記號，目的卻不是要官府來行使統治權，而是想帶妻小來隱居。故事發展出「執子之手，與子偕隱」的詩意結局，無疑最對文人口味；連橫因此將漁、樵相比後認定樵夫「不俗」，且進一步從不俗的結局看出此中的避秦思想，遂有感而發道：「苟有其地，吾將居之。」言下之意，他也想避秦歸隱了。

文中「鳳邑」即清初的鳳山縣，涵蓋今之高雄縣市與屏東縣；至於「岡山」則是山名，指今之岡山鎮與阿蓮鄉境內的大岡山、小岡山，而所謂「古橘岡」意指老橘樹成林的岡山山頭。大岡山海拔三〇九公尺，小岡山二五一公尺，都不高，且又屬臺地狀的方山（古書形容「狀如覆舟」），登頂並不難。從所述故事看，並無任何天然或人為的障礙足以讓山頭形成絕境祕境，用來避秦似非最佳選擇。然而細心的讀者當注意到，故事的時代背景設在「未入版圖時」，這就別有可說了。

臺灣於康熙二十三年（一六八四）入清版圖，由此回溯，大約在明朝萬曆（一五七三－一六二〇）以後始有漢人活動；小說「未入版圖時」所指即是這一段時間。彼時中土的士子，高尚其志的頗不乏人，有的不願做專制皇朝或異族政權的順民，有的只想避世避人做思想家，一旦他們決心自我放逐，出走的途徑有二：一是入山，例如黃宗羲〈兩異人傳〉中拒絕剃髮的志士，「託跡深山窮谷」；二是出海，有如孔子之所言，「道不行，乘桴浮於海」。對避秦人而言，臺灣既孤懸海外，又多深山窮谷，既已到了臺灣，為何不深入「內山」如水沙連等地，而要棲身在近海的岡山？這牽涉到臺灣特殊歷史與地理的雙重因素，值得一辨。

先看地理因素。由於滄海桑田的變遷，當時臺灣西南的海岸線比現在內縮幾公里到十幾公里，大小岡山不只是近海，而是臨海（更古早甚至在海底）。這就為它被選為避秦之地立下了優越條件。須知大小岡山儘管不高，但由於聳立在海岸平原之上，給人拔地而起的感覺，又恍如燈塔般遠從海上即可望見，常成為航行指南，「內地之船來臺時，過澎湖之東，即見大岡山。」（《臺灣府志》）再加上大岡山「天陰埋影，晴霽則現」（《臺灣紀略》）又常會讓人聯想到海中仙山的忽隱忽現。在這種情況之下，那浮海而來的避秦人，於風濤噴薄中冒險通過「黑水溝」，驚魂甫定，只見虛無縹緲間兩座似連實斷的山頭正向他招喚，一種海上忽見有仙山的喜悅，遂讓他認定這就是緣分。「古橘岡」的主人如真是避秦而來，以「未入版圖時」的地理條件看，是有可能卜居於此的。

再看歷史條件。前已述及，當陳第〈東番記〉的時代，對漢人而言整個臺灣就是一座世外桃源，無處不可避秦。然則岡山無論位於近海或處在內山，都儼然大桃源中的小桃源，用來避秦完全不成問題。

橘岡作為避秦地，從橘樹已「古」看來，應已多歷年所，恐怕不止一個世代了。可疑怪的是樵夫闖入後，不見有人而只見孤犬，且此犬對陌生人的態度似在歡迎新主人，而壁上墨痕又「纔存各半」，種種跡象顯示橘岡似已成無主之地，樵夫才會想入住。至於原來居此的避秦人何在？或許因見漢人愈來愈多，世外桃源的範圍隨之不斷內縮，也只好棄此往內山另覓吉地了。

吾人對故事的結局還有一個大疑問：樵夫再訪橘岡時為何「失其室，並不見有橘」？這樣的設計，粗看似與〈桃花源記〉如出一轍，細看則不然。〈記〉對漁人「迷不復得路」的結局預先埋有伏筆，可謂迷得順理成章（詳見第四章〈漁人「遂迷不復得路」的疑點〉）。反觀此〈序〉，首尾全無伏應，結局之「失其室」也就失得太突兀、太沒來由，竟恍如變戲法般說不見就不見了。

唯一可作為解謎線索的，或許就在橘。橘在故事中的分量頗重，是貫串全文的線索，不像〈記〉中的桃花只是個起興之物而已。橘可分為樹和果，樹古老而果巨大，都很引人注意。樵夫先是在古樹的引導下登頂入室，繼又帶回巨果作證物以取信家人；這就很像志怪小說「入山遇仙」的類型故事——例如〈劉晨阮肇〉即有「遙望山上有一桃樹，大有子實，……各啖數枚，而飢止體充」之一節——則橘在此中也無異仙樹仙果，而整座橘岡殆是仙境了。既是仙境，就有可能隨時「失其室，並不見有橘」。儘管文中看不到此一結局的來龍去脈，但文外則有可循之跡。這須回到前面提及的地理因素。岡山屬隆起珊瑚礁石灰岩地形，山中洞穴溝槽遍布，在當地人看來全是「古洞」，加以海風吹入古洞形成的特殊音效，種種神話傳說就應運而生了。《臺灣紀略》即記載：「大岡山上有仙人跡。」又說：「相傳國有大事，此山必先鳴。」

對〈記〉、〈序〉二文的比較，連橫《雅言》只專注於彼此思想內容的相應，亦即二文或明或暗皆帶有避秦思想。是這樣的連結，才讓連橫讀〈古橘岡序〉會深入其境而生嚮往之情。按連橫撰寫《雅言》，時當二十世紀初期，臺灣不只進入中國史，更進入日本史、東亞史，乃至世界航海史，臺灣已經開放到無桃源可避秦的態勢了。連橫「苟有其地，吾將居之」的感發，應是文人一時的思古幽情，也或許他不過是想尋一個幽靜處以潛心著述罷了。

無論如何臺灣是回不到「未入版圖時」的初始模樣了。借一句早年學生作文愛用的文藝腔套語，「時代的巨輪不停地向前推進」，不是人力所可挽回的。然而說來也真是歷史嘲弄人，臺灣被時代的巨輪推進到一九四九年以後，一夕之間突又成為騷人墨客筆下的避秦勝地。這一回並非出現在寓言小說之中，而是在記實文章中的自述或任何文章結束後的自署，乃至書畫篆刻中的落款：「某某避秦來臺」、「時某某避秦蓬瀛」、「岱員避秦人某某」（「蓬瀛」是將臺灣視為古中國傳說中的仙島，「岱員」則是漢人對原住民語「臺灣」的早期音譯）……諸如此類，桃源望斷無尋處，在不能避秦的地方競相以避秦人自居；與此聲氣相應的，「武陵」、「桃源」的地名也紛紛移植進來。其時空錯亂的背後，反映出文人桃源情結之深重，以及以文字自矜自持、自得其樂的文化迷思。到如今文心不死，試看：當年葡人心目中的美麗之島早已被住民糟蹋得醜陋不堪，而住民仍不時「美麗」、「美麗」地稱之頌之，甚且學起了「武陵」、「桃源」之命名，也開始為「美麗島」三字找地方來寄存了。

二〇〇九年十一月

古文新解新得之三
——韓愈〈師說〉

標題索引

一、「受業」就是「受業」

「師者，所以傳道、受業、解惑也」句中「受業」的「受」，無論坊間古文選本或學校國文課本，皆從古今字或廣義通假字的訓詁觀點，判定「受」同（通）「授」，將「受業」一詞硬是換成詞義相反的「授業」；馴致認定全句的整個謂語「所以傳道、受（授）業、解惑」是從「師」教人的角度所作的論斷。果真如此，則將置「所以」於何地？「所以」在句中的關聯作用何在？

許世瑛《常用虛字用法淺釋》似已注意及此，可惜語焉不詳，結論更是治絲愈棼，竟說：

> 這樣的「所以」，雖是「用來」的意思，但白話裡並不一定非說出不可。

於是許氏削足適履，全句語譯成「老師是傳習道術、教授學業、解釋疑惑的人」。為了讓「授業」緊扣「師」，竟視「所以」為無物，既不賦予詞彙意義，也不給發揮語法作用，簡直就只當它湊字數用的。世上豈有這種「所以」？可見「『受』同（通）『授』」的通解是如何地深植人心，連傑出的語法學家都不知不覺受困其中，想掙脫卻愈陷愈深，終致不可自拔。

從理論上孤立地看，「受」與「授」確是一對古今字：「受」是所謂古字（也稱「初文」、「先造字」），「授」是今字（也稱「區別字」、「後起字」）。而文言作者也確實有人會刻意用「受」不用「授」，以示古雅。然而任何文章中的字詞語句都不是孤立的存在，判讀時不能不連繫到「語境」。語境的範圍可大可小。大，可指文章寫作的時空背景；小，可指字詞語句所處的上下文。

先就大語境看。當韓愈之時，「受業」與「授業」早已各自成詞，用以表示相對的二個概念，彼此並不混用。茲以《漢書》為例，學生從師學習，用「受業」，例如〈儒林傳序〉：

> 田子方、段干木、吳起、禽滑釐之屬，皆受業於子夏之倫。

至於老師對學生講授學業，則用「授業」，例如〈董仲舒傳〉：

> 下帷講誦，弟子傳以久次相授業，或莫見其面。

二者涇渭分明，猶如「受經」之與「授經」、「受讀」之與「授讀」、「受書」之與「授書」，或佛家語「受戒」之與「授戒」、「受記」之與「授記」（禪宗語錄凡提及「靈山受記」皆就迦葉立場說；反之，「靈山授記」必屬佛陀觀點。）。在這樣的詞彙網絡中，韓愈或取「受業」或取「授業」，應是一個蘿蔔一個坑，各安其所安，不可能意在「授業」卻用「受業」來混淆詞義系統，自亂文章的陣腳。

再看小語境。〈師說〉後文另有一長句：

彼童子之師，授之書而習其句讀者也，非吾所謂傳其道、解其惑者也。

正與此「師者，所以傳道、受業、解惑也」文意上構成前後照應，彼此的詞語也一一可對應：「彼童子之師」對應「師」，「授之書而習其句讀」對應「受業」，「傳其道」、「解其惑」則對應「傳道」、「解惑」。經此比對，便可發現「所以」一詞落單了：只出現在「師者」句，而不見於「彼童子之師」句。這是因為「師者」句是從求學者「學」的角度為老師定位，故需「所以」帶出「傳道、受業、解惑」，且所帶出的必是「『受』業」；反之，「彼童子之師」句則從童師「教」的功能為老師定位，故不需「所以」，直接就接上「授之書而習其句讀」，且用的必是「『授』之書」。文中「受」與「授」判然有別，正與當時的大語境若合符契。至於「傳其道」、「解其惑」、「習其句讀」中的「傳」、「解」、「習」之類的動詞，文言本就主被動不分、施受同詞——例如《論語．學而》：「傳不習乎？」句中「傳」取其受動者的角度，「習」則取其施動者的角度，故朱熹集注：「傳，謂受之於師；習，謂熟之於己。」正可用以說明〈師說〉中只有「授」、「受」分出教與學，而「傳〔道〕」與「解〔惑〕」則不分的現象。

綜上所論，可知〈師說〉中的「受」、「授」各自為義，是不相容通的。韓愈行文時基於「學」、「教」立論觀點的不同，而一用「受」一用「授」，態度何其謹嚴。後世讀者有人不明作者用心，又昧於文理，以權威之姿將「受業」等同於「授業」，天下居然群起而響應，乃至專攻文言語法、訓詁的人都不疑有他，紛紛入其彀中，乖乖繳了械。就不曾想過一個簡單問題：同一篇文章、同一個意義的詞，忽而用古字「受」，忽而用今字「授」；以韓愈如此一位講求「文從字順各識職」、「詞事相稱」的古文大家，會玩弄這無謂的文字遊戲？再者，讀古文只要本字本用可直接讀通，就不必考慮到古今、通假這一層；好比搭車要到某地，捨直達車而不斷換車轉乘，終非明智之舉。

「受業」不是「授業」，我們還可進一步從〈師說〉的文意脈絡、寫作對象兩方面的「語境」加以檢驗。

文章題為「師說」，首段開宗明義：

古之學者必有師。師者，所以傳道、受業、解惑也。人非生而知之者，孰能無惑？惑而不從師，其為惑也終不解矣。

一起筆便為全文定下立論的觀察點：從「學者（求學的人）」學的角度來說「師」。此後各段落一再出現的「師」，無論名詞、動詞，無論單音詞、多音詞，其所處語句的句意，除了前述「彼童子之師」一句以及「弟子不必不如師，師不必賢於弟子」以外，都是循此脈絡而來，就「學」而說「師」。即使提到孔子這位萬世師表，把握的也是「孔子作學生」的立論觀點：

聖人無常師：孔子師郯子、萇弘、師襄、老聃。

句中二個「師」都須從「學」的角度作出詮釋，第一個「師」指學習的對象，第二個「師」意即從師學習。

至於〈師說〉寫作的對象，且看末段：

李氏子蟠，年十七，好古文，六藝經傳，皆通習之；不拘於時，請學於余。余嘉其能行古道，作〈師說〉以貽之。

既明白點出此文是為求學者而寫的，也藉著「不拘於時」、「能行古道」照應篇首「古之學者必有師」，使得文章不只立論觀點統一，其思想內容更生發出「針砭世俗」的普遍意義。也就是此文看似只針對李蟠一人而發，其實項莊舞劍，意在沛公，真正目標是普天下不知求學的士大夫之族。

總之，〈師說〉之作，旨在扭轉當時士人「不從師」的歪風；作者為求文章能立己又破他，自始至終站定就「學」而說「師」的立論觀點。而全文的綱領就在「古之學者必有師。師者，所以傳道、受業、解惑也」此開宗明義之二語。其中第二句緊承第一句而來（二句之間以「師」頂針作銜接），吾人連讀此二句，當知語意、語氣是一貫而下的，宜理解作：

古之學者必有師。師〔乃學者〕所以〔之〕傳道、受業、解惑〔者〕也。

其「受業」的「受」係針對「學者（求學的人）」以立論，文從字順，實不煩改讀。通解所謂「『受』同（通）『授』」的說法，既不合理又不符實，可以休矣。

既還給了「受」本來面目，也就該還給「所以」在句中應有的地位與作用。文言「……所以……〔者〕」這種固定句式，無非用來表示原因或憑藉。前者相當於「……導致（造成）……的緣故」，後者相當於「……用來（藉以）……的人〔事、物〕」。此處是表示憑藉，而所憑藉的對象是人不是物，故不宜譯成「用來……的人」，只宜譯作「賴以……的人」。全句或可語譯如下：「老師是求學者賴以傳承孔孟聖道、學習六藝經傳、並解除這二方面疑惑的人。」如此語譯所得的內容，就現代教育的思想觀念而言，未免窄化了教師的功能。然而就文言教學的立場而言，為了忠於作者本意（由〈原道〉可知韓愈心中的「道」只有儒道，其他概在擯斥之列；〈師說〉中他稱孔子為「孔子」，卻稱老子為「老聃」，也可看出他抑揚所在），也為了與全篇內容相呼應，又不得不爾。這也是任何文言語譯皆須面對的「必要之惡」。

吾人若想讓此一名言的思想內容現代化，只消讓它從文章脈絡中獨立出來——脫離原語境，進入新語境——便可賦予新時代的義涵：「學校教師是我們賴以傳承優良文化、學習系統化知識，並協助解決求學上各種疑難問題的人。」這等於讓古人穿上西裝，所謂「與古為新」。

二、是「合敘」，不是「錯綜」

高中國文課本對〈師說〉誤注，除「受」同（通）「授」的詞語訓詁以外，也出現在句法修辭法的解說上。文中第四段批評士大夫對其子與自身所採取的雙重求知態度，有謂：

〔其子〕句讀之不知，〔己身〕惑之不解，或師焉，或不焉。

這一句組的表意方式頗為特殊而複雜，但一般對句意的理解並不成問題，成問題的是對句法、修辭格的認定。一切須從部編本時代的課本注釋說起，因為錯誤由此發端。就八十年版（潘光晟編輯，艾弘毅、曾忠華修訂）所見，注文如下：

> 意謂句讀之不知，或師焉；惑之不解，或不焉。此為錯綜句法。

其誤有二：

首先，誤認「合敘（也稱並提分承）」辭格為「錯綜」辭格中的「交蹉語序」。二者的修辭原理其實大不相同。「錯綜」意即「參差變化」（楊樹達《漢文文言修辭學》即逕稱此辭格為「變化」），是刻意將整齊劃一的形式調成不整齊不劃一，以求取「錯綜變化」之妙；其中有一種屬於語序的錯綜變化，稱作「交蹉語次」。文言與白話都可見此種修辭法，文言的如《孟子．梁惠王上》：

> 王何必曰利？亦有仁義而已矣！……王亦曰仁義而已矣，何必曰利？

後一複句本當說成「王何必曰利？亦有仁義而已矣」以表現整齊之美；但刻意將二單句彼此換位以組成全新句序的複句，與前一複句正形成一種「不整齊」的「變化」之美，是謂「錯綜」中的「交蹉語序」。白話辭例見之於賴西安（李潼）校園民歌〈月琴〉：

> 唱一段思想起，唱一段唐山謠。……再唱一段唐山謠，再唱一段思想起。

前二句與後二句的文字基本相同，而句序則相反，以造成錯綜。也是於整齊之中求不整齊之美。

至於「合敘（並提分承）」常是刻意將文句由單行語氣變成多行語氣，以增加層次。這種修辭手法，文言比白話常見，茲仍各舉一例。文言的如蘇軾〈赤壁賦〉：

> 江上之清風，與山間之明月，耳得之而為聲，目遇之而成色。

其中前二句並提，後二句分承，理解成：「江上之清風，耳得之而為聲；山間之明月，目遇之而成色。」白話的辭例，如包美聖校園民歌〈看我聽我〉開頭四句：

看看我，聽聽我，我妝扮為了你，我歌唱為了你。

其中第三句跳承第一句，第四句跳承第二句，彼此兩兩平行接應，理解時語序調整為：「看看我，我妝扮為了你；聽聽我，我歌唱為了你。」〈師說〉中「句讀之不知」四句的並提分承，也正是這種「第一句→第三句；第二句→第四句」的接應狀態。

但當句式重組還原後，有些詞語常須隨之增刪改易。像〈赤壁賦〉須刪去「與」；而〈師說〉此處則須將「或」全換成「則」，才能文從字順各識職。部編本仍用「或」，是此注的第二誤處。

如上所述，「錯綜」中的「交蹉語序」之有別於「合敘（並提分承）」，其彼此本質上的差異就如同假髮與帽子，而臺灣絕大多數中學國文教師混為一談，反正都是頭上戴的，都有美化作用。甚至連教修辭學、編寫修辭學的專家學者，也都倒也倒也錯成一片；古今詩文中所有「合敘（並提分承）」全被視同「交蹉語序」而歸入「錯綜」，無一倖免。更糟的，當大家都錯了也就大家都對，馴致「聞道則大笑之」。情勢至此，除非陳望道、陳介白復生，只怕糾正不了了。

《宋書・袁粲傳》載有一個「共飲狂泉」的故事：有一個小國家全國共用一眼泉水，叫做「狂泉」。國人喝了狂泉裡的水，個個都瘋狂。只有國君，另外打井取水喝，便成全國唯一正常的人。不幸的是發狂的國人，反把正常的國君視為不正常。有天大家一陣商量後，衝進王宮，揪出國君，要為他治療狂疾。拔火罐、薰艾草、扎針、灌藥，弄得國君苦不堪言，最後受不了，只好自己跑去痛飲狂泉水。國人看到國君跟他們一樣「正常」了起來，無不拍手歡呼。

這個故事與譯自印度的《雜譬喻經・惡雨喻》極其類似，正說明任何時代任何地方都存在著尹文子所謂「犯眾者為非，順眾者為是」的怪現象，也都有人因是非顛倒而痛苦：「己是而舉世非之，則不知己之是；己非而舉世是之，亦不知己所非。」在臺灣小小的國文教學圈子裡，一旦有人敢於不將「合敘」等同「錯綜」，不將「受業」等同「授業」，下場大概與故事中那個小國國王差不多。

二〇一〇年二月

從小說藝術看〈伍子胥變文〉之「變」

引言

清光緒二十五年（一八九九），封閉近千年的敦煌莫高窟藏經洞被打開了，唐宋年間的變文乃得以重見天日，一展它昔時的光燦生命，隨即獲得文學史家如鄭振鐸等的追認，認定它是中國古典白話小說的鼻祖。

變文和變相都是佛教文化的產物。所謂「變」是指演變、轉變，變相是變佛經為圖相（例如大家熟知的「地獄變相」圖，其性質有如基督教教堂中的「聖經故事畫」），變文則是變佛經為俗講。變文原本是僧侶講經宣教時說說唱唱的方便法門，後來由於遷就環境和迎合聽眾，逐漸變了質，內容也不再限於佛經故事；乃至於有譁眾取寵的俗講僧「假托經論，所言無非淫穢鄙褻之事」（唐・趙璘《因話錄》），偏離宣揚佛法的宗旨越來越遠，引起官府的注意及文教界的關切。到了宋真宗時，看看實在不能再讓它自由發展下去，便嚴令禁止寺僧講唱變文。是不幸也是幸，變文從此走出道場現踪市井；有了新地盤後，又本著多變性格，隨著外在文化環境、文學潮流的轉變，而讓自己一變再變，以延續命脈。大致朝兩個路向演變：一是以「講唱」為主，變成寶卷、彈詞、鼓詞、諸宮調、雜劇、傳奇等；另一個路向則以「故事」為主，發展成宋元話本、明清小說。

如前所述，變文原本只有解說佛經經文或演述佛教故事的一種變文，後來才有從歷史故事、民間傳說及當代時事取材的非佛經變文，此即所謂史傳變文。不管佛經變文或史傳變文，都是連講帶唱的，講的部分用散文或駢文，唱的部分用韻文。散韻合體，這在當時可說是一種嶄新的文學體式；其源頭只怕無法在中國固有的文學洪流中覓得，必須旁溯到古印度的宗教文學領域。可以這麼說，變文既是佛法東來的附贈品，也是漢傳佛教世俗化的副產品。

〈伍子胥變文〉屬史傳變文，根據近人劉修業的考證，是唐代末年的作品。在此以前，關於伍子胥事跡的記載，《左傳》之外，最完整的首推《史記‧伍子胥列傳》。其次，後來的西漢末年袁康《越絕書》及東漢趙曄《吳越春秋》雖沒有替伍子胥單獨立傳，但述及伍子胥其人其事也幾乎首尾俱全；《吳越春秋》更有細節描寫，不只內容較《史記》詳盡，敘事手法也粗具小說規模。再來，就是今天所要探討的這篇〈伍子胥變文〉，已可視同小說了。我們推想作者作這篇變文是參考歷史文獻、民間傳聞，加上自己的想像，再配合當時的風尚鋪衍而成的。這稱得上是「變文」另一層意義的「變」。就小說藝術看來，這種「變」絕大部分匠心獨運，既能推陳出新，又能扣人心絃。然而就如同胡適《嘗試集》之於新詩，不成熟文體或多或少的缺失自是在所難免。以下就分門別項加以評賞析論。

一、從經驗的敘述到虛構的敘述

歷史記載是客觀的，屬記實文學；小說乃主觀的創作，屬想像文學。然而這只是一種被理想化了的、極端的說法，實際上歷史也有想像的成分（例如《左傳》記載刺客鉏麑觸槐自殺前所說的話，當時除了槐樹外，無人在場；袁枚《隨園詩話補遺》因此發出質疑：「是何人聽得？」）而小說也不見得全是虛構的。從《史記》經《越絕書》、《吳越春秋》到〈伍子胥變文〉的轉變過程，是虛構成分的逐漸增加，而不是截然的記實與虛構之分。《史記・伍子胥列傳》絕大部分是根據《左傳》寫成的，但伍子胥自刎前的仰天長嘆卻是出自太史公的私臆（一如《左傳》之於鉏麑）；《越絕書》、《吳越春秋》又多出了漁父自沉及伍子胥與浣紗女之間的一段恩情，不過二書作者的基本態度仍是歷史的。到了〈變文〉作者，膽識十足地擺脫傳統形式和經驗主義的束縛，把眼光從歷史世界收回，專注在讀者（在當時是聽者）身上；畢竟提供讀者娛樂以及向讀者說教才是他的主要目的。為了滿足讀者的需求，他縱橫馳騁想像力，並適時介入自己的情感，「像隻靈敏的獵犬，踏遍記憶原野的每條蹊徑，直到追索出尋覓中的野味。」（特萊登 (Dryden) 論想像之語）於是乎浣紗女和漁父互換了歷史時間，伍子胥乞食居然敲響了自家大門，恩愛夫妻成了陌路客，外甥追捕舅父，漁父的後代成了楚王……這些從歷史世界之外的他世界冒出來的人物和事件，都如假包換般以生動感人之姿紛紛呈現讀者面前。

佛斯特 (E. M. Forster) 說：「如果上帝能解說故事，那麼宇宙也就變成虛構的了。」一切來自小說家心靈的人物和事件，都是創造物，而小說家可不正是「實體幻象」的造物主？這位〈變文〉作者縱然不是十足的創造者，也應是記錄者與創作者的綜合體，至少可以說是想像力豐富的人。伍子胥從楚到吳是一趟逃亡之旅，既是逃亡，就不能不有驚險以刺激讀者感官，撩動讀者情緒；要想製造驚險，必先布置障礙、安排衝突、設計危機。如何布置、安排、設計？端賴創造性的想像力了。

心理學家葛柴爾 (J. W. Getzels) 和傑克遜 (P. W. Jackson) 曾合作過如此一個創造力測驗：給受測者看一張圖片，圖片中有一個人悠閒地斜倚在飛機座位上，要受測者依這個景象推衍出故事。

一位說：史密斯先生經歷了一趟成功的商業旅行，正在回家途中。他心裡很高興，想著與家人重聚的歡欣。一個小時後，他走出入境室的瞬間，將會見到來接他回家的愛妻和嬌兒，他為此而陶醉著。

另一位說：這個人剛從雷諾搭機回來，在那兒他贏得了一場離婚官司；他告訴法官說，他無法再跟妻子生活在一起，因為她每晚都要搽很多面霜，導致睡覺時她的頭老是從枕頭上滑過來打中他的腦袋。他現在正動腦筋發明一種不會滑溜的面霜。（見《生活科學自然叢書：心理 (*The Mind*)》第六章〈智慧測驗〉）

後者創造力顯然遠勝於前者。

現在，讓我們看看歷史如何給後世留下這類「看圖說故事」測驗。《史記・伍子胥列傳》有一幅這樣的畫面：「伍胥未至吳而疾，止中道乞食。」人物：乞者一人，施者不詳；事件：乞食；背景：一片空白。後來就有不同時代的好事者，根據如此簡單的概括性敘述（等於一幅簡筆畫），鋪衍出動人的故事，一次比一次精彩。

首先是《越絕書》的作者，他提筆寫道：

> 子胥遂行，至溧陽界中，見一女子擊絮於瀨水（流經沙石灘的水）之中。子胥曰：「豈可得（能不能）託食乎？」女子曰：「諾。」即發（開啟）簞飯，清其壺漿而食之（給他吃）。子胥食已而去，謂女子曰：「掩（藏起來）爾壺漿，毋令之露！」女子曰：「諾。」子胥行五步，還顧女子，〔女子〕自縱於瀨水之中而死。

接著，《吳越春秋》的作者這樣鋪衍：

> 子胥默然，遂行至吳，疾於中道，乞食溧陽。適會女子擊綿於瀨水之上，筥（圓形竹筐）中有飯。子胥遇之，謂曰：「夫人，可得一餐乎？」女子曰：「妾獨與母居，三十未嫁，飯不可得！」子胥曰：「夫人賑窮途〔之人〕少飯，亦何嫌哉？」女子知非恆人，遂許之，發其簞筥，飯（給吃）其盎漿，長跪而與之。子胥再餐而止。女子曰：「君有遠逝之行，何不飽而餐之？」子胥已餐而去，又謂女子曰：「掩夫人之壺漿，毋令其露！」女子歎曰：「嗟乎！妾獨與母居三十年，自守貞明，不願從適（嫁人），何宜饋飯而與丈夫（男人）越虧禮儀？妾不忍也。子行矣！」子胥行，反顧女子，已自投於瀨水矣。

將二者稍加比較，便會發現後者的故事內容比起前者，不但曲折，而且更具戲劇效果。作者加強動作和對話等細節描寫，刻鏤兩位陌路相逢男女的心理：一個心虛，一個拘禮，都算成功。但結局則顯然後者不如前者。女子最後雖都選擇投河而死，動機並不相同：於前者，女子是為了守信保密而犧牲；於後者，則是為了守節保貞而玉殞。就整個故事看這一節，主人公之命運仍應是其主線所在；準此，讓女子守信合乎劇情需要，守貞則屬節外生枝，很難打動讀者。

最後輪到〈變文〉作者發揮了。不但把原有的浣紗女子故事更曲折化——安排她主動四次邀約伍子胥共餐一飽，因為對方倉皇不敢就食；安排她同時為守貞與保密而自殺——至於主人公，作者設計出乞食姐姐家、乞食妻子家（自己家？）以及被外甥追捕的離奇遭遇。此外，語言的運用趨於形象化，而配景的適時穿插也烘染出應有的氛圍。

〈變文〉作者的想像力顯然優於前二者。《文心雕龍・神思篇》說：「文之思也，其神遠也。」越是虛構的作品越是需要創造性的想像力，這種想像力儘管神不可測，但我們也終於在參照式的「測驗」中完成了評比。

二、從故事結構到情節結構

故事與情節都是一連串事件的發展，不同之處在於前者事與事之間只有時間先後的關聯，後者則強調其間的因果關係。故事與情節的這種差異，也存在於史傳與變文之間。

我們且把漁人渡子胥過江這一節提出來加以印證。《史記》：「〔伍胥〕至江。江上有一漁父乘船，知子胥之急，乃度子胥。」太史公告訴我們的只是發生了什麼一連串的事，事與事之間如何牽扯糾葛，置之不理。《越絕書》則詳加梳理：

〔伍子胥〕至江上，見漁者，曰：「來渡我！」漁者知其非常人也，欲往渡之，恐人知之，歌而往過之，曰：「日昭昭寖（漸）以施（日西斜），與子期夫蘆之碕（河灣）。」子胥即從（尾隨）漁者之（到）蘆碕。日入，漁者復往過之，曰：「心中目施，子可渡河！何為不出？」船到即載。入船而伏。

這裡的敘事不是只告訴我們簡單的「然後呢」，而是讓我們知道一連串的「為什麼」又「為什麼」。《吳越春秋》所述與《越絕書》差相彷彿，只把「恐人知之」稍加戲劇化：「適會旁有人窺之。」〈變文〉則徹頭徹尾情節化了。從子胥行近江畔、匿身蘆中到漁人渡他過江，層出不窮的事件循著引人入勝的情節階 (plotstep) 步步推演，椿椿件件，環環相扣；布局之妙，嘆為觀止。（精彩的原文將在討論「戲劇化演示」時節錄出來）

整個情節設計還有令人擊節的，那就是：漁人的出場時刻，前三書都是安排在子胥入吳之時，而〈變文〉把他安排在逃離楚境之前。如此別出心裁是有相當作用的。因為作者要使漁人成為關鍵人物，漁人的出現也正是情節的轉捩點，高低潮交接的時刻。

子胥原是打算投奔越國的，漁人提醒他說：「子投越國，越國與楚和順，原不交兵，慮恐捉子送身，〔子所〕懷報仇心〔將〕不達。子投吳國，必得流通。吳王常與楚仇，兩國不相和順，吳與楚國數為征戰，無有賢臣，得子甚要。」接著又教導他入吳後如何干求吳王：「子至吳國，入於都市（國都的市集），泥塗其面，披髮獐狂，東西馳走，大哭三聲。」子胥聽了大惑不解，請求釋疑。漁人說：「泥塗其面者，外濁內清；大哭三聲、東西馳走者，覓其明主也——披髮在市者理合如斯也。

吾非聖人，經事多矣！」後來子胥果然因此而遂其志願。要不然，只怕真如瞭知國際大勢的漁人所言「慮恐捉子送身，懷報仇心不達」了。其他記載都只說伍子胥自度情勢奔吳（《史記》稍曲折，歷宋、鄭、晉，而後始奔吳），而〈變文〉來這麼一「變」，也許是受到《史記・魏公子列傳》的啟發。〈魏公子列傳〉有侯生其人也是「非聖人」但「經事多」的隱者之流。他所作所為改變了另一個人（常是極重要人物）的命運，卻逃不過命運之神對自己所作的決定——自殺以明志——而他也從此由小人物搖身一變，在讀者心目中成了大人物。這是很微妙的一種閱讀心理補償。要之，〈變文〉這一幕漁人獻計，導演得相當成功，使整個情節生色不少。

再者，像前頭所舉的《史記》「伍子胥止中道乞食」的被鋪衍，以及〈變文〉中伍奢得罪楚王的伏筆設計，也是一種化故事為情節的「變」。亞里斯多德說：「情節是悲劇的靈魂。」小說而沒有情節結構，再多的人物也只是輪番上陣、集體亮相而已；熱鬧是熱鬧，卻像燃放一串長鞭炮，噼哩叭啦一陣好響，然後歸於沉寂，徒留滿地紙屑垃圾。

只是〈變文〉中的情節也有不盡完美之處。譬如從吳軍伐越到子胥被迫自殺這一段，結構就顯得鬆散，甚至不如《史記》之具有張力，更不用說與《吳越春秋》相較了。夫差時代吳國與並世各國（尤其是越國、齊國）的國際關係，《史記・伍子胥列傳》把它置於人際關係（伍子胥與伯嚭及吳王之間的三角情結）的籠罩之下。這是對的，因為這是記人的列傳，不是繫年記當世大事的本紀或世家。《吳越春秋》也是如此，且進一步設計更複雜的人事瓜葛，加強對立力量的衝突，以拉住讀者目光，並且刺激讀者對善與惡的情緒反應——時而同情，時而驚怖，步步進逼，終於把主人公逼上非死不可的情境，從而滿足了讀者的悲劇性快感，達到亞里斯多德所謂的「〔心靈〕淨化作用」。

反觀〈變文〉在這一片段的布局：越國戰敗後，直接向當時的吳軍統帥伍子胥求和，沒有經過吳王這一關，也沒有另一種抗衡勢力（伯嚭）的出現，很平緩無力地便交代過去了，委實算不上是個「完整場面」。此外，作者安排子胥的死也頗為粗疏，甚至沒頭沒腦。大意是說吳越和解以後，太子夫差繼立為吳王（請注意：〈變文〉之中吳國擊破越國是在闔閭時代，伍子胥與夫差之間也就淵源不深，卻要在結局演出對手戲），有天晚上作了個怪夢，先遣太宰嚭占夢，太宰嚭斷為「吉」：不但「王壽長」，而且「越軍亡」。子胥跟著也承命圓夢，以為「大不祥」：不但「王失位」，而且「越軍至……王軍國滅」。此話一出，吳王勃然大怒，責怪伍子胥咒他。子胥被嗔，便從殿上褰衣而下；吳王問他緣由，他說：「王殿上荊棘生，刺臣腳，是以褰衣而下殿！」吳王更是怒不可遏，賜劍令他自死。子胥接過寶劍，迴身向殿上文武百官宣布他的遺願：「我死之後，割取我頭，懸安東城門上。我當看越軍來伐吳國者哉！」

仔細審視這一幕子胥之死，發覺太宰嚭並沒有對伍子胥做出任何迫害的行為，吳王與伍子胥誠然有衝突，但也只是一時的負氣之舉；在此之前君臣之間並不存在嚴重的內在矛盾，而今以先王老臣之身分，只因直詞解夢而遭殺害，如此的「悲劇時刻」來得未免突兀，讀者全無心理準備。亞里斯多德有言：

> 最佳悲劇之形式，其情節必非單純，而為複雜。尤有進者，且必為模擬引起恐懼與哀憐之動作，蓋此係此一類模擬之特有機能。（《詩學》第十三章，姚一葦譯註本）

拿這個標準來衡量《吳越春秋》與〈變文〉有關伍子胥最終命運的這一幕，後者的悲劇效果確是不如前者。這是〈變文〉的一大敗筆，「變」得使人讀來困惑迷惘，從而也就沖淡了應有的「恐懼與哀憐」的情緒。

然而我們卻不能說〈伍子胥變文〉不是悲劇小說。整體看來，小說的悲劇元素仍應有盡有，尤其是悲劇人物性格上的白玉之瑕——在伍子胥就是剛強而略帶殘忍，以及過分執著於復仇伸志的信念——反映出這仍是個悲劇英雄的感人故事，莊嚴而哀傷。誠如詩人喬叟(Chaucer)所歌頌的：

> 悲劇是有關某人的故事
> 如我們記憶中的古書所言
> 他有崇高的地位
> 自其高位跌入
> 不幸，而以悲痛終結

凡藝術品都具有一種均衡美，悲劇也不例外。〈變文〉對悲劇效果的控制，頗注意故事發展中兩極力量的均衡。主人公在強大的外界壓力與威脅之下（父兄被害，己身亡命，飢寒交迫，路遙途險）仍流露出他不凡的氣概和堅忍的意志：拔劍拒捕時，怒斥使者並聲言父仇一定報；流亡途中，一路之上慷慨悲歌；與其姐訣別時立下誓言，復仇之志溢於言表。苦難的命運孕育高貴的靈魂，一受壓迫便屈服，這戲還有什麼好唱的？有壓力，有抗志，前者使讀者產生後退的刺激——驚懼，後者產生前進的刺激——同情。再拉高角度看，這種均衡感也存在於主人公個人的命運中。遭楚王迫害，出亡在外，這是不幸；蒙吳王委政，功成名立，這是幸。報仇雪恨，這是幸；無罪賜死，這是不幸。幸的一端我們看到的是上帝，不幸的一端我們看到了撒旦；上帝、撒旦交互出現在小說舞臺上，最先出現的一定是上帝，最後出現的一定是撒旦，而戲也只能就此收場，再演下去就不是悲劇了。

均衡感而外，統一性也很重要。歷史或小說都不能沒有統一性，但歷史家高瞻遠矚，靠包容性達成統一；而小說家心思細密，靈敏的排斥性促成了最終的統一。《史記・伍子胥列傳》內容牽扯甚廣，附傳、附見的人物又多，整個故事雜而不亂，此即包容性的統一。〈變文〉就不同了，本身隱伏著一條吸引讀者的趣味中心線，與此不搭的人物便儘量不讓他接近，此即排斥性的統一。於是在〈變文〉中，白公勝、夫概、子西、石乞、楚惠王、齊鮑氏等人都躲得無影無蹤，儘管這些人有的在《史記》中相當活躍。但也有三人筆者認為應該讓他們在〈變文〉出現的，那就是昭關吏、專諸、申包胥。當然，人物的增刪也正是事件的損益，因為人物決定事件；如此一來，伍子胥過昭關、專諸刺王僚、申包胥哭秦廷等事件勢必加入，牽一髮動全身，整個布局便不能不更動。結果是否會有錦上添花的佳構出現？很難說，要靠匠心，過程中小說「復仇」的主題須牢牢掌控在手，才算成功。

談到情節布局，我們還發現一個值得留意的對照。伍子胥亡命入吳這一段，在《史記》中簡得不成比例，《越絕書》、《吳越春秋》分量稍重，但也遠不如〈變文〉之佔有大半篇幅（雖然現存〈變文〉有殘缺，但已寫到死後的伍子胥託夢夫差「越兵將來」的事，想來也該接近尾聲了）。〈變文〉是以這一段「伍子胥歷險記」作為結構重心的，也只有這一段最是精彩動人，最能激發讀者的共鳴。危險的情勢從楚王通令全國捉拿伍子胥起，便戲劇性的一路展開。無辜而身處危境的主人公每面臨一次「決定時刻」，便讓我們不由自已地替古人擔憂：他逃得過「村坊搜括，誰敢隱藏，競擬追收，以貪重賞」的危機嗎？他過得了茫茫大江嗎？會不會餓死在半路上？會不會被貪狠的外甥「趁到」？還有，妻子會不會留難他？漁人會不會出賣他？一連串的緊張和懸宕，不斷在讀者心中引發「小說熱(fiction fever)」——一種期待問題被解決的懸念。而最終也證明作者對此所付出的心思和筆墨（當時應是口舌）並沒有白費。

三、從扁平人物到圓滿人物

扁平人物(flat character)和圓滿人物(round character)的劃分始於佛斯特。前者又可稱為簡單人物、漫畫人物、類型人物，屬於靜態的、固定的；這種人物自始至終反覆表現出某一性格特徵，我們只能看到他突出的某一面。後者又可稱為複雜人物、變化人物、個性人物，屬於力學的、發展的；作者對他的描繪總是面面俱到，隨時可讓他在特殊情境中變好或變壞、變強者或變弱者。似此多變化的人物，當然遠比扁平人物更接近真實世界中的人物。

史傳中的人物多被壓成扁平人物，縱然是中心人物也少有例外。太史公在傳贊中稱伍子胥為「烈丈夫」，又透過伍奢與使者的對話，點出他是一個「剛戾忍垢（忍辱）」的人；傳文自始至終也全在凸顯主人公性格中的這一點。楚平王以其父伍奢作人質誘騙子胥兄弟，子尚甘心赴死，而子胥斷然以復仇自誓：這是能忍。進入吳國後，勸吳王僚興兵伐楚，受到公子光阻撓，便暫時退耕於野，以待復出之機：這也是能忍。破楚後，鞭打平王屍骸遭到申包胥斥責，理直氣壯地說：「吾日暮途遠，吾故倒行而逆施之！」這是剛。其後夫差一再犯錯，子胥一再進諫，終因觸怒暴君而寃死：這也是剛。伍子胥在《史記》這種扁平形象，歷經《越絕書》、《吳越春秋》到〈變文〉，一步步恍如月亮從月初到月半，最終現出圓形，渾全飽滿。要知道伍子胥誠然是個不世英傑，畢竟也是人，人都有七情六欲，有七情六欲，便有複雜的情緒變化和行為反應；另外，不可避免的人性弱點也普遍存在於上智與下愚之人。凡此，〈變文〉都考慮到了。試看：當伍子胥接獲平王假託父親來書相召時，反應是機敏而理智的；當平王遣使緝拿他時，表現又是多麼地氣勢懾人。可是亡命途中他卻像個驚嚇過度的小孩兒，風吹草動就杯弓蛇影；吃飯時東張西望，不敢吃飽；人家三番兩次好心救他，他一再疑心人家懷有鬼胎。見了妻子居然不相認，走時還自己打落了被妻子認出來的雙板齒，只因「丈夫未達於前，遂被婦人相識，豈緣小事壞我大義」。到了吳國，一見吳王便匍匐在地，哽咽聲嘶，恍如迷途的羔羊投回母羊懷抱。率軍破楚後，剜取魏陵心肝，斬燒平王白骨，砍殺昭王百段，何其殘忍。尋覓父兄骸骨不得，便立樹為父兄；回途時投金江中，遙祭浣紗女，又是何等赤子心腸。

總之，伍子胥在〈變文〉中是活生生「多邊自我」的充分發展，在讀者心中也是活生生全人格的具體映現。但也有些人物到了〈變文〉反被壓得更扁更平的，闔閭就是。

四、從概念化的說明到戲劇化的演示

小說作者呈現人物性格的方法有二：一是概念化的說明，作者憑主觀印象，透過概念語言直接揭露人物的性格；簡單而經濟，但太機械化，而且抑制了讀者想像力的參與。另一種是戲劇化的演示，作者讓人物透過言語動作來呈現自己；較生動逼真，但耗費筆墨，而且容易導致讀者錯誤的判斷。舉例比較如下：「他很富有同情心。」屬於前一種技法。「出了地下道，騎樓下陰暗的角落，一個年老的乞者伸出顫抖的雙手，向他凝視著，眼神無光，口中喃喃，聽不出說些什麼。他停下腳步，把身上所有的銅板都給了他，緩慢而溫柔地。」屬於後一種。

司馬遷對兩種技法都擅長，但由於他是以留存人類的活動軌跡為任務，事件掩蓋了人物，所以側重於前一種手法。《吳越春秋》開始反其道而行，〈變文〉更是大量採用戲劇化的演示，連心理獨白都用上了。最能使讀者產生「同體感」的便是子胥遇漁父那一幕：

〔子胥〕行至江邊遠盼，唯見江潭廣闊，如何得渡？蘆中引領，迴首寂然（按：藏身蘆中，表示惶恐；前張後顧，迷惘可知）。不遇泛舟之賓，永絕乘楂（筏）之客……經餘再宿，隱匿蘆中。波上唯見一人，唱歌而撥棹（按：何其悠閒），手持綸鉤，欲似漁人；即出蘆中，乃喚言……漁人聞喚，當乃尋聲，蘆中忽見一人，便即搖船就岸。……問曰：「君子今欲何去？……願請具陳心事。」子胥答曰：「吾聞『人相知於道術，魚相忘於江湖』。下走是遊人，豈敢虛相誑語？今緣少許急事，欲往江南行李（按：身是逃犯，不敢如實相告），……」漁人答曰：「適來鑑貌辨色，觀君與凡俗不同，君子懷抱可知，更亦不須分雪（按：漁人已識破對方身分）。……觀君艱辛日久，渴乏多時，不可空腸渡江，欲設子之一餐。吾家去此往返十里有餘，來去稍遲，子莫疑怪（按：漁人練達，知彼心虛）。」子胥答曰：「但求船渡，何敢望餐（按：並非客氣，而是不敢信人）。」漁人答曰：「吾聞麒麟得食，日行千里；鳳凰得食，飛騰四海（按：漁人引麟鳳作比，一者顯示出他善於鑑貌識人，二者回應子胥「道術江湖」之語）。」答語已了，留船即去，乃向家中取食。子胥即與（替）漁人看船，心口思惟：「此人向我道家中取食，不多喚人來捉我否（按：果然心虛多疑）？」遂即拋船而去，向蘆中藏身。漁人逡巡之間即到船所。……不見蘆中之士，唯見岸上空船。……歌而喚曰：「蘆中之士，何故潛身？出來此處相看！吾乃終無惡意，不須疑慮，莫作二難（躊躇不前）。為子取食到來，何故不相就食（按：此所以漁人自稱「雖非聖人，經事多矣」）？」子胥聞船人語，知無惡意，遂即出於蘆中……兩共同餐，便即鼓棹搖船。至於江半，子胥得食喫足，心自思惟：「凡人得人一食，慚人一報；得人兩食，為他著力（按：英雄本色，恩恩怨怨）。」懷中璧玉，以贈船人。船人畏暮貪前（趁天黑前趕路），與物不相承領。子胥慮嫌少（按：又疑），更脫寶劍以酬。漁人息棹回身（按：江心停船，遂又啟子胥之疑），乃報子胥言曰：「君莫造次，大須三思。一惠之餐，有何所值？楚王捕逐於子……吾上不貪明君重賞，下不避誅戮之愆；子欲寶劍相酬，何如（怎比得上）楚王之物？……子若表我心懷，更亦不須辭謝（按：屢提起楚王，不免使子胥觸之心驚）。」子胥見船人不受……心口思惟：「慮恐船人嫌我信物輕少，雖是君王寶物，知欲如何（按：又疑）？」遂擲劍於江中……。

這一幕全是藉著動作與對話以及獨白來推展情節。就如同戲劇那樣，讓人物直接「演」給觀眾（讀者）看，而人物的性格、心境、情緒、動機全交由觀眾自行領略，編劇（作者）不須站出臺前作任何解說。至於括弧內筆者所下的按語，其作用等於把演示還原為說明，如果有所偏差，正好印證前文指出的戲劇化演示的缺點：容易導致讀者錯誤的判斷。

五、從中性背景到激情背景

背景是指事件的時空位置和環境，也就是環繞著人物與動作的周遭景況。歷史記載中的背景，常只是單純的時空指標，「天大雨」就是天大雨，「石橋下」就是石橋下，不會有特殊含義。這種背景可稱作「中性的物質背景」。至於小說中的背景往往具有如下兩種作用：一是反映人物的心境或情緒，二是製造特殊氣氛。這類背景稱作「激情的精神背景」，或者就說那是一種「氛圍」。

《史記》中的背景全然不存在烘染、象徵的作用，《越絕書》、《吳越春秋》亦然，到了〈變文〉

才讓背景發揮激情功能。這一點最能見出〈變文〉修辭的審美價值。譬如在子胥逃亡途中，作者把動作與背景穿插著處理，表面上是戲劇與圖畫的交錯，實際上卻是人物整個精神面貌的融合統一：

> 子胥哭已了，更復前行。風塵滿面，蓬塵映天，精神暴亂；忽至深川，水泉無底，岸闊無邊。

此處「蓬塵映天」正是精神暴亂的投影，而「水泉無底，岸闊無邊」豈不是逋逃客近乎絕望心境的寫照？又如：

> 〔子胥〕行至江邊遠盼，又見長洲浩瀚，漠浦波濤；霧起冥昏，雲陰靉靆（音ㄞˋㄉㄞˋ，天色昏暗的樣子）；樹摧老岸，月照孤山；龍震鼇驚，江沌作浪。

其中「長洲浩瀚，漠浦波濤」象徵主人公多難的生命旅程；「霧起冥昏，雲陰靉靆」烘染出愁惘的心情；「樹摧老岸，月照孤山」暗寓孤獨無助的處境；「龍震鼇驚，江沌作浪」可從楚平王（龍）下令緝捕伍子胥（鼇）之事獲得聯想。

再如當伍子胥遇見「就禮未及當歸，使妾閑居獨活」的妻子時，作者如此透過子胥之眼呈現其妻的居住環境：

> 川中忽遇一家，牆壁異常嚴麗，孤莊獨立，四迴無人。

寥寥數語正是伍妻個人意志的現形（又何嘗不是丈夫伍子胥私下的想望）：「牆壁異常嚴麗」象徵她的貞烈，縱然是空閨獨守，但心防甚嚴；「孤莊獨立，四迴無人」不啻是伍妻寂寞心境的映現。此所以當她最後向丈夫表明心跡時，會忍不住傾懷訴怨：「年光虛擲守空閨，誰能度得芳菲節？……

懶向庭前覩明月，愁歸帳裡抱鴛鴦。」

另外，伍子胥為報父兄之仇而率領九十萬大軍伐楚，渡江之時，作者描述的周遭景象是：

屬風浪靜，山林皎亮；日月貞明，霧卷青天，雲歸滄海。

可不正反映出主人公躊躇滿志的暢快心情？這條大江當年他逃命時也曾渡過，兩番渡江，兩般景象，豈是偶然？

要之，背景在「究天人之際，通古今之變」的史傳中被提及，是基於史實記載的需要。在小說藝術中，它已一躍而為不可或缺的構成元素；儘管地位還無法跟情節、人物相提並論，也絲毫不能忽視它對情節、人物的幫襯作用。「尋常一般窗前月，纔著梅花便不同」，〈變文〉中的背景穿插亦可作如是觀。

結語

敦煌文化寶庫中的一百多種寫本變文，經校勘整理出數十種，篇篇珠玉，相當受到通俗文學研究者的注意和寶愛。當世已有不少文學評論家、文學史家從不同角度、用不同方法研究其藝術價值和文學特質。筆者今天選出其中一篇——其所以看上〈伍子胥變文〉，蓋因悲劇人物的故事一向吸引我——作這種以今觀古、旁搜遠紹的試探，也只是嘗鼎一臠而已。盡嘗其餘，有待大家共同努力。

一九七八年一月

直抵詩心的解詩法

寫詩難，講詩也不容易。前者做的是一種濃縮工作，既要濃縮得飽含詩味，而又不致於化解不開，當然難；後者進行的是稀釋，既要稀釋得入口無礙，又要不失原味，確也煞費周章。其間的關係又有點像「氧化↓還原」一樣，催化過程是少不了的。

據聞有人寫詩是先寫成散文，再逐句逐段轉化成詩的；即令這一道紙上作業程序可免，詩人落筆成詩之前，在心中醞釀的，最先也是散文。既然如此，那麼講詩時只要把詩句轉回散句，豈不就詩旨在握了。問題不那麼簡單。首先，將詩句還原為散句之前，你必須先掌握住散句化詩句的一些規律；其次，你必須從詩句裡面，尋出一條可能的線索直抵詩心，才能知道詩人當初運用的是哪一種規律。

詩人將散句化詩句，其中一個規律是把兩個單一的世界疊合成一個混沌世界。例如國中國文課本所選渡也的〈竹〉，最後一段的前五行（原作無標點，課文中的標點為編者所擅加；後面所引吳晟〈負荷〉亦然）：

雖然風善用所有構陷的話，
攻擊你細瘦的影子；
即使最冷的朝代，

你仍然筆直堅持，
站在雨裡。

第三行「即使最冷的朝代」，撇開關聯詞語「即使」不論，「最冷的朝代」分明是由「最冷的季節」和「最黑暗的朝代」交相疊合而成。前一句的「季節」被後一句的「朝代」所吸收，後一句的「黑暗」則被前一句的「冷」所吸收，交疊的結果，便成了「最冷的朝代」。茲用圖明示於下：

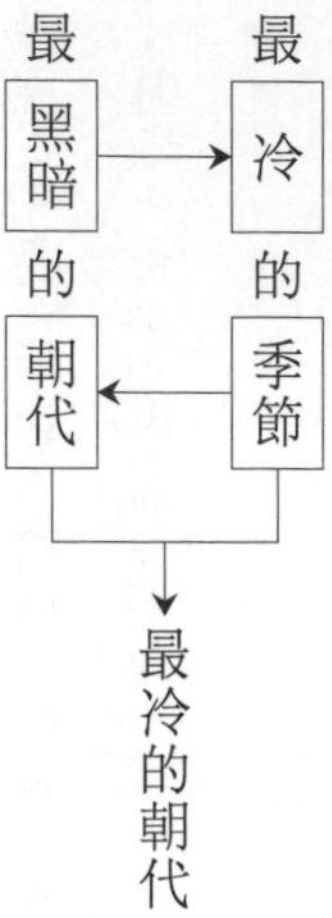

其中「最冷的季節」屬竹的世界，「最黑暗的朝代」屬人的世界，兩個不同的世界合而為一以後，緊接著出現的「你仍然筆直堅持」的「你」，便成了人竹合體、物我為一，既指竹也兼指人了。

至於最後二行：「你仍然筆直堅持，／站在雨裡。」從「竹」這個層面看，也應是兼指兩個世界：「風」的世界和「雨」的世界。因為能使竹「筆直堅持」的是風，且第一行也已出現「風」字，而「風雨」又是經常連言的。這種「風」和「雨」前後照應而又互相補足語意的情況，與古典詩歌中常見的「互文足義」頗有異曲同工之妙。

再看第二冊所選吳晟〈負荷〉結尾二行：

最沉重

也是最甜蜜的負荷。

很多人講到這裡，都以不變應萬變，拿修辭格「映襯（反襯）」或「對頂」來硬套。筆者一度以「矛盾語」解之，今則從「詩思」的角度，視作是兩個情感世界未分開前的渾沌狀態。解讀時將它們分開後，所形成的兩個不同世界應是：「沉重」的感覺向「加班之後，便是深夜了」靠攏，自成一個「生活重擔」的世界；而「甜蜜」的感覺則向「你們熟睡時的小臉比星空更迷人」靠攏，另成一個「兒女溫情」的世界。

上帝雖賦予詩人重組世界的特權，卻也要求他們遵守一些規律，其中最重要的便是：「解詩線索」的預留。說詩者只要抓住詩人暗中留下的線索，便可循線探索，直抵詩心，將詩人的世界重新解構、還原成一般讀者熟知的世界。至此，即便是解讀李商隱的象徵詩、朦朧詩，也不會「苦恨無人作鄭箋」了。

一九八八年五月

不是呻吟語

臥病在床的人，除非痛苦不堪，病極無聊總喜歡想東想西，特別是像我這種本來就好思不好動的人。不久前我因胃疾在醫院躺了一個多星期，也想了一個多星期，很幸運地從頭到尾不雜一聲呻吟。

「不糖」

醫生說，這種消化器官疾病忌吃甜。住院的第一餐，廚房送來特別飲食，餐盤裡兩小碟菜餚加上一大碗稠粥，旁邊還有一張淡紅色菜單。我順手拿起來瞄了一眼，赫然發現備註欄寫著「不糖」兩字。

我想起了現代詩人的名句——「這個人，不煙不茶不酒」。

我更想起了文言文中的——「不日不月」、「不君不臣」、「不冠不履」……

回頭再想想寫「不糖」的這位醫師或營養師，他在寫詩還是寫文言？顯然他純是基於節省時間而在文字上求簡，卻也暗合文言語法。我於是又想起家裡人出門採購前，為了備忘，會在紙片上記下物品的名稱及數量，諸如：「鬧鐘一、日光燈管一、燈泡二、資料夾大三小五、原子筆紅一藍二」等等，先名詞後數詞，略去單位詞（量詞）及一些不重要的文字。這種簡化是如此自然而然，卻又十足文言化，與明人魏學洢〈核舟記〉的表達方式如出一轍：

通計一舟：為人五，為窗八，為篛篷、為楫、為爐、為壺、為手卷、為念珠各一；對聯、題名并篆文，為字共三十有四。

最後，我獲致兩大發現：

其一、現代人寫字作文較說話簡略，其原始動機乃在於節省時間；而古代文言的求簡，更有節省書寫空間的考慮。因為上古所用的書寫工具——竹簡又笨重又狹窄，要在上面寫字當然能省則省，愈簡愈好。

其二、「簡」的造字本義指竹簡，其後引申而有簡省、簡略、簡單的意思，正是來自於在竹簡上寫字記事之力求簡化。

一個「不糖」讓我想到了文字書寫歷史的演變發展，再沒有比這更令人意外的收穫了。

「書犬馬事」

病床上不適合看太硬的書，我選讀的是明朝人馮夢龍編纂的一部趣譚大雜燴：《古今譚概》。書中的故事，我多半像看《白朗黛》或《淘氣阿丹》一樣，讀過去便讀過去了。唯獨這個「書犬馬事」，我停下來想了又想，一直到把它想出一番道理來，才放它過去。這實在不只是個有趣的故事而已：

歐陽公在翰林時，常與同院出遊。有奔馬斃犬，公曰：「試書（用文字敘述）其事。」一曰：

「有犬臥於通衢；逸馬蹄而殺之。」一曰：「有馬逸於街衢；臥犬遭之而斃。」公曰：「使子修史，萬卷未已也！」曰：「內翰（尊稱歐陽脩）云何？」公曰：「逸馬殺犬於道。」相與一笑。

這個故事以前也在一本討論古文修辭的專書裡讀過。當時對作者的解釋一直不甚滿意，他的大意是說：歐陽造語，以簡取勝。

看整個故事，歐陽脩似乎也認為別人詞費，遠不如他精鍊。此公作文是以好簡出名，他的《新唐書》標榜的正是「其事則增於前，其文則省於舊（前、舊皆指《舊唐書》）」的修史原則，所以他才笑人家「使子修史，萬卷未已也」。史書而外，其他文章他也唯簡是尚，「環滁皆山也」是他的招牌句。只是總覺得文人寫文章，又不是做官的在便民服務、窮人家在辦喪事，簡就是好？劉禹錫的「春入燒痕青」，怎麼讀都遠不如白居易「野火燒不盡，春風吹又生」達意又切情。顧炎武說過：「辭，主乎達，不主乎簡。」文字的藝術，並非少少許就一定勝人多多許。

設若歐陽脩果真以「造簡」取勝，則所謂簡不是用字繁簡的簡，而是另有所指。今天我這個無事可做的病號，何不把它想出個所以然來？看看編者馮夢龍，他為這則趣譚所定的標題是「書犬馬事」，也就是說歐陽脩三人造句比賽比的是「敘事句」。作文時敘事應有兩大原則：一是求生動，二是求觀點之統一。生動與否，無關乎簡不簡；而觀點統一便是求簡了。於是答案出來了。

前兩人的敘事方式大概是受到駢文影響，喜歡分從兩個觀察點來看同一件事物，以致於忽而從事件發動者的馬來觀察，忽而從受動者的犬來觀察；不只觀點顯得混亂，還沒事找事做，把完整的一句話硬拆成不相連屬的兩個分句。這就是不簡。而如此的不簡是敘事觀點不統一所造成的，並非用字太多的緣故。

歐陽脩就不一樣了，觀察點始終牢牢盯在馬的身上：馬逸於道，馬殺犬——「逸馬殺犬於道」。充分傳達出應有的速度感，殺得一派俐落。另外，單單拈出一個擬人化的「殺」，也較「蹄而殺之」、「遭之而斃」更令人驚心動魄，有一種筆下生風，兔起鶻落的架勢。

不妨另以白話造句相印證。說「我到醫院去；醫生幫我看病」，還不如說「我到醫院去給醫生看病」；甚至說成「我去看醫生」，藉著化被動為主動來化繁為簡，並統一觀點，只要不致造成誤解，又有何不可？

敘事句「簡就是好」，是要配合著觀點看的。「環滁皆山也」好，好在這個地方；「逸馬殺犬於道」好，也好在這個地方。

《古今譚概》

有一句戲詞是這麼唱的：「好漢單怕病來磨，秦瓊一病還賣了黃驃馬。」這世間似乎尚未聽過有不生病的好漢，像維摩詰那樣的相好莊嚴身，還不是免不了該示疾就示疾。生病時就是要這樣想，藉著大人物的「也不好」、「也不行」，來對襯出自己的「也很好」、「也很行」，就不會為生病而憂苦了。其實大人物不只身體不會比我們好，在心理、人格上也常不見得比我們健全。這是我這號小人物病牀上讀《古今譚概》讀出的一點心得。

《古今譚概》一名「古今笑」，此書「羅古今於掌上，寄春秋於舌端」，把中國歷史上一切迂腐、荒唐、謬誤、怪誕、愚昧、偏私、庸俗、傲慢、邪僻、放浪、鄙吝、猥瑣、痴頑、詭譎、妖異、造作、乖巧、風趣、機智……等可哂可笑可鄙可憐可喟嘆的行徑，一一分類呈現在讀者面前，恍如一幕幕歷史荒謬劇，而劇中要角不乏歷史上赫赫有名的人物。這些人也許位高權重，但就如同西諺所言：「猴子爬得越高，越讓人看到牠醜陋的屁股。」愈是「大人」，愈有他可「藐之」的地方。試看：

——大漢帝國的丞相丙吉「問牛不問人」；孟光的賢丈夫梁鴻「不因人熱」；道學家程夫子對皇帝「諫折柳」：你以為這是佳話是美談嗎？編者馮夢龍提醒我們，這是典型的迂腐。

——王維愛潔成癖，輞川別墅容不下微塵，派有數人專事打掃，每天不知掃壞多少掃帚；米芾洗手不肯用巾帕擦，拍手拍到自乾為止；倪瓚（雲林）要讓庭中梧桐樹長保乾淨，早晚提水刷洗，樹因此槁死：這是所謂怪誕，全發生在藝術家身上，大概研究創作心理的現代學者才能作出合理的解釋。

——陶淵明煮飯燒菜之前，先來個拜火儀式以示感恩；米芾執朝笏拜大石，呼之為兄：這稱得上愚痴。

——王敦進富貴人家的高級廁所，誤吞塞鼻用的乾棗，誤喝洗手用的淨水：這叫謬誤。

——皇后為皇帝生下龍子，皇帝高興之餘便賞賜群臣。殷羨（洪喬）竟謝恩說：「微臣在這上頭並無任何『功勞』，受到如此優厚的恩賞，感到很惶恐。」這恐怕不只失言而已。

——劉裕學寫毛筆字，學多大，就寫多大，用出來還是那麼大：這是當皇帝的不學無術到極點。

——張衡身著朝服而當街吃零嘴，付出丟官的代價：這是所謂「不韻」。（也許在魏晉反是「風流」是「名士派」？）

——王戎賣李鑽核；王導有甘果捨不得吃，任它腐爛：這是貧儉（在我們看來是「鄙吝」，二人其實都是大富大貴之人，王導甚至是當時王謝大家的代表人物）。

其他諸如歐陽詢被笑長得像母猴的憤懣；佛印被騙剃頭出家的懵懂；文徵明被誑入風化區的尷尬；陳獻章替人畫梅花，心想要錢而口不敢言的造作……名人偉人在我們小人物面前紛紛出乖露醜，似乎也都不只是博我們一粲而已——即令一粲，也有鬆弛神經的作用，正是〈序言〉所謂「此誠士君子不得志於時者之快事也」。

劉備認為讀《韓非子》能「益人神智」，金聖歎「三十三不亦快哉」有謂「讀〈虬髯客傳〉，不亦快哉」，我今想說的是：

病榻上臥讀《古今譚概》，能平衡心理，不亦快哉！

一九八〇年十一月

換一種說法

——談「作文三避」

英國與阿根廷之間終因福克蘭群島主權之爭而爆發武裝衝突。據報載，鐵娘子決定派出特遣艦隊遠征時，曾蒞臨國會報告，情辭慷慨激昂，有人拿它媲美二戰時邱吉爾於敦克爾克大撤退後所發表的演說。佘契爾夫人的報告內容未見此間報端有所披露，邱翁的演說辭則早為世人所傳誦：

我們會奮戰到底！我們將在法國作戰，我們將在近海和遠洋作戰，我們將以愈來愈強的信心及愈來愈大的力量在空中作戰。我們將不計任何代價保衛我們的島嶼。我們將在灘頭作戰，我們將在敵人登陸地點作戰，我們將在田野與街頭作戰，我們將在山區作戰。我們絕不投降！

就是這一段奮戰決心的宣示，內容上由歐陸而海峽而英倫三島，層層逼近；形式上除了排比還是排比，裡裡外外所形成的雄渾氣勢，排山倒海般衝撞著國會每一顆熱血沸騰的心，不僅贏得掌聲，更贏得支持。整段話總共十句，陳之藩曾從形式上的排比著手，濃縮為一句：「我們要戰，在海灘，在天空，在巷角！」（〈自已的路〉）然而就內容概括起來應是：「即使我們節節敗退，也將誓死保衛疆土！」邱翁只是把一個意思「換一種說法」表達出來而已。其所以要換一種說法，是基於表達效果的考慮。說話如此，作文更是如此。

作一篇文章和說一番話最大的不同，在於作文可以細思長考，寫寫改改；說話則一出如風，容不得你邊說邊改。準此，想寫出好文章，須把寫作過程（從構思到定稿）視為一個整體，從整體把握要領。要領其實很簡單，只有四個字：「選擇組織」，先選擇後組織。

選擇，是從眾多相同意念的字句中選出最適切、最有效的來作表達。至於應如何選擇，這裡提供「三避」原則：一避俗濫、二避空泛、三避淺露。此三避原則，卑之無甚高論；說穿了，無非是「換一種說法」而已。

要避俗濫，必須推陳出新，也就是化腐朽為神奇，以達到清新活潑的效果。

要避空泛，必須化虛為實，也就是化抽象為具體，以達到生動美妙的效果。

要避淺露，必須揉直成曲，也就是化直接為間接，以達到含蓄蘊藉的效果。

一、避俗濫：推陳出新

所謂俗濫，就是文章出現套語、口號、陳言、濫調、俗情、凡見等。須知作文如同做人；做人可以狂，可以狷，可以野，可以魯，就是不能俗，俗則不可耐。何謂俗？清人何紹基說：「所謂俗者，非必庸惡陋劣之甚也；同流合汙，胸無是非，或逐時好，或傍古人，是之謂俗。直起直落，獨來獨往，有感則通，見義則赴，是謂不俗。」（〈使黔詩草自序〉）作文何獨不然？清人劉大櫆《論文偶記》將「文人之能事」細分為「十二貴」，其一便是「文貴去陳言」，理由是：「文字是日新之物，若陳陳相因，安得不目為『臭腐』？」後來林紓〈畏廬論文〉提出「論文十六忌」，其中第十一忌「忌陳腐」，第十六忌「忌熟爛」，熟爛、陳腐都是我們所說的俗濫。而胡適《文學改良芻議》中的「八不」也有「不摹仿古人」與「務去陳詞濫調」。

俗濫之成為一種文病，是古今文論家的一致見解。因為文章被稱為作品，就須是一種創作：本質上是思想意念的創作，形式上是語文符號的創作；離開創作，則無文章之可言，更無風格之可言。此所以陸機〈文賦〉要強調「謝朝華（花）之已披，啟夕秀於未振。」黃庭堅更直截了當地勸人「文章切忌隨人後」。

對此，我們的看法是：沒有新詞，要有新意；沒有新意，要有新詞。詞與意必須有一方面是創新的，否則便是俗濫。至於既有新詞又有新意，達到唐人李翺所指出的「創意、造言皆不相師」，衡諸實際，也只有文言勉強做得到，白話則只能求之於詩歌文學了。

俗濫的文病不只初學者易患，有些寫作老手也免不了此病；諸如「挑燈夜戰」、「一燈如豆」、「罄竹難書」、「拂袖而去」等不合時宜的語言運用，都是俗濫。因為它們已失去了鮮活的語言生命，在修辭效果上只能引起讀者的「套板反應」(stock response)；然而由於可以不假思索，偷懶的作者往往隨手從記憶庫裡拈來就用上了。難怪韓愈會喟嘆：「惟陳言之務去，戛戛乎其難哉！」

韓愈對去陳言、避俗濫是很下過一番工夫的，所以後世文學史家對他古文運動的評價是以變古為復古。然而過猶不及，韓愈處心積慮去陳言的結果，有時難免流於怪奇險僻。例如〈原道篇〉有兩處藉著轉品以求新求變的敘述，一是「火于秦，黃老于漢，佛于晉、魏、梁、隋之間」，一是「人其人，火其書，廬其居」（二「人」字是避李世民諱，宜理解作「民」）；後者轉品於普通名詞之間，可以算新，前者竟連番對專有名詞下此重手，未免怪異。

總之，避俗濫只宜推陳出新，不可推陳入怪。底下是範例：

1. 陳：一放暑假，同學們紛紛作鳥獸散。

新：一放暑假，一千八百個男孩和女孩，像一蓬金髮妙鬘的蒲公英，一吹，就散了。（余光中〈塔〉）

2. 陳：同路的人，一到目的地就風流雲散，各奔西東。

新：同路的人，一到目的地就分散了；好像一個波浪裡的水，打到岸邊就四散開來。（錢鍾書《圍城》）

——以上二例針對「群體分散」所作的描述，皆摒棄舊喻而自創新喻。二位作家也都是文壇才子，足見推陳出新常是文才的具體展現。

3. 陳：綠草如茵。

新：那些毛茸茸的草毯真滑真軟。（白先勇〈那晚的月光〉）

4. 陳：相見時難別亦難。

新：珍重再見也珍重再會。（趙滋蕃〈年關的默禱〉）

5. 陳：大陸淪陷的時候。

新：當整個江山轟然陸沉之際。（張曉風〈就讓他們不知道〉）

二、避空泛：化虛為實

所謂虛，指抽象的邏輯思惟、概念語句；所謂實，指具體的形象思惟、意象語句。化抽象為具體的手法適合抒情與說理，前者所達到的境界，稱作「情景交融」，後者稱作「事理相發」。

這裡不妨藉佛家的六根六識來闡明化抽象為具體的原理與過程。所謂六根是眼、耳、鼻、舌、身、意，六根對色、聲、香、味、觸、法等六塵而生六識：眼識、耳識、鼻識、舌識、身識、意識，其中前五識屬於感官知覺，意識則為內在的心靈知覺。提筆作文時若能將一切意識轉化為前五識文章必將充滿色聲香味觸，諸般形象燦然雜陳，要不具體也不可能了。

有一個文壇掌故值得在此重提。范仲淹出守嚴州時，為了紀念一代高士嚴光，便蓋了一座祠堂，親自寫了一篇記，末尾是以歌頌作結的：「雲山蒼蒼，江水泱泱；先生之德，山高水長。」寫完後，交給友人李覯過目。李覯盛讚之餘，認為「先生之德」的「德」如改成「風」，就盡善盡美了。范仲淹立即接受李覯成為他的一字師。「風」之所以優於「德」，除了意義較豐富（隱含「君子之德，風」的典故），語感也較具體生動；而所傳達出來的形象，又能溶入「雲山」、「江水」的畫面中，其藝術效果實非「德」字所能及。

不能讓古人專美於前，底下列舉今人文例，藉著虛實對照，一窺化虛為實的奧祕：

1.虛：大家隨性之所好寫作，各白其白，各文其文，皆能卓然成家。

實：你喝你的白開水，我喝我的伏特加，任渠自飲雞尾酒。各白所白，各文所文，皆能卓然成家。（余光中〈鶉・鴨・鳳〉）

2.虛：在廣漠的人海裡相遇，今晚就讓我們聚首片刻吧。

實：浩浩的人海煙波上，今夕停舟暫相問。（張曉風〈就讓他們不知道〉）

3.虛：細數光陰，你們進入本校已三年。

實：校園裡迴廊畔的杜鵑花謝了又開，開了又謝，已然第三度了。（亦耕〈行囊帶不走的〉）

4.虛：對於自己的過錯，我們不能輕易原諒；對於別人的缺失，我們要儘量忘卻。

實：對於自己的過錯，我們要把它刻在石碑上，永不磨滅；對於別人的缺失，我們要把它寫在水面上，任流而去。（某生〈律己與待人〉。按：這二句從表意方式到表達效果，都可媲美《幽夢影》與《菜根譚》；果真出於自創，則此生文才不可限量。）

三、避淺露：揉直成曲

「飲酒莫教成酩酊，賞花慎勿至離披。」前面說過，作文如同做人，某些道理是相通的。做人忌直情徑行，作文忌一瀉而盡，尤其是抒情文及詩歌，更須講究曲折深婉，所謂「句中無其詞，而句外有其意」。人類天生就有窺探隱私的心理，東西藏得越隱祕，越能引發人們發掘的興趣，所以法國象徵主義大師馬拉梅對詩人提出忠告：「說出是破壞，暗示才是創造。」試看女詞人李清照的〈鳳凰臺上憶吹簫〉，其中備受世人傳誦的三句：「新來瘦，非干病酒，不是悲秋。」吞吞吐吐，曲曲折折，「相思」兩字在欲說還休中隱藏得多麼巧妙。語云：「有磨皆好事，無曲不文星。」誠然，西湖的九曲橋一旦拉直，豈不成了唐突西子。

底下是幾個揉直成曲的修辭例，直與曲相對照，更可以發現曲折迂迴之引人入勝處：

1. 直：賽納河的柔波裡掩映著羅浮宮的倩影，不知吸引多少人自沉於其中。

曲：賽納河的柔波裡掩映著羅浮宮的倩影，它也收藏著不少失意人最後的呼吸。（徐志摩〈巴黎的鱗爪〉）

2. 直：我生長在一個不大愉快的家庭裡，又兼自幼多病，病久了，連母親都起煩，幾乎要不管我了。

曲：我生長在一個不大愉快的家庭裡，又兼自幼多病，病到幾乎把母親的愛也耗盡。（鍾梅音〈百年悲君亦自悲〉）

3. 直：寫了一下午的功課，身心俱疲，休息一會兒吧。

曲：寫了一下午的功課，燈一定不勝負荷，熄一會兒吧。（某生〈雨窗小記〉）

4. 直：我感動得掉下了熱淚。

曲：我擦擦眼睛，手是暖溼的。（某生〈那一夜〉）

5. 直：我衝出門，也未看清楚左右來車；叭的一聲，一輛計程車飛也似地向我逼近，在此間不容髮的生死關頭，它的緊急煞車發生了效用，而挽回了我的生命。

曲：我衝出門，也未看清楚左右來車；叭的一聲，一輛計程車飛也似地向我逼近，在決定我是躺在地上昏迷不醒，還是平平安安上學的一瞬間，它的緊急煞車發生了效用，而挽回了我的生命。（某生〈上學途中〉。按：此例出現於敘事文，除了揉直成曲外，尚有「急事緩寫」的妙用。）

結語

文章出苦心，誰以苦心為？能做到上述三避原則，便能靈活運用「換一種說法」；能「換一種說法」，便可堂而皇之步上創作之途。《文心雕龍・通變》：「設文之體有常，變文之數無方。」我們如今在「無方」中求方，開出「換一種說法」之一方，無非著眼於「文心（為文之用心）」，從文心切入來強調：「換一種說法」之於作文，是想像力的發揮，不是記憶力的運用；也就是作文要憑想像力，不要憑記憶力。

一九八二年五月

談文章的玄關設計

「文章要開門見山，如果一定要迂迴取勢，也要等到以後再說，一開首總要痛快乾脆。」這是梁實秋先生〈論散文〉所提出的見解。

每次教書教到這地方，總不忘記提醒學生，儘管是大師的話，該保留仍須保留。「開門見山」的文章誠然常是好文章，「開門不見山」的文章也不見得就是壞文章。梁先生自己日前刊登在《聯合報》副刊的〈憶天津〉，就不是開門見山式的寫法。一開始，他說蘇杭、談北平、提上海，帶我們繞了好一陣圈子，才慢條斯理地憶起他的天津。如此開頭並不「痛快乾脆」，但無損於通篇文章之好。迂迴取勢的文章開頭，章法學家簡稱為「迂迴式開頭」，古典文論家稱之為「借帽覆頂法」或「埋兵伏將法」，我則喻之為「玄關設計」。

現在很多講究居家空間藝術的人家，總愛在進門處設計玄關，作為客廳與大門之間的緩衝地帶，以免客人一進門就把住家的一切盡收眼底，總要讓他帶著欣賞的心情，走一步看一步，讓他入得家來，還真有那麼一點尋幽訪勝的味道。大概只須看有無玄關以及玄關設計是否發揮應有的作用，便可以推測出這一家的審美傾向如何了。至少我還沒看過「開門見廳堂」的設計而令人歡喜讚嘆的。

作文的道理與此差堪彷彿，特別是講究藝術性的文學創作，開頭有玄關設計，往往能帶來引人亟欲一窺究竟的興味。否則將形同逛菜市場，應了袁枚之所言：「擾擾闤闠，紛紛人行；一覽而竟，

倦心齊生。」（《續詩品‧取徑》）

國中國文課本另有清人薛福成的古文〈觀巴黎油畫院記〉，其玄關設計就相當出色。從篇名及內容都可以看出文章重心在油畫院，但開頭一小段講的卻是蠟像館。這不是題外話，這是「取勢」是玄關。如果拿掉這一小段重讀，便會發覺儘管主旨不受影響，原本具有的氣勢和韻味卻減弱了。這正是玄關的妙用。

一九八四年九月

詩與九曲橋

有學生問詩與散文的異同，詩有什麼特色。我本來想借用清人吳喬的說法：「意，猶米也，文炊之為飯，詩釀之成酒。」但學生沒喝過酒，此喻對他有隔閡。由於他到過澄清湖，我就改藉澄清湖九曲橋作比方，希望能以其所知喻其所不知。我問他：橋是用來聯絡兩岸之間，按照常識，兩點之間的距離以直線為最近，幹嘛要弄得彎彎曲曲害人多走冤枉路。他想了想說那樣子比較好看，走起來也比較有意思。

詩正是如此。如果我們把一切文學都看作是人類溝通情意的橋樑，那麼散文是直來直往的直橋，而詩便是經過藝術化處理的九曲橋了。我這一套譬喻，正可以印證古、今詩評家所謂「詩忌直貴曲」、「詩是曲折語言」等說法。曲折的語言，說它是文字遊戲也可以。當我們漫步在澄清湖的九曲橋之上，哪一個不是抱著悠閒的遊戲心情？可知這種遊戲也是滿有意義的，至少對你的聯想力是一大考驗。

寫詩，需要聯想力；讀詩，也不能沒有聯想力。藉著聯想力，你才能使曲折的語言還原成直來直往的語言，一旦九曲橋變回直橋，就能與作者順利地溝通情意。試看綠原的〈小時候〉：

小時候

我不認識字

媽媽是圖書館
我讀著媽媽

這座詩的小型九曲橋把它拉直了，其實就是：「小時候，我什麼都不懂，媽媽是我知識的唯一來源。」

再看鄭愁予的〈錯誤〉：

東風不來，三月的柳絮不飛
你底心如小小的寂寞的城

這二行也相當婉轉曲折，我們運用聯想力伸直的結果，前一行說的不外是「你（妳）心裡只想著一個人」，後一行緊接著是「你（妳）默默地等待，苦苦地守候」。

最後看超現實主義詩人洛夫的〈子夜讀信〉

子夜的燈
是一條未穿衣裳的
小河
你的信像一尾魚游來

雖然因「超現實」而頗為曲折，所幸有詩題中的「讀信」作引道，領我們順利過橋。這三行說穿了只是「我在燈下讀你遠方的來信」，詩人的主要聯想關鍵是把信幻作魚，而小河的意象是順著魚連帶想出來的。其中魚的聯想源頭，更可追溯到漢魏古詩：「客從遠方來，遺我雙鯉魚；呼兒烹鯉魚，中有尺素書。」讀者如果死抓住現代魚不放，就會走錯聯想方向。

當然，詩語言的曲折度再如何超現實也應有個限度；過分曲折，就會導致此路不通。例如：

夏日撞進臥室觸到鏡內的一聲驚呼
你即將暗色塗在那個男子撣塵的手勢上
如你欲棄自己的嘴唇而逃，哦，母親
請先鎖一條小蛇於我眼中

這是一段令人迷失方向的「百曲」橋，我們讀了又讀，想了又想，雖然每個字都認識，卻是每一句都不懂。大概柏楊所譏諷的「打翻鉛字架排出來的」，正是這等詩。不由得就想到王鼎鈞的遭遇。早年他主編報紙副刊，碰到版面臨時須補白，便從來稿中抓出現代詩來派上用場。現代詩篇幅短小，如此安排本來堪稱得其所哉；錯就錯在王鼎鈞多說了一句話：「時間急迫，反正現代詩就算排錯字沒校到，也不會有讀者看得出來。」此話一傳開，王鼎鈞得罪了不少寫現代詩的人。

基於曲橋直橋的理論，我們對現代詩的看法是：讓人一讀就懂的，是所謂「非詩」；三讀四讀還不懂的，就只能是「偽詩」了。試想：澄清湖的九曲橋一旦曲到了一、二十曲，還有多少遊客願意上去走它一遭？又有幾人會認為那是一座橋？

一九八四年九月

談案頭笑話之「趣」

笑話有兩類，一是說來聽的「口頭笑話」，二是寫來看的「案頭笑話」。這裡要討論的是後者。這種供人閱讀而常不止博君一粲的笑話，很早就被視為文體的一種，與寓言或「諧讔」頗有淵源。即便如此有來頭，一般人仍認為難登大雅之堂；我則深信雖小道必有可觀，否則蘇東坡也不可能以其大才而創作《艾子雜說》之類的笑話式寓言集了。明清以來編寫笑話書的也不乏文學史上知名人士，如李贄有《山中一夕話》，徐渭有《諧史》，鍾惺有《諧叢》，馮夢龍有《古今譚概》（一名「古今笑」）、《笑府》、《廣笑府》，俞樾有《一笑》，吳沃堯有《俏皮話》、《新笑林廣記》，周作人有《苦茶庵笑話選》等。

案頭笑話是否可觀，全在於作者能否掌握住笑話的「趣」點。趣，並不等於可笑，可笑只是趣的一部分而已。理想的趣縱有可笑之處，也應是讀者自己從會心處發出來，決不是隨著作者「一室為之絕倒」、「語畢哄堂大笑」之類的指示而笑出來的——那是「矮人看場，隨人嘆賞」的笑，不值一笑。多年前有一部《神仙家庭》電視影集，藉著女巫的愚弄凡人而製造笑料；每當劇情推展到可笑之處，便配上千篇一律的幕後笑聲，提示觀眾「這個地方很好笑，請開始笑吧」。（這使我想起臺灣喪儀中的哭靈：「師公」在靈前作完莊嚴的超渡法事之後，轉身對列跪成行的家屬說：「現在可以開始哭了。」）像這種破壞「見事觀點」的激笑手法，在影視中已落入下乘，在文字中更是拙劣之至。

活躍在鑑賞或審美中的心靈，都是喜歡接受暗示的。可不可笑或有趣與否，來自故事本身的呈現，而不是作者的從旁明示。有個故事是說韓戰期間，聯軍中一位美籍將領應邀向一師南韓士兵講話；其間將軍穿插了一個美式笑話，經由韓籍翻譯官的轉譯，臺下居然也笑聲不竭。事後，將軍拍了拍翻譯官的肩頭，盛讚他是成功的翻譯家。翻譯官則說：「啊，沒什麼，將軍。您那個美式幽默翻成韓語根本就不可笑，無奈何我只好向弟兄們宣布：『各位，剛剛將軍講了一個笑話，我翻不出來；為了敦睦邦交起見，現在請大家盡情笑罷！』」

這裡面的笑趣，對士兵來說，雖是被要求的，但仍有會心自得之處，因為翻譯官所以會提出此一要求的本身便十分有趣。對讀者而言，由於是劇中人對劇中人的要求，而不是作者對讀者的要求，所以讀者仍可以冷眼旁觀，然後觸機而樂。另一方面，就整個劇情來說，將軍、翻譯官、士兵三者所特有的處境以及彼此之間的關係，組成了一片「尷尬」；妙的是這種尷尬會衝破文外，延展到讀者身上。例如將軍享受講笑話的樂趣原是一種不自覺的尷尬，覺察到的只有翻譯官、士兵、以及故事敘述者，至於讀者一直要等到將軍恍然大悟這才「原來如此」，於是讀者很自然跟著將軍成了故事嘲諷的對象。可笑在這個地方，有趣也在這個地方。

姑且借用訓詁學上的術語進一步談「趣」：趣之為言趨也。趣的產生原是情節配合情緒湊成的一種「趨勢」，勢之所趨，於作者有絕對的自由意志適可而止，於讀者卻無法有效控制，情緒既被引到了趣點，趣不趣就由不得你了。好比颱風帶雨來，其後風停了，而雨勢不止，或許可因此解除旱象，但也可能造成土石流，帶來災難。笑話的作者必須有本事趨使故事達到高潮，然後戛然而止，這就牽涉到敘事策略了。運用得法，題材本身已有趣的可以趣上加味，原無趣的可以使它因而趣味化：

月臺一名婦人問火車站站務員：

「請問北上的列車，什麼時候到？」

「三點半。」

數分鐘後，婦人又問道：

「南下的列車會幾點到？」

「四點十七分。」

才問完，又繼續問：

「往東部的列車呢？」

「晚上八點。」

隔了一會兒，婦人又走過來問：

「那麼，開往西部的列車幾時會入站呢？」

「明天晚上以前都沒有列車！」站務員不耐煩了。

婦人聽完站務員的回答後，臉龐陡地一亮，轉身對著站在月臺旁的小男孩叫道：

「威利！現在你可以穿越鐵道了！」

把婦人煩人的原因保留到最後，才藉著動作與對話戲劇性地點了出來，使得讀者於瞬息間對婦人有一種由厭而喜、由哂而敬的情緒轉變：原以為婦人是嘮叨、無聊，卻原來是謹慎，而謹慎的背後則隱藏著亙古以來母親對子女永不止歇的關愛。古人所謂「尺幅千里」之趨（趣），指的正是這種故事內部的張力。倘若我們換一種敘述方式，開頭便把婦人的動機明示出來，說她如何謹慎、如何關心孩子的安全，同時又把她一問再問、問問停停，令站務員不耐煩的戲劇性呈現簡括成概念性敘述，就一切索然無味了。

同樣的題材，由於敘述策略不同，便產生迥異的效果。可見趣不趣的關鍵常不在於表現什麼，而在於如何表現；這包括慎選「見事觀點」，避開平鋪直敘，重組時空或倒裝因果以製造讀者懸念，乃至製造「意料之外，情理之中」的歐亨利式結局等等，都可斟酌採行。其間運用之妙存乎一心，好比砧板上剁鹽水雞，會剁的，塊塊是肉；不會剁的，見骨不見肉，塊塊尖稜刺人。

一九七九年九月

談「古文」的死活

胡適當年為了提倡白話文，攻擊古文是「死文學」之餘，公然宣稱「古文死了兩千年」、「死文字決不能產生活文學」，並且很戲劇化地在〈文學革命運動〉一文中，替古文補發訃文，昭告天下：

古文死了！死了兩千年了！你們愛舉哀的，請舉哀吧！愛慶祝的，也請慶祝吧！

六十多年後白話文大行其道的今天，我們回首省視胡適這番激情的告白，發現裡面存有若干疑點，值得提出來重新檢討。

疑點之一：胡適為什麼要把文言文稱作「古文」？

疑點之二：「古文」真的死了嗎？真的已死兩千年了嗎？

第一個問題，胡適稱文言文作「古文」，是別有用心的。胡適提倡白話文運動，本質上是一種革命——文學革命——革命的對象是文言文。一如人間所有的革命，為了有效摧毀革命對象，胡適必須儘量貶損文言文的價值，損之又損，以至於無，再藉著名稱的巧妙轉換（胡適是精通名學與邏輯的，這一套技倆他不會不加利用），於是單純獨立於口語之外的文言，到了革命者胡適的筆下，搖身一變成了「古文」——古人使用的語文。順此推衍出去：古人都已死光光了，古文還能不死嗎？這樣的論斷，正好成就了胡適所認定的「白話文是活文學，古文是死文學」的一貫主張。拔幟易幟而又李代桃僵，可算是胡適進行革命時的一種策略運用，一旦革命成功，稱文言文為古文的說法便很自然地失所依據。我們也不必深責。

至於第二個疑點，古文死不死，死多久的問題，恐怕就不是「革命策略運用」所解釋得了的。這裡面牽涉到對歷史文化、對語言文字的認知問題。

討論這個問題之前，我們必須先把古文正名為一般習稱的「文言文」。文言，是跟白話相對稱呼的。就廣義語言的角度看，前者是書面語言，後者是口頭語言。這兩套自成系統的語言，自從漢字發明以來（亦即文言肇始之初），就一直涇是涇、渭是渭地分流著；到了晚近，雖然漸有混淆合流的趨勢，但只要稍加溯源觀察，便不難發現兩者原來的關係是平行的，而不是銜接的。胡適當年跟人辯論「白話是古文的進化呢？還是古文的退化呢」未免思不及此。文、白的關係既然不是一脈相承的銜接，就不存在進化或退化的問題。說「白話是文言的進化」跟說「白話是文言的退化」都屬似是而非，甚至荒謬得如同說人是由動物園裡面的猴子進化來的一樣。大概名「適」字「適之」的革命者是進化論的信徒，好從進化與退化看萬事萬物之是否「適者生存」。

無論白話或文言，都沒有生物學上進化的現象，有的只是演變發展而已。兩者各自不斷發展，不斷演變，從早期的截然不同，歷經中古、近古俗文學的激盪，到了五四運動前夕，彼此的距離已經拉近，特別是原先差異最大的語法和詞彙，不再那麼涇渭分明了——我們只消把林紓、梁啟超的文言文與莊子、韓愈的文言文作比較，便不難印證這種說法——而就在這個時候，胡適、陳獨秀、錢玄同等人高舉文學革命的大纛，因勢利導，幾番摧陷廓清之後，使得口頭語言得以全面進據書面的領域，白話文遂成了文學主流。文言文既然不敵，只好化整為零，憑血緣與地緣之便，反過來對白話文進行分化滲透，經過多年的努力，終於形成對白話文點與線的割據局面。所謂「文白夾纏（交融）」的語言運用，哪一個新文學作家能完全避免？周作人、梁實秋堪稱箇中典型。即令高喊古文已死的胡適也常寫出他自嘲為「非驢非馬」的文章，試看他給洪煨蓮信中的一段文字：

久未奉答十月廿日長書，至歉。校勘之學，以尋求古本善本為最好。考證之學，以尋求材料證據為最好。洪适（棣按：洪适，宋人，洪邁之兄。适，音ㄍㄨㄚ）在七百多年前說，「時無善本，雌黃不可妄下」，此校勘學的名言也。傅孟真說，「上窮碧落下黃泉，動手動腳找材料」，此歷史考證學的名言也。

（周法高編《近代學人手跡》貳集）

胡適一方面要逼死文言，一方面又讓文言在自己筆下局部復活，曾說過：「有不得不用文言的，便用文言來補助。」（〈建設的文學革命論〉）有時甚至不只「補助」，還「全額支應」。民國十年他為亡母寫的〈先母行述〉通篇無一句白話，連篇名都是純文言的。這並非他性格上的矛盾使然，而是文言根本就不曾死，死不了。白話運動之前的兩千年或更久，古人全面使用文言，不是在使用已死的語言，而是在使用另一種語言——書面語言；白話運動後的今天，我們有限度地雜用文言，也是基於同一理由。有些作家，特別是詩人，甚且以一種追求精美的心情，有意識地擷取文言入詩。余光中就最具代表性，有實踐也有理論：

我們相信，文言在日常生活上雖已僵硬難用，但在藝術品中，經詩人的巧妙安排，卻能「起

死回生」，加強美感。（〈談新詩的語言〉）

他所舉的一個例子，是自己悼念胡適的〈香杉棺〉詩中三、四兩段。今錄其第四段：

必焉待黃河澄清，老人星昇起
必焉渡臺灣海峽
始有鼾聲自兩岸揚起

文學作品中，文言固然不斷地「起死回生」，而日常生活裡，文言也生氣勃勃得很，隨時都在那裡伺機而蠢動，並非如詩人所說「已僵硬難用」。「匪諜自首，既往不究（咎）」、「取之於社會，用之於社會」、「保持距離，以策安全」、「軍事重地，非公莫入」、「施工期間，不便之處，敬祈見諒」、「五折起全面酬賓大降價」，觸目所及，一切口號、告示、標語，仍然是文言或準文言當令得勢。「立正」、「覆帽」、「匍匐前進」，在講究旅進旅退的部隊、學校裡面，沒聽過白話的口令。報紙上經常看到譯自外電的報導，諸如「……當被問及是否採取進一步行動時，他作了如上表示」的歐化複雜句式，必須借助文言才能順利譯出。至於學術界透過翻譯大量輸入外來術語，用的泰半也是文言模式：情感回饋 (affective feedback)、複婚制 (polygamy)、若且唯若 (if and only if) 等都是。甚至像電報、請柬、啟事、楹聯、獎狀、題辭、訃聞、碑銘、祭文、布告、法令、規章等應用文，基於簡潔與典雅的要求，白話始終無法取代文言。此所以當年胡適寫〈先母行述〉要捨白就文，而今天臺北和平公園所立的二二八紀念碑，其碑文也是白話讓位給文言。至於播騰在眾人口中的大量成語、典故，如「唯你是問」、「亡羊補牢」、「心有戚戚焉」、「不亦快哉」等等，更是如假包換的文言，詞義、語法都相當古奧（例如「唯你是問」的倒裝句式，「牢」的古義，皆白話所無），還不是照樣活了過來。

總之，或者全面淺化，以新文言的姿態獨立出現，或者局部進入白話之中，屈居為附庸；文言到了今天，總是不曾死去，不曾被埋葬掉。

這還只是就這個特定的時代，站在白話文的立場所下的論斷。如果我們把眼光放遠，從恆久的歷史文化觀點看文言與白話，很可能該死的是白話，不是文言。此一推斷的主要根據是：文言的詞彙、語法比較穩固，可以超越時空而存在，兩千年前的作品，我們只要稍受訓練，便不難讀懂、讀通。白話就不行了，與時俱變是它的特性，也是它難以傳之久遠的致命傷。民國四十八年，語言學家趙元任在臺灣大學開講一系列「語言問題」，就明白指出：

> 語言不是固定的，是老在那兒變的。語言的變遷，在一個人一生當中，就可以覺得出來的，所以是以幾十年算的。

一個時代有一個時代的口頭語言，其中變動最大的是語音和詞彙——「太保」一詞成為「不良少年」的同義詞，「來電」、「作秀」、「一頭霧水」等新詞語的出現，「茜」、「娜」分別衍生了「ㄒㄧ」、「ㄋㄚˋ」的音，都是顯例。要之，白話文橫向的傳播優於文言，但縱向就難望其項背了。如果再羼入了非官話系統的方言，後人讀起來就更難上加難了。《金瓶梅》第十四回有一段吳月娘罵西門慶的話：

> 這是正該的！你整日跟著這夥人不著個家，只在外邊胡撞，今日只當弄出事來，纔是個了手。

你如今還不心死，到明日不吃人爭鋒廝打，群到那裡打個爛羊頭，你肯斷絕了這條路兒！正經家裡老婆的言語說著你肯聽？只是院裡淫婦在你跟前說句話兒，你倒豎著個驢耳朵聽他！

這在當時是十足白話了，今天有幾人能不半讀半猜？《金瓶梅》距今才四百多年，竟比兩千多年前的《孟子》難懂。文言文真正構成閱讀障礙的，反倒是它所夾雜進來的少數口語詞彙，如「阿堵物」的「阿堵」、「寧馨兒」的「寧馨」、「莫須有」的「莫須」。

由此看來，我們純粹照錄口頭語言的白話文，壽命不可能太長，有如印歐語系民族使用拼音文字的文獻，每隔幾個世代便要死一次。此所以現代的英國人讀不懂三百多年前莎士比亞的原文作品，而《新約》、《舊約》隔一段時間便要有新譯出現。相反的，華文世界幾千年來文（書面語）、語（口頭語）長期分家的結果，使得文言得以藉著象形文字「表意不拼音」的特性，維持穩定，從而順利溝通各個不同時代的人們，不只「垂鑑後世」不難，「尚友古人」也暢行無阻。

文言文，是漢語一族超時空的共同語言，它不僅過去不曾死，將來也不能死、不該死。否則我們這一代的文獻要傳下去，會遭遇嚴重的困難；至少某些具歷史價值的文獻就應使用文言，例如國史館的史料。

一九八四年七月

後記：

二十餘年後重讀此一舊作，頗訝於年輕時的諸多知見，至今仍拳拳在心。當年寫此文時，對岸稱文言為「古代漢語」，是從語言史的角度，比照英語、俄語之區分古今而有的稱呼；看似科學，實則比胡適「古文」的提法，更不合理、更不符實，全然不顧及中、西語文本質上的差異。須知「古代漢語」有口頭語與書面語二類，豈可為了與「現代漢語」相對，就抹煞掉古代漢語中的口頭語言？再者，「現代漢語」指白話，「古代漢語」則指文言，如此對應古代與現代，予人牛頭對馬嘴之感。

所幸最近他們也有人發覺其中的問題，且開始回復「文言」之名了。如學者張中行一系列研究文言的著作：《文言津逮》（一名「文言漫步」）、《文言常識》、《文言和白話》，皆不見名不副實的「古代漢語」稱謂了。

又：文中提到當時的時代語言：用「太保」稱呼不良少年（不良少女則稱「太妹」），如今我們發現它已成歷史。此一流行語從初起到消亡，歷時不過三四十年，《國語日報辭典》還來不及收，它就慘遭淘汰了。正應了文中所引趙元任之言：「語言的變遷，在一個人一生當中就可以覺得出來，所以是以幾十年算的。」至於在本文發表後才冒出來的詞語更是不勝枚舉，「辣妹」、「碎碎念」、「自我感覺良好」……，由此也使我們更加堅信文中所強調的：「與時俱變是白話的特性，也是它難以傳之久遠的致命傷。」

二〇〇九年六月一日記

原是詩從「胡說」來

有一個小孩騎坐在祖父肩膀上，一面眺望遠方，一面拍打著老人家已禿的光頭顱，大聲嚷嚷：「哈哈，我看到了！水一直流到大海，海上有很多船，海連著天，天連著海——爺爺，你看不到！」大模大樣藉祖父墊高自己，而反過來笑祖父看不到他所能看到的遠景。這是時下有些現代詩人，動輒批評胡適的新詩「幼稚、粗糙」、「不耐咀嚼，不像詩」、「沒什麼藝術價值」的最佳寫照。

距新文學運動六十幾年後的今天，回頭看胡適《嘗試集》，委實免不了「纏過的小腳放大」的感覺。但可貴處也就在此。當時如果沒有他敢冒天下大不韙，於被纏了幾千年後來個「放大」，在詩國的領域裡，我們今天還能有如此自然漂亮的「天足」嗎？

《紅樓夢》裡薛寶釵的話是對的：「原是詩從胡說來。」儘管當時這位姓胡的所說的確有點「胡說」，他說：

詩國革命何自始？要須作詩如作文。

作詩就像作文一樣？那豈不等於說釀酒跟煮飯一樣，跳舞跟走路一樣；會走路的就會跳舞，能作文的便能作詩？那確是有點胡說。

還沒完呢，他又說了：

詩體的大解放，就是把從前一切束縛自由的枷鎖鐐銬，一律打破。有什麼話，說什麼話；話怎麼說，就怎麼說。

作詩要明白如話？如此簡單地「我手寫我口」，只要識字，人人都得以詩人自命了。也難怪當時成仿吾要對「胡說體」的新詩進行「詩之防禦戰」了。他對胡適下戰書，嚴詞指斥對方「胡說」了一籮筐，無非是「不成熟的生澀」、「淺薄無聊」、「只是寫道理」，結論是：「《嘗試集》裡本來沒有一首是詩。」

這是來自敵對陣營對「胡說體」的攻擊（對方說是「防禦」）。別以為在同志這邊就有人聲援了，他有兩位一起主張「文學必須改革」的好友梅覲莊和任叔永，同樣予以冷嘲熱諷。一個說：「讀大作如兒時聽〈蓮花落〉，真所謂革盡古今中外人之命者。」一個說：「足下此次試驗之結果，乃完全失敗是也。」另有一個錢玄同，是他的生力軍，竟也老實不客氣指出他的詩「未脫盡文言之窠臼」、「嫌太文了」。至於嫌他「太白了」、「太俗了」、「太淺了」的人，更是遠比「太文了」為多。

當時的人可以如此非難批評，現在的我們卻不作興這麼做。這就如同第一代電腦的發明者，被同時代的人批評他佔滿整個房間的機器為「大而無當」、「缺乏效率，不切實際」、「還不如算盤」，而生活在第四代電腦時代的人如此批評，則未免數典忘祖——沒有第一代，哪來第四代，乃至未來的第五、六代？

且回頭省視一下胡適的主張，「話怎麼說，就怎麼說」的詩國革命方針，雖然矯枉過正，卻是勢所必然。社會上一切改革運動，其過程都是這樣子的：一開始，為了決心使不正趨於正，往往須憋足「過正」的力氣，等到真正使出來，由於外來阻力的抵消，卻又剛剛好「得其正」。韓愈古文運動標榜「非三代兩漢之書不敢觀，非聖人之志不敢存」、「為文宜師古聖賢人」，又近乎矛盾地提出「惟陳言之務去」的主張，這不能不說「過正」了，但最後是「僅得乎中」，並沒有過正。李漢〈昌黎先生集序〉所指出的「時人始而驚，中而笑且排，先生志益堅；其終，人亦翕然而隨之以定」，正反映出一切改革運動中，局外人或被改革者從排斥到接納的轉折過程。

一如物理現象，任何運動必有反作用力存在。那具有大力的先知先覺者，把一種人文現象從不正矯到正，除了須有過正的蓄意和蓄勢以外，還須有面對阻力的戰鬥意志。這個意志，「摧陷廓清」的韓愈有；「收他臭腐，還我神奇；為大中華，造新文學」的胡適，也有。

阻力來自多方面：一是敵對者的群起反擊，二是旁觀者的冷眼竊笑，三是同志者的心存觀望。胡適從事詩國革命的初期，都是自己在那裡孤軍奮鬥：

我的《嘗試集》起於民國五年七月，到民國六年九月我到北京時，已成一小冊子了；這一年之中，白話詩的試驗室裡只有我一個人。

可以想見，心境是寂寞的，景況是悲壯的。這長達一年的詩國寂寞之旅，他曾有一封寄給任叔永的信，頗能道出箇中情懷。信上說：

我此時練習白話韻文（棣按：胡適初創新詩，並沒有廢韻），頗似新闢一文學殖民地。可惜須單身匹馬而往，不能多得同志，結伴同行。然我去志已決。公等假我數年之期，倘此新國盡是砂磧不毛之地，則我或終歸老於「文言詩國」，亦未可知。倘幸而有成，則闢除荊棘之後，當開放門户，迎公等同來蒞止耳。

先知在本地本鄉總是寂寞的，胡適又何能例外？有人就說他是「寂寞的獅子」，原野上不斷吼叫，得不到獅群的回應，四邊響起的全是自己的回音。（無獨有偶，半個世紀後紀弦在臺灣發起「新詩再革命」，提倡新的新詩：「現代詩」，也曾自喻為「曠野裡獨來獨往的一匹狼」。）無論處境如何，胡適從不氣餒，「戲臺裡喝采」，這也是他過人之處，終於他成功了。自古成功在嘗試，《嘗試集》一問世，一些原本致力於舊詩創作的人，像沈尹默、劉半農、周樹人（魯迅）、周作人、傅斯年、俞平伯、康白情、陳衡哲等，紛紛執起「嘗試」之筆，加入詩國新領地的墾拓工作。

「詩爐久灰冷，從此生新火。」這個新火，到了今天熀熀煌煌，照亮了整個詩壇，照出了所謂現代詩。然而我們不該忘記，那最初的火種卻是由「胡說體」引燃的。儘管這星星之火那麼地微弱，微弱得幾乎可以視而不見，但火種就是火種，光明就從它開始。哥倫布只是一腳踏上新大陸而已，並沒有從事開發與建設工作，但沒有他這一步登陸之舉，便沒有後來豐饒光燦的美、加。而更具歷史意義的，哥倫布至死都認為他到達之地是東方的印度，此一認識雖然是錯的，但正確的是：大西洋的航路從此被打通了，歐洲人的商業活動乃得以由地中海轉向開闊的大西洋。

薛寶釵說得真好，原是詩從胡說來。

《嘗試集》胡說體的新詩（白話詩），就胡適個人的新詩創作史來說，始終停留在胡說的階段；

就整個中國新詩運動史來說，也是難登大雅之堂的胡說期。但別忘了——原是詩從「胡說」來。

余光中是少數幾個對此有深刻體認的現代詩人之一，對胡適的評價也較為公允。他在〈中國的良心——胡適〉這篇追思文章裡，一方面藉比喻來推崇胡適，說他是「中國現代化運動的敲打樂器，新文學運動的破冰船」，一方面也指出：

胡適等人在新詩方面的重要性大半是歷史的，不是美學的。在今日的自由中國，幾乎任何新詩人的作品都超越了《嘗試集》。可是文學是漸漸發展而成的，不是無中生有的。沒有胡適的努力，怎能有今日的自覺與成就？反過來說，置我們於五四時代，我們的作品也許還不如《嘗試集》。

是的，「文學不是無中生有」，原是詩從胡說來。現在所有以詩名家的人，不管寫的是現代主義的，還是新古典主義、超現實主義什麼的，抑或者標榜本土、強調現實的，都應該在心中供上胡適的牌位，早晚一炷馨香，「感謝祖師爺賞我們飯吃」，死而後已。

一九八三年九月

教材・教學・遊戲

望有源頭活水來
——評現行國中國文課本選文的六大缺失

考試領導教學使得國中國文教育走向窄化、僵化的死胡同，如果再加上教材編選不當，更是救死無門。因為我們被限制只能使用缺乏彈性的所謂「標準本」，城鄉無別，牛驥一皂，教師與學生皆毫無選擇的餘地。在別無選擇的情況下，我們有權利要求國立編譯館，為我們編出一套既標準又理想的國文教科書，以應數十萬國中師生喁喁之望。畢竟教材是源頭，在日趨僵死的教學環境中，如能注入源源不絕的活水，就有起死回生之望。否則，再多的教學時數、再多的範文教學，也只是將一潭死水，擴展成死海汪洋罷了。

自從有了標準本，國中國文課本的修訂、改編，從未間斷，但改來訂去，始終跳不出舊有的框架。現在為了因應動員戡亂時期的終止，國立編譯館又有了新的改編計畫；對此，雖然不敢寄予太大的厚望，但是基於「子規夜半猶啼血，不信東風喚不回」的一點愚誠，仍願意本著學術良知，針對弊病叢生的現行國中國文課本（底下簡稱「現行本」）痛下針砭，以期挽救國文教育的沉淪於萬一。

一、選人不選文，有違「文選」傳統

與其他各科課本相較，國文課本最特殊的一點，是它不經由專人有系統地撰寫，而是收集來自不同出處的文章，編撰成書。在此情況下，國文課本稱得上「文選」的一種，既是文選，所要選的當然是文而不是人。令人遺憾的，現行本所收錄的一百一十八課課文，有不少竟是選人不選文；人的地位淩駕文，以致文選不像文選。這是現行本最嚴重、最明顯的缺失，久遭有識者詬病，卻一直未見改善。

文學史上無任何地位，偏能博得課本編者青睞的「非文人」、「假文人」，可分為兩類：一類是民國以來宰制國運的政治人物，另一類是歷史上被視為民族英雄或忠臣烈士的名人。屬於前一類的課文計有：

1. 蔣中正〈我們的校訓〉（一冊第二課）
2. 孫文〈立志做大事〉（二冊第九課）
3. 孫文〈恢復中國固有道德〉（三冊第一課）
4. 蔣中正〈為學做人與復興民族〉（四冊第一課）
5. 蔣中正〈弘揚孔孟學說與復興中華文化〉（五冊第一課）
6. 蔣中正〈力行的要旨〉（六冊第一課）

7.蔣經國〈生存與奮鬥的啟示〉（六冊第七課）

這七課課文，除了最末一課以外，全都是作者以國家元首或政黨黨魁身分所頒發的訓詞或發表的演講。作用屬臨場訓示性質，語氣直接，文辭不假修飾；只能算是「言論」，難稱「文章」（其中演講辭更只是講來聽，不是寫來看的）。讀這種課文就如同讀訓，根本無法讓學生領略讀書學文的樂趣。更令人喪氣的，是七篇大人物言論當中有四篇雄踞每冊之首——另兩冊選的是〈國歌歌詞〉與〈國旗歌歌詞〉，雖然所選不在人，但也不在文——讓人一打開課本，就會油然興起「文不在茲乎」的長嘆。國文教師每學期一開學最大的苦惱，便是如何藉由第一課，順利地把學生帶入語文的美妙天地，好讓全學期有個好的開始，結果總是徹底失敗。上國文課理應如同赴一場文學饗宴，偏偏端上來的第一道菜，竟是出自不懂廚藝的政治人之手，能不倒胃口者幾希。

教科書編審者這種選人不選文的作法，除了帶給國文教師教學上莫大的困擾以外，對這幾位已被定位為偉人的作者來講，不僅無法凸顯其偉大的一面，反而由於文辭之不足觀，而有矮化甚至醜化之嫌。畢竟他們的成就並不在此。理想的做法，是讓偉人的歸偉人，國文的歸國文；這些偉人的言論應從國文課本中移出，視其所屬性質，編入其他相關科目之中。例如〈我們的校訓〉、〈立志做大事〉，可以引述其大意，或擷取其精要，作為「公民與道德」的教材，一定較作為國文教材更能得其所哉。而〈恢復中國固有道德〉原是作者《三民主義・民族主義第六講》的一部分，高中三民主義一科應是它的最佳歸宿。

人與文如此清楚劃分，也是對「文選」傳統的尊重。從《昭明文選》到《古文觀止》以迄《古文辭類纂》，文選就是文選，向來選文不選人，至少不會顧及作者其人的政治地位或影響力。姚鼐編選於乾隆年間的《古文辭類纂》，收有所謂「詔令類」，其中並沒有康熙制誥或乾隆聖諭之類的東西；再往前推，像唐太宗那樣的一代英主，其所有言論，姚鼐一樣棄之不顧，理由是：「光武以降，人主雖有善意，而辭氣何其衰薄也。」著眼的無非文辭，正符合他「文辭類纂」的書名命義。反觀我們編於號稱民主時代的國文課本，選人不選文，不只嚴重違背文選的優良傳統，更在歷史上立下了「為政治服務」的選文惡例，成了蕭統、吳楚材、姚鼐的罪人。

除了當代政治人物，因人而入選的歷史名人作品，計有：

1. 岳飛〈良馬對〉（四冊第七課）
2. 楊繼盛〈書付尾箕兩兒〉（四冊第十九課）
3. 黃淳耀〈甲申日記二則〉（五冊第二課）
4. 岳飛〈滿江紅〉（五冊第十五課）
5. 鄭成功〈與荷蘭守將書〉（五冊第十九課）
6. 林覺民〈與妻訣別書〉（六冊第十二課）

其中除了〈與妻訣別書〉文情並茂，確有可觀之外，皆不足以從浩瀚的文海中脫穎而出，成為國中生必誦必讀的教材。岳飛以一武將而入選一文一詞，佔了一課半，尤其值得商榷。

我們的看法是：這些已進入歷史而可不朽的人物，靠的是立德立功，至於在立言方面，應該拱手讓位給那些在文、史、哲方面有成就的士人。彼此各正其位，各安其命，理無不妥。舉例言之，岳飛、鄭成功兩位英雄人物，在國中的歷史課本上已佔有不少篇幅，也獲得應有的肯定與推崇，實在沒有必要讓他們辛辛苦苦轉檯到國文課本來武戲文唱。

國文課本選人不選文的作法，甚至施及化外，外籍作者也雨露均霑。現行本所收兩篇譯文：〈麥帥為子祈禱文〉（三冊第十六課）及〈我心目中的世界〉（五冊第十三課），原作者分別為麥克阿瑟與愛因斯坦，一軍事一科學，皆非以文名家，其作品之所以有幸入選，只因名震寰宇罷了。

除了針對作者選人不選文，現行本也大量針對作品本身選人不選文：

1. 吳敬梓〈王冕的少年時代〉（二冊第十四課）
2. 張蔭麟〈孔子的人格〉（三冊第二課）
3. 司馬遷〈張釋之執法〉（三冊第八課）
4. 陳源〈哀思〉（四冊第四課）
5. 陳衡哲〈居里夫人小傳〉（四冊第十二課）
6. 佚名〈詹天佑〉（五冊第四課）
7. 胡廣〈文天祥從容就義〉（五冊第十課）
8. 范曄〈張邵與范式〉（六冊第六課）

9.班固〈卜式輸財報國〉（六冊第十七課）

10.司馬遷〈田單復國〉（六冊第十八課）

大概只要是文章的內容以記人為主，編選者優先考慮到的，是文中之人（傳主）是否足以作學生立身處世的教範，至於文章本身能否成為觀摩的對象，反倒忽略了。例如〈詹天佑〉一文千字不到寫盡詹天佑的一生，不過是一篇傳略性質的人物介紹，難以當文學作品看；只因傳主的生平事跡「可供青少年為學做事的借鏡」（「題解」語），便告雀屏中選。只讓學生學「人」而不學「文」，就文選的觀點看來，未免偏頗。

二、選文忽視課文的語文教育功能，號稱範文每不足為範

現行本所選的每一課課文，編者都認定為「範文」。〈編輯大意〉明言：「本書選輯範文，著眼於兼具語文訓練、精神陶冶及文藝欣賞三種價值。」可惜所言如此，所選卻如彼。由於太重視精神陶冶，所選的文章真正具有語文訓練特別是文藝欣賞價值的並不多。幾乎篇篇主題掛帥，思想性很強，藝術性偏弱，如此地喧賓奪主，站在語文教育的立場，我們認為值得檢討。

不妨將問題單純化，從「範文」的觀點來檢視課文，便會發現現行本所暴露出來的「範文不足為範」的主要缺失，至少有下列幾點：

㈠以演講詞充當文章入選，修辭不足為範：

1. 蔣中正〈我們的校訓〉（一冊第二課）
2. 梁啟超〈最苦與最樂〉（二冊第六課）
3. 孫文〈立志做大事〉（二冊第九課）
4. 孫文〈恢復中國固有道德〉（三冊第一課）
5. 梁啟超〈敬業與樂業〉（六冊第十六課）

㈡以不成篇章的日記入選，作文難以取法：

1. 徐志摩〈志摩日記〉（二冊第十課）
2. 李慈銘〈越縵堂日記三則〉（三冊第十三課）
3. 黃淳耀〈甲申日記二則〉（五冊第二課）

㈢以譯文入選，譯自外文者不中不西，譯自文言者，不古不今，皆不足為範：

1. 吳奚真譯〈麥帥為子祈禱文〉（三冊第十六課）（按：譯文中「還請賜給他幽默感，使他可以永遠保持嚴肅的態度，但絕不自視非凡，過於拘執。」句中「幽默」、「嚴肅」、「自視非凡」、「拘執」諸意念的聯絡照應，糾纏不清，是死翻硬套的結果；以中文的思惟方式解讀，不知所云。又「作為他的父親的我」是惡性西化的語句，較良性的西化應是「身為父親的我」。）
2. 劉君燦譯〈我心目中的世界〉（五冊第十三課）（按：通篇文句西而不化，化而不中，句中串句、複雜長句、倒裝句、被動句比比皆是。）

3. 黃淳耀〈甲申日記二則〉（五冊第二課）（按：本課以白話譯文言，譯者應即是教科書編者）

㈣以不文不白的文體（語體）入選，文又非佳作：

1. 楊繼盛〈書付尾箕兩兒〉（四冊第十九課）

2. 鄭燮〈寄弟墨書〉（五冊第七課）

㈤以過時的早期白話文名家作品大量入選，欲奉為圭臬；殊不知朱、徐等人的文學語言已不合時宜，缺乏觀摩價值，可一不可二：

1. 朱自清〈匆匆〉（一冊第二十課）

2. 朱自清〈背影〉（二冊第八課）

3. 徐志摩〈志摩日記〉（二冊第十課）

4. 朱自清〈春〉（四冊第六課）

5. 徐志摩〈我所知道的康橋〉（四冊第八課）

㈥選入理路不清、辭不達意甚至文不對題的「拙作」、「劣作」；閱讀寫作，兩不足取：

1. 揚宗珍〈智慧的累積〉（五冊第十一課）（按：智慧豈可「累積」而得？篇名便不通。而內容又文不對題，所論所述重點只在讀書興趣的培養及讀書樂趣的享受。）

2.《孝經》〈孝經選：廣要道章〉（五冊第十七課）（按：談孝，一跳而至「禮」，再跳而至「敬」，看不出其中有何內在邏輯關聯；結論「所敬者寡而所悅者眾，此之謂要道也」云云，與孝道風馬牛不相及。「題解」所言「說明實踐孝道的效果」，未免強作解人。梁啟超曾經批評《孝經》「書中文義皆極膚淺，置諸《戴記》四十九篇中猶為下乘」；此章允為下乘中的下乘，不止文義膚淺，文理且不通之至。應依梁氏的見解，「雖不讀可也」。而為了不讓儒家「孝道」缺席，可另從《禮記》中選入故事性的感人文章。）

3. 謝冰瑩〈盧溝橋的獅子〉（六冊第九課）（按：題為「盧溝橋的獅子」，文章的主旨與之全然無關。篇中描述石獅子及數石獅子的段落，其實應全數刪除，主題才統一；但如此一來又文不對題了。總之，作為範文大有問題。）

(七)選入的作品不講究修辭、章法，作文如同說話，讀之乏味；又不具特殊風格或獨到見解，欲取為法，渺不可得：

1. 陳醉雲〈鄉下人家〉（一冊第六課）
2. 林良〈父親的信〉（一冊第七課）
3. 任鴻雋〈科學的頭腦〉（三冊第十四課）
4. 何仲英〈享福與吃苦〉（六冊第十一課）

除此之外，編者動輒節縮原文的選文方式，常造成文章來龍去脈不明；就範文的觀點看來，也不足為訓。

三、選文缺乏對分科教育的認知，副學習凌駕主學習之上，國文課本羼入大量非國文教材

舊時代的教育，不管是早期的分成德行、言語、政事、文學四科，還是晚期的辭章、義理、考證、經濟四科，大體上仍不脫國文或國學的範疇。但自從清末民初引進西式的分科課程理念以後，國文科的領域便急遽縮小，不斷讓出地盤給歷史、地理、公民、倫理乃至美術、體育、算術等新學科。

從一統天下到各國分立，教育界早已接受這個事實；國文教師也普遍認為，如此安排甚為合理，不但能使自己教起來得心應手，學生學起來也較容易把握具體的學習目標，可謂教學雙方兩蒙其利。沒想到國文課本的編審委員竟然殘存著國文一統天下的意識，恣意擴大解釋國文，幾乎到了只要是「國字寫成的文章」就可選入的地步，以致國文課本混進大量「非國文」教材。

國文課本中的課文，究竟哪一課是純國文教材，哪一課是假國文教材，其實不難分辨：只要從課文所可能達成的學習目標加以檢驗，真假立判。凡是主學習屬於國文的，便算國文教材；副學習甚或附學習才屬於國文的，便不算國文教材，只能歸諸某某科教材。

準此，對現行本詳加檢驗，下列各課堪稱「假國文」教材：

㈠屬歷史教育範圍：

1. 張蔭麟〈孔子的人格〉（三冊第二課）
2. 胡廣〈文天祥從容就義〉（五冊第十課）

㈡屬民族精神教育或愛國教育範圍：

1. 孫文〈國歌歌詞〉（一冊第一課）
2. 戴傳賢〈國旗歌歌詞〉（二冊第一課）
3. 孫文〈恢復中國固有道德〉（三冊第一課）
4. 王蓉芷〈只要我們有根〉（三冊第三課）
5. 蔣中正〈為學做人與復興民族〉（四冊第一課）
6. 佚名〈詹天佑〉（五冊第四課）
7. 謝冰瑩〈盧溝橋的獅子〉（六冊第九課）
8. 班固〈卜式輸財報國〉（六冊第十七課）

㈢屬生活教育或人格教育、倫理道德教育範圍：

1. 蔣中正〈我們的校訓〉（一冊第二課）
2. 林良〈父親的信〉（一冊第七課）
3. 梁啟超〈最苦與最樂〉（二冊第六課）
4. 孫文〈立志做大事〉（二冊第九課）

5. 麥克阿瑟〈麥帥為子祈禱文〉（三冊第十六課）
6. 楊繼盛〈書付尾箕兩兒〉（四冊第十九課）
7. 佚名〈創造〉（四冊第二十課）
8. 黃淳耀〈甲申日記二則〉（五冊第二課）
9. 鄭燮〈寄弟墨書〉（五冊第七課）
10. 《孝經》〈孝經選：廣要道章〉（五冊第十七課）
11. 何仲英〈享福與吃苦〉（六冊第十一課）
12. 梁啟超〈敬業與樂業〉（六冊第十六課）

(四)屬公民教育、法律教育、政治教育或時事教育範圍：

1. 司馬遷〈張釋之執法〉（三冊第八課）
2. 《自立晚報》〈索忍尼辛的讜論〉（六冊第六課）
3. 潘公弼〈報紙的言論〉（六冊第十課）
4. 蔡元培〈自由與放縱〉（六冊第十三課）

(五)屬哲學教育範圍：

1. 翁森〈四時讀書樂〉（四冊第五課）
2. 蔣中正〈弘揚孔孟學說與復興中華文化〉（五冊第一課）

3.愛因斯坦〈我心目中的世界〉（五冊第十三課）

4.蔣中正〈力行的要旨〉（六冊第一課）

5.蔣經國〈生存與奮鬥的啟示〉（六冊第七課）

㈥屬科學教育範圍：

1.任鴻雋〈科學的頭腦〉（三冊第十四課）

2.陳衡哲〈居里夫人小傳〉（四冊第十二課）

㈦屬體育教育範圍：

1.夏承楹：〈運動最補〉（五冊第九課）

總計佔全部課文三分之一左右，國文課本之不純，於此可見；國文教育之無法落實，現行本此一選文缺失要負很大的責任。

須強調的是，國文課本並非不能選入內容與他科有關的課文，但必須堅守「主學習歸屬國文，副學習或附學習歸屬各科」的原則。換言之，以主學習達到國文科本身的教學目標，而以副學習或附學習與他科聯繫；既分立又聯合，以分為主合為輔，才是分科教育的極致。

四、選文違背學習心理理論，未能切合青少年的生活經驗、情感世界及理解程度

研究發展心理學的學者都認為智慧的發展是漸進的，而非跳躍的。心智未臻成熟的兒童及青少

年，由於仍處於成長階段，針對他們的課程與教材設計，以一貫式的、漸進式的最符合學習心理，也最能發揮教學效果。然而陰錯陽差，我們的學生從國小（兒童期）進入國中（青少年期），其語文教育所使用的教材，竟是一下子從「國語」跳到了「國文」。我們之所以稱之為「跳」，指的並非科目名稱的不同，而是教材設計、課本編撰方式的巨大差異。在小學，他們讀「國語」，課文一律由語文專家特地為他們撰寫，使用的語言、課文的內容，全配合兒童的生活經驗與學習能力。到了國中所讀的「國文」，課文全由外面選進來，而且絕大部分屬大人寫給大人看以及古人寫給古人讀的作品，於是學生一進入國中，誠如夏丏尊在《文心》上所說的，「忽然做了大人與古人了」。

在這種情況之下，如果負責編選課文的大人先生們師心自用，不站在發展心理學的觀點，所選的課文一定充滿大人觀點。現行本就是這樣的一種教材，使得國文教師教起國文，就如同青少棒教練用成棒器材、成棒規則，來教青少棒隊員打成棒一樣，效果往往大打折扣，甚且帶來反效果。

現行本超越學生學習能力的課文，大致分屬三個方面：

㈠超越青少年生活經驗的課文：

1. 朱敦儒〈相見歡〉（五冊第五課）
2. 陳之藩〈失根的蘭花〉（五冊第六課）

這二課課文以亂世為背景，成人為主體，皆非青少年所能深切體會。

㈡超越青少年情感世界的課文：

1. 陸游〈暮春〉（二冊第十五課）
2. 李慈銘〈越縵堂日記三則〉（三冊第十三課）
3. 陳子昂〈登幽州臺歌〉（三冊第十五課）
4. 辛棄疾〈西江月〉（五冊第十五課）
5. 關漢卿〈四塊玉〉（六冊第五課）
6. 陳幸蕙〈結善緣〉（六冊第十四課）

以上這些詩文所抒發的感情，有文人的閒適之情（2.、4.、5.）及傷春之情（1.），更有哲人對宇宙的悲情（3.），都是上了年紀的人在塵世間幾經翻滾後才產生的感情；其中尤以宇宙的悲情，最難獲致青少年共鳴。一般學生最為大惑不解的，是為何登上高處眺望四野，會使得一個大男人「愴然而涕下」。此外，〈結善緣〉抒寫的雖是師生情，但觀點全從教師出發，是一篇向教師揭櫫教育愛的小品；講解此文，教師立場相當尷尬，學生又儼然置身事外，同樣起不了共鳴。至於其他以小我之身抒發大我之情的篇章，在大人看來也許至情至性，恐怕也非不識愁滋味的青少年所能心領神會。

㈢超越青少年理解程度的課文：

1. 翁森〈四時讀書樂〉（四冊第五課）
2. 蔣中正〈弘揚孔孟學說與復興中華文化〉（五冊第一課）
3. 愛因斯坦〈我心目中的世界〉（五冊第十三課）

4.《孝經》〈孝經選：廣要道章〉（五冊第十七課）

5.崔瑗〈座右銘〉（六冊第二課）

6.《自立晚報》〈索忍尼辛的讜論〉（六冊第六課）

7.潘公弼〈報紙的言論〉（六冊第十課）

其中，有的境界太高（如1.），有的思想太複雜（如5.之糅雜儒、道），有的哲學性質太強（如1.、3.），有的強調政治立場（如2.、6.），有的內容太抽象（如4.、7.），有的文辭太古奧（如5.），都不是心智尚未成熟、抽象思考能力猶待發展的國中生所能了解與接受。即以〈四時讀書樂〉為例，通篇充滿理學詩特有的「理趣」，名為讀書，卻是心遊書本之外，要「大其心以體天下物」，要與宇宙同一呼吸，簡直是悟道詩了。此等玄之又玄的境界，硬要一個十三四歲的國一學生去攀附，怕不成了程顥所說的，「會（理會）得時，活潑潑的；不會得時，只是弄精神」？

五、選文缺乏文學史觀，未能反映文學的概況

所謂「國文」，其中的「文」可有多重涵義，從最廣義的「文化」到「語文」以迄狹義的「文學」，都可以算是「文」。如果這就是一般的看法，我們仍認為其中應以「文學」為核心，文化與語文則充當外圍，也就是藉著文學作品來對學生進行文化陶冶與語文訓練。

基於此一認識，選輯課文就應立足文學史，從宏觀角度觀照全局，務使人如其分，文當其人，

才是上選。現行本顯然思不及此，疏漏所在多有：

㈠所選作家不具代表性，與「語文常識」未能交相配合：課本既然在「語文常識」中的「散文常識」廣泛介紹各時代的代表作家，選文就應該與之配合，以達到〈編輯大意〉所謂的「配合學習的需要」。以唐宋八大家為例，「常識」中介紹其人其文不遺餘力，課文卻只見蘇軾一篇〈記承天寺夜遊〉，其他七家付諸闕如。明清古文也是如此，桐城、湘鄉諸名家皆摒棄不錄，入選的反倒是「常識」中隻字未提的劉開與李文炤，後者且一人獨佔兩篇。如此嚴重失衡，幾乎讓人疑心李文炤可能死後有威靈？

韻文方面，宋詞選得最令人難以苟同。所選四家：李珣、朱敦儒、辛棄疾、岳飛，只有辛棄疾算是配合了「語文常識」。岳飛在詞史上無任何地位，以之入選真不知置李煜、馮延巳、柳永、蘇軾、秦觀、李清照等人於何地？更何況〈滿江紅〉的真偽，文學史上猶有爭論。

至於新文學作家，更是偏枯偏榮。民初文壇成了朱、徐的天下，兩人合計入選五篇之多。一九四九年以後出生的作家只有四位獲選，最年輕的也已三十九歲，新一代的後起之秀未能受到應有的重視。

㈡所選作品未能反映作家風格：選文應選出作家的代表作，以反映其個人風格，並避免讓學生對作家產生一偏之見。梁啟超「筆鋒常帶情感，對於讀者別有一種魔力」，這必須透過他「新民叢報體」的淺近古文，才能一窺究竟；現行本偏選他不值一讀、不具特色的演講詞，一選就二篇。此舉無異於讓楊麗花抱起吉他彈唱校園民歌、甄妮用她的「鐵肺」以臺語高唱布袋戲主題曲，而告訴聽眾：「她這種歌唱得最好，請用心聆賞。」

唐詩方面，李白〈送孟浩然之廣陵〉固然看不到詩仙的奇氣或浪漫詩人的浮想綺思；王維的〈觀獵〉更是反映不出他詩佛或田園詩人的風格。

至於宋詞，唯一選對人的辛棄疾，其詞風以雄放豪邁為主，「作者欄」說他與蘇軾並稱，又強調他是愛國詞人，選入的作品竟然是「抒寫鄉村的恬靜風光和作者夜行時的閒適心情」。

新文學方面，浪漫作家徐志摩主要成就在詩不在散文，現行本獨鍾散文；其他像吳延玫（司馬中原）、揚宗珍（孟瑤）、查顯琳（公孫嬿），皆以小說名家，散文實不足觀，不知編者為何要捨其優而取其劣？。

㈢所選作品不具典型，難以窺見各該文體的特色：這一方面，現行本所選以詞文學最為失敗。詞以婉約見長，有「女性文學」之稱，以之說愁尤其討好。然而入選的四首，除〈相見歡〉外，皆顯現不出此一特色；〈滿江紅〉慷慨激昂，氣盛言宣，更是詞中變調，以之入選，對詞文學的認識構成一大妨害。

㈣所選作品未能各文類平均分配：古典詩文方面，既然「語文常識」全面予以介紹，選文就應兼顧不同文類；至少像《詩經》、抒情小賦、文言短篇小說（傳奇、寓言等）、擬話本都不難選出適合國中生閱讀的作品。現行本闕而弗錄，讓學生打開課本，只見菜單菜名而不見食物，顯然為德不卒。

現代文學方面，現行本所選十之八九皆為散文或雜文，詩只是點綴性質；至於小說，自從黃春明的〈魚〉被沒來由抽掉後，便一直無緣進入課本，劇本就更不用說了。其實小說應是最能引起青少年閱讀興趣的文類，當代小說裡面也不乏適合國中生閱讀的作品，如李潼的校園小說、少年小說。若嫌篇幅太長，選一些能表現小說特色而又意味雋永、文辭優美的「小小說」（極短篇），藉著故事來吸引學生閱讀觀摩，進而踏上文學的殿堂；此中潛移默化之功，不容小覷。

㈤所選作品題材諸多重複：文學反映的是人生的全面，國文課本又篇幅有限，題材相同的作品實不宜一選再選。現行本偏愛有關為學讀書及闡揚孝道、描述親情的篇章，前者有〈論語論學選〉等共十篇，後者有〈母親的教誨〉等，也是十篇。其他像以鳥作題材的竟有四篇之多；至於兩篇以上題材相近、性質相同的作品，則舉不勝舉，如〈最苦與最樂〉與〈享福與吃苦〉，〈談興趣〉與〈智慧的累積〉皆是。

六、選文漠視所處時空環境，未能適應時代與地方需要

教材的選擇，必須適合社會的需要，這已是教育學界不爭的共識。所謂適合社會的需要，根據教育學者孫邦正先生的解釋，其涵義有二：一為教材須適合時代的需要；一為教材須適合地方的需要。準此，同是國文一科，現今所編選的教材，一定不同於一九四九年以前的教材，因為時代不同；

臺灣所使用的教材，也一定不同於香港、北京或其他華文世界的教材，因為地域有別；乃至原住民族與漢民族之間的文化差異，也一定會影響選材。令人遺憾的，現行本選文往往無視所處的時空環境，以致造成學生閱讀上的隔閡與學習上的困難，實用價值也大打折扣。

㈠未能適合時代的需要：這是一個白話文當道的時代，白話文的最大特徵是與時俱變，朱自清使用的語言，與王鼎鈞、簡媜到底不同。為了兼顧文藝欣賞與語文訓練，白話散文應以現代文為主，白話詩也應現代詩優先，新詩次之。現行本所選九十二篇白話文，屬現代白話的只有三十三篇，比例偏低。

這是個工商業時代，自有其不同於農業社會的生活方式與價值觀，現行本所選的文章，不論白話或文言，普遍反映的都是農業社會的生活與觀念，很難讓學生透過語文學習接受新觀念的啟迪（如生態環保意識、地球村概念、消費者意識、人權思想、民主素養、第六倫等），或進一步認識所處的環境。

這也是一個多元價值的時代。面對這樣一個多元化社會，現行本不止未能因勢利導，還抱殘守缺，選文始終不離一元文化觀點，既有悖潮流，也難以適應社會的需要。

現行本有關這方面的缺失，舉其犖犖大者，約有如下數端：

1. 獨尊儒家：獨尊儒家的結果，使得國文課本成了儒家思想的「註疏」，即連難得入選的《列子》寓言〈愚公移山〉（四冊第十三課），也慘遭儒家化，主旨搖身變成「強調人類應有勇往直前、不畏艱難的毅力和精神」（「題解」語），原有的道家風貌蕩然無存。

2. 政治掛帥：政治掛帥的結果，使得「政治正確」的意識型態充斥其間，讀國文恍如讀政治文選，學國文彷彿只為了今日忠黨愛國、來日治國平天下。其實政治不過是文化諸元中的一元而已。

3. 強調士大夫文化：由於強調士大夫文化（上層文化），像黃春明〈魚〉那種反映下階層生活的作品，便只能在坊間流傳了。反之，像朱敦儒〈相見歡〉那樣偏狹的士大夫意識——「中原亂」，他只關心「簪纓散」（達官貴人流散各地）——便得以堂而皇之進據國文課本之中。另外，前面提到現行本所收大量抒寫文人閒適心境，「超越青少年情感世界」的作品，其實從多元文化角度看來，反映的正是士大夫特有的意識型態。

4. 排斥次文化：排斥次文化（特別是青少年文化、校園文化）的結果，供青少年閱讀的課本看不到一篇青少年作品，也看不到一句青少年社會中的生活用語。現行本全然脫離了青少年的文化圈。

㈡未能適合地方的需要：就語言而言，臺灣的生活語言及文學語言，與任何華人社會都有所不同；這種實際存在的差異，現行本刻意加以漠視，甚至歧視之。黃春明的〈魚〉是典型的臺灣文學作品，好不容易選入後，只因有聲音大的人高喊「丟掉那條『魚』」，便說丟就丟，反映的正是這種迴避現實的駝鳥心態。

就內容而言，現行本所選有關描寫人物或景物的文章，文言文且不論，白話文就有二十餘篇之多，其中描寫本土人物的竟然掛零，至於反映本土風光的也只有〈溪頭的竹子〉、〈鄉居情趣〉、〈碧沉西瓜〉寥寥三篇而已。

結語

以上所列舉的六大選文缺失，分別透過文選觀點、範文觀點、分科教育觀點、學習心理觀點、文學史觀點、社會需要觀點，集多重角度加以檢視，對現行本的督責與要求，可謂相當全面，也相當嚴格。除非此後不再有標準本，只要標準本存在一日，我們認為以上六個觀點即是選文的六大標竿；如此編選出來的課本，才可能既標準又理想。

理想的國文課本縱然改變不了考試領導教學的現況，至少可以藉著教材的正本清源，讓考試領導教學活化出較為正面的意義。

一九九一年五月

後記：

本文係應《國文天地》專題「會診課本」之約而作。文章發表後十年光景，政府先後向民間開放國高中教科書；筆者因緣際會，承乏參與「高中國文」民間版的編撰工作。如今又一個十年過去，悠悠從夢中醒來，始驚覺到教材要走向自由化、多元化，並非由部編本（一稱統編本）換成民間版即可成事。這種開放，究其實只是表象，因為這一條路上仍躲著兩隻教育之虎對你虎視眈眈，冷不防就攔住你路，逼你退讓。

第一隻是中央集權的教育部，無所不管，所制定的「課程綱要」，更是將民間版課本的編撰方向與內容，決定了十之七八；僅剩的十之二三，也因實質審查權的強勢介入而步步限縮。尤有進者，換了不同顏色不同意識型態的人掌權，課程綱要、審查標準便來一個「政治正確」的大轉向。至此，民間編書的自主權喪失殆盡。

第二隻老虎是升學主義下的升學制度與環境。從聯合招生到統一測驗到共同閱卷到標準答案，在在要求「同一」。而在考試領導教學的大氣候下，先是學校的教學方式及考試答案被「同一」，然後在這種「同一」的要求下，出版商的課本也不由自主地趨向於「同一」了。

於是就在兩隻攔路虎狼狽為奸的淫威下，號稱多元的各家「國文」，卻是彼此愈編愈像，幾乎可以稱之為「民間版統編本」了。

大概臺灣任何教育改革皆如此類，不過將一潭死水攪渾，引得漚泡四冒，此起彼落好一陣熱鬧，既而復歸沉寂，又是死水一潭。至於盼待中的源頭活水，從不曾真正到來。

二〇一〇年九月九日記

懷疑子與尊聖子

高中《中國文化基本教材》雖然冠上「中國文化」，實則侷限在儒家；儒家又只取《論》、《孟》、《學》、《庸》四書；四書之中的篇章如何去取，也自有他們的一套主客觀標準。凡是不合標準的，即便已成名言，二千餘年來迭經引用、談論，也在摒棄之列。如《論語》「民可使由之」章以及「唯女子與小人為難養也」章，都無法成為教材。

孔子「民可使由之，不可使知之」的言論，被指為有愚民之嫌，並不自今日始；早在民國初年，當歐風美雨挾民主思潮而東來之時，就沸沸揚揚了。這是一樁與新文化運動歷史同其悠久的學術公案。

梁啟超在當時曾寫過一篇〈孔子訟冤〉的遊戲筆墨。一開頭先介紹出場人物懷疑子和尊聖子兩人，前者是非孔派，喜歡批駁孔子言論；後者則以擁孔派自居，處處替孔子迴護。接著，正反雙方展開一連串的問難，第一回合辯的便是「民可使由之，不可使知之」：

懷疑子曰：「《論語》曰：『民可使由之，不可使知之。』此語與老子所謂『法令者，非以明民，將以愚之』有何異哉？是孔子懼後世民賊（壓迫人民的統治者）之不能網民，而教猱升木（喻教人為惡）也。夫文明國者，立法之權皆在於民，日日謀政治思想、法律思想之普及。而孔子顧以窒民智為事，何也？」

尊聖子曰：「此子誤斷句讀也。經意本云：『民可，使由之；不可，使知之。』言民之文明程度已可者，則使之自由；其未可者，則先使之開其智也。夫民未知而使之自由，必不能善其後矣；使知之者，正使其由不可而進於可也。」

懷疑子無以應。

雙方就這樣一來一往舌槍唇劍七個回合，每一回合到最後總是「懷疑子無以應」。

尊聖子致勝（或者客觀地說是反擊）的法寶有二：一是重新斷句，以構成新義；二是運用歧義，以造成別解。兩者皆是得利於文言的模糊性質，前者得利於文言鬆散的語法結構，詞語與詞語之間的語法關係不很明確，一段文字往往因斷句法不同而產生不同的解釋。即以「民可使由之，不可使知之」而言，除了上揭尊聖子的新解之外，尚有另一種讀法：「民可使，由之；不可使，知之。」

第二個法寶是得利於文言語義的靈活，小至一個詞，大至一段話，常可「隨文賦義」；只要解釋得通，就是一道多重選擇題。例如「吾與汝弗如也」（《論語．公冶長》）可以解釋成「吾與汝俱不如也」，也可以解釋成「吾許汝之不如也」，關鍵就在「與」有了歧義。又如「父母唯其疾之憂」（《論語．為政》）既可以是「父母憂子女之疾」，又可以是「子女憂父母之疾」，句義全然相反而都可通，關鍵就在「其」所稱代的對象不易確定。就中第一種解釋還可強調「唯」而理解作「父母因子女能立身行道，故唯憂其疾，不憂其他」，似也能自圓其說。再如「賢賢易色」，自古至今至少有四解，而且不止句無定指又字字皆歧義。

情況如此，學界才會有《古書疑義舉例》（俞樾）及《古書句讀釋例》（楊樹達）這類文言助讀工具書的出現。有些疑義或歧義，只要稍加考據，不難找出比較符合文旨的解讀；但若是因文言先天特性所造成的分歧，除非起孔子於地下，很難善了。

後世讀者必須體認的是，歧義的爭辯僅能止於文句本身，不能再漫加推論，形成對人對事的判斷。例如有人根據「民可使由之，不可使知之」判定孔子「不民主，倡導愚民政策，是獨裁專制的擁護者」；殊不知這些都是二千餘年後的觀念，豈可以今律古？又如孔子曾說過「自行束脩以上，吾未嘗無誨焉」，有人據此推出孔子「開補習班、收學費」的論斷，進而指責孔子「販賣知識」。

某些「懷疑子」的批孔見解，固然不值一哂，而「尊聖子」的護孔主張也常令人不敢苟同。他們引經據典地將「自行束脩以上」解成「凡是年紀十五歲以上」或者「自己能檢點約束然後到我這裡來」，用心雖然良苦，作法未免太迂。須知「束脩」是個反映當時禮俗的文化詞彙，要掌握確旨還須進入歷史的大語境去探索。一切都跟「禮」有關。首先，古代知識階層重視社交禮儀，初次相見一定要「執贄（帶見面禮）」，入學拜師更不能免，要用「束脩（乾肉條）」。其次，「禮有來學，無往教（依禮，只有學生主動來拜師，沒有老師主動去教人的）」，當時為人師表全處於被動，師生關係的建立端賴求教者「自行束脩」。認識此一文化背景，便知所謂「自行束脩以上，吾未嘗無誨焉」意即：「任何人只要能主動來求學的，我一定好好教導他。」這不但無損於孔子萬世師表的形象，反而可以凸顯孔子有教無類精神的崇高。

「尊聖子」們總認為聖人就是完人，不應有任何言語行事上的缺失。實則既是人，就會有他的侷限。「人非聖賢，孰能無過」這句話要成為真理，應改成「縱為聖賢，焉能無過」。聖人白璧微瑕，我們既不可渲染擴大，也不必刻意彌縫；讓他帶點人性，才可親可愛。

宰我名列「孔門十哲」之一，應是高材生了，有一次「晝寢（指大白天臥牀睡覺，不是上課打瞌睡）」，竟被孔子斥為「朽木不可雕也，糞土之牆不可圬也」；只因一項小過錯，而否定他整個人，這是不合教育原理的。這和現今老師只因學生答錯一道題便罵他豬、罵他笨蛋，又有什麼不同？王充《論衡・問孔篇》即質問孔子：「責小過以大惡，安能服人？」

另外，儘管孟子盛讚孔子是「聖之時者也」，我們仍須指出：孔子某些言論到了今天難免不合時宜。畢竟人是時空下的存在，任何人的思想都不可能脫離所處的時代憑空產生。孔子之先知先覺，是指先於同時代的人而知、先於同時代的人而覺，不是指先時代而知、先時代而覺。當我們讀到「唯女子與小人為難養也」，學「懷疑子」將孔子扣上「大男人主義」的帽子，固然有失公允；像「尊聖子」一般大鑽文字的空隙以尋求別解新解，也大可不必。孔子沒有「男女平權」的觀念，就如同孔子不懂「核子反應」，不知世上還有所謂「保育類動物」，此皆不足為孔子病，也無害於他的歷史地位。孔子的成就，不在於他留下什麼思想什麼主義，而在於他經由歷史長河不斷淘洗所型塑出來的「文化人格」。

民初與梁啟超同時的辜鴻銘是典型的「尊聖子」，有一次伊藤博文問他孔子之教的可行性，他答說：「孔子的教訓就好比數學裡的二加二，兩千多年前等於四，現在還是等於四！」那只能算是情感上的認同，而不是理智上的認知。最合宜的折中態度應是：對於孔子的思想言論，我們常須理性面對，作一個「懷疑子」；對於孔子的文化人格，我們不妨就作重感情的「尊聖子」。

一九八三年四月

三國時代的董遇學問淵雅，不少人慕名來求學。他來者不拒，卻從不教學生讀書，理由是：「書讀百遍，其義自見。」

古人讀書，講究的是諷誦涵泳之功，也就是清代桐城派所倡言的「以聲求氣」。聲以為誦，氣以為養，這也是一種使知識內在化的過程。讀書人能否成為氣節之士，固然「義內」的心性涵養最為關鍵，而諷誦之功也不能抹煞。

由諷誦到涵泳，是先記憶後理解。這一方面是配合人類心智能力的發展情況（先發展記憶力，後發展理解力；又早期由於干擾少記憶度較強較廣），一方面也是基於「以聲求氣」的需要。古代的童蒙教育說穿了只是背誦而已。諷之誦之，隨著心智的不斷發展，蔚成一片知識與義理交融的大海；於是涵之泳之，人格就在此中成長——古人的背誦，實不只是背誦而已。

今天，新式（西式）的學校教育也有背誦，但往往有背誦而無涵泳；尤其是應付升學考試的背誦，所產生的反效果已到了阻礙學生心智發展的程度了。

第一、是考國文背「解釋」。「反哺，慈烏初生的時候，母烏餵養著牠，等牠長大了，便捕取食物來餵養母烏，這叫做反哺。引申義是說報答父母的恩情。」這一長串的解釋，學生如果只取其大意，用自己的話在試卷上作答，照理應是兼顧記憶與理解的優良學習態度，但我們的學校教師不僅不鼓勵，還橫加摧殘——一律算錯。他們也有一個足以說服自己的理由：這樣才公平客觀，而公平客觀的唯一依據，在課本（就不曾想過，課本上「解釋」的依據常是辭典；你要學生背它，豈不等於要他們背辭典）。於是為了迎合所謂的公平客觀，更為了分數，我們的學生只得死背這些毫無諷誦價值的「文字組合」，久而久之，能不成為背書機器的幾希。底下一個不是笑話的笑話，正是此一教育氣候下的畸形產物。有一個小學生學到「無聊」這個詞，牢牢記下教科書所作的解釋：「愁悶不快樂。」後來有一次在給爸爸的信上，透過這個解釋他自以為成功地使用了這個新學來的詞彙，信上他說：「父親大人，我這次月考考得不好，我下次一定努力，請大人不要無聊！」

笑話背後隱藏的是當前中小學語文教育的偏差和危機。

第二、是公民科考背誦。「他人的信件不可拆閱。」國中教科書上如是說，命題者照抄原句，而留下「拆閱」兩字作為填充之用。有學生據理填「偷看」，被算錯，向老師提出異議，老師給的答覆是：「為了公平，凡是不照課本的都不給分！」公平，公平，多少罪惡假汝之名以行之！在百年樹人的良心事業裡，公平並不是唯一與最高的考慮，不合理的公平諸如此類所造成的偏差，其影響是既深且鉅的。有時我們不得不懷疑：公民教育的主要目標已被那僵化的紙筆測驗給犧牲掉了。且聽一聽下一代的苦悶心聲：「老師，『他人信件不可偷看』，算錯；難道說『可以偷看』才算對嗎？為什麼公民要這麼考我們？我們不是在學做人的『道理』嗎？」

我們贊成中小學語文教育充分利用學生的旺盛記憶力，但對於升學主義下濫用學生記憶力的偏差現象，我們深懷隱憂。常覺得學生背誦這些不值得背誦的教材所費的精力和時間，如能轉移到傳統詩文上，那該是一項最有意義的教育改革，最有效益的教育投資。吾人須知漢語系統的語文比任何語文都具有諷誦價值，因為它是有調語言（即聲調具有辨義作用，平仄分明），極具音樂性；另一方面，在文字上又最具形象性。音樂性加上形象性，合此兩特性，使得透過語文所記錄下來的思想與情意，最容易激發人類的審美感受，也就最可能達到涵泳性情的目的。

「士不可以不弘毅，任重而道遠：仁以為己任，不亦重乎？死而後已，不亦遠乎？」「君子之德，風；小人之德，草。草，上之風，必偃。」雖然旨在言志說理，但由於講究對稱、均衡之美，再加上以形象思惟為主的表達方式能誘發聯想，很自然會讓人邊諷誦邊咀嚼。尤其是當你透過類比聯想，把「任」還原為肩頭重擔（「任」的造字本義為背負重擔），把「道」具體想成長途漫漫的人生之旅，就能把看似枯燥的說教，不斷嚼出情味，愈嚼愈出，欲罷而不能。至於像〈蓼莪〉、〈木蘭辭〉、〈長干行〉、〈陋室銘〉、〈赤壁賦〉、〈明日歌〉等韻文，有韻律，有節奏，雖是語文，不啻音樂，諷誦的本身即是一種涵泳。於是乎語文訓練、審美接受、性情陶冶三者合而為一，這也正是傳統語文教育的最大特色。

百餘年來，我們不斷吸納印歐語系民族的教學理論，可曾考慮到：他們的語文與漢語漢字在本質上的差異？邯鄲學步，我們所失會不會比所得多太多？

一九八一年二月

猜謎——國文教學中的腦筋急轉彎

前言

升學主義當道，國中校園裡「考試領導教學」成了主流，國文教師鮮有不隨波浮沉的。考試本有它正面的功能，以考試領導教學並不算壞，壞就壞在那考試中的考試——聯考，在聯合招生、統一命題、共同閱卷、集體分發的情況下，為了強調所謂公平、客觀，更為了遷就大家比分數、定高下，搞出了「標準答案」這個東西。從選擇到填充，從改錯到解釋，從選詞到閱讀，無一不標準，無一不被統一；甚至連最不該有統一標準的作文，也難以倖免。如此一來，方便了考試，卻嚴重扭曲了跟著它走的教學，使得國中的國語文教育不知不覺竟走上了「用標準教材→教標準答案→背標準答案→考標準答案」的一條死路。

走在這條路上的教師與學生，教的人是死教硬塞，學的人則死讀硬記，因為有一個硬梆梆的標準杵在那裡。於是，當標準是「夫妻」，你不能答「夫婦」（見苦苓《校園檔案》）；標準是「愚公移山的故事強調人類應有勇往直前、不畏艱難的毅力和精神」，你不能打破砂鍋璺到底地問：為什麼愚公當初要把房子蓋在那種地方，又為什麼愚公他不搬家而要搬山；更不能從思想史的高度對教科書的編者提出質疑：以列子這樣一個消極頹廢的虛無主義者，他所拈出的故事可能具有如此積極樂觀的人生寓意嗎？更荒謬的，學生把「不畏艱難的毅力」寫成「不畏艱難的意志」都不被允許，因為不標準。

在標準答案籠罩下的「考試領導教學」的教學，學生只許知其一，不許知其二，腦筋只能亦步亦趨跟著標準答案，成一直線單向前進，不許轉彎，更不許無中生有。於是學生創造性思考的活力，就此慘遭扼殺了。

當年王冕看到朝廷用八股取士，悲嘆「一代文人有厄」；顧炎武說得更沉慟：「八股之害，甚於焚書。」今天標準答案為害之深之烈，更甚於八股。國文教師痛心疾首之餘，如果實在無力可回天，擺脫不了標準答案，也應亟思有所反制；不能反制，也應求有所平衡（在教學方面）、有所補償（對學生）。既然僵化的標準答案不留腦筋轉彎的餘地，既然學生不得不記那些僵化的標準答案，我們不妨在考試領導教學之餘，就回過頭來利用這些死材料，藉著另一種可以使腦筋急轉彎的特殊教學活動，讓它從國文天地中起死回生。

我們想到的是傳統的文字遊戲——猜謎。

猜謎與腦筋急轉彎

不管哪一種謎，講究的是謎底與謎面的「扣合」，所謂玉盒的底與蓋。但是「謎者迷也」，謎真正迷人的地方，端在我們拿謎底扣謎面之前，必須先將謎底加以「別解」，也就是賦予謎底一個全新的解釋，或者重新界定謎底各成分之間的關係，乃至必要時還將謎底重新排列組合（詳見文後「教材謎分類集錦」）。這道「別解」的手續，要進行得順利，腦筋非急轉彎不可。舉個典型例子：「不知木蘭是女郎，猜生物名詞一」，謎底是「隱性」。這裡的「隱性」已經揚棄生物學上的原義，而以「隱藏性別」的全新解釋來扣住謎面。因此，解謎的過程，往往也是解除思想束縛的過程。

也有些謎，謎底不需經過「別解」就能扣住謎面。但由於謎底與謎面相扣後所形成的關係，是一種前所未有的關係，又是超乎常理、逸出舊有知見範圍的；因此想要讓它們扣合在一起，靠的仍是腦筋急轉彎。例如有一道謎題，我們用「嗟夫！誰知吾卒先汝而死乎」來扣「使爾悲不任」，謎面與謎底分別來自〈與妻訣別書〉與〈慈烏夜啼〉，彼此之間原本毫不相干，卻能藉著句義上的相應，緊緊結合在一起。這樣的「偶合」，全是尋尋覓覓得來的，猜者如果不發揮擴散性思考的能力——也就是讓腦筋多方嘗試急轉彎——是不可能猜中的。當然，謎題這樣的一問一答出現在考卷上，顯然是「答非所問」，勢必慘遭標準答案竣拒於千里之外。但是我們藉著猜謎所要訓練學生的，正是這種答非所問、無中生有的創造性思考能力，以防止學生整天面對著標準答案導致腦筋的僵化。

謎題與教材

課堂上教師出謎學生猜，一問一答之間，也稱得上考試，而謎底也就是標準答案。只不過這種考試別開生面，標準答案又機關靈活，師生儼然在進行一場鬥智的遊戲，彼此之間的互動關係，絕非一般考試所能企及。前面提到將課本上的死教材起死回生，指的就是這種猜「教材謎」的教學活動。

教材謎也稱「課業謎」，是利用現行課本所設計製作的一種謎題。也只有這種謎才不會增加學生負擔，才能藉著「猜謎時腦筋必須急轉彎」來凸顯「考試作答時腦筋不許急轉彎」的不近人情，使二者於趨向兩極的同時，讓學生在心理上取得平衡，也獲得了補償。

理想的教材謎，應是謎面謎底皆取自國文課本。前舉的「嗟夫！誰知吾卒先汝而死乎」猜「使爾悲不任」，即屬此類。其次是謎底出自國文課本，因為謎底往往須經「別解」，最能考驗學生腦筋急轉彎的本事（至於為謎底尋找適合的謎面，則非教師不為功）。例如下面這道謎：「雙向通車」，猜〈越縵堂日記〉一句：「兼可入道」。最不理想的教材謎是謎題中只謎面取自國文課本，如下例：「文天祥堅立不為動」（面出〈文天祥從容就義〉），猜當代藝人一：「伊能靜」。當然，製作教材謎如果能將取材範圍擴大到國文科以外，特別是史地兩科，來跟國文配合（謎面或謎底至少為國文保留一項），就成了廣義的教材謎，可藉以收聯絡教學之效。前面提到的「不知木蘭是女郎」猜「隱性」，算是國文科與生物科在教學上的呼應。至於與史地二科之間的聯絡，由於傳統上文史不分家，地理又是廣義史學的一部分，聯絡起來更為方便。例如以「自午至酉」猜「向戌」，「我對曰」猜「俺答」，屬文史不分家；再如以「始於足下」扣「千里達」，「奇山異水，天下獨絕」扣「景美」，「白日依山盡」扣「西藏（藏，改讀ㄘㄤˊ，屬『解鈴格』）」，則又儼然大塊假我以文章，俯拾皆是了。

除教材謎外，還有一種謎也適合用在課堂上，就是以學校師生姓名作謎底的所謂姓名謎。這種謎由於牽涉到姓名權，乃至人格權，一定要考慮到謎面是否雅正，最好能兼具頌揚意味。例如「江志恆」，這是個好名，我們以之作底，可以為他找到一個好面：「逝者如斯夫，不舍晝夜」，構成一道善頌善禱的姓名謎。頌禱之餘，往往也可藉著解說謎面施以隨機教育，從典故的出處到義理的鋪陳到人生的啟示，皆可包括在內。

教材謎與國文教學

由於教材謎是緊盯著教材不放，也就能順理成章且理直氣壯成為單元教學的一部分；可在每教完一課即實施，讓學生打開書本看著猜。但如果把猜謎當作一種特殊的考試，就可以配合週考、段考，利用學生對教材的熟悉，來陪學生玩「尋找另一種標準答案」的語文遊戲，這就只許他們背著書本猜了。不管哪一種猜法，最好預先製作猜謎的教具——謎條。謎條有正反兩面，以正面出題，反面揭底，既利於操作，又可一勞永逸，只要教材不改編，年年可用。此外，也可聯合其他班級，於元宵節、中秋節擴大舉辦「有獎猜謎」，這倒像另一種聯課活動了。

謎既是一種語文遊戲，就有遊戲規則。包括謎面不可杜撰、謎底須經別解、謎底不得有閒字也不宜犯面，以及謎格的種類、謎面與謎底扣合的方法等等，全有賴教師事先解說、傳授；教師本身另須具備製謎、主燈（主持猜謎活動）的技巧與經驗，才能勝任愉快。

謎雖小道，必有可觀。千餘年來讀書人只當它作難登大雅的遊戲，今天面對著只能提供標準答案的統一教材，我們適時把它發掘出來，賦予教學上的積極功能。希望藉著猜謎，提供給學生一個腦筋可以急轉彎的思考空間；讓他們能在教材謎所構築的國文天地裡，暫時擺脫升學壓力，以尋找另一種標準答案的心情，自由自在發揮擴散性思考的能力，從而滿足考場上所未曾滿足過的，語文發現的樂趣。

教材謎分類集錦

一、謎底直接詮釋謎面（釋面謎）

這一類謎題的謎底不須別解。雖然較簡單，但由於謎底謎面原本各有所屬，毫不相干，進入了謎題，卻可以互相詮釋得絲絲入扣；這等巧合終究是可遇不可求，因此仍有它的迷人處。可藉以測出學生對句義掌握的程度及同類聯想的能力。

1. 叩石墾壤，箕畚運於渤海之尾　面出〈愚公移山〉　射〈最苦與最樂〉一句——任重而道遠
2. 草色入簾青　面出〈陋室銘〉　射〈越縵堂日記〉一句——綠滿窗戶
3. 像剛落地的娃娃　面出〈春〉　射〈只要我們有根〉一句——宛如新生
4. 余尤怪執事之不智也　面出〈與荷蘭守將書〉　射〈愚公移山〉二句（露春格，二字）——甚矣，汝之不慧（按：「露春」又名「偷香」、「犯面」，指謎底中有字出現於謎面。這種格是

濟窮用的，應避免）

5.他姓差名不多，是各省各縣各村人氏　面出〈差不多先生傳〉　射〈五柳先生傳〉一句——先生不知何許人也

6.斗杓又將東指　面出〈黃河結冰記〉　射〈春〉一句——春天的腳步近了

7.像母親的手撫摸著你　面出〈春〉　射作者欄所見當代書名一——《在春風裡》

8.敬一人而千萬人悅　面出〈孝經選〉　射金錢遊戲一——大家樂

9.待君久不至　面出〈陳元方答客問〉　射臺語流行歌曲名一——〈等無人〉

10.候鳥　射〈老馬識途〉一句——春往冬返

11.十個禿頭九個富　射〈為學一首示子姪〉一句——其一貧（按：此謎天造地設，面、底無一閒字）

12.吃苦不為苦　面出〈享福與吃苦〉　射成語一——樂在其中

13.從無極的藍空中下窺大地　面出〈志摩日記〉　射電視節目一——《天眼》

14.始齓　面出〈愚公移山〉　射臺語流行詞語一——幼齒

15.母親一生辛勞，無怨無礙　面出〈故鄉的桂花雨〉　射電器商標一——媽媽樂

16.哥哥爸爸真偉大　面出兒歌　射〈論語論孝選〉二句——有事弟子服其勞，有酒食先生饌（按：弟子，相對於「父兄」而言，即「子弟」；先生，相對於「後生」而言，即「父兄」。故二句係直接註釋謎面）

二、謎底直接詮釋且接應謎面

較前類釋面謎又進一步，謎底不只解說謎面，還有接應的作用在裡面，但謎底仍不須別解。可進一步測出學生對文句聯絡照應的能力。

1. 嗟夫！誰知吾卒先汝而死乎　面出〈與妻訣別書〉　射〈慈烏夜啼〉一句——使爾悲不任

2. 花木蘭欲買轡頭與長鞭　面出〈木蘭詩〉　射〈文天祥從容就義〉一句——問市人孰為南北（按：謎面原文作「南市買轡頭，北市買長鞭」，加以節縮是為了避免「露春」）

3. 我祈求你，不要引導他走上安逸舒適的道路　面出〈麥帥為子祈禱文〉　射〈行道樹〉一句——這無疑是一種墮落

4. 愚公移山　面出課目　射〈與荷蘭守將書〉一句——智者所譏

5. 夜半鐘聲到客船　面出〈楓橋夜泊〉　射〈鳥〉二句（露春格，二字）——客夜聞此，說不出的酸楚（按：謎底「夜」、「客」二字犯面）

6. 血一樣的海棠紅　面出〈鄉愁四韻〉　射〈與荷蘭守將書〉一句——中國之土地也（按：中國，指共產黨統治下的赤色中國，以扣「血一樣的……紅」；土地，扣「海棠」，指地圖形狀）

三、謎底的語義局部或全面轉向

這一類謎的謎底發生了「語義變」，有些是局部變義，有些則全面變義；至於變義的方向，大別有二類：變回本義、變作他義。可藉以測出學生腦筋「窮則變，變則通」的反應能力。

㈠變回本義

1.你總要踏上你老子的腳步　面出〈母親的教誨〉　射〈碧沉西瓜〉成語一——望其項背（按：項、背，本義為頸後、後背）

2.殆欲斃然　面出〈良馬對〉　射〈力行的要旨〉一句——一息尚存（按：息，呼吸）

3.上天梯　射〈竹〉一句——步步高升

㈡變作他義

4.作文的材料到處都是，並非僅在書中　面出〈觸發〉　射〈四時讀書樂〉一句（露春格，一字）——落花水面皆文章（文章，此指寫作素材）

5.子子孫孫，無窮匱也　面出〈愚公移山〉　射課目一——〈只要我們有根〉（按：根，喻指男性生殖器。此義古已有之，當代青少年流行語也有此用義，與古不謀而合）

6.黃河入海流　面出〈登鸛鵲樓〉　射語文常識「中國文字介紹」術語一——轉注

7.自限其昏與庸而不學　面出〈為學一首示子姪〉　射〈座右銘〉詞語一——守愚

8.歷經九年的安史之亂終被平定　面出歷史課本　射〈木蘭詩〉一句——出郭相扶將（按：郭，別解作郭子儀）

9.雙向通車　射〈越縵堂日記〉一句——兼可入道

10.中原　射〈張釋之執法〉一句——天下之平也（按：平，別解作平坦大地）

11. 越洋電話　射〈張劭與范式〉一句——千里結言
12. 天國　射〈兒時記趣〉一句——神遊其中（按：神，別解作上帝）
13. 條條大路通羅馬　射〈座右銘〉一句——行之苟有恆（按：行，別解作行走）
14. 隔代遺傳　射〈負荷〉一句——就像阿公和阿嬤（按：像，指長得像）
15. 幽王寵愛褒姒，信任小人，朝政日漸敗壞　面出歷史課本　射〈老馬識途〉一句——迷惑失道（按：道，別解作為君之道）
16. 程門立雪　射〈論語論孝選〉二句——生，事之以禮（按：生，別解作學生）
17. 搭便車　射〈論毅力〉一句——乘一時之客氣（按：客氣，原意為志不帥氣之謂，此別解作客的禮貌）
18. 不知木蘭是女郎　面出〈木蘭詩〉　射生物科名詞一——隱性
19. 凜冽的北風裡，翠綠的葉子片片枯萎　面出〈只要我們有根〉　射健康教育名詞一——傷寒
20. 謝師宴　射〈論語論孝選〉一句——有酒食先生饌（按：先生，原意指父兄，此別解作老師）
21. 我赤裸裸地來到這世界　面出〈匆匆〉　射〈鄉居情趣〉詞語一——光臨

四、謎底語法轉變

這一類謎的謎底，語法發生變化，詞語之間的關係須調整，語義也跟著有所轉變。較前一類複雜、曲折，可進一步測出學生組織能力是否靈活，並培養其勇於突破成規的膽識。

1. …… 面出語文常識「標點符號的使用」 射〈行道樹〉詞語一——點綴（按：變詞為句，別解為點點相連）

2. 小太陽 面出暢銷書書名 射〈良馬對〉一句——日不過數升（按：「日」在句中原為表示頻率的副語，此變作主語，義為太陽）

3. 怒髮衝冠 面出〈滿江紅〉 射地球科學名詞一——大氣（按：形名結構變為副動結構，別解作大大地生氣）

4. 當街燈亮起來向村莊道過晚安 面出〈夏夜〉 射電視節目一——《每日一辭》（按：辭，轉為動詞，別解作辭別）

5. 命夸蛾氏二子負二山 面出〈愚公移山〉 射鐘錶商標一——勞力士（按：「勞」扣「命負二山」，動詞，使動用法；夸蛾氏二子是力士神，故可用「力士」扣）

6. 關山渡若飛 面出〈木蘭詩〉 射外來語一——卡通（按：複音詞變為敘事句，「卡」別解作關卡，扣「關山」）

7. 月色入戶 面出〈記承天寺夜遊〉 射〈鄉居情趣〉詞語一——光臨（按：副動結構變為主謂形式的句子）

8. 軟語呢喃 面出〈鄉居情趣〉 射運動項目一——柔道（按：形名結構變為副動結構，「道」別解作說）

9.低低切切　面出〈與妻訣別書〉　射運動項目一——柔道（按：7.與上一類之21.以及8.與9.皆一底二面，可見謎很活，有標準答案，但沒有固定的標準）

10.為天下人謀永福　面出〈與妻訣別書〉　射樂器一——吉他（按：吉，轉作動詞，使動用法）

11.天下之樂，孰大於是　面出〈幽夢影選〉　射藥品商標一（臺語發音）——足爽（按：足，轉作副詞用，意為十分、非常）

五、謎底的語法、語義產生結構性的變化

這一類謎，有些是謎底的語法、語義同時發生巨變；有些是本身語焉不詳，甚至支離破碎，須增添字詞補足文意；相反的，另有些則須先化整為零，才能扣住謎面。可測出學生稀釋文句、凝聚字詞的功力，也可看出學生旁敲側擊、多角度觀察的能力。

1.落日照大旗，馬鳴風蕭蕭　面出〈後出塞〉　射語文常識「中國文字介紹」術語一——上形下聲（按：謎底須稀釋成「上句描繪形象，下句摹寫聲音」，才能扣面）

2.祖父母大人膝下　面出語文常識「書信的寫法」　射作者一——孫文（按：謎底須擴展成「孫子語氣寫出的文句」）

3.十　射〈哀思〉成語一——三三兩兩（按：成語中的每一字全看成數目，然後以算數解之）

4.夜深燼落螢入幃　面出〈四時讀書樂〉　射〈座右銘〉一句——曖曖內含光（按：謎底謎面同時截為兩段，以「曖曖」扣「夜深燼落」，「內含光」扣「螢入幃」）

5.競折團荷 面出〈詞選〉 射〈運動家的風度〉一句——其爭也君子（按：解法與前一題相似，但「君子」扣「團荷」是經由譬喻、借代、用典等修辭關係而搭上線；此處蓋取自「蓮，花之君子者也」一語。猜謎有此扣法，如「風」扣「虎」、「雲」扣「龍」、「浮雲」扣「富貴」等是）

六、謎底經全面解組

這一類謎，謎底須先解構，繼之以重組，終之以串解，始能扣合謎面；看似手續繁複，但由於通常都註明「謎格」，等於提供解謎方向，對解謎有得的人反而順手。可測出學生解構符號的能力，進而誘導其排列組合的巧思。

1.珍瑤不急之物，悉聽而歸 面出〈與荷蘭守將書〉 射國文課本所見外國人名一（掉首格）——諾貝爾（按：謎底重組為「貝諾爾」，以「貝」扣謎面第一句，「諾爾（答應你們）」扣第二句）

2.十面埋伏 射〈孤雁〉詞語一（碎錦格）——窸窣（按：將謎底先拆開再重組，便成了「穴穴悉卒」）

3.人而無信 射〈黃河結冰記〉詞語一（鞦韆格）——約莫（按：謎底上下二字互易位置，並串解成「莫與之約」）

七、藏頭謎與歇後謎

這類謎的謎面在文意上藏頭縮尾，謎底必須移動自己去迎合謎面的上下文，才能與之相扣。可藉以測出學生是否讀通教材，以及運用教材的靈活度。

1.今余既來索　面出〈與荷蘭守將書〉　射〈張劭與范式〉一句——當還（按：謎面原文下接「則地當歸我」。當還，別解作應該歸還）

2.春風吹又生　面出〈從今天起〉　射課目一——〈只要我們有根〉（按：謎面原文上承「斬草不除根」）

3.放下屠刀　面出〈從今天起〉　射〈老馬識途〉一句——遂得道（按：謎面原文下接「立地成佛」）

4.十室之邑　射〈國歌歌詞〉一句——必信必忠（按：謎面原文下接「必有忠信如丘者」）

5.始於足下　面出〈成功〉　射國名一——千里達（按：謎面原文上承「千里之行」）

6.不忍陷之瘡痍爾　面出〈與荷蘭守將書〉　射〈為學做人與復興民族〉一句——為生民立命（按：謎面原文上承「蓋為貴國人民之性命」）

八、姓名謎與地名謎

這一類謎，謎底皆屬專有名詞。解法並不特殊，特殊與有趣的是將原本無意義或意義不明的人名地名，強迫其意義化。

1.斂著翅膀　面出〈孤雁〉　射國文課本所見古人名一——關羽

2. 大男人主義　射國文課本所見古人名一——揚雄
3. 騏驥日行千里　射作者一——馬致遠
4. 良藥苦口利於病　射作者一——辛棄疾（按：「辛」扣「良藥苦口」，「棄疾」扣「利於病」）
5. 走投無路　射作者一——胡適（按：解作「何往」）
6. 託兒所　射國文課本所見古人名一——管幼安
7. 夫子莞爾　射〈生於憂患死於安樂〉人名一——傅說（按：解作「師傅喜悅」）
8. 自午至酉　面出〈良馬對〉　射春秋人名一——向戌（按：解作「靠向戌時」）
9. 並駕齊驅　面出〈恢復中國固有道德〉　射漢朝人名一——司馬相如
10. 綠樹村邊合　面出〈過故人莊〉　射先秦諸子一——莊周（按：莊，扣「村邊」；周，扣「綠樹……合」）
11. 中原亂，簪纓散　面出〈詞選〉　射外國史古帝王一——大流士（按：謎面「簪纓」指士族）
12. 我對曰　面出〈論語論孝選〉　射明朝少數民族人名一——俺答（按：以「俺」扣「我」，正合孔子山東人的身分。此謎絲絲入扣）
13. 成陣羅列的西瓜　面出〈碧沉西瓜〉　射古代美女一——陳圓圓（陳，陳列）
14. 脫我戰時袍，著我舊時裳　面出〈木蘭詩〉　射古代少數民族一——女真（按：解作「真的是女的」）

15. 文天祥堅立不為動　面出〈文天祥從容就義〉　射當代藝人一——伊能靜

16. 太陽從山巔昇起，展開在無涯際的海面　面出〈一隻白鳥〉　射當代藝人一——張晨光（按：「張」扣下句，「晨光」扣上句）

17. 到彼岸　射作者筆名一——渡也

18. 盜跖可以變成大聖賢　面出〈創造〉　射南臺灣地名一——善化

19. 我軍攻城，而執事始揭白旗，則余亦止戰，以待後命　面出〈與荷蘭守將書〉　射北臺灣地名一——中和（按：別解作「中途講和」）

20. 單于夜遁逃　面出〈塞下曲〉　射臺北市地名一——北投（按：單于來自北方）

21. 方七百里，高萬仞　面出〈愚公移山〉　射韓國地名一——大邱

22. 在涅貴不緇　面出〈座右銘〉　射中國東北地名一——長白

23. 參差地翳入了天聽　面出〈我所知道的康橋〉　射苗栗地名一——通霄

24. 奇山異水，天下獨絕　面出〈與宋元思書〉　射臺北市地名一——景美

九、謎底音變，導致形變義變

這一類謎，謎底的局部或全部，在形音義三方面都起了變化，通常是音變帶動形義變，一般籠統稱之為「諧音格」。字音成了謎底謎面之間聯想的第一條線索，是這類謎與他謎最大的不同。可藉此測出學生對語音的敏感度，並培養其製造諧趣的能力。

1. 我們的日子為什麼一去不復返呢　面出〈匆匆〉　射〈愛蓮說〉一句（皓首格）——陶後鮮有聞（按：陶，諧音「逃」；謎面原文曾提到「在逃去如飛的日子裡……」）

2. 哭哭啼啼出門去，快快樂樂回家來　射〈寄弟墨書〉二句（素履格）——入則孝，出則弟（按：孝，諧音「笑」；弟，諧音「涕」）

3. 第一志願保證班　射國文課本所見先秦人名一（素履格）——管仲（按：仲，諧音「中」）

4. 白日依山盡　面出〈登鸛鵲樓〉　射河南省地名一（皓首格）——洛陽（按：洛，諧音「落」）

5. 冀州之南，河陽之北　面出〈愚公移山〉　射食品商標一（皓首格）——元本山（按：元，諧音「原」；又謎面原文上承「太形、王屋二山本在……」）

6. 短褐穿結　面出〈五柳先生傳〉　射外國政要一（素履格）——布希（按：希，諧音「稀」，扣「穿結」）

十、另一種音變：謎底有破音字

這一類謎，謎底至少有一個字是破音字或者可變為破音字。玩的也是「音隨義轉、義隨音變」的遊戲，但字音本身不提供聯想線索，也無法製造諧趣。可測出學生對破音字了解的深淺，更可看出他腦筋是否靈活。

1. 與其妾訕其良人　面出〈齊人〉　射〈與妻訣別書〉一句（解鈴格）——嗟夫（按：解鈴，意指「解除讀破音的限制」，蓋古人標注破音字用小圈，其狀如鈴。反之，則為繫鈴）

2.萬般皆下品　射〈陋室銘〉一句（解鈴格）——行行鄙夫志（按：行行，在此讀作「行行出狀元」的「行」，其實仍屬破音）

十一、謎底部分字詞示形不示音義

這一類謎，謎底至少有一個字的字音字義會被抽離，只留下字形；整個謎底的其他各字，都在為這（幾）個示形不示音義的字服務。抓不到這（幾）個字，便猜不透這個謎。可測出學生看問題發現關鍵點的能力。

1.以管仲之聖「和」隰朋之智　面出〈老馬識途〉　射〈為學一首示子姪〉一句——屏棄「而」不用（按：謎面原文「和」作「而」，課本注釋：「而，連詞，和的意思」）

2.或　射〈齊人〉詞語一——「國」中（按：「國」純示形，其中即「或」字）

3.柜（「櫃」俗字）　射〈成功〉成語一——「水」到「渠」成

4.生　射〈甲申日記〉一句——「性」從偏處克將去（按：「性」是示形不示義的目標字；偏處，指偏旁）

5.田、鳥　射〈科學的頭腦〉二句——使「日」再中，「烏」「白」頭（按：使「日」字再對剖一次，把「烏」字變成「白」字頭）

6.矢　射〈謝天〉短語一——「天」外飛來一筆

7.个　射國文課本所見古國名一——孤「竹」

十二、拆字謎

這一類的謎，都是離析字形之類的字謎。猜法是將謎底的單字拆成數字，再串解成文，有了完整語意便可扣住謎面。猜字謎就像拆字（測字），只不過反其道而行罷了。字謎考驗的不是學生合理分析字形的能力，而是憑想像「造字」的本事。

1. 往來無白丁　面出〈陋室銘〉　射〈論語論學選〉一字（碎錦格）——簣（按：「簣」先拆字後組句，得「个个貴」，個個是貴人。白丁，原文指俗人，此指平民）

2. 暮宿黃河邊　面出〈木蘭詩〉　射臺北縣地名一（蝦鬚格）——汐止（按：將「汐」之字形左右分開，以「夕」扣「暮」，「氵」（水旁）扣「黃河邊」，而「止」則扣「宿」）

3. 種豆南山下　面出〈歸園田居〉　射字一——豈

4. 兩三點雨山前　面出〈西江月〉　射字一——汕

5. 張目對日　面出〈兒時記趣〉　射字一——冒

6. 千里足　面出〈木蘭詩〉　射字一——踵

7. 白了少年頭　面出〈滿江紅〉　射字一——耋

十三、對偶謎

這一類謎，謎底與謎面對仗成文，猜謎如同對對子，其實是變相的「集聯」。把來自不同出處的語句，媒合成雙，造就的雖然只是一段露水姻緣，成就感依然是有的。可藉以訓練學生掌握對仗的特性。

1. 舉杯邀明月　面出李白詩　射〈五言律詩選〉一句（錦屏格）——把酒話桑麻

2. 熱狗並非狗　射〈甲申日記〉一句（錦屏格）——聖人也是人（按：謎面純屬杜撰，有違謎例，不入品，有趣而已）

3. 楊朱　射作者一——李白

4. 孤雁　面出課目　射課目一（遙對格）——〈良馬對〉（按：遙對格又名求凰格，稍異於錦屏格，謎底通常會在句首或句尾多出標明對偶的字眼，如「對」「偶」「配」「比」等。又，此聯平仄不叶，非上品）

十四、其他

這一類謎，最特殊的是謎面大都須經別解，嚴格說來，不合體例。至於標明「落帽格」（指謎底去掉首字）的最後二題，明明多出閒字，卻巧立名目，終是濟窮之作。殿之於後，聊備一格。

1. 嫵　面出〈我所知道的康橋〉　射〈弘揚孔孟學說與復興民族〉一句——天下為公（按：謎面析為「無女」二字，謎底別解作「天底下的人都是公的」）

2. 雩　面出〈四時讀書樂〉　射〈故鄉的桂花雨〉短語一——雲腳長毛（按：「雩」與「雲」皆示形不示義）

3. 書味滿胸　面出〈越縵堂日記〉　射〈勸訓〉一句——是一蠹耳

4.……～～～ 面出語文常識「標點符號的使用」 射〈鄉居情趣〉二句——飛螢點點，輕煙縹緲（按：由於謎底不宜以非文字充之，以故面底互易如此）

5.門前冷落車馬稀 射〈齊人〉一句（落帽格）——而未嘗有顯者來

6.帝命夸蛾氏二子負二山 面出〈愚公移山〉 射〈生於憂患死於安樂〉一句（落帽格）——故天將降大任於是人也

餘響

除了猜謎，傳統語文教學中另有一瑰寶，也值得我們去發掘。那就是能充分掌握漢語漢字特性（單音節、孤立語、方塊字）又能訓練聯想力的「對對子」。可惜古調雖自愛，今人多不彈，只因升學不考，課本不提。什麼時候課程能多元化、教材能自由化，升學不再既聯合又統一，考試不再有固定的標準答案，也就是國文教師擁有真正教育自主權的時候。言念及此，不禁馨香禱祝，巴不得明天就適彼樂土，爰得我所。

一九九一年三月

後記：

筆者早年任教國中時，課堂上常以教材謎來寓教於樂；逢元宵節，則聯合其他國文教師，動用行政資源舉辦全校「有獎燈謎猜射」的應景活動。長年下來，累積大量教材謎，想做系統化整理，苦無餘暇。離開國中那年，應《國文天地》執行編輯之邀，參與該刊「國文科教學方法動動腦」專題之撰寫，幾經爬羅剔抉，始完成此一結合理論與實際的「文字遊戲」論述。如今卸下教職，已無機會與學生共享此種「游於藝」的教學樂趣；所幸能及時將資料、經驗、心得匯整出來，既留下記錄，也留住回憶。

本文與前文〈望有源頭活水來——評現行國中國文課本選文的六大缺失〉，一屬教材，一屬教法，同時期發表於同一刊物，堪稱姊妹篇。

二〇一〇年九月二十日記

燈謎——迷人的文字遊戲

電視社教節目常闢有所謂「有獎猜謎」單元，由主持人向來賓提出諸如「花無百日紅，人無怎麼樣」之類有固定答案的問題。這其實只是簡易知識的問答，不具任何文字遊戲的成分與趣味，唯一吸引人的，大概就是搶答時的緊張氣氛。真正的猜謎是不靠搶答來吸引人的。《文心雕龍．諧讔篇》說得好：「謎也者，迴互其辭，使昏迷也。」既能使人昏迷，就不可能不假思索便搶而答之。謎的特質如此，猜謎的活動也就充滿了鬥智的成分。

這種鬥智，可貴的是鬥智而不鬥氣。製謎者「纖巧以弄思」（《文心》語）設計出千迴百轉的文字迷宮，邀請猜謎者入宮尋寶；一方是主，另一方是客，客人固然個個巴望尋寶得寶，主人也莫不期盼自己的客人入寶山而不空回。所以猜謎的場合一旦有人猜中了，總是皆大歡喜；主人更是一面高高興興奉上獎品，一面把對方引為知己。整個過程是雙方根據遊戲規則各逞巧思，最後彼此莫逆於心，相視而笑。是如此和諧而具喜劇氣氛的鬥智，難怪有人會樂此不疲，甚至沉迷其中。此間就有不少燈謎愛好者組成謎社，定期出版燈謎研究刊物，每逢元宵、中秋佳節，還自掏腰包花時間花精力來舉辦燈謎大會。對他們來講，以謎會友便是心靈上最大的滿足。

筆者也雅好此道，本身從事的又是語文教學工作，喜歡製作「課業謎」來師生同樂，因此頗能體會其中的心情。多年前曾製作一道融匯文史的課業謎，要學生就國文課本中〈良馬對〉的一句「自午至酉」，猜歷史課本中的人名。由於留名歷史的人成千上萬，要猜其中一人不啻大海撈針，於是縮小範圍到春秋時代，好不容易有一位周姓學生猜中了，我無法判斷他是否亂槍打鳥矇中的，忙要他解釋，他說：「自午至酉，子丑寅卯辰巳午未申酉……下一個就是戌了，所以謎底就是『向戌』。」居然正中下懷，我樂得直說要加他分數，他也喜形於色。

謎之所以迷人者，端在謎本身「迴互其辭」的文字特性。迴互其辭可分兩個層面。第一個層面是謎面與謎底之間的迴互其辭。謎面與謎底不管幾個字，原本各有所屬，互不相干，但透過迂迴曲折的意義聯繫，卻又能緊緊地結合在一起，巧就巧在此。例如前舉的「自午至酉」本是指時辰，「向戌」則是歷史人物，彼此風馬牛不相及，但一進入謎的世界，又彷彿天造地設，無可與易。再如這一道姓名謎：「唐明皇遊月宮，射當代名人一」，謎底是「李登輝」，其中「李」扣「唐明皇」（不只因唐明皇姓李，更因二人同是國家元首），「登輝」扣「遊月宮」，也都扣得妙合自然，堪稱超時空的歷史碰撞。又如「騏驥一躍，不能十步」是二千多年前荀子〈勸學〉的名句，「馬英九」是當今的政治明星，二者在謎的世界一交會就會產生這樣的曖昧關係：「騏驥」是所謂「馬英（馬中之英）」，而「一躍不能十步」就只到「九」了。同樣妙的還有美國電視影集《朝代》，可以遠渡重洋來射臺灣藝人「秦漢」；宋朝末年文天祥面對蒙古人威逼利誘而「堅立不為動」（出自國中課文〈文天祥從容就義〉），可以跨越七八百年來射電視上大唱流行歌曲的「伊能靜」，也都是謎面與謎底迴互其辭所製造出來的巧遇妙合。

再深一層看，謎面與謎底之所以能迴互其辭，關鍵乃在謎底本身的迴互其辭，也就是「別解」。謎底的別解千奇百怪，有的要把字形拆開，有的要故意讀成破音字或諧音字，有的則在詞義、句義或語法上動腦筋，甚至進一步對之動手腳，以變更語序、重組句子達到別解的目的。總之，製謎者以底尋面，常會賦給謎底一個異於原義的解釋，如此才新奇、迷人，也才能展現作者的巧思。例如下列謎題：

1. 繞著地球跑　面出電視節目名　射港星一——周星馳
2. 小時了了，大未必佳　射港星一——莫少聰
3. 色情黃牛（也可用臺語「三七仔」）　射國名一　素履格（謎底末字諧音）——伊拉克（克，諧音「客」）
4. 宰予晝寢　面出《論語》　射生物名詞一——氣孔（氣，形容詞轉作動詞，屬使動用法；孔，別解作「孔子」）
5. 出淤泥而不染　面出周敦頤〈愛蓮說〉　射臺灣地名一　鞦韆格（上下兩字對調，有如盪鞦韆，故名）——花蓮
6. 天下之樂，孰大於是　面出國中國文課本　射成藥商標一（臺語發音）——足爽（即非常快樂）

所有這些謎題的謎底，分別從語音、語義、語法各方面迴互其辭，以造成別解，並帶來諧趣。

我們說猜謎是一種文字遊戲，便是著眼於謎底的別解別趣。

也有些謎底未經別解照樣能帶來別趣，那是因為它巧遇好謎面。例如這一道謎題：「十個禿頭九個富，射彭端淑〈為學一首示子姪〉一句」，謎底為「蜀之鄙有二僧，其一貧，其一富」中的「其一貧」，並沒有任何別解，便能滴水不漏地扣住謎面，妙不可言。

除此之外，凡是未經迴互其辭的謎底，由於太直接，不能使人「昏迷」，不僅引不起猜者探索的興趣，還可能招致「輕視猜者智力」的譏評。就製謎者而言，謎之令他著迷也在謎底的別解，因為那是他的發現乃至創造。

謎面雖然不須別解，但必須講究出處，成句的尤其不能杜撰。謎書上有所謂「作謎八病」，其中之一即是「謎面無稽」。以前有人作謎時想到《論語》「欲潔其身而亂大倫」中的「潔其身」可以別解作「把身子洗乾淨」，與沖沖地要替它找個謎面，卻是經史子集遍尋不著，只好自我作古，杜撰了一句「公公挽兒媳去洗澡」。不止犯了「謎面無稽」的大忌，也應了劉勰所批評的「空戲滑稽，德音大壞」。

前人如此，今人更不用說了。每年元宵節一到，從傳統寺廟，到現代化的百貨公司，競相舉辦射文虎猜燈謎的活動。大眾傳播媒體也不能免俗地湊熱鬧，電視上的轉播不必說，報紙也常開闢「燈謎徵射」的專欄來應應景。各式各樣的燈謎紛紛出籠，多則多矣，「謎面無稽」之類的卻頗為不少。製謎者信口胡謅，猜謎者跟著亂猜一氣，總給人一種叫化子拜堂——窮湊的感覺。姑舉數例，以概其餘：

1. 一夜情遭控妨害家庭　射〈桃花源記〉一句——乃不知有漢

2. 美麗白雪景 射臺灣地名一——佳冬

3. 從非洲來的中國孩子 射電視節目主持人一——黑幼龍

4. 美女名冊 射國名一——以色列

諸如此類，謎面既非成語典故，甚至於世上根本無此事此物（如「美女名冊」）。其實這些謎的謎底選得頗符所需，文字的解釋空間都不小；只要多動點腦筋，現成的謎面還是不難尋獲的。第一例，有成語「待字閨中」可用；第二例，有「瑞雪兆豐年」可用；第三例也有藝人「黃小琥」可派上用場，只是須藉助雙重謎格：「錦屏格（對偶格）」與「素履格（諧音格）」。至於最後一例，臺灣有「牛肉場」國外有「上空秀」可供選用；或許有人會認為這些謎面難免鄙俗，用以猜國名嫌不莊重，那就改用電視節目名「一道彩虹」；如若不嫌詞費，更可用朱自清〈春〉中的長句：「桃樹、杏樹、梨樹，都開滿了花，紅的像火，粉的像霞，白的像雪」如此美不勝收的畫面來搭「以色列」這個國名，保管以色列人看了要春風滿面，笑逐顏開。

當然，「慶元宵，猜燈謎」，如果只是年節的應景活動，大家反正鬧一鬧，燈謎的入流不入流，迷人不迷人，也就無關緊要了。就好比中秋節大家吃月餅，有人則吃的是綠豆膨、雪餅，一樣都圓圓的，看起來都像月亮，也都吃得津津有味，過節過得快快樂樂。

一九九一年三月

猜字、拆字以及測字

源自圖畫的漢字幾經演變，即使已成方塊狀的點劃組合，也仍殘留象形文字的性質，能充分提供視覺上的聯想；再加上漢字構造特殊，字中有字，可分可合，玩起文字遊戲來也就得心應手，樂趣無窮。猜謎與拆字就是其中兩個典型，值得留意、探討。

猜謎與拆字，本來都是文人治學之餘的消遣，進入民間後始分途發展，各擅勝場。猜謎活躍於元宵、中秋，成了佳節的應景活動，本身仍保有濃厚的文字遊戲成分；拆字則混跡江湖，在命相學的領域裡覓得一席棲身之地，難免就蒙上迷信色彩。

猜謎這種文字遊戲，有多種玩法，真正跟拆字息息相關的是猜字——對字形筆畫的增減或對字體的解散、重組（猜謎術語稱作「增損離合格」）。猜字所用的謎，通常稱為字謎，其中又有「一字面」與「一字底」之分。用一個字來猜一句話，是所謂「一字面」；反之，則為「一字底」。茲分別舉例於下：

(一)一字面謎

1. 几　射《禮記》一句——共食不飽

2. 四　射《論語》一句——欲罷不能

(二)一字底謎

1. 半推半就　射字一——掠

2. 只是近黃昏　射字一——醬

兩者之間的主要區別，不在於單字的居面或居底，也不在於謎面與謎底的有無別解，而在於玩法的不同——燈謎術語所謂的「格」。一字面謎所使用的是「增損格」，藉著筆畫的加減來達到面底相扣的目的。如第一例，「几」字加「食」成「飢」，所以說「共『食』不『飽』」。一字底謎所使用的則是「離合格」，藉著字形的分合來達到面底相扣的目的。如第二例，「醬」字上下對拆，分成「將」「酉」兩字，解作「將近酉時」，正好扣住謎面的「只是近黃昏」。

但不管是增損或離合，總是針對被孤立的那個字在動腦筋，拆字之術也正是如此。所以雖然從程序上看來，一字面謎才是拆字，但一字底謎只要反其道而行，一樣是拆字。

在這種情況之下，如果拆字所運用的正好是增損離合之法，就很容易被謎吸收，成為一道好字謎。我們現在用「國慶日」猜「朝」字，最早並非出現在謎場，而是拆字攤上。拆字者不是別人，是宋朝那位將拆字理論化的謝石。據說宋徽宗耳聞謝石的拆字神算，寫下「朝」字命太監送往謝石處。謝石看了看字再看看來人，便斷定出自於「十月十日」所生的「天人」之手。那個時代皇帝的生日就是國慶日，官民盡知，謝石此言一出，「舉座皆驚」。所驚的，一方面是皇帝居然不恥下問；二方面是謝石不見其人只見其字，竟能測出問字者的身分（其實宋徽宗的瘦金體書法別具一格，一眼看出並不難）。不管怎樣，北宋時謝石的拆字，到了中華民國，在因緣湊巧下成了字謎，則是千真萬確的事。

前面我們列舉的「一字面謎」第二例：「四」猜《論語》「欲罷不能」，也是從拆字搖身變來。拆字者據說是唐朝的李淳風。李淳風醫卜星相樣樣精通，拆字只是副業。有一天來了一個鹽商寫下「四」字，求卜一批鹽貨的財利。李淳風增減筆畫的結果，斷為：「買賣俱空，欲罷不能。」因為「四」字構不成「買」也構不成「賣」，關鍵在其中無「貝（錢財）」；想要湊成「罷」字，又缺少個「能」。拆解手法與字謎的增損格如出一轍。

至於相當於字謎「合璧格」（合兩字或多字為一字，屬於離合類中的「合」）的拆字，有一例頗為有趣，是一個盲相士為一個文盲拆字的故事。文盲既不會寫字，便指著桌上的瓜子以物代字，求測父親的病情。盲相士一聽，立即要他回去準備辦後事，因為「瓜子」之物轉換成字，左右拼合便成了「孤」，「無父為『孤』，父死必矣！」這個指物拆字的特例，移植到謎的世界，作為謎底的「瓜子」，指的仍是物，而不是字：「幼而無父，猜食品一，合璧格。」但不管拆字或猜謎，都必須拋開瓜子的物象，在字形的離合上動腦筋。拆字與猜謎關係之密切，可見一斑。

自古以來拆字與猜謎就存在著密不可分的「文化交流」現象，我們今日閱讀有關拆字的著作，常像欣賞一道道的字謎。底下列舉的是這一類書上「拆字取義」的一些成例，絕大部分都可當字謎看（方括弧內注明拆字取義時所使用的「測法」）：

1. 几　鳳鳥不至／飢不得食〔添筆測法〕

2.卜　不上不下，可上可下／金枝玉葉〔添筆測法〕

3.必　心腹之患〔減筆測法〕（按：取義於一撇像一把利刃）

4.田　苗而不秀〔加冠測法〕

5.哭　大器晚成〔納履測法〕

6.龍　充耳不聞〔納履測法〕（按：「龍」下加「耳」得「聾」，故云）

7.八　無上下之交〔包籠測法〕（按：「交」無「亠」無「乂」即為「八」）

8.禽　會少離多／內人見㐫（「凶」的俗寫）〔破解測法〕（按：「禸」視為「內」，只取其形似。拆字、猜謎皆有此慣例）

9.恙　恩斷義絕／隱惡揚善〔破解測法〕

10.沃　海闊從魚躍，天空任鳥飛〔破解測法〕

11.子　一了百了〔破解測法〕（按：引成語「一了百了」中的「一了」破「子」字，至於「百了」本就是成語不可分割的一部分）

12.友　有頭沒尾〔對關測法〕

拆字之有「測法」（拆法），猶如猜謎之有「謎格」（猜法），名稱容或不同，作用殊無二致。即以拆字中用途最廣也最具代表性的破解測法為例，離析一字為數字，然後串解成文，用之於猜謎，即為「碑陰格」。「碑陰」指曹娥碑碑陰上的謎：以「黃絹幼婦，外孫齏臼」猜「絕妙好辤（辭）」；

其猜法傳至後世，即稱「碑陰格」。有些謎書對這種「格」，不稱「碑陰」而稱「拆字」，簡直以猜謎為拆字了。

構成燈謎的要件，除了謎面、謎底以及謎格以外，還有一項不可或缺的「範圍」，用以表明謎底所屬的事物或概念範疇、名稱及數量，如「打一食品」、「射成語一」等等。不定範圍的謎，是無從猜起的。拆字亦然，除了要掌握測法，還要知道所欲測問的事項，如婚姻、疾病、失物、行人（出門在外的親友）、功名等，然後儘量朝那一方面去聯想、研判，才不致漫無著落。舉例言之，有人以「般」字問家人安危，拆字者便以「父母」兩字來觀照「般」的字形，看出「般」對拆開來很像「父」「母」，於是靈感來了，推斷為「父母不全，凶多吉少」。又如有人以「武」字問子嗣，拆字者想到這個問題與「代代相傳」有關，「武」字又隱含「代」字，便運用「破解測法」來取義占斷：「一『代』無『人』，至『此』為『止』。」

拆字與猜謎還有一項共通點，那就是離析字形、解說字義，往往偏離文字訓詁上的正確認知；而且所根據的字體，有不少是俗寫或譌變之體，甚至只是形似字而已，如前舉的以「內人見凶」測「禽」字。

以上所述係就拆字與猜謎的相似點觀察，感覺上猜謎與拆字是二而一的東西。實則拆字既能脫離文字遊戲的行列而躋身命相學的領域，一定有它不同於猜謎的奧妙在，值得進一步探討。

拆字，一般也稱作「測字」，但二者其實有淺深之別。單純的拆字當然與猜謎差異不大，但「測字」並非單純的拆字，而是拆字再加上「觸機」。其所謂機，根據清人周亮工《字觸》的解釋：「無字形而有朕兆謂之機。」凡在字形之外的相關事物，能及時引發測字者靈感，朝所問事項去聯想的，就是機。機的有效把握，是測字的第一要義，所謂「測字要測機」，談測字的書沒有不強調這一點的。

由於機是在字形之外無所不在的，有機可觸的測字便比無機可觸的拆字靈活而多變。例如測「立」，如果求測者是女人，便可以把它變成「妾」；早上測，就把它看作「章」；測時有人一旁觀看，便當它是「位」；如果是測於河畔或周遭正好有水，它又搖身一變成了「泣」。機可不可觸，字要不要變，仍要看是否與所測事項有關；只要有關，這個因觸機而來的新字，便可直接作為占斷的結果，不須再經過任何拆解字形的過程，而拆解的過程已在觸機的同時悄悄完成。無拆字之名，而有拆字之實，這正是觸機的妙用。舉一個《字觸》裡的實例：

> 有叩試事者，書「串」字。術者曰：「不特鄉闈得儁（不只中舉人），南宮亦應高捷（也會中進士）。」蓋以「串」寓二「中」字也。一生在傍，亦書一「串」字令觀。術者曰：「君不獨不與賓興（不只無法參加鄉試），更（甚且）有疾。」詢其所以。（術者）曰：「彼以無心書，故當如字；君以有心書，『串』下加『心』，乃『患』字耳。」已而果然。

兩考生寫的同是「串」字。第一個「串」，拆字先生運用破解測法得到「中」、「中」兩字，斷為「連考連中」；第二個「串」，則根據觸機所得，直接拈出「患」字，斷為「患病」。表面看來，從「串」到「患」，好像跳過「測法」這一關，事實上「串」下加「心」，根據的分明是納履測法，只不過拆字先生假手於「機」，當「機」立斷罷了。換言之，第一個「串」是單純拆字，第二個「串」則是拆字兼觸機了。

測字觸機，既可以把臨場周遭的情境文字化，也可以反過來把文字情境化。舉例言之，測「日」字，可以撇開字形，看作太陽遍照人間的景象；若有人傍晚時分求測此字問安危順逆，便意味著「夕陽無限好，只是近黃昏」，此人好景不常了。這種測字既然撇開字形，也就無從分析字形，它有個名堂，叫「觀梅測法」。據說宋朝的邵雍最精此道。

廣義的觸機，包括字形分析以外的任何想像力的運用及靈感的啟發。邵雍曾經替兩個熱中功名的讀書人測字，測的同是「且」字。其中一人「且」字寫得活像當時的烏紗帽，邵雍斷為「金榜題名，指日可待」；另一人寫來似神主，邵雍據此作出「主凶，恐性命難保」的占斷。有人稱這種測法是「象形測法」中的「以字象物」法，至於什麼字像什麼物，並非一成不變，端賴臨場的隨「機」應變。是故同一「且」字，可以像紗帽、像神主，也可以像墓碑或其他什麼的。雖然測字一如猜謎，向來都不太理會文字學那一套，但也會有偶合的情況。例如邵雍所測的「且」這個獨體象形字，本是「祖」的最原始寫法，字形就像男性生殖器，取義於祖先靠生殖器繁衍子孫；生殖器神聖化後，就成了「祖先崇拜」信仰中的神主牌，祭祀時用以代表祖先。一切恰如邵雍之所斷，然終究是偶合而已。

總之，被拿來推運算命的測字，無論是否拆字，與文字之學可謂不相干涉，懂不懂六書無關緊要，卻不能不懂一些諸如五行、六神（即六爻）、八卦之類命理學基本知識。清人程省《測字祕牒》有謂：

凡一字之來……先詳其五行生剋，次觀其六神動靜。

所以早期有人稱測字為「相字」或「字占」，現在更有人企圖將它準科學化、系統化，並糅合筆跡學而形成「字相學」。

一套原只是單純作為語言代表的視覺符號系統，會發展到字字藏玄機的祕境，其中因素，除了開頭提到的漢字獨特性格使然以外，漢民族對文字所懷有的崇拜、敬畏之情也發揮了不小的作用。《淮南子．本經訓》：「昔者蒼頡作書，而天雨粟，鬼夜哭。」先民推造字入神話，後人視文字為神「話」，意欲測出其中隱藏的天機，認知上、感情上都可以算是一脈相承。

一九九一年三月

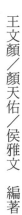

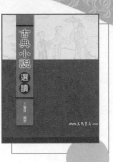

文苑叢書

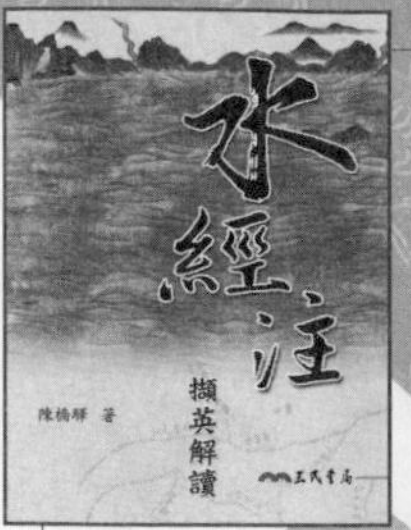

■水經注擷英解讀

陳橋驛 著

《水經注》成書於西元六世紀，為北魏酈道元所著，是中國第一部以記載河道水系為主的綜合性地理著作。本書作者一生研究《水經注》，對酈學研究貢獻卓著，他以畢生研究和考據成果為基礎，擷錄《水經注》之「英華」，精心詳作「解讀」，既解佳處，又解難處。全書經、注文記敘詳實，觀點深入淺出，不僅可供酈學研究者作為評議參考，也適合一般讀者閱讀欣賞。

■唐詩主題與心靈療養

侯迺慧 著

本書主要結合主題學與心理學的理論，探討唐詩某些主題世界中詩人隱微細膩的情意心理，與轉化負面情緒的自我治療歷程。此外，本書也包含了一些超越個別詩人、以全唐詩的重要主題為研究對象的篇章，解析唐代詩人們共有的心理困境或憂傷，從中說明一個時代裡文人共同的價值系統、實踐模式及生命反省，讓我們了解唐代整個時代共有的文化心理，同時貼近古代文人生命的自覺與安頓心靈的動人情懷。

■唐詩欣賞與創作入門

許正中 著

唐詩是中國文學之精華，不論律詩或絕句，五言或七言，每首詩的字數、句數、聲韻等，都有其特定的格式。了解其規則要素，是掌握欣賞與創作的入門之鑰。本書首先略述近體詩之源流，再分章就其聲韻特質與相關要素，如平仄、押韻、格式、對偶等，舉實例加以詳細說明，末章並就近體詩之作法與析賞述其大要。相信可讓讀者深入體會唐詩的奧妙，獲得欣賞與創作唐詩之樂。

中國歷代故事詩

邱燮友　著

文化中的璀璨瑰寶——故事詩，是用詩歌的方式，來鋪述一則故事的長篇敘事詩。中國的故事詩，大抵用音樂或樂曲來說故事，因而多為樂府詩的形式。換言之，將小說的題材，用詩歌的方式來表達，便成為故事詩。每個時代都有動人的故事在發生，這些有血有淚、有情有義的故事，由民間詩人或文人透過詩歌、音樂記錄下來，就如同四季的風，催開每季不同的花朵，然後在和煦的陽光下，展現婀娜多姿的姿態，令人搖蕩情靈，吟頌不已。

唐人小說

柯金木　編著

本書共分為五個教學單元，收錄十四篇唐人小說，各篇均有導讀、正文、眉批、注釋、譯文、析評、問題與討論等七個部分，作為基本閱讀、研習的依據。在內容編排上，特別重視即知即用，淺顯易懂，並有完整的課程搭配介紹。在教學思維上，強調由教師引導學生思考，以及多向互動的學習觀點，既有個別獨立的章旨討論，也有網絡串聯的單元分析表。另有課前活動、課後活動的設計，可以有效激發學習興趣、效益。

紅樓夢與中華文化

周汝昌　著

本書為周汝昌先生眾多《紅》學論著中，少數授權臺灣出版社發行的作品之一，為其致力研究《紅》學四十多年的成果精萃。此書特從文、史、哲「三位一體」的角度與層次來論證《紅樓夢》這部中華文化史上的奇蹟，提出《紅樓夢》形式上雖是章回小說，但其內容卻是一部偉大的悲劇，精神更已達到抒情詩的境界，三者融然不分；而作者曹雪芹則是身兼大詩人、大思想家、大史學家的綜合型奇才。全書觀點不同流俗，創見特為豐厚，發掘出《紅樓夢》的另一種新風貌。

■宋代園林及其生活文化

侯迺慧　著

園林自唐代開始，已成為中華文化中一個非常重要的內容，因為園林的興盛，使它成為中國人生活傳統中非常普遍而且與日常生活密切相關的環境背景。宋代園林，是中國園林史上最典型也是進入藝術高峰的時期，本書即以宋代詩文為主要依據，透過對詩文整理、解讀和分析，證以其他史籍地志、筆記叢談的記述，加以作者親身的山居園遊體驗，來探討宋代的園林藝術成就和文化意涵。